LUEURS DE L'EST

THE COMPASS SERIES # 2

Titre de l'édition originale : *Eastern Lights* (*The Compass series* # 2)

Ce livre est un ouvrage de fiction. Les noms, personnages, lieux et événements sont le produit de l'imagination de l'auteur ou utilisés de façon fictive. Toute ressemblance avec des faits réels, des lieux ou des personnes existants ou ayant existé serait purement fortuite.

Ouvrage dirigé par Isabelle Solal
Édition en langue française : *Lueurs de l'Est* (Série *The Compass* # 2)
Traduit de l'anglais (États-Unis) par Lucie Marcusse
Photographie et design de couverture : © pisaphotography / Shutterstock / ©123FirstLine / iStock / Getty Images Plus

Collection New Romance® créée par Hugues de Saint Vincent, dirigée par Arthur de Saint Vincent
Collection Hugo Poche dirigée par Arthur de Saint Vincent

34-36, rue La Pérouse
75116 – Paris
www.hugopublishing.fr

ISBN : 9782755663860
Dépôt légal : mars 2023
Imprimé en Espagne en septembre 2023 par CPI Black Print

BRITTAINY C. CHERRY

LUEURS DE L'EST

THE COMPASS SERIES # 2

Roman

Traduit de l'anglais (États-Unis)
par Lucie Marcusse

Hugo Poche

NEW ROMANCE®

DU MÊME AUTEUR

Série The Elements
The Air He Breathes
The Fire Between High & Lo
The Silent Waters
The Gravity of Us

Standalones et autres romans
Eleanor & Grey
Landon & Shay Parts 1 & 2
Disgrace
Behind the Bars
Art & Soul
Disgrace
La force de renaître (The Wreckage of Us)
Loving Mr. Daniels
Our Totally, Ridiculous, Made-Up Christmas Relationship
(novella)
The Space in Between

Compass series :
Tempêtes du Sud # 1
Lueurs de l'Est # 2
À l'Ouest les vagues # 3
Étoiles du Nord # 4

À tous ceux qui sont seuls :
puissiez-vous accéder de vous-mêmes
à un amour si fort que la solitude
ne sera plus jamais une souffrance.

« La pauvreté la plus terrible est la solitude et le sentiment de ne pas être aimé. »

Mère Teresa

PROLOGUE

CONNOR

Huit ans plus tôt
17 ans

Toutes les grandes histoires commencent par un « il était une fois ». Qu'elles soient grandioses n'est pas obligatoire. Les médiocres démarrent aussi de la même façon. En tout cas, c'est ainsi qu'avait commencé la mienne.

Il était une fois un jeune garçon terrorisé de perdre la personne qu'il aimait le plus au monde.

Autrefois, un professeur m'avait appris qu'il existait deux choses dans la vie auxquelles, malgré tous nos efforts, nous ne pouvions pas nous préparer. L'amour et la mort.

Je n'avais encore jamais eu de relation amoureuse, mais je connaissais l'amour qui unit un enfant à sa mère. C'est cet amour qui me fit craindre la mort. Pendant plusieurs années, je nageai dans un océan de tristesse, un océan apparu de nulle part. Je n'étais pas du tout préparé. Mon moteur de recherche fourmillait de questions qu'aucun enfant ne devrait avoir à se poser.

Que se passe-t-il si ton seul parent meurt ?

Quelle est la probabilité qu'une personne survive à un cancer de stade trois ?

Combien d'argent faut-il dépenser pour un traitement expérimental ?

Pourquoi tout le monde ne reçoit pas le même traitement pour le cancer ?

Sans parler du nombre de boulots auquel je postulai pour aider ma mère à payer les factures. Je me lançai même dans plusieurs activités à mon compte pour lui permettre de joindre les deux bouts. Ma mère détestait que je travaille autant. Moi, je détestais son cancer. Ainsi nous étions quittes.

Devant les autres, je faisais bonne figure. Je restais le charmeur que j'avais toujours été. Dans ma petite bourgade, tout le monde savait qu'on pouvait compter sur moi pour faire le clown, pour être un bon ami ou pour bosser dur. J'étais fier d'être ce pitre bosseur. Et j'en avais tant besoin. Car lorsque je n'étais pas en train de faire le singe ou de me saigner au travail, je pensais trop. Trop réfléchir, c'était perdre pied.

Jamais je ne révélais ma souffrance à personne. Autrement, on se serait inquiété pour moi, me disais-je. Et je n'avais pas envie qu'on s'inquiète pour moi, surtout pas ma mère. Elle avait déjà suffisamment de problèmes.

Pourtant, elle se faisait quand même du souci pour moi. Cela devait être normal pour une mère. Les mères s'inquiètent.

Dans cette relation, chacun s'occupait toujours de l'autre. Ma mère était ma complice. Ce cycle se répétait sans fin.

– Tu peux venir avec moi, dit-elle alors que nous étions dans la salle d'attente du docteur. C'est la deuxième fois que tu traverses toutes les épreuves à mes côtés, donc je veux que tu assistes à ce rendez-vous, quoi qu'il arrive.

J'avalai ma salive et fis oui de la tête. Je ne souhaitais pas y aller, mais jamais je ne l'aurais laissé seule.

Je ne supportais pas l'odeur de la salle d'attente, un mélange de naphtaline et de bonbons à la menthe. Des années plus tôt, lorsque le cancer de ma mère venait d'être diagnostiqué, je remplissais mes poches de ces bonbons quand je l'accompagnais au cabinet. À présent, leur simple odeur me donnait des haut-le-cœur.

Nous attendions le docteur Bern pour les résultats de ses derniers examens. Il s'agissait de vérifier si la chimiothérapie avait fonctionné ou si le cancer s'était répandu dans son corps. Évidemment, j'étais extrêmement tendu.

– Madame Roe ? Vous pouvez venir, annonça une infirmière en nous souriant.

Alors qu'elle avait divorcé d'avec mon vaurien de père des années auparavant, ma mère avait conservé son nom et ce, malgré mes protestations. Elle rétorquait toujours que ce nom lui avait donné le plus beau des cadeaux : son fils. Elle aimait le fait qu'il l'unisse à moi.

Maman était une grande sentimentale.

Une fois dans le bureau, je ressentis une grande aversion pour la familiarité qui s'en dégageait. Personne ne devrait jamais devenir familier du cabinet d'un docteur. C'était horrible d'avoir patienté dans cette salle d'attente à dix, onze puis douze ans. Puis de recommencer à quinze, seize et dix-sept ans.

Treize et quatorze ans furent de belles années – le bonheur était réel et la tristesse ne faisait presque plus irruption la nuit. Tout ce que je souhaitais pour mon avenir et pour celui de ma mère, c'était de multiplier les belles années.

Comme je haïssais l'angoisse que réveillait le souvenir de ce bureau. Tout, de ce bâtiment, me révulsait – des chaises sales à la lumière crue. Le tapis présentait des taches qui dataient probablement des années quatre-vingt-dix. Le docteur Bern avait sans doute plus de deux cents ans. Pourtant, on ne lui en donnait pas plus de cent. Il avait toute mon admiration.

Ma mère ne s'était jamais plainte de lui. En vérité, elle ne se plaignait jamais de rien. Elle était simplement reconnaissante d'avoir un docteur qui s'occupait d'elle alors que les assurances maladie refusaient de la couvrir. Je me demandais comment c'était pour les riches. Les salles d'attente de leurs hôpitaux possédaient-elles des machines à cappuccino ? Des mini-frigos de boissons fraîches ? Leur demandait-on leur carte d'assuré avant tout traitement ? Les réceptionnistes les regardaient-ils de haut en bas quand ils avaient compris que la personne en face d'eux vivait aux crochets de l'aide publique ?

Le cancer quittait-il leur corps plus vite que celui des pauvres ?

Comment aurait été la vie de ma mère si nous avions eu de l'argent ?

On nous indiqua de nous asseoir sur les chaises.

Je ne me sentais pas bien.

– Pensées positives, chuchota-t-elle en me serrant le genou, comme si elle devinait que le doute et la colère s'emparaient de moi.

Comment faisait-elle ? Comment parvenait-elle à savoir quand mon esprit me jouait des tours ? Elle y arrivait à tous les coups. Un don de mère, sans doute.

– Ça va. Et toi ? demandai-je.

– Oui, ça va.

Ma mère tout craché. Même au plus bas, elle préférait mentir pour ne pas me tourmenter. Je ne le comprenais pas. Alors qu'elle traversait son deuxième cancer, elle se montrait plus inquiète de mon bien-être que du sien.

Toutes les mères devaient être ainsi – des super-héroïnes, même en étant victimes.

Pendant que nous attendions l'arrivée du docteur Bern, l'horloge retentit bruyamment. Mes ongles rétrécissaient à mesure que je les rongeais. Cela m'était égal. Tant que je ne connaissais pas les résultats, je ne pouvais me concentrer sur rien d'autre.

– Tu as hâte de fêter ton anniversaire ? demanda ma mère en serrant mon bras.

La fête de mon dix-huitième anniversaire approchait. Et franchement, je m'en fichais. Ma priorité, c'était d'avoir les résultats et d'être sûr qu'elle allait bien.

Mais je lui mentis. J'esquissai un sourire dont je savais éperdument qu'elle avait grand besoin.

– Ouais, j'ai hâte. Ça va être génial. Toute la ville sera là. Je crois que j'ai même réussi à persuader Jax de passer.

Jax, c'était mon patron. J'étais son boulet, mais aussi son meilleur ami. La plupart des gens de la ville ne comprenaient pas ce mec grincheux, mais moi oui. Il avait eu sa part de problèmes dans la vie, mais il avait un grand cœur.

En revanche, il ne savait pas vraiment que nous étions meilleurs amis parce qu'il était un peu lent à la détente, mais il allait s'y faire. J'étais comme une sorte de champignon fantastique – qui pousse sur les gens.

– Bien sûr qu'il viendra. Il t'adore, rétorqua maman.

Malgré sa mauvaise humeur, elle avait vu combien Jax m'appréciait.

Ou peut-être que nous étions tous les deux dans le déni ?

Le docteur Bern fit irruption dans la pièce. Je tentai de deviner ses pensées en analysant sa façon de marcher. Allait-il annoncer une bonne ou une mauvaise nouvelle ? Cette nouvelle pesait-elle sur sa conscience ?

Je n'arrivais pas à le savoir.

Résolu, le ventre noué, j'attendais de savoir ce qui était écrit sur les documents qu'il avait dans les mains.

– Bonjour. Pardonnez mon retard.

Sourcils froncés ; expression maussade qui alourdissait son visage ; épaules affaissées, comme d'habitude. Je savais ce qu'il allait nous dire.

Une mauvaise nouvelle.

Le cancer n'était pas parti.

Rien n'avait donc changé ? S'était-il propagé ailleurs dans le corps de maman ? Était-elle en train de mourir ? Combien de temps lui restait-t-il à vivre ? Combien de jours pourrais-je encore passer avec elle ? Me verrait-elle diplômé de l'université ? Me verrait-elle avoir du succès ? Est-ce que…

Je jetai un coup d'œil à maman. Des larmes coulaient sur ses joues. Je clignai des yeux, me demandant pourquoi elle pleurait déjà, pourquoi elle s'effondrait. Je me tournai vers le docteur. Soudain, je réalisai que je m'étais égaré dans mes pensées, obnubilé par le temps qu'il me restait avec ma mère – ma référence, ma meilleure amie.

Eh oui. J'étais un ado de dix-sept ans et ma meilleure amie, c'était ma mère. Je parie que ce serait arrivé à plein d'autres abrutis, si, par deux fois, ils avaient failli la perdre d'un cancer.

Douleur à la poitrine.

J'eus la sensation d'être percuté par un camion. L'air ne circulait plus dans mes poumons. Impossible de respirer. Maman pleure.

Je ne peux pas respirer. Ma mère pleure.

Je veux pleurer aussi.

Je sentais les larmes monter tandis que je déglutissais péniblement et tentais d'être celui qui reste fort. Il le fallait. Voilà ce que c'était que d'être l'homme de la maison – ça voulait dire rester solide même quand on sent que notre cœur se liquéfie en une flaque de souffrance.

– Tu as entendu, Connor ? demanda ma mère, les mains tremblantes en position de prière.

Je croisai son regard et, le temps d'une seconde, j'aperçus une lueur d'espoir. Les lèvres retroussées, elle pleurait à chaudes larmes. Je braquai mon regard sur le docteur Bern, cramponné à ma chaise.

Le même espoir brillait dans son regard et il souriait. Je n'imaginais pas le docteur Bern capable de courber ses lèvres dans ce sens. Tout ce que j'avais reçu de lui par le passé n'était que pessimisme et, là, il souriait, nom d'une pipe !

– Excusez-moi, pourriez-vous répéter ? murmurai-je, trop prudent pour sauter à pieds joints dans l'optimisme avant d'avoir entendu les paroles du docteur.

Celui-ci retira ses lunettes, se pencha en avant avec ce sourire dont j'ignorais l'existence et il répéta :

– On l'a eu, Connor. Ta mère est en rémission.

Je m'affalai sur ma chaise, sentant d'un seul coup se diffuser un tourbillon d'émotions positives. Un sentiment bouleversant de bonheur prenait le dessus sur moi.

Le cancer avait disparu. Ma mère allait bien. Je pouvais enfin respirer de nouveau et laisser les pires années de ma vie derrière moi.

– Maman ?

– Oui ?

– Putain, mais je t'emmène à Disney World.

– Surveille ton langage, Connor.

– Désolé, maman.

CHAPITRE 1

AALIYAH

Aujourd'hui

– Arrête un peu de déprimer comme une fille trop sentimentale, Aaliyah. Regarde-toi. Tu es repoussante. Et tu manges si mal que tes chevilles grossissent, s'exclama Sofia en secouant la tête, lasse.

Rien de tel qu'une colocataire qui vous signale à quel point vous avez mauvaise mine pour vous remonter le moral.

En guise de réponse, je poussai un grognement. Alors elle leva les yeux au ciel.

– Tu vois ? C'est ce qui arrive quand on se laisse aller pendant des semaines à regretter un mec infidèle. Tu es littéralement en train de pleurer un coureur de jupons. C'est gênant. Allez, debout. C'est Halloween, on sort boire un coup.

Cette conversation eut pour effet de m'extirper du canapé pour enfiler un déguisement de Petit Chaperon rouge. Sofia et moi n'étions pas vraiment amies. Nous vivions ensemble depuis quelques mois et tout nous opposait. Elle aimait la fête alors que je préférais rester à la maison pour lire des BD. Mais, depuis ma rupture, je n'arrivais même plus à lire, tant mes larmes abîmaient les pages.

Sofia avait pitié de moi. Je le savais parce qu'elle me l'avait dit par texto : « Ma pauvre, tu me fais pitié. »

C'était quelqu'un de très direct.

Et elle parvint à me faire sortir pour une soirée entre filles avant de m'abandonner au bout de dix minutes, ayant trouvé un mec avec qui se peloter dans les toilettes.

Quelle idée de lui faire confiance ! C'était pratiquement une inconnue. Mais aussi la seule copine que j'avais.

Ta vie est bien triste, Aaliyah.

Gênée, je décidai de rester à l'*Oscar's Bar*. C'était étrange de se sentir seule au beau milieu d'une foule. Puis je sortis prendre l'air. Je tentai de joindre Sofia, qui ne répondait plus à son téléphone depuis une vingtaine de minutes. Trahie par ma coloc. Ce n'était pas une nouveauté. Elle allait sans doute ne plus donner signe quelques jours avant de réapparaître par enchantement dans l'appartement avec un paquet de cigarettes et des histoires à dormir debout. Puis elle me demanderait vingt balles pour acheter des grilles de Loto.

La brise d'octobre effleurait ma peau tandis que j'assistais à un combat entre Thor et Captain America. Un début de guerre civile ?

Je fixais la scène qui se déroulait sous mes yeux. C'était toujours embarrassant de sortir prendre l'air seule. Je n'avais rien pour me distraire. Jamais je ne restais dans les rues de New York le nez collé à mon écran de téléphone au cas où un psychopathe en profite pour m'assassiner en douce.

J'en avais des idées saugrenues ! Regarder son téléphone en pleine nuit pouvait conduire à la mort. J'avais du mal à contrôler mon imagination débordante, sans doute parce que j'avais vu trop d'épisodes d'*Esprits criminels*.

Dans la rue, je regrettai de ne pas être fumeuse. Pas pour le plaisir – je doute que mon cœur et mes poumons puissent supporter le tabagisme. J'aurais simplement aimé pouvoir occuper mes mains. Les fumeurs paraissent toujours à l'aise quand ils sont seuls. C'est parce qu'ils sont occupés à faire quelque chose. Moi, tout ce que je pouvais faire, c'était observer les gens. Oh ! Étais-je en train d'assister à un moment historique ? Thor venait d'asséner à Captain America un coup de poing en pleine poire.

Wonder Woman était là, elle aussi – mais rien de très merveilleux chez elle. J'avais remarqué que Captain America était sorti du bar juste après moi. Lui, semblait-il, n'avait pas peur de passer un coup de fil dans les rues de New York. Sans doute parce qu'un mec a moins de chances d'être harcelé et agressé qu'une femme. *T'en as de la chance, Cap'*.

Alors qu'il était au téléphone, il avait remarqué que Thor braillait et insultait Wonder Woman. Et il n’y allait pas de main morte. Sale pute ! Salope ! Connasse !

Tout à coup, Wonder Woman s’était retrouvée le dos plaqué contre le bâtiment, avec Thor penché au-dessus d’elle pour l’intimider, lui crachant ses paroles à la figure. Elle était petite, mais cette façon qu’il avait de la cerner la faisait paraître encore plus minuscule. Les épaules voûtées, elle tremblait des genoux et laissait pleuvoir les insultes qu’on lui jetait à la figure.

Je détestais ces hommes qui osaient se comporter si mal envers les femmes.

Captain America décolla lentement le téléphone de son oreille. Comme moi, cette altercation retenait son attention.

Thor secoua Wonder Woman contre le mur en brique.

– Hé ! criai-je.

Je me tenais toute droite, pleine d’inquiétude. Wonder Woman pleurait. Elle repoussa Thor qui ne lui laissa pas le temps d’en placer une. Il la frappa. J’en fus transie. Ce n’était pas un petit coup. Ou une gifle. Non. Il lui avait balancé un coup de poing au visage.

C’était du jamais-vu pour moi. Deux rixes en une soirée. Rien à voir avec les films. Cela m’affectait plus que ce que j’avais imaginé. Voyant la fille porter sa main à son visage et crier, je sentis une vive douleur le long de la mâchoire.

Je marchai vers elle et ouvris la bouche pour redire quelque chose, mais trop tard, Captain America était entré en scène.

– Lâche-la ! aboya-t-il en s'approchant du duo.

Il avait l'accent du Sud. Une voix grave et rocailleuse à l'intonation méridionale. Étrangement, cela me surprit.

– Et si tu t'occupais de ce qui te regarde ? bredouilla Thor, saoul, de toute évidence, et belliqueux.

– Ça me regarde que tu t'en prennes à une femme, renchérit Captain.

Refusant de céder, il collait son torse contre celui de Thor.

Montre-lui, Captain !

Je l'encourageais dans ma tête.

– Elle est à moi. Je peux faire ce que je veux d'elle, dit Thor.

À toi ? Quel salopard ! Qui peut bien oser parler comme ça ? De quelle planète d'un autre âge venait ce super-héros ? Par ses actes, il ressemblait davantage à Loki qu'au héros de Asgard.

– Tu vas bien ? demanda Captain America à Wonder Woman, sans se soucier de l'imbécile qui lui parlait.

– Ne t'approche pas d'elle ! cracha Thor en agrippant fermement la jeune femme par le poignet et en la faisant valser derrière lui.

Elle trébucha avant de s'écrouler au sol. Dans un grand fracas, elle atterrit sur les mains, s'écorchant sans doute la peau au passage. Cela me fit mal au cœur.

Son compagnon ne jeta même pas un œil vers elle pour voir si elle allait bien. Captain America, oui. Il s'avança pour l'aider. Mais Thor l'arrêta d'un coup de poing.

Je sentis mon corps se crisper, une fois de plus. Regarder une deuxième personne se faire tabasser n'était pas plus facile. Mon cœur s'emballa devant ce spectacle. Le plus triste, c'était de voir tous ces gens passer sans même remarquer la scène.

Captain America trébucha légèrement avant de se redresser. Il essaya d'aider la fille à se relever. Seulement, au lieu d'accepter sa main, elle s'insurgea comme une cinglée.

– Fous-nous la paix, connard ! hurla-t-elle.

Elle s'était relevée et mise à le frapper à l'aide de son lasso. Comme s'il n'avait pas tenté de la protéger de son abruti de mec violent.

Quelle mauvaise plaisanterie !

Le fouet claquait tellement fort que je finis par m'interposer, lui arrachant son arme des mains avant de la jeter par terre.

– Il essayait de t'aider ! m'écriai-je, écœurée par tout ce qui se passait.

Elle me dévisagea, les yeux injectés de sang, puis les leva au ciel avec une telle exagération que je me demandais comment elle pouvait encore y voir.

– La ferme ! Allez, Ronnie, on se tire de là, clama Wonder Woman en prenant la main de Thor.

Ce dernier passa son bras autour d'elle et l'embrassa sur la tempe. Ils s'éloignèrent, presque guillerets. La quintessence d'une relation toxique.

Quelle étrange soirée d'Halloween !

J'aurais aimé que Mario assiste à la scène avec moi. Je me demandais comment il aurait géré la situation. *Je parie qu'il serait intervenu. Je parie qu'il aurait agi comme un super-héros. Je parie que...*

Stop. Non. Qu'il aille se faire foutre !

Pourquoi pensais-je à mon ex ? Étais-je saoule ? Non, juste triste. C'était drôle, saoule ou triste, j'avais les mêmes pensées.

– Merde, grogna Captain America en se frottant la tête.

Le chouchou de l'Amérique avait pris un sacré coup. Alors qu'il retournait vers le bar, je fis quelque chose de totalement inattendu : pour la deuxième fois de la soirée, en moins d'une minute, je m'immisçai dans la vie quelqu'un.

– Hé, tu as fait tomber ça, criai-je en me penchant vers son téléphone et son bouclier tombés au sol.

Je ramassai ses affaires et me dirigeai vers lui tandis qu'il continuait à se masser la mâchoire. Celle-ci était sexy et fidèle à Captain America : ciselée à la perfection.

Lorsqu'il se tourna vers moi, je retins mon souffle. Qu'il était beau ! Je savais que les hommes n'aimaient pas qu'on dise ça d'eux, mais je n'avais pas d'autre mot. Des yeux d'un bleu intense comme jamais je n'en avais vu dans ma vie. Comme si l'océan avait élu domicile dans son âme. Des lèvres charnues surmontées d'un petit arc de Cupidon et une barbe parfaitement entretenue. Malheureusement, son œil gauche était déjà gonflé, mais cela n'altérait pas sa beauté. Un super-héros qui aurait pu poser pour une publicité Calvin Klein.

– Je dois faire peur à voir.

Il se mit à rire en secouant la tête, puis récupéra les affaires que je lui tendais.

– Pardon ?

– Vu comment tu me regardes, ça doit se voir qu'on m'a tabassé. Ce qui est… vrai. Tu as tout vu ?

– Oui, tout.

Les bras croisés, je m'efforçais d'ignorer les frissons qui me gagnaient. Je devais retourner à l'intérieur avant d'avoir trop froid.

– Quel abruti, ce Thor ! Ce que tu as fait était courageux.

Il écarta les bras en esquissant un sourire.

– C'est grâce au costume, déclara-t-il, puis son sourire s'effaça lorsqu'il toucha le bord de son œil. Je pensais pourtant que ça se terminerait différemment.

– Laisse-moi deviner : tu imaginais que la fille te remercierait de l'avoir sauvée d'un homme violent ?

– Ouais, quelque chose comme ça.

Je haussai un sourcil.

– Tu n'es pas d'ici, hein ?

Il se mit à rire.

– Mon accent m'a trahi ?

– Non. Plutôt le fait que tu aies voulu intervenir. La plupart des New-Yorkais baissent la tête et poursuivent leur chemin.

– Je n'ai jamais été très doué pour ça. Et puis Mam' m'aurait tué si elle avait appris que, face à une situation aussi lamentable, j'avais continué mon chemin.

Sans trop comprendre pourquoi, j'avais aimé la façon dont il avait prononcé « Mam' ». C'était vraiment un gars du Sud.

– Je suis désolée qu'il n'y ait pas eu une fin de bande dessinée.

– Pas grave, dit-il en souriant. Peut-être la prochaine fois.

Son sourire faisait encore plus briller ses yeux. Il passa son pouce sur son nez, puis hocha la tête dans ma direction.

– Merci, Rouge.

– Rouge ?

Il fit un geste vers moi. Je parcourus mon corps du regard, puis levai les yeux au ciel. Bien sûr… le Petit Chaperon *rouge*.

– Ah oui. Merci, Captain, le sauveur de ces dames.

Sauveur de ces *dames ? Tu ne pouvais pas faire plus foireux, Aaliyah ?*

Il continuait de sourire en m'observant, de la tête aux pieds. Pas de façon envahissante. Juste comme s'il me contemplait dans mon ensemble. Un moment bref, sans une once d'irrévérence. Et puis, d'ailleurs, j'avais fait la même chose avec lui.

Il plongea ensuite son regard bleu dans mes yeux noirs.

– Je peux t'offrir un verre ? demanda-t-il, l'œil contusionné.

Il lui fallait beaucoup de courage pour me proposer un verre après une telle déconfiture. Cela suscita mon admiration. À sa place, je me serais déjà précipitée dans le métro pour panser mes blessures et éviter toute interaction humaine jusqu'à la fin de mes jours. Ainsi aurait pu commencer mon histoire de méchante de bande dessinée : dégommée par Wonder Woman et par Thor devant un bar de New York.

Mais notre Captain America avait bien la trempe des héros. Il paraissait n'avoir jamais été aussi sûr de lui.

J'hésitai un instant à accepter son invitation. D'un côté, je n'étais pas d'humeur à interagir avec le sexe opposé. De l'autre, c'était ça ou rentrer à la maison, boire du vin, pleurer en écoutant Taylor Swift, en regardant de vieilles photos de Mario et moi, et en relisant d'anciens messages.

– Captain America, dis-je en m'approchant de lui pour lui tapoter le dos. Laisse-moi t'offrir un verre. Tu en as plus besoin que moi.

CHAPITRE 2

AALIYAH

Il avait choisi du whisky. Je me disais qu'il devait faire plus jeune que son âge. À mon âge, qui buvait du whisky ? La plupart des mecs préfèrent la bière ou des shots des spiritueux les moins chers du marché. Moi, je buvais du Long Island, comme une gamine. Lorsque j'attrapai mon sac pour régler la note, il avait déjà demandé au serveur de tout mettre sur son ardoise.

– Hé ! protestai-je en lui lançant un regard sévère.

Il haussa les épaules.

– Désolé. Chez moi, c'est toujours l'homme qui invite la jolie fille.

Il venait de dire que j'étais jolie ! Je fis comme si de rien n'était.

– On n'est plus en 1918, Captain. Les temps ont changé.

– Je vois que Mademoiselle s'y connaît.

– Je suis fan de bandes dessinées. J'ai aussi eu une période d'adoration de Chris Evan, qui n'est d'ailleurs pas terminée.

– Ça ne m'étonne pas. T'as vu les fesses de ce mec ?

– Les fesses de l'Amérique, plaisantai-je en levant mon cocktail. Merci, mais je tiens à dire que ce n'est pas parce que tu m'offres un verre que je te dois quelque chose en retour. Tu peux faire une croix sur ma gentillesse et sur mon corps.

Il se mit à rire avant d'acquiescer.

– Merci, au moins c'est clair. Ce serait pareil dans l'autre sens ?

– Oh non, dis-je en secouant la tête. Tu me devrais ta gentillesse et ton corps.

– Ça fait très arriéré.

Je haussai les épaules.

– Ce n'est pas moi qui fixe les règles. Je ne fais que les suivre. Au fait, tu as quel âge ?

– Vingt-cinq ans. Et toi ?

– Vingt-deux. Je savais que tu étais vieux, vu que tu bois du whisky.

Il éclata de rire.

– Je n'ai que trois ans de plus que toi.

– Beaucoup de choses peuvent changer dans la vie en trois ans.

– Tu n'as pas tort. Il y a trois ans, je ne buvais pas encore de whisky. Mais depuis, je collabore avec des hommes plus âgés qui me servent de bons verres. Et je me suis adapté.

– Tu aimes vraiment ça ou c'est juste qu'on t'a forcé à l'apprécier ?

– Ah, la vieille question du libre arbitre. Et de l'influence des autres sur nos choix, s'exclama-t-il en tapotant son menton du doigt. Je pense que j'aime vraiment ça.

– D'après moi, on peut aussi se mettre à aimer ce que la société nous impose.

Il m'observa, les yeux mi-clos. On aurait dit qu'il voulait sonder un mystère. Puis il cligna des paupières et souleva son verre, avant de me dévisager de nouveau. J'eus brièvement l'impression que nous étions seuls au milieu du bar bondé. Perdue dans son regard, je ne le quittai des yeux qu'au moment où un Casimir me rentra de dedans, ce qui eut pour effet de me faire redescendre sur terre.

– Tu veux qu'on trouve une table ? demanda-t-il avec empressement.

Quand Casimir m'avait heurtée, il n'avait pas détourné le regard. Il était resté fixé sur moi, si bien que je n'avais pas eu de mal à replonger mes yeux dans les siens.

– Si tu arrives à trouver une table avec cette foule, je prendrai un deuxième verre avec toi, plaisantai-je, persuadée qu'il était impossible d'en trouver une libre dans un bar, le soir d'Halloween.

Haussant un sourcil, il m'adressa un joyeux sourire.

– Défi accepté. Suis-moi.

J'obéis. Nous fîmes le tour du bar – non pas une fois, deux fois, mais trois. Chaque tour se solda par un échec. Alors nous nous approchâmes d'un escalier qui menait à l'étage, la réserve du bar. Captain claqua dans ses mains et s'assit sur l'escalier. Il désigna la marche en dessous de la sienne, m'invitant à le rejoindre.

– Ce n'est pas vraiment une table, dis-je en sirotant mon Long Island. Donc tu as échoué.

– En quoi consiste une table ? prêcha-t-il. Ce n'est qu'un concept inventé par quelqu'un, puis diffusé à tout le monde.

J'éclatai de rire.

– Si tu vas par là, tout est concept dans la vie.

– « Il n'y a pas de faits, seulement des interprétations », a dit Nietzsche.

De nouveau, il me fit signe de m'asseoir et j'obtempérai car je le trouvais drôle. Cela faisait des semaines que je ne m'étais pas amusée. Je m'étais surtout sentie triste et seule. Quel bonheur de vivre autre chose, ne serait-ce qu'un instant !

– Tu aimes la philosophie ? demandai-je.

Sans trop le montrer, il parut surpris de voir que je connaissais Friedrich Nietzsche.

– J'ai suivi un cours de philosophie à la fac, avant d'abandonner les études. Ça a changé ma vie. Je suis tombé dedans, puis je me suis mis à chercher la vérité en me documentant sur les grands auteurs. Tu sais, Platon, Nietzsche, Aristote, Socrate. Je pourrais parler d'eux pendant des heures.

Son côté intello avait quelque chose de sexy. Malgré l'antinomie de ces catégories, l'intello sexy était hélas un cliché qui perdurait.

– D'accord, alors parle-moi d'Aristote, exigeai-je en levant mon verre vers lui avant d'en prendre une gorgée. Quelles sont tes citations préférées ?

Il se redressa, satisfait du défi :

– « L'espérance est le songe d'un homme éveillé. »

J'aimais sa façon de parler. Surtout, le lien qui le reliait à ses paroles et à la personne à qui il les destinait. Captain America s'adressait à moi comme si j'étais la seule personne qui existait. Ça me donnait des frissons.

L'espérance est le songe d'un homme éveillé.

– Ça t'arrive de faire des rêves éveillés ? demandai-je.

Il sourit, puis il prit une gorgée de son verre.

– J'espère, dit-il en se grattant la barbe et en retroussant légèrement le nez. Mais citer les philosophes me donne un air de petit con prétentieux. Je crois qu'il est temps de t'informer que je suis aussi très doué en mauvaises blagues.

Ce qui me fit rire.

– Je vais avoir besoin de preuves.

Il se pencha vers moi. Quel regard… J'en eus des palpitations.

– Pourquoi le hibou est-il heureux ?

– Je ne sais pas. Pourquoi ?

– Parce que sa femme est chouette.

J'éclatai de rire en secouant la tête, incrédule.

– Tu as raison. C'est nul.

– Pourquoi les brebis sont-elles toujours célibataires ?

– Je veux savoir.

– Parce qu'elles se font envoyer paître.

Il me fallut un instant pour faire le lien, mais quand j'y parvins, j'éclatai de rire.

– Alors comme ça, tu possèdes quantité de citations et de blagues nulles, hein ?

Il se tapota la tempe.

– C'est flippant, là-dedans. J'y stocke un nombre terrifiant d'informations inutiles. Enfin, il y a aussi beaucoup de choses utiles. Ça s'équilibre.

– Je vois ça.

– Est-ce que mes blagues m'ont rendu moins prétentieux ?

– Oui. Un peu ringard, mais à ce qu'il paraît, c'est à la mode d'être ringard cette année.

– Tant mieux. Sinon, je serais dans la merde.

Je lui adressai un sourire qu'il me rendit sans effort. Pendant un moment, nous ne fîmes que nous sourire, mais le silence n'était pas gênant. Ça faisait du bien, comme si rester sans parler en sa présence était normal.

Puis nous reprîmes la conversation, et cela aussi paraissait normal.

Nous abordâmes plein de sujets. J'étais étonnée de rire autant. Impossible de me souvenir de la dernière fois où j'avais ri aussi franchement.

– Ne vous asseyez pas sur ces marches, ordonna un serveur, dressé devant nous, un plateau rempli de vaisselle sale dans les mains.

Nous nous relevâmes sur-le-champ avant de nous éloigner, nos verres vides à la main. L'employé marmonna quelque chose au sujet des clients emmerdants. Difficile de lui en vouloir. La foule d'Halloween devait être pénible.

– Nos verres sont vides, observa Captain America en secouant le sien dans les airs.

– Dommage, je passais un bon moment avec toi.

– Si seulement on trouvait le moyen de prendre un autre verre !

J'esquissai un sourire narquois.

– Dans ce cas, c'est moi qui invite. Un point, c'est tout.

– Si c'est la seule solution pour pouvoir continuer à discuter avec toi, je m'incline. À toi l'honneur.

Brave garçon.

Le cocktail commençait à faire effet. Je me sentais bien, détendue. Mais mon deuxième verre serait de l'eau. Je suivais toujours cette règle stricte qui consistait à boire de l'eau après chaque verre d'alcool. Je ne buvais jamais pour perdre le contrôle. Pour moi, une bonne soirée se résumait à être légèrement pompette. Je gardais toute ma tête ; j'avais simplement les sens un peu plus en éveil.

Au bar, je commandai les boissons. Captain eut l'air déçu de ne pas payer, mais il n'émit aucune résistance. Je ne comprenais pas pourquoi il voulait à tout prix me parler. Peut-être était-ce aussi facile pour lui de discuter avec moi que cela l'était pour moi.

Peut-être que lui aussi appréciait la fluidité de notre conversation.

– Au fait… ça fait une demi-heure qu'on parle et je ne sais toujours pas comment tu t'appelles, P'tit Chaperon rouge.

Je retins mon souffle. J'avais remarqué ce détail, mais je trouvais ça amusant.

– Ne révélons pas nos prénoms. Quand on le fait, la magie s'éteint. Tout devient… sérieux. Franchement, au point où j'en suis dans ma vie, je n'ai pas envie de quelque chose de sérieux.

Il fronça les sourcils, mais n'insista pas.

– D'accord, tu seras donc « Rouge ».

– Et toi, « Captain ». Cap' pour faire plus court, évidemment. Je…

– Oh putain ! s'écria Captain, puis il prit nos verres et se précipita plus loin, me laissant là, hagarde.

Je lui emboîtai le pas, comprenant la situation. La table d'un box venait d'être libérée par Fée Clochette et Peter Pan. Captain s'y installa. Son impétuosité à revendiquer cette table me fit sourire. Une bonne dose de fierté illuminait son visage. Bombant le torse, il indiqua le siège à côté de lui.

Je me glissai dans le box en laissant un peu d'espace entre nous, même si, au fond, j'avais envie d'être plus près de lui.

– Puisqu'on n'échange pas nos prénoms, j'en déduis que tu ne me donneras pas non plus ton numéro à la fin de la soirée.

Je secouai la tête.

– Probablement pas.

– D'ac. Donc ça veut dire qu'on ne se reparlera plus jamais dans la vie.

– Oui.

– Alors… amorça-t-il penché vers moi, caressant ses lèvres de son pouce, le regard pétillant, comme s'il tramait quelque chose, quelle est la meilleure chose qui te soit arrivée cette année ?

Cela me fit rire.

– Grande question !

– Je pose dès le départ les grandes questions, vu que je n'en aurai plus jamais l'occasion. C'est important de ne pas perdre de temps.

La boule au ventre, je m'agitai sur le siège. Il exigeait que je lui dévoile tout, le temps d'une soirée, alors qu'en général, je séquestrais mes pensées. Comme un journal intime cadenassé dont j'étais la seule à détenir la clé. Jamais je ne partageais ce que je pensais avec qui que ce soit. D'ailleurs, cela n'aurait intéressé personne.

Pourtant, à lui, je voulais bien les confier. Parce que j'avais un peu bu ? Parce qu'il avait un air facétieux ? Qu'importe, j'acceptai de tout partager.

– J'ai décroché un stage pour exercer le métier de mes rêves. Je serai mal payée et peu reconnue. Mais peut-être qu'un jour je gravirai les échelons et deviendrai rédactrice au sein du magazine.

– Rédactrice ? Donc tu es écrivain ?

– Écrivain en herbe. Bientôt, je serai diplômée en journalisme. Et j'aimerais devenir rédactrice senior.

– Tu y arriveras, dit-il avec tellement d'assurance que j'étais à deux doigts de le croire.

– Pas sûr. La concurrence est rude, surtout à New York.

– Tu aimes écrire ?

– Oui.

– Alors la concurrence n'a pas d'importance. Si tu as un rêve, il faut te battre pour qu'il se réalise.

– On est nombreux à se battre pour le même rêve.

Il s'inclina contre le siège, le bras posé sur le dossier.

– En pensant que d'autres ont le même rêve, tu gâches ton énergie. Ce qui devrait compter le plus, c'est ton rêve. La vie est courte. Pas le temps d'observer ce que font les autres. Ça nous dévie de notre destin.

J'esquissai un sourire.

– Tu sembles avoir un rêve, toi aussi.

Il parcourut le bar du regard et secoua la tête.

– Es-tu déjà montée sur la terrasse de cet immeuble ?

– Non, jamais.

– Elle offre une vue incroyable. J'y viens au moins une fois par semaine, pour respirer et me changer les idées.

Sur ce, il se leva, prit son verre et me tendit la main.

Je fronçai les sourcils.

– Tu as fendu la foule pour cette table et tu l'abandonnes pour aller sur le toit ?

– Parfois, il faut agir vite quand l'instinct te l'ordonne.

– Quel philosophe a dit ça ?

Il se mordilla les lèvres et haussa les épaules.

– Moi.

Impressionnant.

Il insista, la main tendue.

– Tu me fais confiance ?

– Quand quelqu'un me demande ça, en général, je n'ai plus confiance.

– Comme tu voudras. Je suis un parfait inconnu. La confiance, ça se gagne. Je ne l'ai pas encore gagnée. En revanche, je voudrais quand même te montrer la terrasse.

Je savais que c'était idiot, mais je voulais y aller.

Priant pour ne pas avoir à utiliser la bombe lacrymo glissée dans mon soutien-gorge, je lui donnai ma main. Dès que nos peaux se touchèrent, une vague de chaleur déferla en moi. Ce geste portait la marque de l'évidence.

Il me guida à travers le bar bondé. De temps en temps, je baissais les yeux sur nos mains liées. Après une rupture, on est en manque de ces petites choses : rire avec l'autre, se faire des câlins, se tenir la main.

Se tenir la main. Un si mince exploit dans une relation, pourtant, quand c'est fini, c'est ce qu'on regrette le plus.

À l'arrière du bar, une porte nous attendait. Mon voyant était au rouge. Il lâcha ma main et ouvrit la porte. Devant nous, un escalier qui paraissait interminable.

– Après toi, dit-il en montrant les marches.

– Non, répondis-je en dodelinant du chef. Hors de question que je monte devant toi. Ça fait scène de crime.

Il plissa les yeux.

– Tu me fais confiance ?

– Non.

– Très bien.

Il sourit et, bon sang, quelle idiote car, au fond, je faisais confiance à ce sourire. Ce devait être comme ça qu'opéraient les tueurs en série.

Quelle pensée tordue, Aaliyah ! Ce qui était encore plus tordu, c'était que je voulais monter ces putains de marches.

– Je passe en premier et je prends de l'avance, comme ça, tu te sentiras plus en sécurité, dit-il, le regard soucieux. Sinon, on peut retourner dans le bar et chercher une autre table.

Que les choses soient claires : je n'étais pas une rebelle. Je n'étais pas du genre à enfreindre les règles, à répondre aux gens. Je faisais partie de ces gens qui proposent toujours leur siège aux personnes âgées dans le métro. Or, pour une raison étrange, gravir cet escalier m'apparaissait comme quelque chose d'interdit.

– On a le droit de monter ? demandai-je, ayant remarqué que personne ne s'intéressait à cet escalier qui semblait un peu caché.

– Moi, j'ai le droit. Tu seras mon invitée.

– Pourquoi as-tu le droit d'y aller ?

– Je travaille avec le propriétaire de cet immeuble.

– Quel genre de travail ?

Avec un sourire en coin, il leva les mains.

– Si tu n'es pas à l'aise, Rouge, on n'est pas obligés d'y aller. Ou alors je peux essayer de trouver Tommy pour qu'il te rassure.

– Qui est Tommy ?

– Le propriétaire du bar.

– Tu travailles avec lui ?

– Non. Tommy n'est pas propriétaire de l'immeuble. Mais il connaît l'investisseur avec lequel je travaille.

Je plissai les yeux et rongeai doucement le bout de mon pouce – un tic nerveux. Il suivit mon pouce du regard, puis il plongea ses yeux dans les miens.

Je m'éclaircis la voix.

– Ça t'ennuie si on demande à Tommy ?

Il se mit à rire en secouant la tête.

– Il n'y a pas plus tard qu'une heure, je me faisais tabasser devant le bar. Puis, après ce moment ultra humiliant, tu m'as proposé un verre et redonné le sourire. Rien ne peut plus m'ennuyer, Rouge. Allez, viens.

Il me tendit de nouveau la main pour nous conduire dans le bureau à l'arrière du bar. Je réalisai alors que sa peau m'avait manqué.

À notre arrivée dans la pièce, un homme s'apprêtait à se lever.

Croisant le regard de Captain, il s'adressa à lui.

– Salut…

– Ne prononce pas mon nom ! cria Captain qui, paniqué, faisait des signes avec les mains.

Tommy fronça les sourcils, étonné.

– Euh, d'accord… Comment ça va, mec ? Désolé, il faut que je retourne les aider. T'as vu le monde ?

– Pas de problème. Juste une question : on peut aller sur le toit ?

Tommy se mit à ricaner.

– Depuis quand tu demandes la permission ?

– Je voudrais amener mon amie là-haut, dit-il en me montrant de la main.

– Écoute-moi bien, si tu tringles le Petit Chaperon rouge sur le toit, je te tue.

Je rougis, mais pas autant que Captain, qui était devenu rouge écarlate.

– Tu te trompes, mec. Je veux juste lui montrer la vue.

– La vue devant laquelle tu rêvasses comme une pucelle, plaisanta Tommy en faisant rougir Captain de plus belle.

Mon inquiétude baissait en les observant interagir.

– Allez, fais-la monter. Cet endroit est plus à toi qu'à moi, poursuivit-il avant de se tourner vers moi : Je suis désolé s'il fait le mariole, là-haut. Ce type est un loser.

Tout en riant, Captain donna quelques petits coups dans le dos de Tommy.

– Moi aussi je t'aime, Tom.

Puis Captain me lança un regard interrogateur, attendant que je réagisse.

Je hochai la tête en souriant.

– C'est parti.

Gravir l'escalier en colimaçon fut un effort pour mon cœur. Arrivée en haut, j'étais à bout de souffle, comme si j'avais couru un marathon. Captain n'avait pas l'air du tout essoufflé. Sans doute grâce à ses super-pouvoirs.

– Je devrais faire plus souvent du step master à la salle de sport, dis-je, le souffle court.

– Cette machine est horrible, fit-il en posant la main sur la poignée de la porte. T'es prête ?

– Oui.

Dehors, je laissai échapper un petit cri de surprise.

– Ça alors, m'exclamai-je, ébahie, le regard plongé dans la nuit.

C'était tellement haut. J'avais du mal à réaliser toutes les marches que nous avions dû gravir. Le panorama était infini, avec les lumières de New York et le ciel étoilé en toile de fond.

Incroyable. Tout était si beau à cette hauteur.

– Waouh ! murmurai-je.

– Bien dit, renchérit Captain America en prenant ma main.

J'appréciais de plus en plus cette attention.

Depuis le bord du toit, il me montra la ville animée, les yeux écarquillés, débordant d'enthousiasme.

– Voilà ce que je veux. Je travaille dans l'immobilier, mais mon rêve, c'est de créer. De construire. Racheter des immeubles comme celui qu'on voit là-bas et les transformer en appartements de haut standing pour les gens défavorisés. Imagine ça, Rouge. Ce serait incroyable d'offrir du luxe à tous les laissés-pour-compte !

– C'est génial comme idée, mais ça coûterait beaucoup d'argent, non ?

– C'est sûr, dit-il en souriant de plus belle. Raison pour laquelle il me faut gagner plein de pognon. Je m'en fous d'en perdre un peu, si je suis méga riche. Je veux pouvoir le redistribuer aux gens qui ont grandi sans ressources. Et, en plus des logements, je veux offrir des serres pour que les gens puissent jardiner et se nourrir en été et en automne. Des potagers partagés pourraient améliorer tellement de vies. Ce serait génial. Ces complexes proposeront des activités pour les enfants dont les parents travaillent et qui cumulent souvent deux, voire trois boulots, pour garder la tête hors de l'eau. Et aussi, les appartements posséderont des baignoires pour que les mères célibataires puissent profiter de moments de détente et de solitude. J'ai tellement envie de réussir à monter ce projet. Tout ce que je veux, c'est aider les gens.

Sa passion était là, juste derrière ses yeux. Tout ce qu'il disait lui venait du plus profond de son âme. Lorsqu'il décrivait son rêve, je sentais mon cœur accélérer.

Moi, je n'avais pas réfléchi à de si grands projets pour ma vie.

– Je trouve que c'est formidable, commentai-je, tout près de lui.

Il ne l'avait probablement pas remarqué, mais je m'étais rapprochée de quelques centimètres, car j'aimais la ferveur qui se dégageait de lui.

– J'y arriverai, ajouta-t-il en hochant la tête, en proie à un pur bonheur. Et ce sera extraordinaire.

– Qu'est-ce qui t'a poussé à avoir ce rêve ?

Il tourna la tête vers moi avant de s'asseoir par terre sur les dalles en pierre. Je l'imitai, m'asseyant à côté de lui. Genoux pliés, il passa ses bras autour de ses jambes.

– Enfant, j'étais pauvre. Ma mère était seule et nous n'avions rien. La situation a empiré quand elle a eu un cancer.

– Mince, je suis désolée.

– Ça va, précisa-t-il en me donnant un petit coup de genou. Elle va bien. Ça fait des années qu'elle est en rémission, Dieu merci. Mais grandir sans trop de confort, ça m'a rendu très sensible à ça. Enfant, j'ai dû apprendre à me débrouiller pour obtenir ce dont nous avions besoin, ma mère et moi. Mais je sais que j'ai eu plus de chance que la plupart des gens. Je vivais dans une petite ville où l'entraide existait. Comme les gens avaient de la peine pour moi, ils me donnaient des petits boulots à faire.

– Le contraire de New York.

Il éclata de rire.

– Tout à fait le contraire.

– Je trouve ça noble. J'ai grandi dans un quartier de cette ville sans beaucoup de moyens, alors je sais combien ça peut être dur de lutter pour maintenir un équilibre, physique et mental. Je ne pourrais pas imaginer vivre ça avec un enfant.

– Souvent, je me demandais vraiment comment faisait ma mère pour y arriver. C'était une sorte de super-héroïne.

– Ça doit être de famille. Je me demande à quoi ressemble la mère de Captain America, dis-je en serrant mes jambes contre mon buste.

– Elle devait ressembler à Wonder Woman. Mais depuis qu'elle m'a tabassé, je suis moins fan.

J'esquissai un sourire.

– Tu es proche de ta mère.

– Ça fait pas très dur à cuire, mais ma mère est ma meilleure amie.

Cela me fit chaud au cœur. Un fils à sa maman.

– Et ton père ?

Il changea d'attitude, affichant une expression maussade, puis il secoua la tête.

– Un bon à rien qui a quitté ma mère après l'avoir trompée quand j'étais môme.

– Tu as déjà essayé de le retrouver ?

– Non, je me dis que si c'était un homme, un vrai, il aurait fait cette démarche. J'ai passé dix-huit ans de ma vie au même endroit. Il savait où me trouver, mais il n'est jamais venu.

Il se mit à agiter machinalement ses doigts ; un tic nerveux ou un truc qu'il faisait lorsqu'il était mal à l'aise. J'aimais ça chez lui – découvrir tant de strates différentes de sa personnalité en si peu de temps. Je l'avais vu heureux, passionné et ténébreux. Cela le rendait plus humain que le super-héros qu'il incarnait ce soir-là.

– Et toi ? Tu t'entends bien avec tes parents ?

Je savais que cette question se présenterait, mais je n'étais pas tout à fait prête. À vingt-deux ans, j'étais toujours aussi mal à l'aise quand on m'interrogeait sur ma famille. Non pas que ce sujet me gêne. Cela faisait longtemps que j'avais accepté ce qui m'était arrivé et les conditions dans lesquelles j'avais grandi. Ce qui me dérangeait le plus quand j'en parlais aux gens, c'étaient les regards de pitié que je suscitais. Des regards remplis de culpabilité, comme si c'était de leur faute si je n'avais pas de famille.

– Je suis orpheline et j'ai grandi en foyer. Je n'ai jamais connu mes parents.

– Oh.

Il s'interrompit un instant, le regard braqué sur ses mains. Lorsqu'il leva les yeux vers moi, il n'affichait pas cette pitié à laquelle je m'étais habituée. Il me demanda plutôt :

– Quel impact ça a eu sur toi ?

Je fus vraiment surprise par cette question. Personne ne me l'avait jamais posée après avoir entendu mon aveu. La plupart des gens m'offraient une empathie convenue, puis ils déclaraient que je méritais tout l'amour du monde. Ils martelaient aussi que chacun peut construire sa propre famille, que le début d'une vie ne détermine pas la fin. Des réponses toutes faites. Jamais on ne s'intéressait à moi.

Les paroles de Captain America eurent un effet un peu différent. Une question lourde de sens, mais vraiment sincère. Est-ce que j'appréciais ou pas sa réaction ? Je l'ignorais.

– Tu veux la vérité ou un mensonge enjolivé ? je demandai.

Il sonda les lumières de la ville avant de me faire face.

– La vérité. Toujours la vérité.

– C'est la raison pour laquelle j'ai beaucoup de mal à faire confiance. Mais je souffre aussi de dépendance affective. Ce n'est pas agréable de le reconnaître, mais je pense que j'adule beaucoup plus l'amour que la moyenne. Pas seulement l'amour romantique, mais l'amour tout court. L'amour des amis, l'amour et l'admiration de mes professeurs, de mon patron. Je veux que les gens… m'aiment. Parce que, quelque part dans ma tête, j'ai intégré le fait que c'est le nombre de personnes qui nous aiment qui fixe notre valeur en tant que personne.

– Tu veux juste plaire aux gens.

– Beaucoup trop. En première année de fac, j'ai raté un examen d'histoire, ce qui m'a fait pleurer tout le week-end. Le lundi suivant, j'apportais au prof des muffins à la myrtille pendant son heure de permanence parce qu'il nous avait dit que c'était ses préférés, et je me confondais en excuses d'avoir échoué. Jamais je n'oublierai ce qu'il m'a dit, droit dans les yeux : rater un examen n'est en aucun cas la preuve qu'on est un raté. J'ai encore du mal à accepter cette idée.

– Tu es trop dure envers toi-même, Rouge.

– Comment peux-tu le savoir ? Ça ne fait qu'une heure que tu me connais.

– Je pense qu'on peut connaître une personne en quelques minutes si on l'observe attentivement.

– C'est ce que tu fais ? Tu perces le mystère des gens ?

– Oui. C'est pratique pour mon travail. Il faut que je décrypte rapidement les clients de mes ventes immobilières. Ça me permet de savoir quel masque adopter.

– Tu affiches un masque différent selon les personnes ? Ça paraît épuisant.

Il haussa les épaules.

– Pas vraiment. Tout le monde le fait. Simplement, certaines personnes n'en sont pas conscientes. Pour moi, ces masques ne sont que des versions différentes d'une même personne. Les humains sont complexes.

Plus il parlait, plus je redoutais de ne plus jamais l'entendre une fois la nuit passée.

– C'était quoi le mensonge enjolivé par rapport à ma question ?

– Oh, dis-je en me redressant avant de dégainer un sourire forcé. Mon enfance n'a eu absolument aucun effet sur ma vie. Pour moi, on est maître de son destin. Le passé ne nous définit pas.

– Je vois dans tes yeux que tu mens.

Je me tournai de nouveau vers la nuit.

– Sans doute parce que tu me regardes de trop près.

– Je ne peux pas m'en empêcher. Te regarder, c'est la meilleure chose que j'ai faite depuis longtemps.

Je laissai échapper un rire tout en essayant de calmer mes frissons.

– C'est la phrase que tu utilises avec toutes les filles ?

– Non, mais vu comme ça t'a fait rougir, je vais peut-être m'y mettre, plaisanta-t-il.

– Alors il va falloir que tu redoubles d'efforts. Je n'ai pas rougi. J'ai juste froid aux joues.

Il fronça les sourcils, inquiet.

– Nous pouvons retourner à l'intérieur. Il fait un peu…

– Non. En fait, j'ai menti. Pour pas que tu saches que tu m'as fait rougir.

– Tu es belle.

Je levai les yeux au ciel. Cette soudaine déclaration me fit rire.

– Tais-toi. Tu m'as déjà fait rougir une fois. Pas besoin d'en remettre une couche.

– Je le pense vraiment. Tu es belle. Je ne parle pas de ton apparence, qui est magnifique, aussi. Mais ce que tu es à l'intérieur, c'est vraiment beau.

La timidité me gagna. Je changeai de position, croisant mes jambes l'une sur l'autre.

– Tu ne me connais même pas.

– Je te l'ai dit, j'ai un don pour comprendre les gens.

– Tu n'es pas le seul à avoir ce don. J'ai toujours été une grande timide qui aime beaucoup observer les gens. J'ai appris à les analyser dès mon jeune âge.

– Ah bon ?

– Oui. Entre ça et tout ce que j'ai découvert en regardant *Esprits criminels,* je suis une observatrice hors pair.

– Okay, Rouge, dit-il en se tournant vers moi avant de croiser les jambes, effleurant au passage mon genou. Et il ajouta d'un air conspirateur : Analyse-moi.

Je frottai mes mains l'une contre l'autre.

– Défi accepté.

Je parcourus son corps du regard, m'imprégnant de tout ce qui le constituait. Les épaules relâchées, la silhouette musclée, comme le prouvaient les biceps sous son déguisement. Bien membr…

Ne regarde pas son entrejambe, Aaliyah. Cesse de reluquer Captain America.

Je détournai le regard à la hâte pour revenir à son visage. Il me fixait, hilare. Évidemment, il avait remarqué que j'observais son paquet. La honte me donna envie de m'enfermer dans une cave et d'y périr.

Je ne voulais pas renoncer au défi.

– Tu fais beaucoup de sport. Pas pour être musclé, plutôt pour t'évader. Ton quotidien est mouvementé, ce qui ne te pose pas de problème. Tu aimes être occupé parce que ça t'empêche de trop réfléchir. Mais quand tu te retrouves seul, tu te sens déprimé, alors tu vas à la salle pour te concentrer sur autre chose. Tu es accro à ton travail et ta mère t'incite sans doute à prendre des vacances. Tu es déterminé et passionné, même si parfois tu as peur de ne pas réussir à réaliser tes rêves. Mais tu y arriveras. Ce n'est pas mon analyse. Je le sais, c'est tout.

Il sourit.

J'aimais ça.

Je poursuivis :

– Tu aimes les gens. Et ils t'apprécient instantanément grâce à ton charme et ton charisme. Quand tu parles avec quelqu'un, tu accordes à cette personne toute ton attention. Tu écoutes vraiment ce qu'on te dit. Dans la vie, tu es constamment en posture d'apprentissage. Et ta mère te manque. Je le sais parce que quand tu parles d'elle, ton sourire s'efface brièvement. Parfois, tu envisages de revenir t'installer près d'elle pour t'en occuper et retrouver la proximité d'avant. Puis tu réalises que tu ne pourras pas changer le monde si tu restes toute ta vie au même endroit.

Je claquai des mains avant d'ajouter :

– Ah ! Et tu es Lion.

Il me dévisagea une seconde avant de me pointer sévèrement du doigt.

– Finalement, je n'aime pas qu'on m'analyse.

– T'inquiète, la plupart des gens ne le font pas. J'ai juste un talent pour ça.

– Comment tu savais que j'étais Lion ?

– Oh, ça, c'était le plus facile. Ta personnalité déterminée, ton côté accessible, sans parler de tes beaux cheveux, un indice très révélateur, tout ça m'a mise sur la voie.

Il glissa ses doigts dans sa chevelure châtain clair, avec un petit sourire en coin.

– Tu trouves que j'ai de beaux cheveux ?

– Ne prends pas la grosse tête, Cap' !

– Trop tard. J'ai les chevilles qui enflent. À moi maintenant ?

– Je t'en prie.

Il se frotta les mains et hocha joyeusement la tête.

– C'est parti : ce soir, tu ne voulais pas vraiment sortir, mais l'idée de rester seule à la maison était encore plus triste. Tu as récemment traversé une épreuve difficile – une rupture, peut-être. La grimace que tu viens de faire semble me donner raison. Tu redoutes l'abandon, ce qui explique pourquoi tu t'attaches autant aux gens qui t'entourent. Pourtant, il y a peu de personnes dans ta vie. Tu as besoin d'être très en confiance avant d'autoriser quelqu'un à entrer dans ta vie, sans parler de ton cœur. Mais une fois que tu leur as fait une place, tu pries pour qu'ils ne te quittent plus jamais.

La gêne m'envahit. Il voyait juste. Mais je ne voulais pas qu'il s'en rende compte. Je souhaitais le laisser continuer. J'ignorais pourquoi, mais son avis comptait.

Il poursuivit :

– Lorsque tu décides d'aimer, c'est pour toujours. Même les gens qui t'ont quittée par le passé ont encore une place dans ton cœur. Pourtant, tu as tout fait pour les oublier. Tu as peur de décevoir les autres, mais surtout, tu te dévalorises. Tu penses que tu ne mérites pas le succès dont tu rêves secrètement sous prétexte que quelqu'un d'autre serait plus qualifié que toi. Tu adores les animaux. Je ne sais pas si c'est vrai, mais je ressens ça chez toi. Tu détestes voir des gens souffrir et tu aimerais changer le monde, mais tu ne sais pas comment t'y prendre. Tu aimes les films d'horreur, mais tu les regardes cachée sous une couverture. (À ces mots, j'esquissai un sourire.) Tu es trop dure envers toi-même et tu gardes toujours tes soucis pour toi. Tu détestes que tes amis puissent s'inquiéter pour toi, du coup, tu ne leur confies pas tes peines, de peur d'être un fardeau. Ah, et… (il posa ses mains sur mes genoux et se pencha vers moi)… tu es

Gémeaux. Je dis ça parce que c'est le seul signe du Zodiaque que je connaisse en dehors du mien. Je n'y connais rien en astrologie.

J'éclatai de rire.

– Raté, je suis Poisson.

– Ah, d'où les beaux yeux.

– Arrête d'en faire des tonnes avec tes compliments.

– Cesse donc de les mériter.

Ses mains étaient encore posées sur mes genoux. Il n'avait aucune idée des étincelles que provoquait ce contact.

– Alors, qu'est-ce que tu en dis ?

– Pas mal, mais tu t'es trompé sur une chose.

– Ah oui ?

– Je me cache sous une couverture *et* un oreiller quand je regarde un film d'horreur.

– Je n'étais pas si loin de la vérité, dit-il.

Sa jovialité faiblit légèrement lorsqu'il se tourna vers moi en se mordillant les lèvres.

– Donc il y a bien eu une rupture, ajouta-t-il.

– Il m'a quittée il y a environ cinq semaines.

– Quel con !

– Ouais. Mais je l'aime. Si seulement je pouvais le dire au passé ! Sauf que j'en suis là. Sofia, ma coloc, prétend que le meilleur moyen d'oublier un homme, c'est de s'en taper un autre. Seulement, je suis incapable de penser à ça en ce moment. Je n'ai pas du tout envie de coucher avec quelqu'un d'autre.

– En plus, on ne guérit pas d'une peine de cœur par du sexe et… *Mais oui, j'ai trouvé !*

Il bondit sur ses pieds en claquant dans ses mains, un grand sourire aux lèvres. Je ne comprenais pas ce qui avait provoqué une telle réaction.

– J'ai trouvé, Rouge ! Je sais quoi faire pour t'aider.

Les sourcils froncés, je me relevai.

– Je suis perdue.

– Je sais, je sais, et tu vas sans doute me prendre pour un fou – ce que je suis peut-être –, mais voilà ce que je te propose : le sexe, ça ne marche pas pour surmonter un chagrin d'amour. L'amour fonctionne différemment, ce n'est pas qu'une connexion physique. Ça touche aux émotions. En plus, après une rupture, on a tendance à se remémorer tous les bons souvenirs au lieu des mauvais, et on se met à croire à un échec alors qu'en réalité, la relation était surtout faite de mauvais moments. C'est juste qu'on se raccroche fermement aux bonnes choses parce qu'elles étaient rares et qu'elles sont désormais bien loin derrière nous. Si les bons moments avaient prédominé, la relation aurait continué.

Je détestais le fait qu'il dise vrai. Au cours des semaines précédentes, je n'avais fait que me repasser en boucle les bons souvenirs avec Mario. Des moments qui étaient très importants pour moi.

Pourtant, il n'y avait qu'une poignée de bons souvenirs. Je les rejouais en permanence dans ma tête, les rendant plus beaux que la réalité. Mario était passé maître dans l'art de n'offrir que le strict minimum et je le glorifiais comme s'il était un dieu.

Ce n'était pas de sa faute si l'amour qu'il avait pour moi était médiocre. C'était de ma faute de l'accepter.

– Alors quelle est ta solution ? demandai-je.

– Tu crois au destin ?

Je me mis à rire.

– Ne me dis pas que tu y crois.

– Je pense que tout a une raison, même si ça ne semble pas si logique sur le moment. Peut-être que c'est pour cela qu'on s'est rencontrés ce soir, Rouge. C'était écrit. Peut-être qu'il fallait que je reçoive un coup de poing dans la figure et que je me fasse fouetter avec un lasso pour croiser ton chemin et t'aider à oublier ton ex.

– Comment ?

– Le meilleur moyen de surmonter un chagrin d'amour, c'est de nouer des liens encore plus forts avec une autre personne. Donc, je te propose une histoire d'amour pour Halloween.

Il exécuta un salut, malgré l'incohérence de ce qu'il venait de dire.

Je restai immobile, plus perdue que jamais.

– J'ai raté quelque chose ?

– Clairement, oui, parce que tu me regardes comme si j'avais perdu la tête – ce qui est probablement vrai.

Il se racla la gorge et se redressa en passant ses mains sur son torse, puis il ajouta :

– Je te demande de tomber amoureuse de moi.

Je ricanai.

– Pardon ?

– Laisse-moi une chance. Tombe amoureuse de moi avant le lever du jour dans… (il jeta un coup d'œil à son téléphone) cinq heures environ. Il est minuit. Donne-moi ce laps de temps pour que je te fasse tomber dans mes bras. À la fin du temps imparti, on terminera notre histoire sur une bonne note. Pas de rupture tragique, pas de moments de souffrance ou de dispute. Pas d'infidélités ou de scandales. Juste deux personnes qui s'entichent l'une de l'autre, puis la vie, ou dans notre cas, le matin, qui nous force à nous dire adieu.

– Tu penses vraiment que deux personnes peuvent s'aimer en l'espace de cinq heures ?

– Je ne sais pas, dit-il en haussant les épaules avant de me tendre la main. Tu veux essayer ?

J'aurais dû dire non. J'aurais dû balayer d'un rire cette idée folle et mettre fin à la soirée à cet instant précis, sur le toit. Mais je ne voulais pas rentrer chez moi. Je ne voulais pas être seule. Surtout, je désirais passer plus de temps avec Captain America, même si ce n'était que quelques heures de plus. Il y avait peu de chances que je tombe amoureuse de lui, mais j'allais pouvoir me sentir heureuse un peu plus longtemps.

Oui, je me sentais heureuse.

Je n'avais pas réalisé à quel point le bonheur m'avait manqué. Jusqu'à le retrouver cette nuit-là.

Aussi je fis ce que seule une fille complètement folle aurait fait. Je pris sa main et acceptai l'idée de tomber amoureuse de lui en cinq heures.

Il referma sa main sur la mienne et m'attira contre lui. C'était la première fois que je me trouvais aussi proche de lui depuis notre rencontre. Penché au-dessus moi du haut de son mètre quatre-vingt-dix, il me regardait droit dans les yeux. Ça me fit fondre. Son regard me donnait l'impression d'être importante. Il semblait prêt à tout donner pour son idée folle.

– Toc, toc, dit-il avec le sourire le plus niais de toute l'histoire de l'humanité.

– Oui ?

– Veux-tu tomber amoureuse de… ?

– De qui ?

– De moi.

CHAPITRE 3

AALIYAH

Ça n'allait pas dans ma tête, ou quoi ? J'avais accepté de tomber amoureuse d'un super-héros le temps d'une nuit ! Quelle drôle de situation, délicieusement bizarre. L'éventualité d'un coup de foudre en un si court laps de temps me mettait dans tous mes états.

Comme cela semblait improbable, le concept en était d'autant plus intrigant. J'avais mis dix mois avant de dire à Mario que je l'aimais. L'amour, je ne le donnais pas si facilement. Captain America le savait, il l'avait mentionné en décrivant ma personnalité. J'étais curieuse de voir comment il allait s'y prendre pour que je tombe amoureuse de lui en si peu de temps.

Par chance, nous vivions dans la ville qui ne dort jamais. Même passé minuit, plein d'aventures s'offraient à nous.

– Faisons ainsi : chacun choisit deux endroits dans New York. Celui qu'on adore et celui qui, d'après nous, plairait à l'autre. On y va ensemble et, comme ça, on apprend à mieux se connaître.

– Bonne idée. Qui commence ?

– Honneur aux dames.

– Encore cette galanterie du Sud.

– J'y tiens, rétorqua-t-il en se frottant les mains. Alors, on commence par quoi ?

Voulant prendre le temps de trouver un endroit qui lui plaise, je décidai de commencer par le lieu que je préférais dans New York. Mon ventre qui gargouillait me donna une idée. Cette première excursion devrait comprendre de quoi se restaurer.

– Tu as faim ? demandai-je.

– Toujours.

J'esquissai un grand sourire, tout heureuse de lui faire découvrir non seulement mon adresse préférée mais aussi mon plat favori.

– Tu connais *Grant's Wings* ?

– Non.

– Eh bien, mon ami, prépare-toi à te régaler. Prenons le métro.

Alors que je possédais un abonnement de transport, Captain America insista pour payer mon trajet. Se retrouver dans le métro par un soir d'Halloween, ce n'était pas banal.

Par chance, des sièges libres côte à côte nous offrirent un parfait poste d'observation sur la foule de voyageurs. Il y avait tellement de déguisements et une telle explosion de créativité qu'il était impossible de ne pas regarder autour de soi.

Habituellement, j'excellais à rester dans ma bulle. Mais là, j'avais envie de reluquer tout le monde.

– Pour moi, le déguisement gagnant, c'est celui du *chou-tien-gorge*, murmura Captain en se penchant vers moi.

Sur ma gauche, un homme s'était fabriqué un soutien-gorge avec des choux. Quelle idée ! Je pouffai de rire.

– Pas sûr, *Dumble-Dora l'exploratrice* n'est pas mal non plus, dis-je en montrant une personne affublée de la barbe de Dumbledore et du sac à dos de la petite exploratrice.

– C'est vrai. Un bon candidat en lice. En tout cas, *Miss Oreilles de Chat* manque un peu d'imagination, tu ne trouves pas ?

– Je suis entièrement d'accord. Mais elle les porte avec fierté. C'est déjà ça.

À une station, une femme d'un certain âge déguisée en part de pizza monta à bord du wagon. Sans hésiter, Captain America se leva pour lui donner son siège, se tenant à la barre devant nous.

Lorsqu'elle s'assit à côté de moi, elle remarqua les gargouillements de mon ventre. Je posai alors mes mains sur lui et lui souris comme pour m'excuser de ce fâcheux bruit.

Tout à coup, elle me jeta un regard sévère et me montra du doigt.

– T'as pas intérêt à me manger, espèce de psychopathe, s'insurgea-t-elle.

Au départ, je crus à une plaisanterie, mais elle me tourna le dos avec exagération avant de pousser un soupir agacé. Enfin, elle se mit à se parler toute seule, sans s'arrêter.

Je levai les yeux vers Captain qui se retenait pour ne pas exploser de rire.

– Ne ris pas, lui lançai-je, mais il tourna la tête, ne parvenant pas à se contrôler.

Comment en vouloir à cette dame désagréable ? J'adorais le rire contagieux de Captain America. Il me faisait oublier tout ce qui m'entourait. On aurait dit que quelqu'un lui chatouillait le corps.

Arrivés à notre arrêt, il me tendit la main pour m'aider me lever. Puis il se tourna vers la femme pizza.

– Je suis désolé qu'elle ait voulu vous manger, dit-il, alors je lui frappai le bras.

Celle-ci répondit :

– C'est parce que c'est une psychopathe.

Puis elle recommença à marmonner dans sa barbe.

Scène classique, à New York.

Une fois sortis du métro, il lâcha ma main et se mit à me regarder de travers.

– Alors comme ça, tu voulais manger cette femme, Rouge ? Tu traînes un peu trop avec le grand méchant loup, on dirait. C'est lui qui mange les gens. Pour ta gouverne, si tu m'emmènes à ton adresse préférée juste pour m'engraisser, ça ne marchera pas. Je n'ai que du muscle.

Sur ce, il contracta son bras à la manière d'un plouc. Cela me fit rougir comme une écolière. Certes, il faisait l'imbécile, mais il avait de ces biceps !

Je levai les yeux au ciel.

– Si je devais manger un personnage Marvel, ce ne serait pas toi.

– Attends, quoi ? Ce n'est pas moi que tu choisirais ?

– Ça te vexe ?

Il fit une grimace et hocha la tête, tout en continuant à marcher.

– Oui, on peut dire ça. C'est quand même dingue ! Sur qui jetterais-tu ton dévolu ?

– Tu veux vraiment avoir une conversation sur le cannibalisme ?

– Absolument. Allez, crache le morceau. Qui est-ce que tu mangerais ?

Je haussai les épaules.

– Je ne sais pas. Probablement Thanos.

– *Thanos ?!* hurla-t-il, incitant des passants à se retourner sur nous.

Mais bientôt, ils poursuivirent leur chemin. Ainsi va la vie à New York.

– Ne crie pas. Les gens nous regardent !

– C'est normal ! brailla-t-il de nouveau. Tu viens de dire que tu pourrais manger Thanos !

– Je l'ai dit, et je le confirme. Bon, je reconnais qu'il est méchant et qu'il a essayé d'éliminer la moitié de la planète, mais il est plus gros, donc il y a plus de viande à manger. J'aime la viande rouge.

– Il n'est pas rouge, Rouge. Bon sang, il est violet.

– C'est mon choix, point à la ligne. Je n'ai pas besoin de justifier mon cannibalisme.

Il souffla en secouant la tête plusieurs fois.

– Je suis dégoûté que tu préfères le méchant le plus détesté du monde au plus grand des super-héros.

J'éclatai de rire.

– Le plus grand des super-héros ? Arrête de te lancer des fleurs.

– Quoi ?! cria-t-il toujours aussi fort. Tu te fiches de moi ? Je suis Captain America ! Un bienfaiteur.

– D'accord, mais ça ne fait pas de toi le plus grand. Ton sens moral te bouche la vue. Parfois, tu te trompes. Mais ne t'en fais pas, tu es dans la liste des dix meilleurs.

– J'entends bien, mais ça ne soulage pas mon cœur brisé.

– Je suis désolée de t'avoir fait du mal en affirmant que je ne te mangerais pas.

– Pas grave. Je te pardonne. On ne fait pas toujours les bons choix, mais je veux que tu saches une chose avant qu'on continue, dit-il en posant ses mains sur mes épaules pour m'arrêter, ses beaux yeux bleus plongés dans les miens. Puis il prit un ton des plus sérieux : moi, je compte bien te dévorer.

Je sentis une vague de chaleur me parcourir le corps.

– Y aurait-il un sous-entendu sexuel ?

– Quoi ? Non. Tout ce que je veux dire, c'est que je te mangerais volontiers, précisa-t-il avec un petit sourire satisfait. Je te dévorerais bien… toute… la… nuit.

Je le poussai pour me remettre à marcher.

– Tu m'énerves.

– Tu devrais peut-être me manger pour me faire taire.

– Non, je vais plutôt te nourrir pour te faire taire, dis-je en m'arrêtant devant *Grant's Wings*. Mon ami, bienvenue chez *Grant's*, un lieu où tous les rêves deviennent réalité.

J'accompagnai mes paroles d'un geste en direction du petit restaurant, comme si nous étions devant Disney World.

Captain America affichait un air impertinent. Je commençais à comprendre que cela signifiait généralement qu'il avait une bêtise à dire.

Je soupirai.

– Qu'y a-t-il ?

– Rien, rien. Simplement, tu as dit que j'étais ton ami.

– Mince. N'en profite pas pour prendre la grosse tête.

– Non. En tout cas, je remarque qu'on est déjà passés de parfaits inconnus à amis, fit-il en passant son bras autour de mes épaules avant de me serrer contre lui. Et c'est bien connu : toute grande histoire d'amour commence par de l'amitié. Il suffit de demander à Harry et Sally.

***

Il avait commandé trois recettes différentes de *wings* sans os, ce qui me désola. Des nuggets, quoi. Je lui montrai avec mes manchons de poulet comment manger efficacement toute la viande, puis comment sucer l'os, en le nettoyant d'un seul coup de langue.

Émerveillé, Captain America me regardait faire.

– Je sais que ce n'était pas censé être une expérience sexuelle, mais punaise, c'est sacrément bien.

Avec un sourire en coin, je haussai les épaules et pris un autre manchon que je commençai à décortiquer.

– Que dire ? Je suis douée avec ma bouche.

Il écarquilla les yeux, pleins de ruse.

– Y aurait-il un sous-entendu sexuel ? demanda-t-il, répétant la question que je lui avais posée avant d'entrer dans le restaurant.

– Quoi ? Non. Je suis juste douée pour sucer.

Après avoir dit ça, je léchai très, très lentement mes doigts, un à un, car je savais qu'il regardait.

– Quelle allumeuse ! dit-il d'un air ahuri.

– Et toi, tu n'as pas dit que tu voulais me dévorer ?

– Bien renvoyé, Rouge.

Il réajusta légèrement le collant de son déguisement. Je ne pus m'empêcher de penser que j'avais peut-être vraiment éveillé quelque chose en lui. Cela me fit sourire légèrement. J'aimais l'idée d'être en mesure de l'aguicher, même si ce n'était qu'en dégustant une aile de poulet.

Il se remit à manger les siennes, visiblement peu enclin à continuer les sous-entendus sexuels. Et il demanda :

– Depuis quand tu viens ici ?

– Oh, ça fait des années. Je devais avoir quinze ans. J'ai fugué et je suis venue ici.

– Pardon ? Tu as dit « fugué » ?

– Oui, on m'a placée longtemps dans une horrible famille. Je n'étais pas une enfant des plus faciles à élever, mais ils étaient cruels. Un soir, je me suis enfuie. Je ne voulais pas non plus retourner au foyer. Je ne savais pas où aller ni quoi faire, mais j'avais rassemblé le peu d'affaires que je possédais dans un sac à dos et j'étais partie. J'ai erré dans les rues pendant un long moment. Puis j'ai passé une première nuit dehors, sous un escalier de secours, derrière un immeuble. Le lendemain, je battais le trottoir de cette rue ; j'avais peur et je me sentais seule. Puis je suis tombée sur Grant, qui se tenait devant son restaurant. Il m'a demandé si j'avais faim. J'étais affamée. Alors, en souriant, il m'a proposé d'entrer. La semaine suivante, il m'autorisait même à dormir sur la banquette, là-bas. Il me donnait des couvertures, des coussins, et tout. Il ne m'a jamais reparlé de cette première nuit où j'étais venue manger. Un lien silencieux s'était tissé entre nous.

– C'est incroyable.

Je hochai la tête.

– Grant était quelqu'un incroyable. C'est d'ailleurs lui qui m'a offert ma première BD. Au bout d'une semaine, il a commencé à me parler. Il s'est assis à côté de moi avec une assiette de pancakes aux pépites de chocolat, mes préférés. Pendant que je les dévorais, il m'a dit : « Il est temps que tu rentres chez toi. » Je lui ai répondu que je n'avais pas de chez-moi. Alors il m'a demandé de retourner au foyer. En échange, il m'offrirait un boulot et m'enverrait à l'université. J'ai ri parce que jamais je n'avais imaginé pouvoir aller à l'université un jour. Mes notes n'étaient pas faramineuses et je ne croyais pas en moi, ce que je lui ai expliqué.

– Qu'a-t-il répondu ?

Je laissai échapper un petit rire, le regard baissé sur le verre d'eau que je tenais des deux mains. J'avais les doigts humides à cause de la condensation et mon corps se refroidissait à mesure que je pensais à Grant.

– Il a dit que ce n'était pas grave si je ne croyais pas en moi. Que lui, il croirait en moi jusqu'à ce que je sois capable d'y croire à mon tour.

– Et il est allé au bout ?

– Oui. J'ai eu mon bac au printemps suivant grâce à cet homme. Je lui dois ma vie.

– Tu as dit qu'il était incroyable… au passé.

– L'année dernière, il a eu un grave accident de voiture. Il n'a pas survécu.

– Je suis désolé. C'est terrible.

– Il était presque… dis-je la voix tremblante en pensant à Grant, presque comme un père.

– Il l'était. Et le sera toujours.

Je souris.

– Merci de le dire. Chaque semaine, je me rends sur sa tombe et je lui lis des bandes dessinées. C'est une tradition bizarre, mais c'est lui qui m'a fait aimer cet univers et nous en lisions toujours ensemble. Je me raccroche à lui de cette façon, en lui parlant, même s'il ne peut pas m'entendre.

– Il t'entend probablement.

– J'espère. Comme il est étrange qu'une personne rencontrée par le fruit du hasard devienne celle qui change notre vie pour toujours.

Il se pencha en avant et plaça ses mains sur les miennes, autour du verre.

– Tu vas changer ma vie, Rouge.

Il n'avait pas dit ça sur le ton de la plaisanterie. Non. Ses paroles étaient si sincères que ses mains paraissaient encore plus glacées que le verre que je tenais.

– Qu'est-ce qui te fait dire ça ?

– Ça t'arrive de sentir ces choses qui viennent du fond de tes tripes ?

– Oui, souvent après des *wings*. Ça s'appelle des gaz.

Cela le fit rire. Et son rire me fit fondre sur place. D'un côté, je n'arrivais pas à croire que j'avais parlé de pets devant lui. De l'autre, ça me paraissait tout à fait naturel. Bon sang, mais qu'est-ce qui m'arrivait ? Pourquoi me sentais-je aussi libre d'être moi-même face à lui ?

Sans demander la permission, il me vola un manchon. Je ripostai en lui frappant la main.

– Tu fais quoi, là ? criai-je, horrifiée.

– Je voudrais goûter des *wings* avec des os.

– Eh bien, tu n'avais qu'à en commander. Franchement, je t'ai regardé d'un sale œil quand tu as choisi les nuggets. Je suis experte en la matière. Ce ne sont pas de véritables *wings*. Juste de gros nuggets de poulet.

– Tu es une mangeuse de *wings* professionnelle ?

– Oui, et je te prie de ne pas te moquer. Je suis fière de ce titre.

Il leva les mains en signe de défaite.

– D'accord, d'accord. Excuse-moi. Je ne veux surtout pas vexer une femme et son plat préféré.

Je reculai sur mon siège en souriant. J'étais contente de voir qu'il savait quand raccrocher. Du moins, c'était ce que je croyais. Alors que je me délectais de sa défaite, il se pencha en avant et déroba un manchon dans mon panier. Puis il le secoua dans les airs avec fierté et le lécha comme pour signifier que je ne le récupérerais pas.

– T'es un abruti, dis-je, en lui lançant un regard assassin.

– Un abruti que tu aimeras plus vite que tu ne le crois.

– C'est pas demain la veille, dis-je en soupirant. Fais-moi au moins le plaisir de le manger dignement. Utilise ma technique. Je te préviens, si tu oses laisser un bout de viande sur cet os, je te réduis en purée.

– Pas de pression, à ce que je vois, lança-t-il en riant avant le lever les yeux sur moi et d'ajouter : Action ou Action ?

– Tu veux dire, Action ou Vérité ?

– Ouais, mais je ne veux pas te laisser l'opportunité de te débiner en choisissant « Vérité ». Donc, Action ou Action ?

Je ricanai dans ma barbe.

– Hmm… Va pour Action.

– Je te mets au défi de soutenir mon regard pendant que je dépèce ce manchon de poulet.

– Tu es fou.

– Oui, mais tu as accepté l'Action, donc c'est parti.

Il secoua ses pectoraux de Captain America avant de me regarder droit dans les yeux. Mamma mia, quel regard ! L'univers n'aurait jamais dû créer de tels joyaux. Jamais personne ne devrait concentrer un tel pouvoir derrière des pupilles.

– Je vais procéder exactement comme toi, prévint-il.

– Je ne m'attendais à rien de moins.

Il commença par poser le manchon sur sa serviette avant de lentement, très lentement, décoller la viande des os. Puis il lécha la sauce Buffalo du bout de la langue. Il le plongea ensuite dans la coupelle de sauce Ranch devant lui et le ramena à sa bouche, haussant un sourcil avec un sourire malicieux qui, contre ma volonté, fit frissonner mes cuisses. Il entrouvrit les lèvres et glissa la viande dans sa bouche, suçant l'os pour le nettoyer de toute la sauce.

Enfin, ayant reposé l'os, il enfonça son index dans le pot de sauce puis l'approcha à sa bouche pour le sucer lentement, tout en suggestion – oh, mon Dieu, ça y est, j'étais enceinte de jumeaux.

Je n'avais qu'une envie, détourner la tête pour cacher mon rougissement d'ingénue, mais j'avais accepté l'Action, si bien que je soutenais son regard en permanence, alors qu'il faisait frémir mes cuisses en mangeant un putain de manchon de poulet.

– Tu es ridicule, dis-je, en le quittant des yeux quand il eut terminé.

Je pris une gorgée d'eau, tentant de me calmer, d'oublier la scène.

Il éclata de rire.

– Je crois que tu aimes ça chez moi.

C'est vrai. J'aimais ça.

Gigotant sur mon siège, je décidai de changer de sujet.

– Alors… dis-je d'une voix traînante, on va où maintenant ?

Il saisit une lingette pour se nettoyer les mains.

– Dans un endroit vraiment génial – rien que pour toi.

CHAPITRE 4

CONNOR

J'éprouvais le besoin irrépressible de rendre les gens heureux. Étais-je conscient que chacun est responsable de son bonheur ? Oui. Cela m'empêchait-il de les pousser dans la direction de ce bonheur ? Pas du tout.

Je me targuais d'être un boute-en-train. Certes, je n'étais pas toujours de bonne humeur, parfois j'avais des mauvaises passes – après tout, j'étais humain –, mais je savais comment faire du bonheur ma priorité. Si parfois je m'en écartais un peu trop, je m'appliquais à tout faire pour me sentir mieux.

Il se trouve que ce qui me rendait heureux, c'était d'aider les autres. Voir les gens sourire me procurait une grande plénitude. C'était si gratifiant de savoir que quelqu'un aurait un meilleur lendemain juste en ayant croisé mon chemin.

Ce que je n'avais pas prévu, c'était que le Petit Chaperon rouge influerait sur mon bonheur dès cette nuit-là. J'acceptais même le fait qu'elle puisse occuper mes pensées les jours suivants.

Quelle femme !

J'étais dans le même état que Buddy, dans le film *Elfe.*

Je suis amoureux, je suis amoureux, et je me fiche pas mal qu'on le sache !

Bon d'accord. Ce n'était pas vraiment de l'amour. Mais j'adorais cette fille. Depuis que j'avais quitté mon Kentucky natal pour m'installer à New York, j'avais rencontré plein de personnes hyper sympathiques, étant moi-même très sociable. J'excellais à interagir avec les gens. Pour être franc, lorsque j'étais seul, je n'allais pas aussi bien. J'avais des pensées tristes qui me faisaient revivre des chapitres de ma vie que je souhaitais oublier. Hors de question que je tombe dans l'anxiété. Par conséquent, j'étais souvent entouré de gens. Aucune fête ne se faisait sans moi. Dans un dictionnaire, la définition du mot « extraverti » s'accompagnait de mon portrait, un sourire jusqu'aux oreilles.

J'avais senti que Rouge était différente. Quand je l'avais aperçue devant le bar, j'avais tout de suite compris qu'elle était sortie prendre l'air pour faire un break face à l'excès d'animation du bar. Chaque fois qu'on avait traversé la foule à l'intérieur, elle s'était crispée un peu, pressant un peu plus fort ma main. Elle n'était pas comme moi et j'aimais ça. J'aimais son calme, sa profondeur.

Au risque de me répéter, je l'aimais vraiment bien.

En plus de tout ce que j'avais découvert de bien sur elle à travers nos discussions, elle était sublime : de longs cheveux noirs aux boucles rebondies ; des lèvres charnues dont le sourire illuminait ses joues dorées ; des courbes là où j'aime qu'il y en ait. Et un sourire… J'en ai déjà parlé, non ? Ah oui. Mais ça vaut le coup de recommencer. Son sourire avait le don de donner du baume au cœur à la plus malheureuse des personnes, ne serait-ce que quelques instants. Il m'avait aimanté, je ne pouvais quasiment plus la quitter des yeux.

Au fond, je n'en revenais pas qu'elle ait accepté cette idée folle de tomber amoureuse avant l'aube. Et j'avais du mal à accepter le fait de ne plus jamais la revoir. Puisque le temps nous manquait, je préférais qu'on se livre à des expériences novatrices, plutôt que de passer la soirée à boire verre sur verre dans un bar.

Est-ce que, au fond, j'espérais qu'au petit matin elle me laisse son numéro ? Oui.

Est-ce que, au fond, j'espérais aussi qu'elle ne le fasse pas ? Oui. J'avais conscience de la tournure que ma vie avait prise : j'étais un bourreau de travail, je m'acharnais à réaliser mes rêves les plus fous. Si j'avais connu le succès, c'était grâce aux sacrifices que j'avais faits pour construire un empire en partant de rien. Les relations amoureuses n'étaient pas ma priorité. Je n'étais pas digne d'être en couple. Vu que je ne pouvais offrir à Rouge ni le temps ni l'attention qu'elle méritait, autant être clair dès le départ.

Mais quand même… cette soirée était en passe de devenir pour moi une des meilleures de ma vie. Avez-vous déjà compris immédiatement qu'un moment que vous viviez deviendrait un souvenir extraordinaire ? Voilà ce qui s'était passé avec cette nuit d'Halloween. J'étais quasiment certain qu'aucune autre ne pourrait jamais être à la hauteur de ce que j'étais en train de vivre.

Et ce qui était le plus fou ?

Je ne connaissais toujours pas son prénom.

– Je pourrais avoir des indices sur l'endroit où nous allons ? demanda-t-elle.

Nous marchions dans la rue après avoir pris le métro jusqu'à la station Queens. Je voyais bien qu'elle était perplexe. Grâce à mon premier colocataire de New York, j'avais un passe-droit pour le lieu où nous nous rendions. Je priais pour que cet endroit lui plaise.

– Ne t'inquiète pas, on y est presque. C'est juste au bout de la rue.

Voyant qu'elle frissonnait un peu, je l'attirai contre moi pour la réchauffer. Avant la fin de la nuit, je voulais lui acheter un manteau. Elle ne se plaignait pas du froid, mais j'avais remarqué que son petit corps était glacé.

Je fus étonné de la sentir se blottir contre moi. On aurait dit que sa place avait toujours été là, serrée dans mes bras. La pièce manquante d'un puzzle dont j'ignorais l'existence.

Un puzzle provisoire, du moins.

– J'y crois pas ! s'exclama-t-elle en retenant son souffle devant la salle de jeux vidéo. Comment tu sais que j'adore les jeux d'arcade ?

– Je ne le savais pas, jusqu'à ce que tu le dises. Ce n'était pas ce que j'avais prévu de te montrer, donc ça fait un coup double. Allez, suis-moi à l'intérieur.

UpDown était un bar de jeux d'arcade où l'on pouvait à la fois boire des coups et faire le geek. Une adresse qui, sans surprise, était bondée la nuit. Même en semaine, il fallait faire la queue.

En patientant dans la file, elle resta collée à moi. Nous parlions des jeux vidéo que nous préférions dans notre enfance. Avoir une conversation avec elle, c'était si naturel et tellement marquant. Je buvais ses paroles ; j'observais aussi ses manières. La façon qu'elle avait de plisser le nez lorsqu'elle était contrariée, de secouer les épaules lorsqu'elle s'enthousiasmait, de creuser ses fossettes en souriant, de remuer les hanches dès qu'une chanson commençait.

Une fois dans le bar, je ne pus m'empêcher de sourire en la voyant écarquiller les yeux et se dandiner.

– On peut jouer à tout ?

– À tout ce que tu veux, chérie. Je vais chercher des jetons.

Pendant près d'une heure, nous essayâmes plein de jeux différents, du flipper à un jeu vintage des Simpson. Quand elle commettait une erreur, elle explosait de rire et poussait des jurons. Parfois, elle sautait en l'air avec enthousiasme. Elle faisait aussi des tours sur elle-même et me tirait sa révérence chaque fois qu'elle gagnait face à moi – ce qui arrivait souvent. Ce serait mentir que de dire que je la laissais gagner. Elle était vraiment super forte.

Ce qui m'émerveillait le plus chez elle, c'était qu'elle parvenait à la fois à être chou et sexy. Elle était tellement attirante, rien qu'à sa façon de se mouvoir. Mais tout aussi adorable.

Quel mot permettrait de décrire quelqu'un de chou et de sexy à la fois ? Chouxy ? Sexou ? Bref, vous avez compris, voilà ce qu'elle incarnait.

Après avoir jeté un coup d'œil à ma montre, je m'approchai d'elle, debout devant un flipper.

– Il est presque trois heures trente du matin, lui dis-je.

Je sentis alors mon ventre se nouer. J'avais prévu plein d'activités pour la nuit mais, entre les trajets en métro et l'animation de la ville, plus intense que d'accoutumée, la nuit filait trop vite. Plus on se rapprochait du lever du jour, plus je souhaitais figer le temps. Je désirais davantage de moments avec elle, davantage d'instants à deux.

– Avant que nous partions, j'aimerais te montrer l'autre partie du bar, expliquai-je.

Penché contre elle, le buste appuyé sur son dos, j'eus brièvement la sensation qu'elle se fondait en moi. Au fil des heures, nos corps trouvaient toujours le moyen de se rapprocher, comme si une attraction magnétique nous forçait à être ensemble.

Cela ne me dérangeait pas. J'aimais qu'elle soit près de moi.

– Il est déjà trois heures trente ? demanda-t-elle en fronçant les sourcils.

J'étais content de voir que nous étions tous les deux déçus de cette réalité.

– Laisse-moi te montrer ce qu'il y a de mieux ici.

Je pris sa main pour l'entraîner jusqu'à une porte sur laquelle étaient affichées deux lettres brillantes.

– C'est quoi ? s'enquit-elle.

– Voici ce que j'ai choisi pour toi.

En ouvrant la porte, j'eus l'impression d'être le Père Noël et d'avoir réalisé son rêve le plus fou : une immense librairie remplie de bandes dessinées classées dans des étagères et sur des tables. Certaines éditions de collection étaient conservées dans des vitrines, du côté de la caisse.

– Mais non ! s'exclama-t-elle avec émerveillement. Ce sont… ?

– Oui.

– Je peux… ?

Je lui souris.

– Oui.

Elle fit irruption dans la salle, se précipitant vers les rayons Marvel. La librairie était éclairée par des spots vintage de discothèque. Ça faisait kitsch et cool à la fois. Sur un des murs qui était recouvert de tissu, on avait affiché plein de posters géants de super-héros issus de différents univers.

J'étais heureux de voir que j'avais visé juste. J'aimais la voir sourire en déambulant au milieu des piles de bandes dessinées. Je me postai de l'autre côté du rayon qu'elle inspectait et l'imitai. Seule l'étagère nous séparait. Honnêtement, j'aurais préféré qu'elle soit plus étroite.

– Vérité ou Vérité ? demanda-t-elle.

Je fronçai les sourcils.

– Vérité.

– Quel est le plus beau jour de ta vie ?

– Le jour où j'ai appris que le second cancer de ma mère était parti pour de bon.

– Très bon choix.

J'étais tout à fait d'accord.

– Vérité ou Vérité ? demandai-je.

– Vérité.

– Pour quelle raison ta dernière relation s'est-elle terminée ?

Elle cessa de feuilleter une bande dessinée. Son regard afficha un éclat de douleur pendant une courte seconde.

– J'ai découvert qu'il me trompait. Et il m'a quittée parce que c'était l'autre qu'il aimait.

– Quel connard !

– Ouais, mais bon… c'est lui qui est parti. Je n'arrive pas à croire que je suis restée à ses côtés malgré l'infidélité. Et que je l'ai laissé prendre en charge la rupture. J'ai toujours cru que, dans un moment pareil, je me mettrais en mode *meuf badass* et que je péterais les plombs – en cassant une lampe ou deux ; en shootant dans ses bijoux de famille. Au lieu de ça, je me suis contentée de rester et de tout prendre en pleine poire. Puis j'ai pleuré pendant cinq semaines. En fait, aujourd'hui, c'est le premier jour que je ne pleure pas.

– On peut fêter cette évolution, dit-il en applaudissant.

– Je suis sûre que c'est grâce à toi, donc merci pour ça.

– Tu es encore triste.

Elle hocha la tête.

– Oui, mais moins triste aujourd'hui.

– Ce qui veut dire que tu pourrais l'être encore moins demain.

– Pas faux. C'est juste que les ruptures font tellement douter de soi. Je n'arrête pas de me dire que j'aurais pu être mieux pour lui. J'aurais pu être sa déesse au lieu que ce soit Monica. Putain, mais quel prénom stupide ! Tu y crois, toi ? Il est tombé amoureux d'une Monica et il parlait d'elle comme si c'était la femme de sa vie. C'était elle sa déesse, tout du long. Et moi qui croyais être la seule qui comptait dans sa vie. En fait, je n'étais qu'une serveuse de base – un personnage secondaire dont personne ne se souvient. C'est peut-être ça, mon rôle, dans la vie. Peut-être que je suis destinée à n'être qu'un second rôle dans la vie des gens. Cette fille qui sert des cafés aux héros de l'histoire.

– Tu ne peux pas penser ça.

Haussant les épaules, elle se tut.

Elle se remit à parcourir les différentes BD et son regard devint jovial. Elle avait trouvé son bonheur et le serrait à présent contre sa poitrine.

– Tu vois ça ?! s'exclama-t-elle avec gaieté.

– Je ne peux pas le voir puisque tu le caches dans tes bras.

Elle se tourna pour révéler l'objet en question. C'était moi. Enfin non, plutôt mon alter ego.

– Captain America. Une édition de 1950. En voilà une pépite.

– Prends-la. Je te l'offre.

– Non, tu n'es pas obligé.

– Je sais, mais j'en ai envie. D'ailleurs, tant que tu y es, prends-toi toute la collection.

– Captain…

– Je t'en prie, Rouge.

On aurait dit que je la suppliais. Si j'insistais, c'était parce que je voulais entretenir la joie qui était apparue dans ses yeux lorsqu'elle avait découvert toutes ces bandes dessinées.

– Je sais qu'on n'est plus en 1918, mais j'aimerais faire ça pour toi.

– Pourquoi ?

– Parce que c'est toi.

– Qu'est-ce que j'ai de si spécial ?

Je me dirigeai vers elle pour lui faire face, puis replaçai derrière son oreille une mèche de cheveux qui recouvrait sa joue.

– Tu es unique.

– Qu'est-ce qui te fait peur dans la vie ? demanda-t-elle en faisant un pas en arrière.

Elle cherchait clairement à changer de sujet. Qu'on cesse de parler d'elle.

– Beaucoup de choses. Les serpents, les turbulences en avion. Être en retard à une réunion importante. Les kangourous.

– Les kangourous ?

– Tu as déjà vu un combat entre kangourous ? Thor fait pâle figure à côté d'eux.

– Pas faux. Seulement, ce n'est pas de ce genre de craintes dont je veux parler, mais des plus profondes. Donc je réitère ma question : qu'est-ce qui te fait peur ?

Je fronçai les sourcils. Je ne parlais pas souvent de mes peurs. J'étais d'avis qu'en mettant des mots sur quelque chose, on permettait aux monstres enfermés dans notre tête de s'exprimer.

Pourtant, Rouge avait été sincère avec moi. Elle méritait donc le même respect. Et peut-être qu'en m'efforçant de chuchoter, mes peurs n'atteindraient que ses tympans. Je lui avouai la vérité :

– Décevoir les gens ; que le cancer de ma mère refasse surface et qu'elle en meure ; perdre les gens que j'aime ; mourir sans postérité.

Elle souriait. Un petit sourire qui me fit un bien fou. Lorsqu'elle souriait de toutes ses dents, c'était incroyable, c'est vrai, mais ses petits sourires secrets me donnaient envie que le soleil ne se lève pas tout de suite.

– Et toi ?

– J'ai peur de ne jamais avoir de famille… et de mourir seule.

– La mort nous fait peur, on dirait.

Ses yeux noirs affichaient une lueur amusée.

– Tu as une citation philosophique pour ça ?

– Hmm… « Ce qui vous inquiète, vous contrôle », John Locke. Voilà pourquoi je ne parle pas souvent de mes peurs. Plus on les nourrit, plus elles prennent de la place. Certes, j'ai des peurs et des inquiétudes, mais j'ai surtout de l'espoir.

Elle s'arrêta une seconde afin de me scruter. Ses yeux cherchaient les miens, comme pour déchiffrer quelque chose à l'intérieur de moi.

Demande-moi, Rouge, et je te dirai mes secrets.

Elle se redressa, la bande dessinée serrée contre sa poitrine.

– Je ne sais pas où t'emmener ensuite, dit-elle.

Je jetai un coup d'œil à ma montre.

– Le jour va bientôt se lever.

– Alors, lança-t-elle en me tendant la main, dépêchons-nous.

***

– La ruelle des vœux ? demandai-je, abasourdi.

Nous nous trouvions au début d'une toute petite rue bien éclairée où il y avait un attroupement de gens déguisés qui discutaient et écrivaient sur des Post-it. La vapeur qui s'échappait des égouts mêlée à la fumée des cigarettes créait une ambiance sans égale. On entendait beaucoup de rires, mais certains individus étaient seuls et paraissaient plus sombres, plus tristes que la plupart des gens autour d'eux. Ils observaient le mur de Post-it avant de rédiger le leur. Une fois collé, ils tournaient les talons.

– Les gens viennent ici pour coller leurs vœux au mur. Je me suis dit qu'on pourrait écrire nos espoirs sur un bout de papier et les livrer au monde. Tu dis que tu n'aimes pas parler de tes peurs, ce que je comprends, mais parler de tes souhaits ? Enfin, si jamais tu trouves ça nul, n'hésite pas à me le dire.

– C'est loin d'être nul. C'est génial.

Je me rapprochai du mur pour lire certains des vœux laissés là.

Parfois, les gens souhaitaient des choses matérielles : des voitures de luxe, des jeux qui coûtent cher, des sacs à main.

D'autres vœux étaient un peu plus profonds.

Que mon ex m'aime encore.

Arrêter les relations toxiques.

Acheter une maison.

Un remède contre le cancer.

Celui-ci me fit frissonner.

Je tournai la tête vers Rouge qui lisait aussi les vœux des autres, une main plaquée sur son cœur, comme si elle avait un lien personnel très fort avec chaque mot écrit sur ces bouts de papier. Je trouvais ça extrêmement touchant.

– Tu es prête ?

J'allai vers la pile de Post-it vierges, puis je pris un bloc et un stylo pour nous.

Inspirant profondément, elle s'éloigna du mur et acquiesça.

– Prête.

– On peut en écrire combien ?

– Trois. C'est un chiffre magique pour moi.

Trois vœux. Si j'avais l'opportunité de faire trois vœux, que choisirais-je ?

Vœu numéro un : je souhaite que le cancer de ma mère ne revienne jamais.

Vœu numéro deux : je souhaite qu'aucun enfant dans le monde ne connaisse la faim, le fait de ne pas avoir de toit ou de ne pas recevoir d'amour.

Vœu numéro trois :

Je me tournai vers Rouge. Perdue dans ses pensées, elle se mordillait les lèvres. Soudain, elle griffonna quelque chose sur son Post-it. Puis elle s'arrêta, reprit son mordillement avant de recommencer à écrire. Je ne pouvais m'empêcher d'observer ce va-et-vient. J'étais tellement attiré par elle.

Il fallait que je remplisse mon dernier Post-it.

Vœu numéro trois : plus de nuits comme celle-ci. Plus de nuits avec Rouge.

Nos Post-it rejoignirent les autres sur le mur de brique. Je savais qu'ils finiraient sans doute par s'envoler, par se déchirer un jour. Mais en cet instant précis, accrocher nos vœux quelque part dans l'univers paraissait tellement puissant.

Rouge s'approcha de mes Post-it ; je fis pareil avec les siens. Elle avait fait le vœu d'une longue vie, de l'amour et de la possibilité d'avoir plus de temps.

Comme moi, elle voulait plus de temps. Chaque seconde de plus qui passait avec elle ce soir-là me donnait l'impression que quelque chose d'important était lentement en train de s'effacer de ma vie. Moi qui espérais qu'elle tombe amoureuse de ma personne pour l'aider à oublier son ex, j'étais en train de m'enticher à toute vitesse d'une fille qui allait disparaître au lever du jour.

Bravo, Connor. Tu l'auras voulu.

– *Plus de nuits avec Rouge*, lut-elle avant de se tourner vers moi. Tu souhaites plus de nuits avec moi ?

– Oui.

Elle laissa échapper un petit rire, se toucha machinalement les mains.

– C'est drôle, dit-elle en désignant le mur, parce que j'ai un peu triché en écrivant un quatrième vœu. (Elle révéla le Post-it dans sa main et me le tendit.) Moi aussi, j'ai fait un vœu sur toi.

Je le lus : *Plus de temps avec Captain America.*

– Plus de temps avec moi ?

– Oui !

Merde.

Mon cœur avait fait un bond. J'ignorais qu'il pouvait battre comme ça, comme un million de feux d'artifice qui explosent tous en même temps.

Je lui tendis la main.

– Danse avec moi.

– Quoi ? s'esclaffa-t-elle. (Qu'est-ce que j'adorais son rire !) Il n'y a pas de musique, ajouta-t-elle.

– Pas grave. Danse avec moi.

Elle accepta ma main, alors je l'attirai contre moi. Elle passa ses bras autour de mon cou, posa sa tête contre mon torse. Et nos corps commencèrent à se balancer lentement.

– Je sens les battements de ton cœur, dit-elle.

Croyez-moi, j'étais un grand sentimental. On pouvait toujours compter sur moi pour être hyper cucul. Mais je ne voulais pas non plus trop en faire et lui dire que mon cœur battait pour elle.

Enfin, soyons honnêtes… ce cœur battait vraiment pour elle.

– Mario ne dansait jamais avec moi. Il disait que c'était ridicule.

Tout ce qu'elle glissait sur ce type m'amenait à le détester chaque fois un peu plus.

– Tu aimes danser ?

– Oui, j'adore ça, répondit-elle.

– Tu peux me faire une promesse, Rouge ?

– Oui.

– Ne tombe jamais amoureuse d'un homme qui ne veut pas danser avec toi.

Elle leva les yeux sur moi une seconde, puis reposa sa tête sur mon torse.

– Combien de fois as-tu été amoureux ? demanda-t-elle.

– Au sens courant du terme ? Jamais.

– Qu'est-ce que tu veux dire par « courant » ?

J'esquissai un sourire en coin.

– Je n'ai jamais eu de petite amie. Donc, je n'ai jamais connu ce truc classique des relations amoureuses où une fille et un mec se rencontrent, se fréquentent souvent et tombent follement amoureux.

– Si tu n'as jamais aimé une femme, alors tu n'as jamais été amoureux. C'est aussi simple que ça.

Je lui souris.

– Je ne suis pas d'accord. Ce n'est pas aussi simple. Moi, je ressens tout le temps de l'amour. J'appelle ça des étincelles d'amour – des moments, petits ou grands, d'affinité avec une personne. Ce sont ces petits épisodes amoureux que j'aime le plus. Par exemple, quand une personne se précipite pour t'ouvrir la porte quand tu as les mains pleines. Ou quand un enfant est pris d'un fou rire et ne peut plus s'arrêter. Quand un couple de personnes âgées se promène main dans la main. Dans ces moments-là, je ressens de l'amour. Je ne jure que par les étincelles d'amour.

– J'entends bien. Mais je peux être sincère avec toi ?

– Je carbure à la sincérité.

Elle s'écarta légèrement, si bien que nous ne dansions plus.

– Tout ce que tu viens de dire, je le crois à 99 %. Mais il y a ce 1 % qui me fait dire « *Quelles conneries !* », plaisanta-t-elle.

Je ris et acquiesçai.

– Je comprends. En toute franchise, c'est précisément pour ça que j'ai imposé une seule nuit ensemble. Après tout, est-ce que je voudrais plus de temps avec toi ? Bien sûr que oui. Seulement, je sais aussi que je ne suis pas en mesure d'aimer quelqu'un ni d'offrir à cette personne le temps qu'elle mérite. Je suis trop concentré sur ma carrière professionnelle. Je ne peux pas prendre de la place dans la vie d'une femme alors que je suis incapable de lui en accorder en retour.

Elle fronça les sourcils.

– En gros, tu ne veux pas faire perdre du temps à quelqu'un.

– Notre temps sur terre est compté. Ce serait dommage de le gâcher.

– Au moins, tu n'es pas malhonnête.

Je ricanai.

– J'essaie d'être le moins malhonnête possible.

– Captain ?

– Oui ?

– On peut danser encore ?

Sur ce, je me remis à la faire tournoyer sur notre musique imaginaire.

– C’est donc ça qu’on vit en ce moment ? demanda-t-elle.

– Ça, quoi ?

– Des étincelles d’amour.

Je posai mon menton sur sa tête en dansant avec elle.

– Toute cette soirée avec toi aura fait beaucoup d’étincelles d’amour.

***

Malheureusement, l’heure tournait. Il était temps que je lui fasse découvrir l’endroit que j’aimais.

– Voilà ce que je te propose : il y a plein de lieux que j’aime dans cette ville, mais j’aimerais bien retourner là où tout a commencé entre nous. Je me dis qu’on pourrait voir le soleil se lever sur New York depuis le toit-terrasse du bar. Qu’en penses-tu ?

– Je me sens coupable d’avoir trop tardé dans la boutique de bandes dessinées, à faire la geek. Maintenant, tu n’as plus assez de temps pour ton endroit.

– Ce soir, j’ai aimé tous les endroits où je suis allé avec toi. Il suffit que tu y sois.

Elle se mit à rougir. Voilà un échantillon d’amour des plus parlants. Je ressentais tellement de joie dans ma poitrine qu’on aurait dit que mon cœur allait exploser.

– Tu es un baratineur, Cap’.

– Je crois que tu aimes ça, Rouge.

– Oui. J'ai aimé chaque instant de cette nuit. Sauf le coup de poing que tu t'es pris en pleine poire, dit-elle en caressant doucement la peau autour de mon œil.

J'en avais presque oublié cet épisode.

Comment pouvait-elle penser n'être qu'un second rôle dans la vie des gens alors qu'elle m'avait littéralement fait oublier ma souffrance ? Seul un premier rôle peut y arriver.

– Le bar ne sera-t-il pas fermé quand on y arrivera ? demanda-t-elle.

– Ne t'inquiète pas pour ça. Rappelle-toi que j'ai quelques contacts. À moins qu'il te faille autre chose pour tomber amoureuse de moi ? Je peux nous réserver un court voyage à Bora Bora ou un truc du genre.

– Non, rit-elle en secouant la tête. La meilleure solution pour que je tombe amoureuse, c'est juste d'être avec toi.

Cette fois, ce fut à mon tour de rougir comme une tomate.

– Tu es une baratineuse, Rouge.

– Je ferais tout pour que tu tombes amoureux de moi.

Bon sang, Rouge... ça marche.

CHAPITRE 5

AALIYAH

Après avoir pris un café, direction le bar où tout avait commencé. Déjà fermé, il ne restait à l'intérieur plus que les employés occupés à nettoyer. J'eus un petit coup de stress en réalisant que la porte était close. Mais ce n'était pas un problème. Il suffisait que Captain America passe un coup de fil.

– Salut Tommy ! C'est moi. Ouais… Je suis devant le bar. J'ai laissé mes clés à l'intérieur. Tu peux me laisser entrer ? (Il marqua une pause, se mordilla les lèvres et parut faire le timide, ce qui était adorable.) Non, Tommy, je ne vais pas faire des cochonneries sur le toit… Je sais ! Écoute-moi : je te propose des billets pour la prochaine saison. Tu sais, on en a parlé il y a deux semaines. (Il se tut un instant.) Bon, d'accord. Mais promets-moi de me laisser t'accompagner à un match… Merci beaucoup, mec. Marché conclu.

Au bout de quelques secondes, Tommy nous ouvrait la porte.

– Alors comme ça, on a oublié ses clés ? fit-il.

Captain America se pencha pour lui faire la bise avant de lui donner une claque sur les fesses.

– Je sais, je sais. C'était bête de ma part. Merci Tommy !

– Ouais, ouais. Je partirai sans doute avant toi, tu veux bien fermer ?

– Entendu.

Captain saisit ma main et m'entraîna dans le bar désormais vide. C'était bizarre de traverser la salle sans personne autour de nous, alors qu'un peu plus tôt, le bar était bondé. Preuve que l'heure tournait. Notre temps ensemble toucherait bientôt à sa fin.

Il m'emmena dans le bureau où nous avions rencontré Tommy, prit ses clés sur la table ainsi qu'une veste accrochée derrière la porte qu'il posa sur mes épaules.

– Prête ? demanda-t-il.

– Attends une seconde. Pourquoi as-tu les clés de cet endroit ? Et pourquoi il te demande de fermer le bar ? Qu'est-ce que j'ai raté ?

– Oh, dit-il en se caressant la nuque avant de hausser les épaules, je suis propriétaire de l'immeuble.

– Pardon ?

Il esquissa un sourire en coin et sa fossette s'accentua lorsqu'il prit ma main.

– Allez, viens.

Arrivée à la moitié de l'escalier, il devint difficile pour moi de respirer. Je ne supportais pas de me voir si essoufflée. Je savais que je n'étais pas en forme, mais j'avais l'impression que mon cœur battait plus vite que la normale, m'obligeant à faire plus de pauses que d'habitude. Par chance, Captain ne me jugeait pas. Et quand je m'arrêtais, il s'arrêtait aussi.

– Il faut que je retourne à la salle de sport, plaisantai-je aux trois quarts de l'escalier.

La main posée sur ma poitrine, je sentais les battements de mon cœur s'intensifier. Chaque respiration devenait plus pénible que la précédente. Il fit preuve de patience à mon égard, ralentissant même ses pas pour tenir mon rythme.

Arrivés sur le toit, il fallut trouver un endroit où nous asseoir face au lever du soleil. Et attendre le début de notre fin. Je m'efforçais de retrouver une respiration normale. Je voulais parler, mais pour ça, je devais d'abord me ressaisir.

Quand j'allai mieux, je posai mon regard sur Captain.

– Alors comme ça… cet immeuble t'appartient ?

– Oui, je suis propriétaire de plusieurs immeubles, dit-il l'air de rien, comme si c'était normal de posséder des immeubles à vingt-cinq ans.

– Quoi ? Plusieurs ? Tu fais quoi exactement dans la vie ?

– Oh, plein de choses.

Et voilà que mon cœur s'accélérait de nouveau.

– Tu pourrais travailler pour la mafia. Si jamais j'ai passé une nuit avec un mafieux, ça va me faire sérieusement douter de mes choix. Mon Dieu, tu as déjà tué quelqu'un ? Tu es un assassin ?

Il haussa un sourcil.

– Si c'était le cas, tu crois vraiment que je l'avouerais à quelqu'un que je viens de rencontrer ?

Pas bête.

Ayant sans doute remarqué mon anxiété, il se mit à rire.

– Je possède une agence immobilière et je fais des investissements. Depuis que je me suis installé à New York à dix-huit ans, je travaille comme un fou. Disons que ça a fini par payer.

– Ça alors. Tu es riche ?

Il pouffa de rire.

– C'est difficile de se vanter d'être riche. Et puis, qu'est-ce qui fait que quelqu'un est riche ?

– Tu as plus d'un million de dollars sur ton compte en banque ? demandai-je du tac au tac.

Son hésitation suffit à me donner la réponse.

– Merde alors ! Tu *es* riche !

– Ce n'est pas si important.

– Dit un mec riche. Punaise, je n'arrive pas à croire que tu m'aies laissé payer tes verres ce soir ! Et tes wings de poulet !

– Hé ! J'avais proposé de t'inviter !

– Tu aurais dû me dire que tu es millionnaire, je t'aurais laissé faire, plaisantai-je. J'aurais dû te demander de m'acheter cette BD ultra rare dans la vitrine.

Il se leva d'un coup.

– En ne tardant pas trop, on pourrait retourner là-bas et…

– Arrête ! dis-je en riant et en tirant sur son bras pour qu'il s'asseye de nouveau. Je rigole.

– La prochaine fois, je te l'achète.

– Si seulement il pouvait y avoir une prochaine fois, dis-je sans réfléchir.

Il me dévisagea pendant un moment avant de regarder le ciel.

– Tu sais ce qui est bizarre, Rouge ? Tu es encore là, mais tu me manques déjà.

Je lui souris et il m'imita. J'adorais nous voir sourire en même temps.

Il prit une BD et se mit à me la lire, caressant ses lèvres du pouce avant de tourner les pages. Je m'attachai à observer chacun de ses gestes. À cet instant précis, mon cœur décida de battre pour lui, pour le restant de la nuit. Probablement le lendemain matin aussi.

Malheureusement, le soleil se mit à poindre à l'horizon. Quel dommage que les meilleures choses aient une fin.

Je haïssais le soleil. Ne pouvait-il pas changer de programme pour une fois et me laisser quelques heures de plus avec lui ? Je n'étais pas fatiguée. Plus le ciel devenait clair, plus j'étais triste.

Comment un inconnu avait-il pu prendre autant de place dans ma vie en si peu de temps ?

– Rappelle-moi pourquoi nous ne sommes pas autorisés à rester amoureux demain, et les jours suivants ? demanda-t-il d'une voix grave et tremblante.

Lui aussi redoutait de mettre fin à ce lien que nous avions créé.

Je poussai un soupir.

– Parce que tu es trop occupé à bâtir un empire. Parce que tant que je n'aurai pas réglé mes problèmes liés à ma rupture récente et à mes insécurités, je ne pourrai pas m'engager dans une nouvelle relation.

– Eh oui. La dure réalité.

– Je déteste cet endroit, dis-je pour plaisanter, ravalant les larmes qui montaient.

Évidemment, j'aurais souhaité plus de nuits comme celle que nous venions de partager. Évidemment, je savais que nous n'étions pas prêts à partager plus que ça. Mais je n'avais pas imaginé que je rencontrerais un jour l'amour de ma vie et que ce ne serait pas le bon moment.

– Il nous faut faire quelques promesses, déclara Captain America en prenant mes mains. J'ai passé une nuit incroyable. J'ai envie de croire que nos chemins se croiseront de nouveau un jour. Ce sera au destin d'en décider. Donc nous devons éviter les endroits où nous sommes allés ce soir. Ne pas forcer les cieux à nous pousser dans les bras l'un de l'autre. Faisons confiance aux étoiles pour que nos chemins se recroisent un jour ou l'autre.

– Et si ça ne se produit pas ?

Il tourna ma paume vers le ciel.

– Dans ce cas, Rouge (il embrassa ma paume, ce qui me fit frissonner au plus profond de moi), je te remercie pour la meilleure nuit de ma vie.

J'avais les larmes aux yeux parce qu'il m'avait offert la même chose – une expérience des plus heureuses, dont j'avais vraiment besoin.

Il continua à me tenir la main et regarda nos doigts entrelacés.

– J'ai un aveu à te faire.

– Un aveu ?

– Oui. Je savais que tu ne tomberais pas amoureuse de moi en cinq heures.

Interloquée, je haussai un sourcil.

– Tu ne penses pas que ce soit le cas ? demandai-je.

Nous n'avions pas reparlé du pari. Nous avions simplement passé cinq heures à rire, à apprendre à nous connaître et à créer du lien. J'avais complètement zappé le pari, jusqu'à ce qu'il en reparle.

– Non, je ne crois pas, dit-il en haussant les épaules. Et ça ne me pose pas de problème parce que j'avais une idée derrière la tête.

– Laquelle ?

– Tout ce que je souhaitais, c'était te rendre heureuse. Te rappeler que malgré toute la peine que ton cœur éprouve, ton bonheur est à portée de main. En t'aimant suffisamment pour trouver de la joie dans ta vie. En te relevant après un échec. Je savais que je n'arriverais pas à faire en sorte que tu tombes amoureuse de moi – tu le vois bien, je ne suis qu'un p'tit gars du Kentucky –, mais j'étais certain de pouvoir t'aider à t'aimer toi-même de nouveau. Parce que cet amour-là est toujours à notre portée.

– Tu ne peux pas savoir combien j'avais besoin de toi ce soir.

– C'est réciproque, Rouge. Mais au cas où tu l'oublierais demain, j'ai établi la liste de toutes ces choses que tu peux aimer chez toi. La voici : cette façon que tu as de plisser le nez quand tu es agacée ; celle que tu as de danser quand personne ne te regarde. Ton obsession pour les bandes dessinées. Ta sensibilité, qui te fait tout ressentir avec intensité – c'est un don. Tellement de gens sont déconnectés de leurs émotions alors que les tiennes vivent bruyamment en toi – les bonnes et les mauvaises –, et c'est ce qui t'équilibre. Tu devrais aimer ta façon de sourire. Ce sourire vaut tout l'amour du monde. Ainsi que tes yeux, attentifs aux autres et débordant de gentillesse. Ta façon d'aimer ces personnes qui ne méritent sans doute pas ton amour. Ta façon de vivre. De respirer. En réalité, tu mérites d'être aimée rien que parce que tu existes.

C'est alors que je tombai éperdument amoureuse.

Je pouvais dire, en cet instant précis, que je l'aimais.

Cette nuit-là, j'appris qu'il est possible d'aimer quelqu'un le temps d'un instant. J'appris que l'univers pouvait parfois être si bien aligné qu'on éprouve un amour bouleversant pour un parfait inconnu. J'avais découvert les étincelles d'amour.

Désormais, nous étions si proches l'un de l'autre. J'étais presque assise sur ses cuisses. Nous avions nos fronts collés. Il passa ses bras autour de moi et m'attira contre lui, me permettant de me blottir contre son corps. J'aimais cette sensation. Elle me manquait déjà.

– J'ai de la peine pour celui qui t'aimera à son tour, murmura-t-il, ses lèvres effleurant presque les miennes. Il ne sera jamais à la hauteur de cet amour si puissant que tu auras à offrir.

Je fermai les yeux. Quand il inspirait, je soufflais. Notre respiration fusionnait, tout comme nos corps. Je ne voulais pas le laisser partir. Parce que cela impliquait de quitter ce rêve que j'avais vécu cette nuit-là. Et de revenir à la réalité.

Je n'étais pas certaine de vouloir vivre une réalité où il n'existait pas.

– Le soleil est levé, dit-il doucement.

– Oui.

– Il faut accepter de partir.

– Je sais.

Pourtant, nous restions blottis l'un contre l'autre, retardant la fin. Nous laissions le soleil embrasser notre peau alors que nous faisions tout ce qui était en notre pouvoir pour ne pas nous embrasser. Nos lèvres étaient tellement proches… Mais si je m'abandonnais à sa bouche, je ne pourrais pas partir.

Quand ce fut le moment de nous lever, j'eus envie de pleurer. Cependant, je ressentais aussi une forme de quiétude.

– Souviens-toi d'une chose, Rouge : jamais tu ne seras qu'une simple serveuse, dit-il à mesure que le soleil continuait sa progression derrière nous. Ni cette meilleure amie bizarre ou cette fille qui passe au hasard à la page quarante-cinq. C'est toi le personnage principal de l'histoire. Jour après jour, c'est toi qui as le grand rôle. Et pour moi, c'est toi qui t'en sors toujours à la fin.

Je le serrai fort dans mes bras. Après ce moment, je savais que je ne pourrais plus jamais serrer contre moi cet inconnu qui ne l'était plus autant. Me raccrochant à lui, je sentis mes yeux se remplir de larmes alors qu'il s'agrippait aussi fortement à moi. Comme s'il tenait à moi plus que tout. Comme s'il me donnait tout. Oh, ça me suffisait amplement.

Jamais je n'aurais imaginé avoir besoin qu'un inconnu me rappelle comment m'aimer de nouveau.

– Merci, chuchotai-je en posant ma tête contre son torse.

Alors il se pencha et déposa un baiser sur mon front.

– Merci, répéta-t-il. Tu peux me promettre quelque chose ?

– Oui.

– Dans tes prochaines relations, ne reste jamais avec quelqu'un qui ne te mérite pas.

Je lui souris.

– Promis.

– J'ai le sentiment étrange qu'on va se revoir un jour. Souviens-toi de mes paroles, dit-il.

Il paraissait convaincu que nous connaîtrions des retrouvailles.

– Tu crois tant que ça au destin ?

– Non, répliqua-t-il en secouant la tête. Je crois juste en nous.

– On parie ? Si jamais on se retrouve, je te devrai un dollar. Sinon, eh bien… pas de dollar, plaisantai-je.

– Marché conclu. En revanche, chaque année qui passe, tu rajoutes un dollar à la mise.

– Quel businessman !

– Au moins, je suis cohérent.

Chacun partit de son côté. Ses tendres paroles me donnèrent du baume au cœur, quoique provisoire. Captain America avait vidé mon âme triste pour la remplir de nouveau d'amour.

Je pris le métro jusqu'à la maison, la main plaquée sur ma poitrine pour sentir les battements de mon cœur. Il semblait un peu guéri. Et pour la première fois depuis si longtemps, je pouvais sentir que j'allais bien. Lorsque je sortis du métro, je respirai profondément l'air froid en pensant sans cesse à cet inconnu qui m'avait permis d'être le personnage principal d'une histoire nocturne.

Même si ça paraissait ridicule et même si, le lendemain, le rêve ferait place à la réalité, j'étais certaine que les pensées qui flottaient dans ma tête étaient vraies. J'étais tombée amoureuse de cet homme en une nuit. Certes, je ne connaissais pas son nom. Mais je connaissais sa peau, son rire et son cœur.

Je me souviendrais toujours du bonheur qu'il avait fait naître en moi.

Je n'oublierais jamais ses étincelles d'amour.

***

La semaine suivante, je pensais encore à lui. Sur mon lieu de stage, j'avais plus souvent le sourire aux lèvres et quand je travaillais au café, je me sentais pousser des ailes en préparant des boissons pour les clients.

– Excusez-moi, pourrais-je avoir plus de sucre pour mon café ? Et je voudrais bien un biscuit à la cannelle aussi, demanda une femme au comptoir de *C & C*.

J'arrêtai alors de me rejouer la nuit d'Halloween dans ma tête et retournai à la réalité.

La dame affichait un grand sourire que je lui rendis. Cela faisait plusieurs semaines qu'elle venait régulièrement. Une sublime femme noire à l'incroyable regard. Lorsque ses beaux yeux noirs se posaient sur moi, quelque chose de bon s'en dégageait instantanément, comme avec Captain America. C'était fou de posséder des yeux si doux, si prévenants.

– Bien sûr ! Je vous encaisse, puis je vous l'apporte à votre table, lui dis-je en tapant des chiffres sur le clavier.

– Merci, euh… (elle regarda mon nom sur mon badge avant de lever de nouveau les yeux sur moi)… Aaliyah. C'est un joli prénom.

– Merci, répondis-je en souriant.

Elle regagna sa table, dans un coin, et sortit un livre. Depuis une semaine, elle lisait un roman de Alice Hoffman, *The Rule of Magic*. Chaque semaine, elle changeait de livre. C'était une grande lectrice.

Je lui apportai son thé chaï et son biscuit à la cannelle. Elle ne quitta pas son roman des yeux. Elle semblait si investie dans ses lectures, intriguée par les péripéties, s'imprégnant de chaque mot tout en tournant vite les pages.

– Ce roman a l'air passionnant, dis-je en déposant sa commande sur la table.

Elle leva les yeux et posa le livre.

– Si vous saviez comme il est bien. Je fais partie d'un club de lecture et voilà le titre de la semaine.

– C'est génial ! J'adore lire, moi aussi.

– Ah bon ? s'exclama-t-elle. Qu'est-ce que vous aimez lire ?

– J'aime surtout les bandes dessinées, mais j'apprécie aussi les romans policiers.

– Des bandes dessinées ? C'est chouette.

– Comme vous le savez sans doute, j'ai bon goût, plaisantai-je. Régalez-vous et si vous avez besoin de quelque chose…

Soudain, je m'interrompis, sentant une douleur dans ma poitrine. Tout s'arrêta brutalement. Mes genoux cédèrent sous mon poids, je plaquai mes mains mon torse, le souffle court. Mon cœur battait très vite. Une fois à terre, mes collègues se précipitèrent autour de moi.

Je voyais leurs lèvres bouger et la peur dans leurs yeux. J'essayais de contrôler ma respiration saccadée. Je fermai les yeux. Je savais que tout ça n'était pas bon signe. On aurait dit que mon cœur était en feu. Qu'il allait éclater dans ma cage thoracique. Qu'il cherchait à se libérer de ces chaînes qui semblaient le suffoquer.

Je finis par m'évanouir, ne désirant rien d'autre que d'en finir avec cette douleur dans la poitrine.

Je me réveillai sous des lumières aveuglantes. Mes bras étaient raccordés à des machines et une infirmière me tournait le dos. Elle remplissait un document qu'elle tenait dans ses mains.

– Que s'est-il passé ? demandai-je, hébétée, perdue, la bouche pâteuse.

Rien n'avait de sens. Tout paraissait si flou dans mon esprit. J'essayai pourtant de comprendre la situation, de recoller les morceaux.

Des étincelles.

Je me souvins de fragments de ce qui s'était passé avant mon arrivée à l'hôpital. Aucune étincelle d'amour en vue. Non…

Des étincelles de douleur, de peur, de mort.

L'infirmière se tourna vers moi en arborant un grand sourire.

– Vous voilà enfin réveillée. Ça fait plaisir d'entendre votre voix. Vous êtes à l'hôpital St. Peter. Puis-je contacter votre famille ?

Je secouai la tête.

– Non. Je n'ai personne. Que s'est-il passé ?

Elle marcha vers moi et prit ma main, la serrant légèrement dans la sienne.

– Tout ira bien. Vous avez eu un problème au cœur et…

– Un problème au cœur ? m'exclamai-je, paniquée par les mots qu'elle avait choisis et par l'inquiétude que je lisais dans ses yeux.

Elle ne semblait pas habilitée à pouvoir me renseigner.

– Je vais chercher le docteur pour qu'il vous explique tout, d'accord ? Je reviens.

– Ça fait combien de temps que je suis ici ? demandai-je.

Je bougeai à peine, mais sentis immédiatement une grande douleur dans le dos.

– Douze heures environ.

– Quoi ?! m'écriai-je en me redressant, effrayée.

J'étais restée inconsciente si longtemps ? Que se passait-il ?

– Le docteur va arriver.

Elle me laissa seule, terrifiée par ce qui m'arrivait. Je regardai les chiffres sur l'écran, mes signes vitaux. J'avais les mains moites et la tête qui tournait en essayant de comprendre. La dernière chose dont je me souvenais, c'était d'être au travail. Ensuite, trou noir.

Au bout de trois quarts d'heure, où je restai en proie une anxiété la plus totale, le docteur fit irruption.

– Bonjour Aaliyah. Je suis le docteur Brown. Ravi de faire votre connaissance.

Il affichait un grand sourire et il était suivi par d'autres soignants dont l'infirmière qui m'avait déjà parlé. Il poursuivit :

– On m'a dit que vous vous sentez un peu désorientée.

Je croisai les bras sur ma poitrine, comme pour me protéger. Je me sentais en position de grande vulnérabilité. J'avais besoin du câlin que je me faisais.

– Oui. Je ne comprends pas ce que je fais là.

– Vous souvenez-vous de ce qui s'est passé ?

– Je me souviens d'être au travail, puis plus rien. Je me suis réveillée ici. Voilà tout ce que je sais.

Il tira la chaise près de ma table de nuit et s'y assit. L'expression maussade qu'il affichait m'inquiétait.

– Qu'y a-t-il ?

– Il s'agit de votre cœur.

– Qu'est-ce qu'il a, mon cœur ?

Il fit une grimace et hocha la tête, comme s'il préparait sa phrase.

– Votre cœur est défaillant. Votre sang s'est bouché dans les veines pulmonaires qui transportent le sang oxygéné de vos poumons à votre cœur.

Cela veut dire qu'il n'a pas pu suivre le rythme. Des fluides sont passés dans vos poumons. Vous souffrez d'une insuffisance cardiaque congestive.

– Oh mon Dieu, dis-je en plaçant mes mains sur ma poitrine, apeurée par ce qu'il disait.

J'avais le tournis. Il venait de dire que mon cœur ne marchait plus ?

– Ça veut dire quoi ? Comment peut-on le réparer ? Je n'ai que vingt-deux ans. Ça n'a pas de sens. Je suis en bonne santé. Je l'ai toujours été. Oh, Seigneur, je suis en train de mourir ? Que puis-je faire ? Comment je…

– Calmez-vous… Tout va bien, déclara le docteur en posant sa main sur mon bras.

Je le dégageai de son étreinte, les larmes aux yeux.

– Vous ne pouvez pas exiger que je me calme après m'avoir dit que mon cœur est défaillant ! Ce n'est pas vrai ! Mon Dieu, que vais-je faire ?

– Je comprends tout à fait que ce diagnostic vous fasse peur, mais nous trouverons une solution pour vous aider à vivre avec votre maladie. Différents médicaments peuvent…

– Vivre avec ou la faire disparaître ? l'interrompis-je.

Il avait le regard lourd, les sourcils froncés. Je savais que cela ne présageait rien de bon.

– Au stade où vous en êtes, notre meilleur pari consiste à surveiller votre état et à nous assurer qu'il n'empire pas.

Ce qui voulait dire que cette maladie ne disparaîtrait pas.

Tout s'était dégradé.

Les chevilles gonflées. La fatigue. Les difficultés respiratoires…

Depuis combien de temps mon cœur était-il en difficulté ?

Le docteur continuait à parler. Il utilisait des mots que je ne pouvais pas comprendre, mais brandissait aussi des mots que j'aurais dû saisir. Seulement, rien n'avait de sens parce que je bloquais sur une chose : mon cœur, ce cœur que je portais dans ma poitrine depuis ma naissance, celui qui me faisait avancer dans la vie et rendait mon existence possible, était en train de se casser.

Il était cassé et j'avais peur qu'il soit impossible de le remettre sur pied.

Il avait suffi d'un seul instant.

Un seul instant pour que mon monde s'écroule. Un diagnostic qui me hanterait pour le restant de mes jours. Combien de temps me restait-il à vivre ? Pourrais-je accomplir toutes les choses que je voulais faire, maintenant qu'un compte à rebours était lancé dans ma poitrine ?

De retour chez moi, je me postai devant mon ordinateur portable, en quête de renseignements sur l'insuffisance cardiaque. Je fis tout un tas de recherches. À la fin, j'avais tellement peur que je ne savais pas comment m'en sortir.

Cinq ans.

Seuls cinquante pour cent des individus souffrant d'insuffisance cardiaque congestive survivent au-delà de cinq années. Dix pour cent vivent dix années de plus.

Dix ans.

Dans dix ans, je n'aurais que trente-deux ans.

La chronologie aurait pu être drôle, si elle n'avait pas été aussi tragique.

Six semaines plus tôt, j'avais eu le cœur brisé par un homme qui ne m'avait jamais vraiment aimée. Une semaine plus tôt, un inconnu m'apprenait à m'aimer de nouveau. Ce jour-là, je découvrais que mon cœur était vraiment cassé.

Bizarrement, un véritable cœur malade faisait plus de mal que n'importe quelle souffrance infligée par un garçon.

Cette nuit-là, je fis mon deuil. Le deuil de toute cette vie que j'allais rater. Le deuil de mes objectifs et de mes rêves pour l'avenir. Le deuil de mon trentième anniversaire que je ne fêterais peut-être jamais. Je m'autorisai à prendre le temps de faire ce deuil, le laissant m'engloutir entièrement quelque temps.

Je restai longtemps triste et déprimée. Sofia ne supportait pas mon humeur. Elle disait que je lui mettais le moral à zéro, si bien que, peu de temps après mon hospitalisation, elle déménagea. Jamais dans ma vie je ne m'étais sentie aussi seule. Dans le silence, mon anxiété grimpait en flèche. Pourtant, chaque matin, j'ouvrais les yeux. Si seulement j'avais pu me rendre compte de cette chance.

Au bout d'un certain temps, je parvins à me ressaisir du mieux que je pus. Je respirais profondément et j'essayais de trouver un moyen d'être reconnaissante envers les rayons du soleil qui, chaque jour, réchauffaient ma peau pour me réveiller. Je revins à l'endroit où j'avais promis à Captain America de ne plus jamais retourner. J'avais besoin de me rendre dans la ruelle des vœux pour en faire un nouveau.

Cette fois, mon souhait était simple : je voulais plus de temps.

CHAPITRE 6
AALIYAH

Deux ans plus tard

Je pouvais compter sur une seule main le nombre de choses que je savais sur ma mère. Ou plus exactement, il me suffisait de deux doigts : un, je savais qu'elle m'avait donné la vie, et deux, je savais qu'elle m'avait donné un prénom. Tout le reste, je l'avais inventé dans ma tête. Des milliers d'histoires que je m'étais racontées au fil des ans. Peut-être avais-je ses yeux ? Ou son nez ? Peut-être m'avait-elle baptisée Aaliyah en hommage à la chanteuse partie trop tôt, dont j'écoutais les chansons dans mon adolescence ? M'en aurait-elle dédié certaines ?

Ma mère imaginaire adorait le brunch. C'est pourquoi, toutes les semaines, j'aimais dénicher une nouvelle adresse où bruncher. Elle aimait aussi voyager. Je n'avais ni le temps ni l'argent de voyager comme j'aurais aimé le faire, mais j'avais créé des tableaux de visualisation avec des photos sur la

Grèce, l'Espagne et Bora Bora, qui reposaient sur mon bureau, à la maison. Ma mère imaginaire devait détester les plats épicés et ne pouvait sans doute pas avaler les choux de Bruxelles. Quelle était sa façon d'aimer ? Elle aimait probablement beaucoup trop, au point d'en souffrir. D'ailleurs, elle m'avait tellement aimée qu'elle avait dû m'abandonner.

Tels étaient les mensonges que je me racontais.

Dans mes pensées, elle avait des cheveux crépus dont les boucles semblaient avoir été trempées dans l'encre noire. Son rire était contagieux. On ne pouvait résister à l'envie de l'imiter en entendant ses gloussements joviaux. Elle dansait aussi – pas très bien comme moi, mais ça déménageait ! Parfois, j'inventais qu'elle descendait d'une famille royale africaine et qu'elle avait été obligée de m'abandonner après avoir eu une liaison avec un acteur de Hollywood de second rang. Ils se seraient rencontrés lors de vacances à Rome, tombant amoureux en quelques jours. Puis il l'aurait quittée pour devenir un acteur de renom.

Tout le long de mon adolescence, je me racontais ce genre d'histoires. Désormais, à vingt-quatre ans, je n'inventais plus grand-chose. En général, je ne pensais à elle que lors de moments importants qui me donnaient envie d'avoir une mère à mes côtés. Je me demandais ce qu'elle aurait pensé de la tournure qu'avait récemment pris ma vie. Aurait-elle été fière des choix que j'étais en train de faire ?

Arrête de réfléchir, Aaliyah. Ressaisis-toi.

– Vous êtes folle ou quoi ? s'exclama Maiv en me regardant de travers, comme si j'étais la femme la plus bête du monde. Vous démissionnez de votre poste à *Passion Magazine* alors que n'importe quelle personne saine d'esprit tuerait pour l'avoir, et tout ça pour… ? Excusez-moi, mais il faut que vous me réexpliquiez, dit-elle en secouant la main comme pour tenter de donner un sens à ce que je venais de dire.

– Pour épouser mon fiancé. J'ai récemment appris qu'il doit s'installer en Californie. Puisque nous allons nous marier, il serait préférable de vivre au même endroit, précisai-je, le ventre noué.

J'étais très affectée par la désapprobation qu'elle affichait. Ses lèvres étaient courbées dans le mauvais sens. Il lui suffisait d'un regard pour me donner l'impression d'être un mauvais garnement. En vérité, mon seul faux pas avait été de tomber amoureuse.

Maiv Khang, une des femmes les plus en vue de New York, était terrifiante. Elle était sans cœur et impossible à percer à jour – pourtant, elle dirigeait une revue qui mettait à l'honneur les passions des gens. Athlètes, scientifiques, politiques, entrepreneurs, restaurateurs connus et j'en passe apparaissaient en une, chaque mois. Par ailleurs, tout ce qui relevait d'une passion faisait l'objet d'articles de fond sur le sujet. Donc, il aurait pu sembler normal que la dirigeante de ladite revue porte ne serait-ce qu'un peu de passion en elle.

Or, ce n'était pas le cas de Maiv. Elle paraissait toujours si vide, ennuyée par la vie. Certes, elle menait ce magazine avec brio, mais son empathie envers autrui était nulle.

Ses cheveux gris étaient toujours coiffés vers l'arrière, attachés en un parfait chignon. Elle portait quotidiennement ses bijoux les plus précieux. Alors qu'elle avait plus de soixante-dix ans, personne, chez *Passion Magazine,* ne l'imaginait céder son poste de P.-D.G. à sa fille, Jessica. Maiv s'accrochait bec et ongles à son travail, comme la reine Elizabeth à son titre, et ce, bien que Jessica, à l'image du prince Charles, ait la tête sur les épaules.

– Donc vous quittez la rédaction de la revue la plus célèbre du monde pour devenir la femme au foyer d'un mec sorti de nulle part ? demanda-t-elle, mais c'était surtout une déclaration pleine de dédain.

– Pas un mec sorti de nulle part. Jason est mon fiancé.

– Vous êtes jeune. C'est qui ce mec ? Votre troisième fiancé ? Quatrième ?

Je ricanai, mais apercevant son air sérieux, je me raclai la gorge et gigotai sur ma chaise.

– Il se trouve que c'est le premier.

Elle leva les yeux au ciel et secoua la main d'un air outré – une fois de plus.

– Il ne faut jamais démissionner pour le premier homme qui te demande en mariage. Ni pour le deuxième ou le troisième. À partir du septième, ça peut s'envisager. Mais tout dépend de son statut.

J'esquissai un sourire incertain et haussai les épaules.

– J'ai envie de tenter ma chance avec Jason.

Elle se mit à rire. Fort. Très fort – j'ignorais comment elle parvenait à produire ce son.

– Ça fait combien de temps que vous êtes ensemble ?

– Un an et demi.

Elle explosa encore de rire. J'eus envie de pleurer. Le tact n'était pas son fort.

Faites qu'elle redevienne la patronne qui ne riait jamais et qui me faisait peur.

– Très bien, c'est votre vie. Vous êtes libre de faire les erreurs que vous voudrez, mais souvenez-vous d'une chose : chaque erreur se transforme en ride sur le front et le Botox, ça coûte cher.

D'un geste, elle me fit signe de partir puis se remit à lire ce qui se trouvait devant elle.

– Euh… D'accord… mais j'ai encore quelque chose d'important à vous demander. (Elle leva les yeux sur moi d'un air indifférent.) Je ne veux pas être femme au foyer. Je suis à la recherche d'un autre poste de journaliste en Californie. Accepteriez-vous de me rédiger une lettre de recommandation ?

– Vous pouvez quitter mon bureau.

– Entendu.

Je me levai rapidement de la chaise sur laquelle j'avais sans doute été assise trop longtemps. Tout en m'éloignant, je me tournai vers elle :

– J'espère que vous savez, Maiv, que je suis vraiment honorée d'avoir eu l'opportunité de travailler avec vous. C'était l'expérience d'une vie, et…

Elle leva la main pour me faire taire, ôta ses lunettes et se pinça l'arête du nez.

– Vous ne comprenez donc pas ?

– Quoi ?

– Au début de votre contrat chez nous, vous m'aviez dit que travailler pour *Passion* était votre plus grand rêve. Et voilà que vous détruisez tout pour un type sans doute moyen que vous connaissez depuis à peine deux ans. Il vous a demandé ce que ça vous faisait de tirer un trait sur votre rêve pour lui ?

– Non.

– Il n'y a rien à espérer quand on épouse un homme qui n'essaie même pas de trouver une solution pour que vos deux rêves puissent se réaliser.

Je restai figée, silencieuse et déroutée par ses paroles.

Elle baissa la tête sur ses papiers et s'éclaircit la voix.

– Je présume que mon invitation à la cérémonie s'est perdue dans le courrier.

– Votre invitation… euh… Bien sûr. Elle a dû se perdre dans le courrier.

– Assurez-vous de me placer à une bonne table. Et envoyez tous les renseignements à mon assistant. Je viendrai seule.

– Pourquoi ?

Elle leva lentement les yeux et soutint mon regard, les sourcils froncés, pour me forcer à préciser la nature de cette question impromptue.

– Mais c'est une excellente nouvelle ! m'exclamai-je.

– Que faites-vous encore dans mon bureau ?

– Oh ! Pardon. Au revoir.

Je détalai, un peu confuse. Je ne savais pas trop quoi penser de cette conversation. Maiv venait-elle de s'inviter à mon mariage ? Avait-elle bien dit qu'elle viendrait ? Bon sang ! Les plans de tables étaient déjà faits. Il me faudrait passer un coup de fil pour tout reprendre. Heureusement, juste après le travail, je devais me rendre chez ma belle-mère. Avec à son aide, je pourrais sans doute caser Maiv à une table.

***

Si j'avais pu avoir une mère, j'aurais aimé qu'elle soit exactement comme Marie Rollsfield. Lors de notre première rencontre, elle m'avait beaucoup parlé de son fils. Elle et son mari l'avaient adopté alors qu'il avait cinq ans. Je lui avais dit combien son fils avait de la chance d'avoir une mère aussi géniale. Et je n'oublierais jamais combien cette remarque l'avait touchée, au point d'en avoir les larmes aux yeux. « Je ne suis pas une mère géniale, j'essaie juste de faire au mieux », avait-elle précisé en essayant de se contenir.

Mais je n'étais pas d'accord. À mes yeux, les gens qui, en plus d'être gentils et aimants, acceptent d'élever un enfant qui n'est pas biologiquement le leur sont des héros. J'aurais tout donné pour être adoptée par des parents aussi bons que Walter et Marie.

J'adorais l'histoire d'amour de ce couple. L'été précédent, ils avaient fêté leurs trente ans de mariage. Or, à les regarder, on aurait pu croire qu'ils étaient encore en lune de miel. Je n'avais jamais vu deux personnes s'aimer avec autant de passion. Marie et Walter étaient la preuve vivante que cet amour idéal dont tout le monde rêve existe.

Lorsque Marie m'invita une année chez eux pour un repas de Noël, je fis la connaissance de Jason. Marie s'en souvenait presque mieux que nous tous. En tout cas, dès que j'étais entrée dans la maison des Rollsfield, j'avais eu la sensation de faire partie de la famille.

Parfois je me demandais si je n'aimais pas davantage les parents de Jason que je ne l'aimais lui. Surtout Marie, l'essence même de l'amour maternel. Elle m'avait accueillie dans leur famille à bras ouverts. Le jour où mon cœur m'avait lâché pendant mon service au café, c'était elle qui avait appelé les secours. Depuis cet événement, je lui vouais une immense affection. Ensuite, pour me changer les idées, je m'étais inscrite dans son club de lecture et de jour en jour, nous devînmes plus proches.

Ce qu'il y avait de plus beau dans mon histoire avec Jason ? Non seulement j'avais trouvé un compagnon de vie mais j'avais aussi gagné deux beaux-parents dévoués qui me donnaient la sensation d'avoir toujours fait partie de leur famille. J'avais toujours rêvé d'être accueillie aussi chaleureusement. Depuis toujours, je rêvais d'une famille, je rêvais d'appartenir à une tribu unie et de créer des traditions qu'on pourrait partager les uns avec les autres. Par exemple, toutes les semaines, Marie et moi avions l'habitude de nous retrouver autour d'un café. J'avais toujours hâte que ce jour arrive. Si j'avais eu la chance d'avoir une mère, j'aurais voulu avoir une mère comme Marie.

– Je n'arrive pas à croire que le grand jour approche ! pépia Marie.

Nous étions dans le salon pour mon dernier essayage de la robe de mariée. Tous les détails du mariage avaient été pris en charge par Marie et par l'équipe chargée de l'organisation qu'elle avait engagée. Elle tenait à m'informer de tout, mais je m'en fichais un peu.

Tout ce que je voulais, c'était marcher jusqu'à l'autel et prononcer ces trois mots si importants : « Je le veux. »

Les tenants et aboutissant de l'organisation du mariage ne m'intéressaient pas. Ce qui comptait pour moi, c'étaient les jours heureux qui s'ensuivraient.

J'adressai un sourire à Marie qui débordait d'enthousiasme depuis des jours, en prévision de la noce.

– Je n'arrive pas à y croire non plus.

Je me scrutais dans le miroir, bouleversée par cette robe blanche faite sur-mesure.

Marie et Walter avaient payé la robe. Ils assumaient d'ailleurs tous les frais de la cérémonie et de la réception. Autrement, je me serais contentée d'un simple passage devant Monsieur le maire et d'une robe d'occasion.

– Je ne sais pas comment vous remercier pour tout ce que vous faites, Walter et toi. Je ne mérite pas tout ça.

Elle s'approcha de moi pendant que la couturière finissait son travail sur l'ourlet, puis plaça ses mains sur mes joues et esquissa un grand sourire, celui qu'elle m'adressait toujours.

– Tu mérites le meilleur, Aaliyah. Tu ne sauras jamais ce que ton arrivée dans notre famille a fait à mon cœur. Tu es le soleil dont nous, les Rollsfield, avions besoin. Et bientôt, tu porteras le même nom que nous.

Je me blottis dans ses bras et la serrai fort. Lorsqu'elle s'écarta, je me mis à rire en voyant ses larmes.

– Pas question que tu pleures déjà. Le mariage, c'est pour bientôt !

Elle fit un geste de dédain avec la main.

– C'est comme ça ! Je serai forcément dans tous mes états. Heureusement que le maquillage waterproof existe et que l'équipe compte un maquilleur professionnel pour les retouches.

Observant mon reflet dans le grand miroir du salon, je pris une grande inspiration. J'étais traversée par un million d'émotions différentes. Toutefois, une pensée se démarquait. J'allais enfin accomplir quelque chose d'important.

J'allais enfin avoir une famille.

Rien que d'y penser, j'avais aussi envie de pleurer.

– Coucou ! fit une voix qui m'extirpa de mes pensées. Maman ! Où est papa ? Je le cherche pour…

Je me mis brusquement à crier lorsque Jason fit irruption et me regarda fixement, un smoking dans les bras.

– Non ! Sors de là ! Il ne faut pas que tu voies ma robe avant le mariage, ordonnai-je en bondissant derrière le canapé pour me cacher.

– Ne me dis pas que tu respectes ces traditions idiotes ! s'étonna Jason en se caressant le nez. Relève-toi Aaliyah, j'ai déjà tout vu.

– Non ! m'écriai-je.

Je me sentais un peu ridicule, cachée de cette façon, mais je ne souhaitais pas lui donner un autre aperçu de la robe. Je n'étais pas spécialement superstitieuse, mais il n'était pas souhaitable que l'époux découvre la robe avant le jour J.

Heureusement, Marie était de mon avis.

– Elle a raison ! Qu'est-ce que tu fais là, Jason ? Je t'ai dit de nous appeler avant de venir ici.

– C'est ce que j'ai fait, mais personne ne répond ! Je ne fais que passer pour déposer le smoking de papa.

– Dépose-le à l'entrée et sors d'ici. On se verra demain pour la répétition, lui lança Marie.

Je savais très bien que Jason avait levé les yeux au ciel.

– Tant pis, je m'en vais.

Il fit quelques pas pour s'éloigner, mais regarda quand même par-dessus son épaule avant d'ajouter, avec un sourire en coin :

– Aaliyah ?

– Oui.

– Cette robe te fait un bon gros boule.

– Surveille ton langage, déclara Marie en lui lançant un coussin avant qu'il ne déguerpisse en claquant la porte derrière lui.

Marie m'observa pendant que je me redressai. Son sourire plein de bienveillance était contagieux.

– Il a raison, tu sais. Tu es divine dans cette robe.

CHAPITRE 7

CONNOR

Cela faisait des semaines que je ne dormais pas bien et ma surprotectrice de mère était inquiète.

Inutile de lui avouer que je ne dormais plus, elle l'avait déjà deviné.

– Il faut que tu dormes davantage, Connor Ethan. Et que tu te trouves une petite amie, répétait-elle jusqu'à plus soif.

J'ignorais comment c'était possible, mais elle parvenait à glisser le mot « petite amie » dans presque toutes nos conversations. Elle avait un certain talent pour ça.

Ma mère était persuadée que j'allais finir ma vie tout seul. Et elle m'appelait chaque semaine pour me le rappeler. Quand elle avait bu un peu trop de vin, elle pleurait même à cause de ça sur FaceTime. Elle me ressassait sans cesse que j'étais accro au travail et que je ne prenais pas assez de vacances. Elle n'avait pas tort. Je travaillais tous les jours à la limite de l'épuisement.

Parfois, mes journées ressemblaient plus à des années. J'étais fier de beaucoup de choses dans ma vie, mais pas d'être devenu accro au travail. Il m'arrivait de me demander ce qui me serait arrivé si je ne m'étais pas autant battu pour me faire un nom. En tout cas, sans ça, je ne pourrais pas faire désormais preuve d'une si grande générosité. Les sacrifices ont forcément des aspects négatifs.

Je travaillais de longues journées et même des nuits entières si cela permettait d'alléger un peu la vie de quelqu'un d'autre. Sans surprise, je buvais beaucoup de café.

– M. Roe, je vous apporte les dossiers demandés, ainsi que votre café. Enfin, sauf si je vous dérange. Je peux aussi revenir plus tard… Quand vous aurez le temps, je pourrai vous tenir informé des appels et des mails reçus ce matin, mais euh…

– Calmez-vous, Rose, dis-je en levant les yeux sur la boule de stress qui se tenait sur le seuil de mon bureau, tremblant sur ses chaussures à talons. On peut faire le point maintenant, ajoutai-je.

Rose était encore une gamine. C'était bizarre de dire ça, parce qu'elle avait dix-neuf ans et moi, vingt-huit – donc à peine neuf ans nous séparaient. Mais une chose était sûre : je n'étais plus le même homme qu'à dix-neuf ans.

Nouvelle stagiaire de Roe Immobilier, la pauvre Rose était souvent en proie à une grande nervosité. Mais cela ne me dérangeait pas. Il fallait bien commencer un jour et j'étais prêt à accepter ses maladresses. Tout le monde mérite une chance dans la vie.

Ne travaillant que deux après-midi par semaine, elle ne pouvait pas trop faire de dégâts.

Après avoir pris une longue inspiration, Rose entra dans mon bureau en trébuchant un peu sur ses talons hauts. Elle retrouva bien vite son équilibre en prenant appui sur un des fauteuils. Se tenant bien droite, elle déposa le café sur mon bureau sans en renverser une goutte. Heureusement. J'étais en manque de ma dose de caféine.

Puis, baissant les yeux sur sa paperasse, elle commença son résumé de la journée. Même si le stress était encore là, je remarquai qu'elle était un peu plus à l'aise qu'à ses débuts. Sa voix ne tremblait plus autant qu'avant. Il y avait du progrès.

– Quatre revues m'ont contactée avec des offres très intéressantes pour des interviews exclusives, expliqua-t-elle.

– Je n'accorde pas d'interview.

– Je sais, mais ils proposent des sommes astronomiques pour que vous fassiez la une et…

– Je n'accorde pas d'interview, point à la ligne, répétai-je en esquissant aussi un sourire pour qu'elle ne se sente pas intimidée.

Elle m'adressa à son tour un petit sourire et poursuivit :

– Euh… Votre mère a appelé. Elle exige que vous cessiez de travailler autant.

– C'est noté. Autre chose ?

– Vos costumes sont prêts au pressing. J'irai les chercher dans l'après-midi et je les apporterai ce soir au bureau. J'aurais dû les récupérer ce matin, avant d'arriver, mais le pressing a eu un problème de plomberie. J'en suis vraiment désolée. Je m'engage à travailler plus tard pour m'assurer qu'ils soient bien déposés au bureau ce soir.

– Ne vous inquiétez pas. J'y passerai en rentrant chez moi.

Elle fronça les sourcils.

– Non, vraiment, ce n'est pas un problème… Je voudrais… (Elle marqua une pause et laissa échapper un soupir.)… ne pas vous décevoir.

– Rose ?

– Oui ?

– Vous faites du bon boulot. Ne soyez pas aussi dure envers vous-même.

– Simplement… c'est une si grande opportunité de travailler pour vous, M. Roe. Je le sais, je suis jeune et stressée et vous auriez pu embaucher quelqu'un de plus qualifié pour ce poste. Donc je veux tout donner.

– C'est déjà très bien comme ça.

Soulagée par ce que je venais de dire, ses épaules s'affaissèrent un peu. Tant mieux. Je n'aimais pas que mes employés soient stressés à cause de moi. Je n'étais pas le grand méchant loup. Au contraire, je souhaitais que tous ceux qui travaillent pour moi se sentent à leur place dans l'entreprise, comme si nous formions une grande famille.

J'étais persuadé qu'elle s'y ferait, tant que la confiance irait dans les deux sens.

– D'accord. Euh… merci.

Elle s'interrompit et se mit à mordiller ses lèvres.

Je haussai un sourcil.

– Autre chose ?

– C'est juste qu'une des revues vous propose beaucoup d'argent. Vraiment beaucoup d'argent. Plus de cent mille dollars.

On aurait dit que le symbole du dollar s'était affiché dans ses yeux. Or, sans vouloir être prétentieux, j'aurais pu gagner tout cet argent dans mon sommeil. Mais dans tous les cas, je refusais de figurer dans un article de magazine.

Je savais pertinemment que le fait de se retrouver sous les feux des projecteurs pouvait détruire la santé mentale de n'importe qui et avoir un impact sur ses activités professionnelles. Exhiber sa vie privée n'apporte rien de bon. Au début, certes, on vous aime. Mais dès que l'opinion publique trouve une raison de s'en prendre à vous, c'est fini.

La vie est plus douce quand on reste un mystère. Les gens ne peuvent faire que des suppositions. Et quand on a le temps de faire des suppositions sur la vie des autres, c'est clairement parce qu'on a une vie bien nulle. Je ne faisais pas partie de ce monde-là, ce monde qui se nourrit de ragots. Depuis que je vivais à New York, j'avais pris conscience que les commérages perduraient même après le lycée. J'avais rencontré des gens de soixante ans qui passaient encore leur temps à jaser les uns sur les autres. Quand j'étais confronté à ce genre de situations, je tournais les talons.

Moins ma vie était mouvementée, plus j'étais heureux.

Rose faisait la moue. J'esquissai alors un sourire en coin.

– Qu'ont-ils proposé d'autre, Rose ?

– La une de *People* pour vous décerner le titre de l'homme le plus sexy du monde ! Oh, M. Roe ! Sachez qu'habituellement, seules les célébrités y ont droit. Les vraies célébrités. Genre, Ryan Reynolds ou Idris Elba ! C'est tellement génial. Le rêve absolu !

Je ris.

– C'est tout ?

– Oui.

– Qu'est-ce qu'on obtient avec le titre de l'homme le plus sexy du monde ?

Elle me dévisagea, comme si j'étais idiot.

– Mais enfin ! On gagne ce titre à vie, pardi !

– Incroyable. Eh bien, aussi formidable que cela puisse paraître, je préfère décliner. Dites à chacune de ces revues que je les remercie, mais refusez poliment toutes les propositions.

– Entendu, M. Roe, dit-elle avant d'ajouter, l'air inquiet : Vous êtes sûr que vous ne voulez pas que je m'occupe de vos costumes ce soir ?

– Non, ça ira. Merci, Rose.

Elle quitta mon bureau pile au moment où Damian faisait irruption en faisant la grimace.

– Bonsoir Damian, lança Rose.

Il lui passa devant comme s'il n'avait pas remarqué son existence. Pas un bonjour, pas un signe de tête, rien.

Rose était une fille très attirante et Damian avait juste un an de moins qu'elle. Je pensais qu'il aurait été attiré par elle, comme le reste des gars de l'agence, mais il n'avait pas l'air du tout intéressé.

Damian avait un caractère bien particulier. Interagir avec les autres, très peu pour lui. Nous étions complètement opposés. Il était froid alors que j'étais connu pour être chaleureux.

Or, ce mec était devenu comme un frère pour moi. Je l'avais rencontré deux ans plus tôt. À l'époque, je cherchais à aider un jeune à travers un programme de tutorat. Et j'étais tombé sur lui – l'ado de seize ans le plus mal léché de l'univers. Pendant longtemps, sa mauvaise humeur m'avait mis en rogne. Jusqu'à ce que je comprenne qu'il s'agissait d'un mécanisme de défense. Il avait grandi orphelin, trimballé de famille en famille, sans jamais réussir à avoir une vie stable. Si bien qu'il était toujours fermé comme une huître et il avait de profonds problèmes de confiance. Imitant tous ces gens qui l'avaient rejeté dans sa vie, il faisait tout pour me faire fuir.

Dommage pour lui, j'étais un mec agaçant qui ne baissait jamais les bras devant un challenge.

Cela faisait deux ans que je l'avais accepté dans ma vie, et je n'avais pas prévu de l'abandonner de sitôt. Comme il ne voulait pas aller à la fac, j'avais fait en sorte qu'il puisse travailler avec moi. J'étais d'avis que tout le monde n'est pas fait pour aller à l'université. Mais je savais que Damian était un type très intelligent et qu'il accomplirait de grandes choses.

Résultat : c'était l'un de mes meilleurs employés, en dépit d'être toujours mal luné.

– Tu n'as pas salué Rose, lui fis-je remarquer tandis qu'il s'asseyait sur le fauteuil en face de moi.

Contrairement à elle, son attitude ne laissait paraître aucun stress et ses mouvements étaient pleins d'assurance.

– Pourquoi faudrait-il que je la salue ?

– Parce qu'elle l'a fait en premier.

– C'est une hypocrite et une mauvaise employée. Je ne l'aime pas.

– Soyons honnêtes : tu n'aimes personne.

Il ouvrit la bouche pour répondre avant se raviser, se rendant compte que je disais la vérité.

– Pourquoi la trouves-tu hypocrite ? demandai-je.

– Il n'y a que devant toi qu'elle joue à la fille innocente qui bégaie. Quand tu n'es pas là, elle ne cesse de flirter avec tout le monde, en exposant son décolleté à qui veut bien le regarder.

– Je n'y crois pas une seconde. Elle travaille bien.

Il soupira.

– Ça doit être dur d'être aussi naïf et de croire qu'il n'y a que des bonnes personnes sur terre.

– Je ne pense pas que Jason Rollsfield soit une bonne personne, par exemple.

– Bravo, Connor. Il y a au moins une personne sur sept milliards de Terriens que tu n'aimes pas, releva-t-il avec sarcasme. Cela dit, tu prétends le détester, mais tu lui as quand même donné du travail. C'est hallucinant. Si tu connaissais le passé de Rose…

– Non ! m'écriai-je en levant les mains. Ne me dis rien. Chaque fois que tu me révèles le passé de quelqu'un, ça déforme mon appréciation de la personne.

– C'est plutôt normal.

Je surnommais Damian « le fossoyeur ». Il avait une aptitude bien particulière, celle de débusquer les sales secrets de n'importe qui. Il parvenait à lever le voile sur des choses que les gens pensaient enfouies pour toujours. Pourtant, il y avait un secret qui lui résistait. C'était d'ailleurs le plus important pour lui : l'histoire de ses parents biologiques. Malgré tous ses efforts, il n'arrivait pas à les retrouver. Cela le rongeait au quotidien, je le savais.

Depuis notre première rencontre, je lui avais fait promettre de ne pas enquêter sur les personnes que je connaissais déjà avant de l'avoir connu. Je ne souhaitais pas être informé des cadavres dans les placards de mes collaborateurs. D'autant plus que les gens riches se livrent à un tas de choses bizarres.

Comme d'habitude, Damian était vêtu de noir de la tête aux pieds. Costume noir, cravate noire, chaussures noires. Soi-disant sa couleur préférée, celle qui était assortie à son âme.

Ses goûts et tendances d'ado gothique me faisaient sourire.

À côté de ça, il était bâti comme un joueur de football américain, faisant plus d'un mètre quatre-vingt-dix de muscles. Je n'avais pas de mal à dire qu'il était bel homme. S'il n'avait pas passé son temps à faire des grimaces, il aurait eu toutes les femmes à ses pieds.

– Bon, j'ai des mauvaises nouvelles à t'annoncer, dit-il en penchant la tête dans sa main.

– Pas si vite ! Il faut d'abord que je te raconte la blague du jour.

Il me tendit un regard las.

– T'es sérieux, là ?

– Ça fait deux ans que je te raconte une blague tous les jours. Bien sûr que je suis sérieux.

– Tu n'auras plus autant envie de plaisanter quand je t'aurai annoncé la nouvelle.

Je me levai et glissai mes mains dans mes poches.

– Justement. Mieux vaut te dire la blague maintenant.

Il soupira et haussa les épaules.

– Comme tu voudras. Je t'écoute.

– Que dit une imprimante quand on la met dans l'eau ? J'ai papier ! ricanai-je en me frappant la cuisse. T'as pigé ? J'ai pas pied ! Avoir p…

– C’est pas drôle du tout.

– Un jour, j’arriverai à te ferai rire. Souviens-toi de ces paroles.

– N’y compte même pas. Maintenant, je peux t’annoncer la mauvaise nouvelle ?

J’opinai de la tête.

Il fronça les sourcils. Je devinai que ça sentait le roussi.

– Le projet de Brooklyn est tombé à l’eau.

Je m’accrochai à mon bureau comme si je venais de recevoir un coup de massue sur la tête. Je n’étais plus d’humeur à rire.

– Qu’est-ce que tu veux dire par « tomber à l’eau » ? C’était comme si c’était fait. En plus, personne n’était au courant, à part nous.

– Je sais. J’ignore ce qui s’est passé, mais l’immeuble a été vendu à quelqu’un d’autre.

– À qui ?

– Ils ne veulent pas le dire.

Merde, Damian avait raison. Cette nouvelle me mettait de très mauvaise humeur.

– Mais je vais trouver, ajouta Damian, d’un air résolu.

– Ouais, merci.

Évidemment, il esquissa une grimace et se leva, les yeux rivés sur moi.

– Ta blague était quand même un peu drôle, déclara-t-il sèchement, pour essayer de me remonter le moral.

– Tu n’es pas obligé de mentir, Damian.

– Bon, j'avoue qu'elle n'était pas drôle du tout.

Je me passai les mains sur le visage et poussai un soupir.

– Préviens-moi dès que tu sauras à qui ils ont vendu le bien, dis-je en faisant le tour du bureau pour m'asseoir. Tu viens à la soirée, vendredi ?

– Est-ce que je vais venir à la fête d'un connard que je déteste, tout ça pour célébrer le nouveau poste qu'il ne mérite pas ? Non, je passe mon tour. Franchement, je ne comprends pas pourquoi tu as choisi quelqu'un d'aussi incompétent pour diriger les bureaux de la côte Ouest. Même moi, je ferais ça mieux que lui. Ce mec est une imposture.

Se trompait-il sur Jason, mon nouvel associé ? Non. C'était effectivement la seule personne que je ne pouvais vraiment pas blairer dans mon entourage. Absolument tout, chez ce petit con pourri gâté, me hérissait le poil. Était-ce parce que le père de Jason avait proposé de m'aider à réaliser mon rêve de propriétés de luxe pour familles en difficulté que j'avais embauché son fils ? Oui, je confirme.

Jason allait prochainement prendre la direction de l'agence Roe Immobilier de la côte Ouest. Cela m'occasionnait beaucoup de stress. Le vendredi suivant allait avoir lieu une fête pour Jason avec une sorte de passation de pouvoir. L'opportunité d'une photo qui le mettrait en valeur. Et derrière tout ça, la stratégie de ses parents pour contrecarrer une vie de gosse de riches pleine de déboires qui se retrouvaient régulièrement dans la presse.

Depuis deux ans, il semblait avoir un peu réfréné son tempérament festif. Mais je ne lui faisais pas pour autant confiance pour diriger la moitié de mon entreprise. Toutefois, je respectais suffisamment son père pour lui donner sa chance.

Walter Rollsfield était l'un des hommes les plus riches du monde et le seul à avoir cru en moi quand j'étais plus jeune. Il était depuis devenu une sorte de figure paternelle pour moi. Néanmoins, son fils n'était qu'un crétin qui foutait la pagaille partout où il passait. J'étais inquiet à l'idée d'embaucher Jason. J'espérais secrètement qu'il se lasse de son travail avec le temps – comme il se lassait de tout le reste. Je pourrais alors engager quelqu'un de vraiment compétent pour le poste. L'avantage, c'est que j'aurais ajouté le portefeuille de Walter au mien pour bâtir la propriété de mes rêves.

C'était risqué de prendre Jason, mais encore plus risqué de perdre le soutien de Walter pour mon projet. J'étais donc extrêmement déçu d'être passé à côté de l'immeuble de Brooklyn. Si seulement je savais qui s'était mis en travers de mon rêve. On allait m'entendre !

***

Quelle journée de merde !

Depuis que Damian m'avait annoncé la mauvaise nouvelle, j'avais le moral à zéro. Rien ne pouvait me redonner le sourire. Rien hormis deux choses : ma mère et les Cheetos.

Après m'être goinfré de chips, je pris mon téléphone et sélectionnai le numéro qui s'affichait en premier dans mon répertoire, celui de la seule femme qui acceptait de me parler quand je n'étais pas dans mon assiette.

– Salut, mon chéri. Comment vas-tu ? demanda-t-elle en décrochant.

Je m'enfonçai dans ma chaise en poussant un grognement.

Elle savait exactement ce que ça voulait dire.

– Mon biquet, je suis navrée pour toi. Tu veux que je prenne l'avion jusqu'à New York pour te préparer du poulet en sauce et des raviolis ? Tu ne devrais pas rester seul.

J'étais à deux doigts d'accepter sa proposition. Que voulez-vous ? J'étais un fils à sa maman. Lui parler me mettait toujours du baume au cœur.

– Ça va, maman. Je voulais juste un peu de réconfort en entendant ta voix.

– Et si tu venais me rendre une petite visite ? insista-t-elle. Le Kentucky te manque.

Je vivais à New York depuis que j'avais dix-huit ans et je venais de fêter mes vingt-huit ans. New York était devenu mon repaire. La seule chose qui me manquait du Kentucky, c'était l'amour de ma mère et sa cuisine.

– Je viendrai te voir dans quelques semaines. D'ici là, j'aurai beaucoup de travail.

C'était elle qui poussait un grognement à présent. Je savais aussi exactement ce que ça voulait dire.

– Travail, travail, travail, se plaignit-elle. Jamais tu ne prends le temps de t'amuser ?

– S'amuser, ça ne rapporte rien.

– Mais si, ça apporte beaucoup de choses. Tu ne crois pas qu'il est temps pour toi de construire ta vie avec quelqu'un ? Et, qui sait, me donner des petits-enfants ? Ou un animal de compagnie, tant qu'on y est ? Tu ne peux pas rester cloîtré chez toi et au bureau tout le temps, Connor. Il faut que tu vives vraiment ta vie.

Vous savez, quand je disais que ma mère était tout en haut de la liste de mon répertoire, eh bien, quand elle me faisait la leçon parce que je n'avais pas de vie en dehors du travail, j'avais comme envie d'effacer son numéro.

Je n'étais pas fait pour être père de famille. Je l'avais décidé il y a longtemps, quand j'avais choisi de me jeter corps et âme dans le travail. Je n'avais que vingt-huit ans, mais je percevais déjà le salaire d'un homme de quatre-vingts ans qui aurait travaillé toute sa vie. J'avais passé dix ans à me démener pour bâtir un empire. Pour ça, j'avais dû faire beaucoup de sacrifices, notamment en ce qui concernait les relations amoureuses et la famille. Je n'avais tout simplement pas le temps pour ça. Ç'aurait été égoïste de ma part d'entraîner une femme dans ma vie et d'être incapable de tout lui offrir. Voilà la raison un peu idiote que j'invoquais à tort et à travers. En vérité, les relations amoureuses me terrifiaient. Tout donner à quelqu'un pour qu'on vous le reprenne un jour ? Trop peu pour moi.

– Je comprends, maman, mentis-je pour qu'elle cesse de parler de ça.

– Ne cède pas simplement pour que je change de sujet, Connor Ethan. Je te le dis en tout état de cause. Donne-toi le temps de faire des choses qui comptent vraiment. Quand on a vaincu deux fois un cancer, on sait combien c'est important. L'argent ne fait pas le bonheur.

– L'argent suffit amplement, plaisantai-je. Mais j'ai pigé, Mam'. Je vais essayer.

– Menteur.

Que voulez-vous ? Elle me connaissait par cœur.

– Écoute ta mère, Connor. Quel intérêt y a-t-il à posséder un empire immobilier si tu n'as personne à qui le transmettre à la fin de ta vie ?

– J'ai déjà fait une liste d'associations caritatives à qui je souhaite léguer ma fortune, donc tout est géré de ce côté-là.

Elle soupira. Je me sentis coupable.

– Connor Ethan, ne mets pas ta mère en colère. Promets-moi que tu feras au moins une chose qui n'est pas liée au travail. Trouve-toi une activité dans les prochains mois.

– Maman…

– Promets-le-moi ! Sur ma vie !

Je détestais qu'elle fasse ça – me faire promettre sur sa vie en sachant pertinemment que je ne pourrais jamais rompre cette promesse. Quand on a vu sa mère lutter deux fois contre un cancer, quand on lui a rasé plusieurs fois la tête dans sa petite salle de bains avec un rasoir électrique bon marché, on réalise combien la vie d'une mère est importante.

Jamais je n'aurais pu promettre sur sa vie si je n'avais pas eu l'intention de tenir parole. Le désespoir que je remarquais dans sa voix m'était insupportable. Elle s'inquiétait que je sois seul.

Moi aussi, cela m'inquiétait, parfois. Pour lutter contre la solitude, je restais jusque tard la nuit au bureau, je passais des heures à la salle de sport ou je jouais à *Call of Duty* avec des gens du monde entier, tout ça pour me faire traiter de gros con par une gamine de quinze ans en direct du Canada. La belle vie, quoi !

– Promis, dis-je. Putain, je n'aurais pas dû t'appeler.

– Surveille ton langage, Connor, gronda-t-elle.

Je bus mon whisky cul sec.

– Désolé, Mam'.

– Je dois filer, mon chéri. Danny vient me chercher, on a rendez-vous.

Je me redressai d'un coup sec sur ma chaise.

– Attends ! Qui est Danny ?

– Oh, mon chéri, je ne peux pas t'en parler, là. Je t'aime. On se rappelle demain ! Bisous !

Et elle raccrocha.

Qui était ce fichu Danny ?

J'envoyai aussitôt un message à Jax, mon meilleur ami, qui vivait dans le Kentucky. Il pourrait m'aider à comprendre ce qui se passait.

Connor : C'est qui ce Danny ?

Jax : Ça va très bien, merci. Et toi ?

Connor : Désolé. Salut Jax.
Comment va Kennedy ?
Et les enfants ? Il fait beau ?
C'est qui ce Danny, bordel de merde ?

Jax : Surveille ton langage, Connor.

Connor : Ouais. Ma mère m'a dit
qu'elle avait rendez-vous avec
un certain Danny. C'est qui ce type ?

Jax : Contrairement aux habitants
de cette ville, je ne m'occupe pas
des affaires des autres.

Connor : Il est hors de question
que ma mère sorte avec un con.

Jax : Danny n'est pas un con.

Connor : Donc tu le connais !
Dis-moi tout. Je t'appelle.

Jax : Ne m'appelle pas, Connor.
Je déteste parler au téléphone.

Connor : Même avec ton meilleur
pote juré craché pour la vie ?

Jax : Surtout pas avec lui.

Connor : Ton sens de l'humour ne transparaît pas aussi bien par texto.

Jax : C'est sûr.

Connor : Donne-moi une info sur ce Danny et je te laisse tranquille.

Jax : Promis ?

Connor : Sur la tête de ma mère.

Jax : D'accord. C'est un employé modèle.

Connor : Quoi ?! Ce mec travaille pour toi ? C'est quoi cette trahison ?

Jax : Écoute, ce n'est pas de ma faute s'il a rencontré ta mère le jour où elle est venue m'apporter des pâtisseries. Il se trouve que Danny était avec moi et qu'il les a adorées.

Connor : J'espère qu'il ne s'agissait pas de sa recette fétiche.

Jax : Si, si. Et je peux te dire que Danny en est devenu fétichiste.

Connor : Tu trouves ça drôle ? Imagine un peu ma pauvre mère en train de coucher avec un mec sorti de nulle part qui s'appelle Danny !

Jax : Tu veux que j'imagine ta mère dans cette situation ?

Connor : Quoi ? Non. Arrête !
Fais pas ça.

Jax : Trop tard. J'ai déjà les images dans ma tête.

Connor : J'espère que Kennedy demandera le divorce.

Jax : Tu crois que ta pauvre mère est plutôt dessus ou dessous ?

Connor : Cette conversation est terminée.

Jax : Je me demande si elle aime les jeux de rôle.

Connor : Tais-toi. J'espère que tu mourras en enfer.

Jax : Au moins je serai tout bronzé. Bonne nuit, mec.

Cette conversation m'avait rendu encore plus méfiant. Que faisait donc ma mère dans les bras de ce Danny ?

CHAPITRE 8

AALIYAH

Rien n'était aussi stressant pour moi que de m'aventurer dans une salle remplie de parfaits inconnus. Si, comme dans le film *Saw,* je devais être confrontée à une situation ultra terrifiante, je me retrouverais plongée de force dans une foule d'inconnus. À quoi pensaient tous ces gens en me voyant ? Quelles étaient leurs premières impressions ? Étaient-elles bonnes ? Paraissais-je bizarre au premier regard ?

Une fois rentrée chez moi, je me rejouais ensuite toutes les conversations que j'avais eues, cherchant à détecter si mon interlocuteur avait pu mal interpréter mes paroles ou si j'avais pu dire quelque chose d'idiot.

Cela ne faisait qu'une heure que j'étais arrivée et j'étais si nerveuse que j'avais déjà les paumes toutes moites. C'est dingue comme le temps paraît long dès lors qu'on se trouve dans un endroit où l'on ne veut pas être.

– Dites « *cheese* » ! s'exclama un photographe en déclenchant son flash dans mes pupilles avant de se ruer vers la victime suivante.

Je clignai des yeux plusieurs fois pour recouvrer la vue.

Cheese.

En parlant de ça...

J'aurais tout donné pour manger un peu de fromage grillé, certes, pas recommandé pour mes poignées d'amour, mais si réconfortant. J'imaginais de la mozzarella fondue tout en gobant un morceau de patate douce assaisonné d'un étrange fromage, de noix de pécan et de canneberge. La serveuse avait précisé que les miettes vertes correspondaient à du romarin. J'étais persuadé que c'était juste de l'herbe. « Des bouchées croustillantes à la patate douce », avait-elle baptisé le petit-four en question. Pour faire court, c'était de la bouffe chic pour gens snobs.

Moi, je n'étais ni chic ni snob. Jamais de la vie. Il ne m'en fallait pas beaucoup plus que des ailes de poulet et des frites. Du moins, avant que je ne découvre ma maladie. J'avais dû dire adieu à l'alcool depuis que j'étais sur la liste des patients en attente d'une greffe du cœur. Cela faisait deux ans que je n'avais rien mangé de frit. Il m'avait fallu opérer de grands changements dans ma vie.

– Vous en voulez une autre ? demanda la serveuse, et je ne pus m'empêcher d'esquisser une grimace, ce qui l'agaça et la fit fuir en soupirant.

Ce n'était pas mon intention. Seulement, j'étais incapable de dissimuler mes émotions. On pouvait lire en moi comme dans un livre ouvert. Ma colère ou mon écœurement n'avaient pas de secret pour mes interlocuteurs.

Je me demandais si je tenais ce trait de caractère de ma mère. Je me demandais si quand elle n'était pas contente, cela se voyait dans le mouvement de ses sourcils ? Si, quand elle était heureuse, son regard s'illuminait d'une façon unique ?

Je repoussai ces pensées, les reléguant au chaud dans mon cœur. Loin de moi l'envie d'être triste. C'était un événement heureux. Pensées moroses interdites.

Je pris une longue inspiration et inspectai la salle.

Près d'une centaine de personnes étaient présentes à la fête d'intronisation de mon fiancé, qui venait d'être nommé à la tête de Roe Immobilier côte Ouest. C'était la première fois que je me rendais avec lui à un événement de son travail et j'étais terrifiée.

La réception était très chic. Un véritable gala. Un gala très excessif, sans raison valable, mis à part que Jason en avait les moyens.

Nous avions les moyens.

Jason détestait que je dise qu'il s'agissait de son argent, pourtant, c'était le cas. C'était lui l'entrepreneur qui avait réussi. Moi, je n'étais qu'une simple journaliste, amie de sa mère depuis deux ans – celle à travers qui tout avait commencé.

Un coup de foudre orchestré par Marie.

Nous n'étions en couple que depuis un an et demi, mais j'avais l'impression que ça faisait beaucoup plus longtemps.

– Un canapé au concombre ? demanda une serveuse en levant un plateau devant mon visage.

Il ne s'agissait que de morceaux de concombre saupoudrés de paprika.

Je plissai immédiatement le nez.

– Non, ça ira.

Le problème avec ce genre de réception, c'était le manque évident de nourriture et l'abondance d'alcool. Autour de moi, tout le monde buvait, sauf moi. Seulement, il me fallait à tout prix des glucides pour absorber l'alcool dans mon ventre. Je ne devais pas être la seule à vouloir manger un peu de pain !

Des cocktails et des frites aux truffes.

Du whisky et une pizza.

De la bière et des frites au fromage.

Ah !

Des frites… Tout ce que j'aurais donné pour avoir un grand plat de frites ! Mais ce n'était pas au menu de la soirée. Non, ce soir-là, pas de quoi s'alimenter, juste de minuscules amuse-bouche hors de prix.

C'était peut-être ça, le secret des gens riches pour rester riches ? Ne pas manger ! Ainsi, pas besoin de dépenser de l'argent pour la nourriture.

Deux mains se posèrent sur mes hanches, me faisant fondre de plaisir. Je savais que c'était lui avant même qu'il ne parle. Jason sentait toujours le parfum boisé du sex-appeal. Je me retournai pour lui faire face. Et sursautai devant son air soucieux.

– Qu'y a-t-il ?

– Tu te remets à jouer au lapin qui se cache dans son terrier, ce soir ? maugréa-t-il en se penchant vers moi. Les gens parlent, on te traite de prétentieuse.

– Désolée. Comme je n'ai rien mangé, je n'ai pas les idées claires, répondis-je en plaçant mes mains sur son torse et en lui adressant un petit regard implorant. Ça te dirait qu'on s'en aille ? On pourrait aller manger un vrai plat quelque part ?

À ce moment-là, une serveuse nous présenta son plateau de viande crue.

– Vous en voulez ? demanda-t-elle.

– Oui, mais cuit, rétorquai-je.

Jason se mit à rire, mais pas de bon cœur. Il était énervé.

– Non merci, dit-il à la serveuse avant de se tourner vers moi. Tu es tellement excessive, Aaliyah.

Il n'avait pas tort. Parfois, j'en faisais trop.

– En dehors du manque de nourriture, la fête est géniale. Je suis tellement fière de toi.

Jason sourit.

– Ouais. Mais tu pourrais faire un effort et ne pas parler qu'à moi.

– J'ai parlé à tes parents.

– Mais ça ne compte pas, tu le sais bien. Il faut te jeter à l'eau, Aaliyah… Parle aux gens, soupira Jason en levant les yeux au ciel.

Il était fatigué. Normal. Dernièrement, il était toujours épuisé et stressé. Il travaillait d'arrache-pied depuis des mois pour implanter l'agence immobilière à Los Angeles. Je n'étais pas certaine de saisir les tenants et aboutissements de son travail. Ce que je savais, c'était qu'il était toujours très occupé. Il partait tôt le matin et revenait tard le soir, prenait souvent l'avion et enchaînait les cafés très serrés et les whiskies bien secs.

Parfois, je m'inquiétais pour lui. Je redoutais le burn out qui finit par frapper tous les grands entrepreneurs. Il me rassurait en me disant qu'il allait bien. Même les jours les plus durs où je voyais bien que ce n'était pas le cas.

Ainsi, il se montrait rarement drôle et bienveillant. Je sentais bien qu'il s'éloignait de moi et je m'en voulais de ne pas le retenir davantage. Au début de notre relation, il était si dynamique, tellement jovial. Mais depuis que nous vivions sous le même toit, j'avais l'impression de vivre avec un inconnu. Trop souvent, il me parlait mal. Il me demandait ensuite pardon, mettant tout sur le compte de sa charge de travail.

– Tu sais bien que je n'aime pas fréquenter du monde, expliquai-je en remuant les doigts.

Il hocha la tête.

– Oui, seulement tes amis.

– Exactement. Ross, Rachel, Phoebe…

– Aaliyah !

Jason prononça mon prénom comme si j'étais une petite fille désobéissante. Je hochai alors la tête, ayant perçu dans sa voix toute la pression qu'il ressentait.

– Beaucoup de gens très importants sont venus pour moi ce soir, reprit-il. Il est primordial qu'ils rencontrent la personne la plus importante de ma vie.

– D'accord, d'accord. Laisse-moi juste prendre l'air quelques minutes. À mon retour, je jouerai la fiancée parfaite, je te le jure.

– Bien.

– Avant que je ne m'éclipse, tu veux bien me promettre quelque chose ?

– Tout ce que tu voudras.

– Quand la réception sera terminée, on pourrait aller manger un bout quelque part ? Ne serait-ce que dans un bistrot où on propose une corbeille de pain ?

Il éclata de son vrai rire, ce qui me fit plaisir.

– Oh, Liyah ! fit-il en déposant un baiser sur mon front, puis il prit une voix grave et mielleuse qui contrastait avec ses paroles : Tu devrais faire attention à ce que tu manges.

– Comment ça ? demandai-je, abasourdie par son commentaire.

– Bon sang, ne commence pas, grommela-t-il.

– Commencer quoi ?

– Tu prends tout trop à cœur.

– De quoi tu parles ? Tu viens de dire que je devrais faire attention à…

– Pas maintenant, Aaliyah, rétorqua-t-il sèchement. Je refuse qu'on se dispute pendant ma fête. Ne gâche pas tout à cause de tes états d'âme.

– Je voudrais juste que tu comprennes que… c'était méchant.

– Méchant ou honnête ? Je t'ai déjà dit l'autre jour que tu as un gros cul.

Je fronçai les sourcils, extrêmement mal à l'aise. J'avais pris ça pour un compliment.

Son haleine empestait l'alcool. J'adorais Jason, mais je n'aimais pas l'homme qu'il devenait lorsqu'il buvait. Certaines nuits, je me demandais si je le connaissais vraiment. Je me demandais si l'alcool lui faisait dire la vérité ou s'il le transformait en menteur compulsif. J'avais devant moi un parfait inconnu qui, depuis quelques semaines, cherchait de plus en plus à me dénigrer.

Même si cela faisait plus d'un an que nous étions en couple, nous ne vivions sous le même toit que depuis six semaines. À partir du jour où nous avions emménagé ensemble, j'eus l'impression de dormir côte à côte avec un inconnu. Notre histoire d'amour avait commencé par un feu d'artifice. J'étais obnubilée par Jason Rollsfield, il était obnubilé par moi. Jusqu'à ce que je quitte mon appartement et m'installe chez lui. Mon prince charmant s'était comme transformé en Bête.

Tout ce que je faisais l'énervait. Chaque fois qu'il me rabaissait, il renversait la situation en prétendant que je sortais ses paroles de leur contexte. Il ne me faisait plus autant de câlins qu'avant, ne me caressait plus de la même façon, buvait davantage que ce qu'il avouait et rentrait chaque jour un peu plus tard. D'après sa mère, il était submergé par ses nouveaux engagements professionnels et notre prochaine installation en Californie, ce que je comprenais. J'aurais simplement souhaité qu'il m'en parle à moi, pas à sa mère.

Jason ne me laissa pas le temps de répondre à sa méchante remarque. Regardant derrière moi, il fit signe à quelqu'un.

– Je ne t'ai pas encore présenté mon nouvel associé. Connor, viens par ici.

Je me tournai vers la personne qu'il avait interpellée. Mon cœur fit un bond. Je connaissais déjà ces yeux au bleu si intense.

Captain America !

En costume d'homme d'affaires.

Je retins mon souffle. Il me fixait. Je crus voir qu'il avait un peu écarquillé les yeux en me reconnaissant, mais il fit comme si de rien n'était et me tendit la main.

– Bonsoir… Aaliyah, c'est ça ? Je suis Connor. Ravi de te rencontrer.

Je me sentis toute chose au contact de sa main. Ses yeux étaient aussi bleus que dans mes souvenirs, mais son sourire paraissait un peu crispé.

J'entrouvris les lèvres pour dire quelque chose, mais aucun son ne sortit de ma bouche… jusqu'à ce que Jason se racle maladroitement la gorge et me donne un coup de coude.

Tout à coup, j'esquissai un sourire.

– Bonsoir. Ravie de faire ta connaissance, Connor.

Connor.

J'adorais ce prénom.

Il avait justement le physique d'un Connor. Gentil, doux, aimable.

Jason termina son verre et désigna son associé du doigt.

– C'est grâce à lui que nous partons en Californie dans quelques semaines. C'est dingue, hein ? Je vais avoir ma propre agence immobilière.

– Ce ne sera pas tout à fait la tienne, rectifia Connor avec un grand sourire. Disons plutôt qu'il s'agit d'un travail d'équipe.

– Ouais, pour l'instant. Je suis sûr que quand tu m'auras vu exceller dans mon travail, tu me confieras les rênes du business sans problème, plaisanta Jason. En plus, tu es déjà très occupé par tes autres investissements. C'est avec plaisir que je vais t'en débarrasser.

Connor se mit à rire avec froideur. Je n'imaginais pas qu'il puisse se montrer aussi peu affable.

– Roe Immobilier, c'est mon premier bébé. Jamais je ne m'en débarrasserai, dit-il sèchement.

Je ne comprenais pas pourquoi Jason insistait sur ce point. Il aurait dû se montrer reconnaissant. Connor lui offrait une superbe opportunité pour sa carrière. Mais il avait bu – ce qui changeait sa personnalité. Je le préférais à jeun.

Je ne cessais de scruter Captain America – enfin, *Connor*. Les deux années qui s'étaient écoulées depuis notre rencontre semblaient lui avoir réussi. Il était encore plus musclé, les cheveux parfaitement coupés, et il arborait une très jolie barbe. Son costume haute couture lui allait à merveille et ses yeux…

Il avait encore le regard rivé sur moi.

Nous étions comme aimantés. Je ne savais pas quoi en penser.

Mon cœur battait la chamade, il résonnait dans ma cage thoracique. Je dus me forcer à détourner le regard pour éviter que Jason ne remarque ma gêne.

– Euh… ça m'a fait très plaisir de te rencontrer Connor. J'allais justement sortir prendre un peu l'air. Si vous voulez bien m'excuser…

J'adressai un sourire à Jason avant de m'éloigner. Évidemment, je trébuchai, tombant presque à la renverse, quand soudain, des bras me saisirent. Je levai les yeux. Encore ce regard bleu. Je sentis mes poils se hérisser. Connor m'avait rattrapée.

– Désolée, murmurai-je en rougissant, plus perdue que jamais.

Il m'aida à me relever en me souriant. Un vrai sourire cette fois, aussi sincère que par le passé.

– Pas de problème.

– Elle est un peu maladroite, commenta Jason en avançant vers nous. Regarde un peu où tu mets les pieds, Aaliyah ! Je n'ai pas envie d'aller aux urgences, plaisanta-t-il avant de se tourner vers Connor. Et si on allait boire un verre ? J'aimerais te faire part de quelques détails.

J'en profitai alors pour déguerpir avant que Connor ne découvre combien je me sentais humiliée.

Malheureusement, avant de pouvoir m'échapper, je fus prise en embuscade par des collègues de Jason. Si seulement j'avais baissé davantage la tête.

C'était la première fois que je rencontrais ses collègues. J'étais impressionnée et je ne me sentais pas à ma place. Avec leurs sourires fourbes, ils me regardaient sans délicatesse et s'adressaient à moi comme si j'étais la personne la plus naïve du monde.

– Alors, Amanda… lança une femme d'un air suffisant.

– Aaliyah, corrigeai-je en lui rendant son sourire hypocrite.

– Oh, pardon. C'était la précédente. Dites, Aaliyah, ça fait plaisir de voir enfin Jason avec une fille normale. On ne peut pas passer sa vie à ne fréquenter que des mannequins !

Sur ce, elle pinça les lèvres et son complice ajouta :

– Espérons que ce mariage dure plus longtemps que les deux autres !

Ils éclatèrent tous de rire. C'était gênant.

– Je suis contente qu'il ait trouvé son bonheur. Mais ça paraît un peu précipité, non ? interrogea une autre femme.

L'homme renchérit :

– Tu sais ce qu'on dit : la seule chose dans laquelle Jason se précipite, ce sont les divorces.

Ils rirent encore de bon cœur. Se moquer de moi semblait les amuser comme des fous.

– Excusez-moi, je m'apprêtais à sortir…

J'essayais en vain de les interrompre.

– Quel âge avez-vous, Alice ? demanda une des femmes.

– Aaliyah, sifflai-je, bouillonnant de colère. J'ai vingt-quatre ans.

– Si jeune ! Jason s'arrange pour qu'elles soient toujours plus jeunes, observa-t-elle.

J'allais me défendre, mais le type me coupa la parole.

– Félicitations, Aaliyah. C'est votre rêve américain qui se réalise. Avec Jason, l'argent ne sera plus un problème. Comme tous les jeunes de la génération Z, je suppose que vous ne voulez pas travailler. Je parie que vous souhaitez créer un blog ? Ou une chaîne YouTube ?

Rire moqueur.

– Je te signale qu'elle travaille pour le plus grand groupe de presse du monde, Wayne. Et dire que toi, tu vis encore chez tes parents ! fit une voix familière.

Quel soulagement ! C'était Marie.

Elle m'adressa un clin d'œil avant de se tourner vers nos fauteurs de troubles.

– Et toi, Ruby, il paraît que ton mari vient de faire faillite ? Comme quoi, charité bien ordonnée commence par soi-même.

Ruby souffla, mais ne dit rien. De toute évidence, c'était Marie Rollsfield qui régnait. Elle avait d'ailleurs l'aura d'une princesse royale. Les tyrans battirent en retraite.

– Un conseil, ma chérie, déclara Marie en se tournant vers moi avec un grand sourire. Ne te laisse jamais intimider par des ploucs. Tu vaux mieux que ça.

– Je ne crois pas avoir ma place dans ce monde-là.

– Non, acquiesça-t-elle, ces personnes sont des hyènes. Ne cherche pas à appartenir à leur monde. (Elle me prit dans ses bras.) En revanche, tu as tout à fait ta place dans notre famille. C'est tout ce qui compte. J'ai toujours voulu une fille.

Si elle savait combien j'avais toujours rêvé d'une mère, moi aussi…

– Et Connor, l'associé de Jason ? C'est quelqu'un de bien ? demandai-je avec désinvolture.

J'étais curieuse de savoir comment il était perçu dans le milieu des affaires.

– Connor est un homme de confiance. Il est sincère – ce n'est pas courant dans ce monde-là. Je suis surprise que les affaires ne l'aient pas encore corrompu. Il a de beaux projets. On dirait qu'un ange gardien veille sur lui. Je suis contente que Jason puisse travailler avec lui. Il a la tête sur les épaules. Même si mon fils est plus âgé, Walter et moi espérons que Connor devienne son mentor et que, grâce à lui, Jason accomplisse lui aussi de grandes choses.

Je souris, heureuse d'apprendre que Connor était un mec bien, le même que j'avais rencontré deux ans plus tôt.

Marie me tapota légèrement le bras et murmura :

– Va prendre l'air, maintenant, avant que les hyènes reviennent t'attaquer.

Je lui souris.

– Comment sais-tu que je voulais prendre l'air ?

– Ma chérie, n'oublie pas que j'ai été à ta place – moi aussi, j'ai été cette novice catapultée dans un monde inconnu, jugée sur mon apparence, ma couleur de peau, mon manque d'argent. J'avais souvent besoin de m'éclipser pour souffler. Tu trouveras sur la gauche l'ascenseur qui rejoint le toit-terrasse. La vue est splendide. Un conseil : avant de redescendre, pense à réajuster ta couronne imaginaire sur ta tête. N'oublie jamais qui tu es et que nous sommes désormais là, à tes côtés.

CHAPITRE 9

CONNOR

C’était sûr que la définition du mot « sociable » ne pouvait être illustrée que par une photo de moi, un sourire jusqu’aux oreilles. J’étais fier d’être un extraverti, d’aimer les gens, tels qu’ils sont. J’avais le don d’arriver à trouver des points communs avec n’importe qui. Sauf avec ce crétin de Jason Rollsfield. Jamais je n’avais ressenti autant de mépris pour un individu.

J’avais été obligé de nommer ce mec déséquilibré et colérique à la tête de ma succursale de la côte Ouest. Au moins, il allait quitter New York. Je ne serais ainsi plus obligé de le croiser aussi souvent.

Or, savoir avec qui il partageait sa vie me rendait fou.

Comment un connard comme lui avait-il pu mettre le grappin sur une fille comme elle ?

Elle.

Rouge.

Ma Rouge.

Enfin, pas vraiment la mienne.

J'étais totalement déboussolé lorsque je pris conscience qu'Aaliyah était en couple avec lui. Pire encore, je me remémorai qu'il n'avait pas même sourcillé quand elle avait trébuché. Il était resté immobile, la fusillant du regard parce qu'il était déçu. Puis il l'avait rabaissée de façon passive-agressive, au lieu de lui demander si ça allait.

Comment pouvait-elle trouver acceptable cette manière de traiter les gens ? Elle devait certainement savoir qu'elle méritait mieux que Jason ! J'attendais au bar avec lui qu'on nous serve nos verres tout en la cherchant du regard à travers la pièce. Je l'aperçus avec un groupe de personnes fortunées. Elle était beaucoup trop bien pour eux. Je les connaissais tous. Des hyènes. Aaliyah paraissait trop gentille pour leur tourner le dos.

Je remarquai l'hésitation et l'inconfort qui pesaient lourdement sur ses épaules. Soudain, j'eus une envie irrépressible de la protéger. Je fis un pas vers elle, mais m'arrêtai net lorsque je vis Marie s'approcher aussi. En la voyant, Aaliyah sembla se détendre et un vrai sourire illumina son visage.

Bien. Elle avait l'air plus à l'aise. Contrairement à son connard de fils, Marie était une bonne personne. Je savais qu'elle avait défendu Aaliyah, vu la façon dont les hyènes avaient aussitôt détalé.

Aaliyah.

Quel prénom parfait pour elle ! Il était si beau, il lui allait si bien. Elle était aussi sublime qu'il y a deux ans. Ses longs cheveux bruns étaient coiffés en tresses très fines entremêlées de mèches de tissu doré. Elle portait une robe moulante en satin noir avec une grande fente qui soulignait ses longues jambes d'ébène. Au bout, ses pieds étaient chaussés de talons dorés. Ceux-ci étaient si hauts que nous faisions quasiment la même taille – idéal pour se regarder droit dans les yeux.

Ses yeux…

Aussi fascinants qu'à l'époque.

– Tu m'écoutes ? demanda Jason en me tapotant le dos.

Je tournai la tête vers Jason et pris mon verre. Le sourire qui, sans que je m'en aperçoive, m'était venu en la regardant, s'effaça instantanément lorsque j'eus Jason dans mon champ de mire.

– Excuse-moi, tu disais quoi ? demandai-je, même si je m'en fichais.

Je voulais de nouveau l'observer. Je voulais lui parler. Lui demander comment elle allait. Lui demander pourquoi, sur sept milliards d'êtres humains, c'était lui qu'elle avait choisi.

– T'as vu l'avion de chasse à ta gauche ? Celle qui porte la robe bleue ?

Jason fit un signe dans sa direction.

Je suivis son regard. Quand je découvris de qui il s'agissait, j'eus envie de m'arracher les yeux.

– C'est Rose, ma nouvelle stagiaire. Elle est à peine majeure.

– Mais elle est majeure, rétorqua Jason avec un sourire en coin. (Puis il me donna un petit coup de coude.) Je vais t'dire un truc, moi je ne me priverais pas de lui tourner autour, si j'avais cette chance.

– Elle est un peu trop jeune, tu ne trouves pas ?

Il haussa les épaules.

– Je suis sorti avec des filles bien plus jeunes. (Il marqua une pause avant de lever les bras en l'air.) Pas moins de seize ans, bien sûr. J'suis pas un pervers.

J'aurais juré le contraire.

Il ajouta :

– Et puis, ce n'est pas pour moi. Je suis déjà pris et heureux de l'être. Non, c'était pour toi, mon grand. En plus, vu que c'est ta stagiaire, je parie qu'elle serait prête à tout faire pour te plaire.

Il me donna encore un coup de coude, ce qui me donna envie de lui écraser mon poing en pleine tronche.

Putain, Rouge. Pourquoi lui ?

Je levai les yeux au ciel et quittai Rose des yeux.

– C'est dégueulasse, pas professionnel et inadmissible, Jason. J'espère que tu ne dirigeras pas l'agence de cette façon en Californie.

– Du calme, mon pote. Je plaisantais, voilà tout. D'après les bruits de couloir, il paraît que tu n'as pas souvent de rencards. Je voulais juste t'aider à conclure.

Il était saoul et vacillait déjà un peu. Plus que quelques verres de plus pour qu'il se transforme en épave.

– C'est bon, Jason, inutile.

Ce dernier leva les mains en l'air en signe de capitulation.

– D'accord, comme tu voudras.

Il jeta un dernier regard à Rose. Je vis qu'il la reluquait de haut en bas. Quel enfoiré ! Puis il se rendit compte que je l'observais. Alors il esquissa un sourire narquois.

– Je regarde sans toucher.

Sur ce, il tourna les talons pour s'éloigner. Alors je cherchai Aaliyah du regard, mais elle avait disparu. Dans la salle, elle était introuvable.

– Tu cherches quelqu'un ?

C'était Walter qui s'approchait de moi en souriant. Ayant adopté Jason, Walter et Marie ne ressemblaient pas du tout à leur fils. Tant mieux. Si Walter avait eu le même visage que lui, j'aurais souvent eu envie de le frapper.

– Non. J'observe la fête. On dirait qu'elle va bon train.

– Je suis content que les photographes soient venus avant que Jason ne se mette minable.

Je me mis à rire.

– Tu l'as remarqué, toi aussi.

– Je m'en rends toujours compte. Surtout, ne va pas croire pas qu'il n'est pas à la hauteur du poste en Californie. En dehors du travail, il est parfois un peu en vrac, mais quand il bosse, il a la tête sur les épaules.

Qui Walter tentait-il de convaincre ? Lui ou moi ?

Au lieu de lui faire remarquer combien il se trompait sur son fils, je souris et lui dis :

– Je ne m'inquiète pas trop.

– Tant mieux. En plus, après le mariage, je suis sûr qu'il se calmera et qu'il deviendra le mari qu'Aaliyah mérite.

Le mariage.

Je n'arrivais toujours pas à me faire à l'idée que Jason, ce rebut du genre humain, allait épouser Rouge. Il ne la méritait pas. Honnêtement, je doutais qu'aucun homme ne soit à la hauteur de cette fille. Même si cela faisait un bail, je n'avais pas oublié ce qu'elle m'avait fait ressentir lors de cette nuit d'Halloween. Après ça, j'avais passé des semaines à rêver d'elle.

Elle m'avait échappé.

Et donc tout ça pour ça ? Après toutes ces conversations profondes que nous avions eues et la connexion sincère de notre âme, elle avait choisi Jason ? *Jason.* Jason Rollsfield. L'homme qui pensait que le réchauffement climatique était un mythe. Qui avait pissé sur le Washington Monument ? Qui avait passé des nuits en prison pour avoir touché les fesses d'une policière ?

Oui, c'était lui qu'elle avait choisi.

Putain, Rouge. Tu vaux tellement mieux que ce mec. Je te l'avais pourtant bien dit !

Je ne pouvais m'empêcher d'essayer d'élucider ce qui avait bien pu la conduire à cette situation. Enfin, ainsi soit-il.

– En parlant du mariage… j'aurais un service à te demander, dit Walter en passant sa main dans sa barbe grise avant de réajuster ses lunettes sur son nez. Aaliyah et Jason ont décidé de ne pas avoir de garçons ni de demoiselles d'honneur pour la cérémonie. Mais ça coince pour la veille du mariage – les mariés n'étant pas censés se voir. En temps normal, que Jason passe la nuit seul ne pose pas de problème, mais je sais qu'il peut devenir anxieux parfois, et je ne veux pas qu'il panique la veille du grand jour. Accepterais-tu qu'il passe la soirée avec toi ? Ce serait d'ailleurs une bonne opportunité pour que vous tissiez des liens entre mecs.

Je clignai plusieurs fois des yeux en tentant de comprendre exactement ce que Walter me demandait.

– Tu veux que je le surveille ?

– Pour être honnête, oui. Je ne souhaite pas qu'il ruine encore un mariage. Les deux précédents à Las Vegas, c'étaient des accidents. Ils ont donné une mauvaise image de lui. Mais Aaliyah est différente. C'est une fille bien et elle pourrait vraiment lui venir en aide. Donc vois ça comme une dette que j'aurai envers toi, Connor. Je te le revaudrai.

– Je peux m'en charger. Pas de problème, acquiesçai-je, conscient qu'une dette de ce genre pourrait m'être particulièrement utile.

– Au fait, j'ai appris pour le bien de Brooklyn. Quel dommage. La prochaine fois, ça marchera.

Il hocha la tête puis s'éclipsa, me laissant seul devant mon whisky que je terminai d'un coup sec avant de m'aventurer parmi la foule. On m'arrêta plusieurs fois pour discuter avec moi. Je me pliai aux conversations, même si je n'avais qu'une seule chose en tête : trouver Rouge.

***

Elle était sur le toit.

Les yeux fermés, se laissant caresser par la brise de la nuit. D'autres personnes se trouvaient sur la terrasse, mais je ne leur prêtai pas attention. Dans ma tête, il n'y avait qu'elle.

Elle était magnifique. Je n'étais pas en train de la mater. Enfin, si, un peu. En tout cas, même vêtue de guenilles, elle serait restée pour moi la plus belle femme du monde.

Plus j'y réfléchissais, plus j'étais en colère de savoir qu'elle s'apprêtait à dire oui à Jason. J'étais dans une quatrième dimension, ou quoi ?

Plus rien n'avait de sens.

J'hésitai quelques instants. Une fois que j'eus rassemblé suffisamment de courage, je me dirigeai vers elle.

– Si je ne me trompe pas, tu me dois deux dollars, dis-je dans son dos.

Elle sursauta, visiblement étonnée. Dès qu'elle me reconnut, son regard s'adoucit et elle esquissa un sourire.

– Salut, dit-elle, à bout de souffle.

Je lui souris.

– Salut.

Je fis quelques pas vers elle en retirant ma veste. Ayant remarqué qu'elle tremblait, je la plaçai sur ses épaules. Elle glissa ses mains dans les poches. La veste était clairement trop grande pour elle mais, d'une certaine façon, on pouvait aussi dire qu'elle était pile à sa taille.

– Merci, dit-elle d'une voix encore plus douce que dans mes souvenirs.

Pourtant, je me souvenais qu'elle était vraiment douce.

Elle croisa ses bras autour de sa silhouette menue et continua de sourire. Un tendre soupir s'échappa de ses lèvres charnues.

– Salut, répéta-t-elle.

Je me mis à rire et hochai la tête en me rapprochant davantage.

– Dis donc… finit-elle par dire en vacillant d'avant en arrière sur ses talons, ça fait bizarre, tu ne trouves pas ?

– Très bizarre, dis-je en la dévisageant. Tu savais qu'un jour je m'associerais avec Jason ? T'as tendu un piège à l'univers pour qu'on se revoie, ou quoi ?

Elle éclata de rire. J'adorais ça.

– Ça paraît dingue. Mais non. C'est juste le destin, comme tu l'avais si bien dit.

Le destin était plutôt tordu. Il avait décidé de faire réapparaître Aaliyah dans ma vie à travers Jason.

– Comment tu…

– Comment ça va ?

Nous l'avions dit en même temps, avant d'éclater de rire à l'unisson.

Je glissai mes mains dans mes poches, incapable de maîtriser ma nervosité. Pourquoi étais-je aussi stressé à ses côtés ? Pourquoi avais-je l'impression que mon cœur allait exploser dans ma poitrine à n'importe quel moment ?

Elle hocha la tête dans ma direction.

– Tu commences.

– Oh non ! Honneur aux dames.

– Toujours un gentleman du Sud, à ce que je vois.

– Certaines choses ne changent jamais.

– Tant mieux.

Elle rabattit une mèche de cheveux derrière son oreille. J'observais chacun de ses gestes comme si c'étaient eux qui me prodiguaient de l'oxygène pour respirer.

– Comment vas-tu ? demanda-t-elle.

– Bien, bien. Toujours la même rengaine.

– Boulot, boulot et rien de plus ?

Je me mis à rire.

– Plus ça change, plus c'est la même chose.

Appuyé sur le garde-corps du toit, je scrutai la nuit. Les lumières de New York irradiaient au son du raffut urbain. Je ne pensais pas pouvoir un jour adorer ce vacarme. Aaliyah se mit à contempler la nuit avec moi.

– Et toi ? demandai-je. Comment vas-tu ? Tes vœux se sont-ils exaucés ?

– Pas tous, mais presque. Je suis devenue rédactrice junior dans la revue où je travaillais. Un pas de plus vers le poste de rédactrice en chef, mais…

Son visage s'assombrit et ses paroles restèrent en suspens.

– Mais quoi ?

Elle haussa les épaules.

– J'ai démissionné. Comme Jason doit travailler en Californie, je vais m'installer avec lui là-bas. Je ne pouvais pas garder ce poste.

– C'était le boulot de tes rêves, non ?

– Oui. Seulement… comme me l'a dit un jour un super-héros, on ne peut pas tout avoir dans la vie. Pour avoir une famille, je suis prête à tirer un trait sur ma carrière.

Elle avait l'air de vouloir y croire, mais je sentais de l'hésitation dans sa voix. Ou du moins, c'était ce que je voulais entendre. J'ignorais pourquoi, mais je sentais mes poils se hérisser à l'idée qu'elle gâche sa carrière pour un homme comme Jason – un homme qui, cela ne faisait aucun doute, pourrait la laisser tomber du jour au lendemain. Je savais que, moi aussi, il pourrait me laisser tomber, mais c'était le jeu dans le monde des affaires. J'étais prêt à prendre ce risque pour atteindre un objectif à plus long terme.

Or, Aaliyah n'obtiendrait rien en gâchant sa vie. J'étais certain qu'il la détruirait.

– Tu penses que je suis folle, dit-elle en hochant la tête vers moi.

– Quoi ? Non ?

– Si, si. Tu ne sais pas cacher ce que tu penses. Tu te souviens ? J'arrive facilement à savoir ce que pensent les gens. Je comprends ta position. Pour toi, la priorité a toujours été ta carrière professionnelle, donc ça ne m'étonne pas que tu trouves ça dingue de sacrifier un boulot pour une famille. Mais pour moi, avoir une famille a toujours été plus important que tout.

– Je comprends tout à fait.

Je n'avais pas de mal à comprendre qu'Aaliyah désire une famille. Je savais qu'elle n'avait pas eu la chance d'en avoir une en grandissant. J'aurais accepté qu'elle le fasse avec un autre, mais pas Jason !

La spécialité de ce mec, c'étaient les drames, pas les contes de fées.

– Je trouve ça super que tu veuilles fonder une famille, Rouge, poursuivis-je – et je le pensais vraiment. Comment as-tu rencontré Jason ?

– C'est drôle, je l'ai rencontré grâce à une entremetteuse… qui se trouve être sa mère. Marie était une habituée du café où je travaillais. Il y a deux ans, peu de temps après cette fameuse nuit d'Halloween, j'ai vécu une situation difficile et Marie était là pour m'aider. Peu à peu, nous nous sommes rapprochées. Elle m'a invitée dans son club de lecture et nous avons commencé à tisser des liens. Elle nous a un peu poussés dans les bras l'un de l'autre, Jason et moi, et la suite tu la connais.

– Marie et Walter sont des gens formidables.

– Oui. Si tu veux tout savoir, je crois que je suis tombée amoureuse des parents de Jason avant de craquer pour lui. Certains jours, j'ai vraiment l'impression d'aimer sa mère plus que je ne l'aime, lui, plaisanta-t-elle. Enfin, ça, c'est quand il a trop bu.

Je ne fis pas de commentaires parce que tout ce que j'aurais pu dire aurait été négatif. Je n'avais rien de bien à rapporter sur son futur mari. Alors je me mordis la langue pour éviter de l'attrister.

– Ça fait combien de temps que vous êtes ensemble ?

– Un an et demi.

Je poussai un long soupir.

– C'est allé très vite entre vous.

– Oui, je comprends qu'on puisse penser ça, mais bon, la vie est tellement courte. Je veux vivre chaque seconde à fond.

Les mains posées sur mon torse, j'éclatai de rire.

– Quand on investit en Bourse sur le long terme, comme moi, l'idée qu'une situation puisse changer aussi vite est terrifiante.

– Je suppose que c'est ce qui nous différencie, Cap'. Tu vis en prévision du futur, tandis que moi je vis le moment présent.

– J'espère que le moment présent te satisfera, Rouge.

Elle esquissa un sourire.

– J'espère que ton futur sera encore meilleur, dit-elle avant de regarder sa grosse montre en or. Elle poussa un grognement avant de déclarer : en parlant de moment présent, il vaudrait mieux que je retourne à l'intérieur.

Elle fronçait les sourcils, ce qui me rendit triste pour elle.

– Tu n'as pas envie de te mêler à tous ces gens, pas vrai ?

– Comment tu le sais ?

– N'oublie pas que tu n'es pas la seule à comprendre les autres. Les gens riches sont parfois difficiles à supporter, surtout ceux-là. Ils se montrent impolis, intrusifs…

– Ce sont de gros cons, ajouta-t-elle.

J'éclatai de rire.

– Exactement.

– Ça reste entre toi et moi : je n'ai pas du tout envie d'y retourner. J'ai l'impression qu'on m'a jetée dans la fosse aux lions, mais que je ne sais pas comment me défendre. Ils sont tellement… tellement… *argh !* Méchants ! Sans raison aucune.

– Il y a forcément une raison.

– Laquelle ?

– Tu les intimides.

Cela la fit rire.

– Quoi ? Impossible. Qu'est-ce qui pourrait bien les intimider ? Je n'ai rien de spécial. Ces gens-là ont tout.

– Tout est faux chez eux. Si tu veux tout savoir, la plupart détestent probablement leur vie, leur épouse ou eux-mêmes. Ça les rend fous de voir quelqu'un comme toi débarquer et les narguer avec ce truc qu'ils n'ont pas ressenti depuis si longtemps.

– Quoi donc ?

– Tu es toi-même. Ils sont envieux de ton authenticité, alors ne leur donne pas trop d'importance.

Elle poussa un soupir et se caressa la nuque.

– Si seulement j'avais eu plus de temps pour souffler et rassembler le courage nécessaire pour faire qu'ils ne m'atteignent pas.

– Reste un peu plus longtemps ici. Je te couvre, si jamais quelqu'un demande où tu es.

– Tu ferais ça pour moi ?

– Bien sûr. Pas de problème. Je dirai que tu es en train de parler avec quelqu'un de très important.

Elle se pencha en avant, prit ma main dans la sienne et la serra fort.

– Merci Connor, dit-elle avant de marquer une pause. Connor… j'aime beaucoup ton prénom.

J'esquissai un sourire en coin.

– Je crois que j'aime encore plus le tien.

Elle ne retira pas sa main tout de suite et je me demandai si elle la sentait elle aussi, cette chaleur qui commençait à jaillir dans mes veines. Lorsqu'elle me lâcha, j'en eus des frissons.

Je lui adressai un dernier petit sourire, puis tournai les talons pour m'éloigner.

– Connor ! Attends ! cria-t-elle.

Elle courut vers moi en retirant ma veste et me la rendit.

– Merci de m'avoir réchauffée.

CHAPITRE 10

CONNOR

– Tu as vu Aaliyah ? demanda Jason en marchant droit sur moi.

Clairement, il avait bu quelques verres de plus depuis que je lui avais parlé. On pouvait lui faire confiance pour toujours aller au-delà des limites du raisonnable.

– Tu l'as vue ? répéta-t-il en grommelant.

Il était saoul. Quand Jason était dans cet état, il radotait et se touchait beaucoup le nez. Je ne supportais pas le fait de connaître déjà toutes ses petites manies. Elles m'agaçaient tellement.

– Non, répondis-je, en mentant pour elle.

Jason esquissa une grimace qu'il me fut impossible d'ignorer.

– Qu'y a-t-il ?

– Rien. Simplement, j'étais en train de discuter avec Trevor Jacobs. Il trouve ça dingue que je me marie. Du coup, ça m'a fait réfléchir… Aaliyah est vraiment très jeune…

– Mais elle est mature.

Toutes les conquêtes de Jason étaient plus jeunes que lui. C'était son truc. Moi, dans mon frigo, j'avais des aliments plus âgés que ses ex. Aaliyah semblait presque trop vieille pour lui. Elle avait le même âge que nous. Il ne l'avait pas récupérée à la maternelle, comme les autres.

– Tu ne la trouves pas trop jeune ?

– Non. Dans tous les cas, c'est un peu tard pour se poser la question, tu ne crois pas ?

Il fit une grimace. Alors j'ajoutai :

– Tu réfléchis trop, Jason. Et tu as trop bu. Arrête de boire autant !

– Ouais… acquiesça-t-il. Mais tu l'as vue, Aaliyah, récemment ? Elle est si peu sociable.

Il avait oublié qu'il m'avait déjà posé deux fois la question.

J'ouvris la bouche, m'apprêtant à lui mentir encore, mais on me coupa la parole.

– Je suis là.

Comme Jason, je fis volte-face. Aaliyah avait l'air revigorée. Prendre l'air lui avait fait du bien. Je suppose qu'il est nécessaire de souffler un peu de temps à autre lorsqu'on passe la soirée avec le pire être humain de la planète.

– Chérie, t'étais où ? Je croyais que tu ne devais t'absenter que cinq minutes ! C'était il y a une heure. T'étais où, tout ce temps ? répéta Jason, visiblement inquiet.

– Oh… euh… bredouilla-t-elle, je parlais à…

– Elle discutait avec Daniel Price, dis-je à Jason pour la couvrir.

Elle me regarda en souriant.

– Oui, c'est vrai, s'exclama-t-elle, les joues rouges – son mensonge était perceptible, mais Jason était trop imbibé pour s'en rendre compte. Daniel est sympa.

– Sympa ? ricana Jason, l'air ahuri. Je n'ai jamais entendu quelqu'un dire ça de lui.

Il avait raison. Daniel était un sale type.

– Ce n'était peut-être pas le bon adjectif. Disons plutôt intrigant ? corrigea-t-elle.

Jason se mit à rire de plus belle.

– Intrigant ? On parle bien du même Daniel Price ?

– Je voulais dire plutôt, euh…

Elle butait sur les mots, frottait machinalement son bras. L'anxiété prenait le dessus sur elle.

– Instruit, m'écriai-je. Je suis sûre qu'Aaliyah voulait dire qu'il est instruit.

Elle acquiesça.

– Oui, voilà ce que je voulais dire. Il sait plein de choses sur… tout. Vraiment tout. Daniel m'a parlé de…

J'en profitai pour me racler bruyamment la gorge en interceptant son regard et lui fis un signe négatif de la tête.

N'exagère pas.

Elle se tut.

Jason ne remarqua rien.

– Il est peut-être temps de mettre fin à la soirée, lançai-je en tapotant Jason dans le dos. Nous avons du pain sur la planche ces prochaines semaines.

Jason hocha la tête.

– Tu as probablement raison. Je vais dire au revoir à quelques personnes.

Il s'éclipsa. Aaliyah se rapprocha de moi.

– Merci de m'avoir protégée. Je ne sais vraiment pas mentir. Je manque d'entraînement, dit-elle en riant avant de glisser ses mains dans ses cheveux.

– En restant longtemps parmi tous ces gens, tu apprendrais, rien qu'en les observant.

– Pas sûr que ce soit une bonne chose.

Aaliyah sembla hésiter un instant, tanguant sur ses talons hauts. Elle était visiblement perturbée par ma présence. Moi aussi. Puis elle reprit :

– Walter m'a appris que Jason passera la nuit chez toi, la veille du mariage.

J'avais la gorge nouée.

– C'est ce qui est prévu.

Ce n'était pas mon idée, hélas.

– Je suis contente. Tu connais la règle – les époux ne doivent pas se voir avant la cérémonie…

Je hochai la tête.

J'avais envie de lui demander pourquoi Jason ? J'avais envie de savoir comment elle allait. Si elle était heureuse. J'aurais aussi voulu lui dire de ne pas épouser cet homme. Lui dire de s'enfuir, de trouver un autre homme, un homme qui la mériterait vraiment. Je voulais qu'elle cesse d'aimer Jason.

Au lieu de ça, je lui dis :

– Tu devrais probablement dire au revoir aux invités avec Jason.

– Oh, s'exclama-t-elle en se redressant – si seulement j'avais pu lire dans ses pensées. Tu as raison. Eh bien, j'étais ravie de te revoir, Cap… euh… Connor.

Je lui souris parce qu'elle avait failli m'appeler Captain. Moi aussi je voulais l'appeler Rouge.

Je savais que ce n'était pas mon rôle, je savais que je n'aurais pas dû le dire, mais les mots m'échappèrent avant que je puisse faire machine arrière :

– Tu es vraiment heureuse ?

Elle pencha la tête, comme pour saisir ce que je venais de dire. Je lis beaucoup de confusion dans ses yeux. Je n'aurais pas dû le dire. Mais comment faire autrement ? Elle allait s'attacher à vie à un loser qui ne la méritait pas. Évidemment, je ne connaissais pas l'envers de leur relation. Peut-être qu'elle était une de ces femmes qui, par magie, transforment un connard en bon mari. Seulement, tout portait à croire le contraire. Même la meilleure des épouses se fera toujours maltraiter et dévaloriser par un sale type, juste pour qu'il puisse se sentir au-dessus d'elle.

Jason n'avait aucune qualité. Il était nul. Un gros crétin déséquilibré. Il ne méritait absolument pas l'amour d'Aaliyah.

– Suis-je vraiment heureuse ?

Elle répéta la question comme si le fait de l'entendre dans sa bouche la rendait plus intelligible. Elle lissa sa robe des mains. Je l'observai faire, car j'adorais voir ses mains se déplacer sur sa silhouette.

– Je vais bientôt me marier, dit-elle en souriant – et quel sourire ! Pourquoi serais-je triste ?

J'acquiesçai. Du moment qu'elle était heureuse, j'étais content pour elle. Mais je ne me réjouissais pas de ce mariage. Ça, c'était hors de question.

Enfuis-toi, Rouge. Vite !

J'esquissai un sourire peu convaincu et glissai mes mains dans les poches de mon pantalon.

– Tant mieux. Je suis content. Bonne chance pour tout.

– Merci.

En m'éloignant, je fus surpris de l'entendre m'appeler. Je me tournai vers elle. Ses yeux trahissaient son inquiétude. Le savait-elle ? Savait-elle qu'elle était sur le point de commettre une grosse erreur ?

– Euh… ça va te paraître idiot, mais… pourrais-tu t'assurer que Jason ne boive pas trop la veille du mariage ? Il ne sait pas vraiment se fixer des limites et je serais terriblement fâchée s'il avait la gueule de bois. Tu sais, c'est censé être un grand jour !

Merde alors. Elle allait vraiment épouser ce type. Je lui adressai de nouveau un sourire factice.

– Bien sûr.

Elle fut soulagée. Au moins, je lui apportais un peu de réconfort.

– Merci, Connor. Je t'en serai éternellement reconnaissante.

Es-tu vraiment heureuse, Rouge ?

Je voulais encore lui poser cette question, mais cette fois, je voulais la regarder droit dans les yeux. Parce que, parfois, on en dit beaucoup plus avec les yeux qu'avec la voix.

Alors qu'elle faisait demi-tour pour partir, sans réfléchir, je la saisis par le bras.

– Rouge, attends.

Elle parut étonnée par ce geste brusque. Moi aussi, mais je ne le montrai pas. Mes doigts restèrent plaqués sur son bras.

– Qu'y a-t-il ? demanda-t-elle.

– Je t'en prie, ne le fais pas.

– Quoi ?

– Ne l'épouse pas.

Son regard se voila. Elle fit un pas en arrière en arrachant brusquement son bras à ma main. On aurait dit que je venais de lui donner une gifle. Je ne voulais pas lui faire du mal. Je ne voulais pas qu'elle me regarde de cette façon, comme si j'étais un parfait inconnu. Pourtant, elle le fit. Parce que j'étais bel et bien un inconnu.

C'était beaucoup plus douloureux que ce que j'avais imaginé.

– Aaliyah, dépêche-toi, on s'en va, s'exclama Jason d'un ton qui me déplut.

Putain. Je détestais comment il lui parlait. Et je haïssais encore plus le fait qu'il se permette de lui donner des ordres.

Elle continuait de me dévisager, visiblement blessée par ma requête qui était certes folle mais justifiée, puis elle lui répondit sans me quitter des yeux :

– J'arrive !

Sur ce, elle partit.

CHAPITRE 11

CONNOR

Deux semaines s'étaient écoulées depuis que j'avais dit à Aaliyah de ne pas épouser mon associé et je n'avais pas changé d'avis. La veille du mariage, je découvris que Jason était encore plus vil que ce que j'imaginais. Il m'avait été impossible de l'empêcher de boire puisqu'il avait débarqué chez moi déjà saoul et drogué, avec cinq heures de retard. Puis il s'était effondré dans la chambre d'amis.

Au petit matin, je pris la mesure de la haine que j'éprouvais pour lui.

Jason Rollsfield était, on le savait, un connard de première catégorie. Rien de nouveau pour moi. Cela ne m'empêcha cependant pas d'être totalement stupéfait lorsque, le jour de son mariage, je levai le voile sur sa bassesse.

Je fus réveillé tôt par du boucan. Quelque chose venait de se briser par terre. Je me hissai dans mon lit, un peu sonné, puis j'entendis deux voix. C'était très inquiétant.

– Chut ! Ne le réveille pas, disait Jason.

À qui parlait-il chez moi ? Quel genre d'individu pouvait avoir le cran d'inviter des gens dans une maison qui ne lui appartenait pas ? Jason, bien sûr. J'avais hâte que ce type déménage en Californie. Évidemment, j'avais peur qu'il fasse tout foirer à l'agence, mais je voulais qu'il vive le plus loin possible de moi.

Piqué de curiosité, je sortis du lit et me rendis dans le salon. Et là, je fus pris de stupeur, pour trois raisons : d'abord, ma luxueuse bouteille de whisky, celle qui m'avait coûté des centaines de dollars et que je conservais pour la signature du projet qui me tenait à cœur, était posée sur le plan de travail de ma cuisine, ouverte et presque vide. Ensuite, une lampe très coûteuse, offerte par un client lors d'une vente, était en mille morceaux par terre. Enfin, Rose se tenait au milieu de la pièce.

Ouais, c'était bien elle. Ma nouvelle stagiaire, qui avait à peine dix-neuf ans, était debout dans mon salon, à côté de la lampe cassée. Lorsqu'elle leva les yeux et remarqua que je l'avais vue, elle se figea, comme un lapin pris dans les phares d'une voiture. Les yeux écarquillés, toute pâle. Qui était la plus mal en point ? La lampe ou elle ? Rose, les cheveux emmêlés dans tous les sens, portait la veste de costume de Jason et un short minuscule qu'on distinguait à peine au profit de ses jambes nues – des jambes que je ne voulais pas voir parce que, bordel !, c'était ma stagiaire.

Que faisait-elle dans mon penthouse sans pantalon ?

Rose prit les devants et se mit à déblatérer, comme elle savait si bien le faire.

– Mon Dieu ! M. Roe. Je suis tellement désolée. Je vous en prie, déduisez le prix de cette lampe de mon prochain salaire. Et, euh… oh là là… si vous voulez, je peux tout nettoyer. Dites-moi où vous rangez vos sacs-poubelles. Et… sachez que votre appartement est magnifique…

– Rose !

Elle déglutit péniblement, toute figée.

– Oui, M. Roe ?

– Foutez le camp.

Elle cligna plusieurs fois des yeux.

– Entendu, M. Roe.

Alors qu'elle se dirigeait vers la porte d'entrée, je lui lançai :

– Avant de sortir, veuillez vous rhabiller. Pas question qu'on vous voie sortir d'ici à moitié nue.

– Oui, bien sûr. Encore une fois, je suis désolée, M. Roe. Je pars tout de suite.

Je n'arrivais pas à croire qu'elle ait mis les pieds chez moi. Qu'est-ce qu'elle imaginait au juste ? Non. C'était à Jason qu'il fallait le demander.

Je le fusillai du regard comme si c'était le diable.

Il leva les mains en l'air en signe de défaite.

– Ne me regarde pas comme ça. C'est elle qui m'a sauté dessus.

– Elle a dix-neuf ans, Jason. Putain ! Aujourd'hui, c'est ton mariage.

– Pas la peine de me le rappeler, maugréa-t-il en se dirigeant tête baissée dans ma cuisine avant de prendre ma bouteille d'eau dans le frigo. Putain, j'ai mal au crâne.

Pas étonnant, vu tout ce qu'il avait bu.

– Qu'est-ce que tu vas faire ? Pour le mariage ? demandai-je.

Je le haïssais, mais je pensais surtout à Aaliyah. Tout ça allait la détruire.

– Putain, j'sais pas, Connor. J'ai merdé. Mais ce n'est pas si grave. C'était ma dernière nuit de célibataire, tu sais ? J'avais besoin de ça avant de me caser avec Aaliyah.

Quoi ? Mais quelle raclure !

Je poussai un soupir.

– Tu devrais le dire à Aaliyah.

– Lui dire quoi ?

– Pour Rose.

Il ricana.

– Ouais, c'est ça, Connor. C'est exactement comme ça que j'ai envie de commencer la journée de mon mariage.

– On ne peut pas commencer une vie à deux sur un mensonge pareil.

– Si je lui avoue la vérité, il n'y aura pas de mariage. Elle me détestera.

– Peut-être, mais elle mérite au moins de connaître la vérité. Réfléchis-y, d'accord ?

– D'accord, j'y penserai.

– Très bien. Bon, va te doucher maintenant. Tu pues le sexe et le whisky. Je reviens bientôt te chercher. Il faut se dépêcher.

Il détourna le visage et partit se doucher. De mon côté, je remuai la tête, incrédule, le regard fixé sur les paires de tongs éparpillées sur le sol. J'imagine que Jason avait trouvé quelque chose de bleu à porter pour le jour J du mariage, comme le veut la coutume américaine.

***

Au bout d'une heure durant laquelle je m'étais moi aussi douché avant de revêtir un costume, j'allai chercher Jason dans la chambre d'amis. En me préparant, je n'avais pas pu m'empêcher de penser à Aaliyah. En épousant cet abruti, elle allait se mettre dans une terrible situation. Elle méritait tellement mieux que lui. J'avais peine à croire qu'il lui avouerait son infidélité. Je me sentais mal. Parce que s'il ne lui disait rien, ce serait moi qui le ferais.

Serait-ce enfreindre une sorte de règle qui existe entre hommes ? Peut-être. Mais je ne pouvais pas faire autrement. Au fond de moi, il était clair que c'était envers Aaliyah que je devais me montrer loyal. Pas Jason.

– Dépêche-toi, Jason ! Il faut qu'on y aille, m'écriai-je en entrant dans la chambre, pensant qu'il était encore sous la douche.

Comme il ne répondait pas, je l'appelai de nouveau.

Plusieurs fois.

Jusqu'à pénétrer dans la salle de bains. Elle était vide. J'étais sous le choc. Je décidai de l'appeler. Pas de réponse. J'essayai de nouveau.

Plusieurs fois.

Parcourant la chambre des yeux, je finis par remarquer une feuille sur la table de nuit.

Je n'y arrive pas.

Je la connais à peine, cette fille. À quoi ça rime qu'on se marie ?

Dis à tout le monde que je ne viendrai pas.

Dis à Aaliyah que je suis désolé.

Jason

Froissant la lettre dans ma main, je réalisai que, pour Aaliyah, cette journée serait assurément la pire de sa vie.

CHAPITRE 12

AALIYAH

– Oh là là, murmurai-je, stupéfaite. J'ai du mal à y croire…

Mon Dieu ! C'était terrible. Je n'arrivais pas à croire que le sol se dérobait sous mes pieds. En ce jour si important ! Je regardai mon téléphone, les larmes aux yeux, saisie de tristesse. Je ne parvenais pas à expliquer ce qui m'arrivait.

Se sentir si seule le jour de son mariage, ce n'était pas bon signe.

Je ne peux pas respirer…

Je ne peux pas respirer…

– Pourquoi ai-je envie de pleurer ? demandai-je à Hannah, debout dans mon dressing, attendant que Marie arrive.

Si seulement j'avais pu considérer Hannah comme une amie. Or, je ne la connaissais pas si bien que ça. En tant qu'organisatrice du mariage, elle était chargée de s'assurer que je ne craque pas. Pourtant, c'était exactement ce que j'étais en train de faire.

Je me tenais devant l'immense miroir, vêtue de ma robe de mariée, les larmes aux yeux.

Ne fais pas ça, Aaliyah.

Ne pleure pas. Ne pleure pas. Ne pleure pas...

– Mon Dieu ! sanglotai-je en couvrant mon visage de mes mains.

– Ma chérie, ne pleure pas. Tout va bien, dit Hannah.

– Comment ne pas pleurer ? Regarde-moi ! Je suis grosse ! pleurnichai-je en regardant mon ventre.

Quelle idée d'avoir avalé une corbeille entière de pain la veille du mariage ! Quelle idée de me marier en robe sirène avec des hanches comme les miennes ! Pourquoi m'infliger ça ? Pourquoi me saboter moi-même ?

Jason avait raison. J'avais de trop grosses fesses.

– Tu n'es pas grosse. Tu es magnifique, promit Hannah d'un ton un peu trop monotone.

C'était évident qu'elle était habituée à servir ce discours. Elle l'avait déjà dit à plein de mariées dans sa vie. Prenant un mouchoir, elle se mit à me sécher les yeux.

– Arrête de pleurer ou il faudra qu'on retouche ton maquillage.

Je me calmai un peu et observai mon reflet. Quelques larmes s'entêtaient encore à couler sur mes joues.

– Tu penses que c'est la bonne robe, Hannah ?

Elle me sourit, les mains posées sur mes épaules.

– Je pense qu'il est trop tard pour poser cette question.

J'acquiesçai.

– Je sais, c'est juste…

– L'émotion ! C'est l'émotion du mariage qui parle. Je le sais, je fais ce métier depuis plus de trente ans, ma chérie.

– Trente ans ?

Ses cheveux roux étaient donc teints ! Vu le caractère ultra stressant de sa profession, elle devait forcément avoir beaucoup de cheveux blancs. D'ailleurs, personne n'a jamais autant donné de cheveux blancs qu'une mariée tyrannique.

– Oui, trente longues années. Et je veux que tu saches que ce ne sont pas les détails d'un mariage qui comptent, même s'ils sont amusants à organiser.

– Ah ?

– Non ! La robe, la réception, la première danse, le photographe ou le bouquet, tout ça, on s'en fiche. Ce qui compte, c'est ce moment où tu seras devant l'autel avec l'amour de ta vie et que tu diras : « Oui, je le veux. » Le plus important, c'est d'être ensemble pour écrire le premier chapitre de votre histoire commune.

J'exhalai un soupir.

Elle me prit la main et la serra légèrement.

– D'accord, Aaliyah ?

J'acquiesçai.

– Oui.

Quelqu'un frappa à la porte. C'était Connor. Il était si beau dans son smoking noir. Ça me faisait plaisir qu'il soit en noir. C'était tellement chic.

– Salut, Connor. Tu es splendide. Je suis contente de te voir ici. Ça veut dire que Jason est là, que la cérémonie va bien avoir lieu et que je pleurais pour rien…

Je laissai ma phrase en suspens. Connor affichait un drôle de tic aux lèvres, une expression que je ne lui connaissais pas.

Il… fronçait des sourcils ?

– Que se passe-t-il ? Tout va bien ? Jason va bien ?

Il se racla la gorge et glissa ses mains dans ses poches. Il regarda Hannah avant de poser de nouveau son regard sur moi, la bouche encore tordue.

– On peut se parler en privé ?

– Oh non… chuchota Hannah en secouant la tête.

Je me tournai brusquement vers elle, encore plus inquiète que je ne l'étais déjà.

– Comment ça « Oh non » ? Que se passe-t-il ?

Hannah m'adressa un sourire peu convaincant et serra mes mains.

– Je vous laisse parler entre vous.

Elle se précipita pour sortir. On aurait dit qu'elle savait ce qui allait se passer, qu'elle savait que ma vie était sur le point de s'effondrer.

Connor s'approcha de moi. Chaque pas qu'il fit m'infligea un peu plus de vertige.

Je n'arrive pas à respirer…

Je n'arrive pas à respirer...

– Non… murmurai-je, le corps tremblant. C'est ridicule ! Il n'a pas… Il n'a pas…

J'éclatai de rire, dans un total déni. Plus je riais, plus Connor faisait la grimace.

– Pourquoi es-tu là ?

Il baissa la tête. Quand il la releva, il me regarda droit dans les yeux.

– Je suis désolé, Aaliyah.

– Non, dis-je en secouant la tête. Ne sois pas désolé. Il n'y pas de problème. Il m'aime. On s'aime. Il a juste… C'est à cause du stress ! Voilà tout. C'est normal. Tout va bien, dis-je en déglutissant péniblement. Pas vrai, Connor… ?

– Euh…

Chaque mot qu'il prononçait était teinté de tristesse. De culpabilité. Il fallait que je l'entende, que j'accepte la situation.

– Il a laissé un mot sur la table de nuit…

CHAPITRE 13

CONNOR

Tous les invités étaient partis, emportant avec eux leurs ragots et leurs commentaires. Dans l'église, il ne restait plus qu'Aaliyah et moi. Je voulais m'assurer que tout le monde parte et la laisse tranquille.

Elle me tournait le dos, debout devant l'autel, les épaules voûtées et le regard braqué sur les décorations florales, sa longue traîne étendue derrière elle.

– Aaliyah, dis-je doucement. Où est l'organisatrice ?

– Je l'ai renvoyée. Je ne veux voir personne. Marie voulait rester pour me réconforter, mais je préfère qu'elle s'assure que son fils aille bien.

– Ah, d'accord, dis-je, et elle se redressa un peu sans pour autant se tourner vers moi. Je peux demander à mon chauffeur de te ramener chez toi. Ou ailleurs, si tu le souhaites… Il te conduira où tu voudras.

Je soufflai, ne sachant pas quoi ajouter. Il n'y avait rien que je puisse dire qui améliorerait la situation.

Elle secoua un peu la tête et remua les doigts.

– Tu crois qu'il va bien ? demanda-t-elle en se tournant vers moi. Ça ne lui ressemble pas de fuir comme ça.

Je fis un pas de plus vers elle, sans rien dire. Elle avait dû connaître un Jason différent de celui que je connaissais. Celui que je connaissais ne cessait de fuir. À la première difficulté, il partait en courant. Quand il fallait se retrousser les manches et travailler, il piquait une crise et terminait à Bora Bora pour un séjour en maison de repos. C'était quelqu'un d'extrêmement déséquilibré, pourtant Aaliyah ne s'en apercevait pas. Elle semblait vraiment déconcertée par ce qui se passait. Alors que moi, je n'étais pas du tout surpris par sa réaction.

Comment avait-il pu la berner à ce point ?

– Nous étions faits l'un pour l'autre. Je le sais ! Du moins, c'est ce que je croyais… Je sentais bien qu'il était très stressé par son travail, dernièrement, et…

Elle était à deux doigts de craquer. Je la comprenais. Elle avait tout à fait le droit de s'effondrer. Il fallait que je la sorte de là. De cette robe. De cette tragédie.

– Aaliyah, nous devrions partir.

– Il ne répond pas à mes appels, dit-elle, au bord des larmes. Peut-être qu'il a eu un accident ? Un problème au travail ? Et si on lui avait raconté des mensonges à mon sujet ? J'en ai entendu circuler, des rumeurs sur moi, Connor. Il les a peut-être crues ? Quelqu'un lui a peut-être retourné le cerveau ?

Ou peut-être que… (Elle inspira.) Peut-être qu'ils avaient raison, en fait. Je n'étais qu'une conquête de plus sur son tableau de chasse. Je ne suis pas si spéciale, bredouilla-t-elle, ou peut-être que…

Elle se couvrit la bouche de la main, le corps penché en avant, et les larmes jaillirent sur son visage. Elle sanglota dans ses mains, tremblant de façon incontrôlée à mesure qu'elle prenait conscience que le jour de son conte de fées, elle se retrouvait seule à l'église et que l'amour n'était plus.

Putain.

C'était terrible.

Je remontai l'allée pour la rejoindre.

Pas à pas, j'allai vers elle, marchant le plus rapidement possible. Quand ses genoux cédèrent, je la rattrapai à temps. Elle passa ses bras autour de moi et me serra contre elle, contre cette sublime robe blanche qui lui allait si bien. Une déesse frappée par la foudre. Ce n'était pas juste. Aaliyah était une bonne personne. Ce genre de déconvenue ne devait pas arriver aux bonnes personnes. Ce que Jason avait fait était impardonnable.

– Pourquoi je n'étais pas assez bien ? cria-t-elle plusieurs fois.

La douleur irradiait partout dans son corps.

Je ne savais pas quoi dire ou quoi faire pour la réconforter, alors je la serrai contre moi, appuyant son corps épuisé contre le mien. Je restai silencieux et immobile pendant qu'elle se laissait aller dans mes bras. Je ne pouvais pas réparer sa peine. Tout était détruit. Parfois, il faut se contenter d'attendre que la tempête passe en espérant arriver de nouveau à vivre au milieu des débris.

***

– Tu n'es pas obligé de rester avec moi, déclara Aaliyah.

Nous étions assis par terre devant l'autel depuis un long moment, au moins une heure. Je n'avais pas l'intention de la laisser seule. J'attendais qu'elle se sente prête à partir. Elle venait de se faire lâchement abandonner le jour de son mariage ; c'était la moindre des choses de rester avec elle.

– Ça ne me dérange pas.

– Mais si, je suis sûre que tu as mieux à faire.

Je me tus. Il était clair qu'elle se sentait perdue. À sa place, je n'aurais pas supporté la solitude. Je refusai donc de partir. Je voyais bien dans ses yeux qu'elle espérait que je reste. Il lui fallait au moins une personne qui ne la laisse pas tomber.

Elle serrait ses genoux pliés contre sa poitrine, le regard perdu au loin.

– La réception aurait déjà dû commencer, murmura-t-elle. Avec de la musique, de la danse, de la joie…

Elle avait les yeux rouges et gonflés, et des traces de mascara sur ses joues.

Je ne dis rien.

Elle se leva.

– Je crois que je vais y aller.
– Où ça ?
– À la réception.
– Quoi ?
Elle hocha la tête, visiblement en état de choc. Ce qu'elle disait n'avait pas de sens.
– Oh, tu sais, juste pour vérifier.
– Quoi ? Tu es folle.
– Oui, je le suis. Tu peux m'y amener ?
– Euh… non, dis-je d'un ton catégorique. Bien sûr que non.
– Tu as dit que tu m'amènerais où je veux. Tu me l'as promis !
Ah, les femmes et leur mémoire d'éléphant.
– Je ne crois pas que ce soit une bonne idée.
– C'est ce que je veux ! Et je suis sûre que tu en as marre d'être là. Alors allons-y.
– Non.
– Si !
– C'est mort.
– Connor.
– Quoi ?
Je regardai ses yeux, puis son corps recroquevillé. Elle m'implorait du regard.
– S'il te plaît ?
Bon sang de bonsoir.
– Bon d'accord. Mais d'abord, change-toi.
Elle rassembla sa longue traîne dans ses bras et se mit à courir.
– Non, pas le temps pour ça. On y va !

CHAPITRE 14

AALIYAH

Tout était parfait, des vases dorés remplis de fleurs aux projecteurs de la piste de danse. La décoration était féérique. Et à la table des desserts, il y avait tout ce que j'adorais.

Des brownies.

Des biscuits.

Des sablés au citron.

Un des gâteaux m'ébahit. Il s'agissait d'un fondant constitué de couches rouges et noires, orné de rubans dorés et des lettres J et A en glaçage. Son parfum : chocolat noir intense, notre préféré…

Une réception digne d'une histoire d'amour qui dure. Pourtant, les serveurs étaient déjà en train de tout démonter. Comment pouvais-je accepter ça ?

Je restais plantée dans l'entrée, Connor à mes côtés. Je les regardais tout retirer. Qu'est-ce que j'eus mal au cœur lorsque deux personnes se mirent à déplacer négligemment la pièce montée ! Je pariais qu'une fois en cuisine, ils allaient l'attaquer comme des animaux à coups de fourchette.

– Non ! Attendez ! criai-je en me précipitant vers eux, suivie de ma longue traîne. Ne touchez pas à ça.

Déconcertés, ils se tournèrent vers moi. Deux adolescents beaucoup trop frêles pour un si grand gâteau.

– Euh… quoi ? marmonna l'un d'eux.

– J'ai dit, ne touchez pas à ce gâteau !

J'avais sans doute l'air d'une folle. Mais, au fond, je me sentais bel et bien devenir folle.

– Ne le déplacez pas.

Je me tournai vers les autres serveurs et leur ordonnai de cesser de tout démonter. Je hurlai au DJ d'arrêter de débrancher son équipement et au barman d'arrêter de tout nettoyer.

J'avais juste besoin que ce lieu si parfait le reste encore un peu plus longtemps.

– Aaliyah… dit Connor d'une voix grave et triste.

J'esquissai une grimace. C'était préoccupant de voir un homme comme lui habituellement si heureux être triste.

– Connor, demande-leur d'arrêter. Je t'en prie. Je veux juste… qu'ils arrêtent. Dis-leur ! suppliai-je en le regardant comme s'il était mon seul allié.

– Ils doivent faire leur travail…

Je pris une longue inspiration, puis ravalai péniblement ma salive. Des larmes se mirent à couler sur mes joues.

– J'ai juste besoin de plus de temps.

Il plissa les yeux. Il ne me comprenait pas. Il ne savait pas que j'étais en proie à des émotions irrationnelles. Il ne pouvait pas comprendre, lui qui n'avait jamais été en couple.

– Tu n'es pas raisonnable, dit-il, pas méchamment, juste d'un ton neutre.

Il était toujours si prévenant.

– Je sais, mais je t'en prie…

Il passa sa main sur sa nuque et abaissa les épaules en signe de défaite. Puis il se tourna vers l'équipe.

– Laissez tout en place.

– Mais Monsieur, nous avons reçu des instructions…

– Tout a été payé ! s'écria-t-il. La salle, les serveurs, vos services. Donc le moins que vous puissiez faire, c'est laisser la mariée prendre part aux festivités.

– Mais… ce n'est plus une mariée, dit quelqu'un. Le mariage a été annulé.

Ce n'est plus une mariée...

Je ne savais pas que les mots pouvaient faire si mal.

Connor m'observa, puis il fronça les sourcils. Il sortit son portefeuille de sa poche.

– Je vous paie chacun trois cents dollars pour continuer à travailler.

Pour la première fois de l'après-midi, je me sentis coupable.

– Non, je suis désolée. Connor, on peut y aller…

Il me fit signe de me taire en tendant les billets. Les employés se consultèrent du regard puis, haussant les épaules, ils acceptèrent l'argent. Tout ça pour empêcher la mariée de piquer une crise de nerfs.

Ou plutôt, pour lui permettre de piquer sa crise de nerfs.

Le DJ mit de la musique. J'allai sur la piste de danse et les projecteurs s'allumèrent. Je me mis à valser en observant ce semblant de vie qui me filait entre les doigts. Lorsqu'un slow commença, je fus bouleversée, les genoux tremblants et les larmes aux yeux. Au moment où j'allais m'effondrer par terre, contre toute attente, Connor me retint.

Il me tenait dans ses bras et tanguait d'avant en arrière avec moi.

– Je te tiens, Rouge. Je te tiens.

Quand je tombais, il était toujours là pour me rattraper.

– Je n'ai pas tenu ma promesse, dis-je en déposant ma tête fatiguée sur son épaule.

– Quelle promesse ?

– Ne jamais tomber amoureuse d'un homme qui refuse de danser avec moi. Jason n'aurait jamais fait ça, chuchotai-je en pleurant sur son épaule. Jamais il n'aurait dansé avec moi.

– Alors pourquoi l'avoir choisi ?

Je reniflai et ne répondis pas, car ma réponse était bien trop pathétique pour que je veuille bien l'affronter.

Parce que j'étais seule et terrifiée à l'idée de le rester pour le peu de temps qu'il me restait à vivre.

– Pourquoi tu m'as dit de ne pas l'épouser ? Je n'étais pas assez bien pour lui ?

Il haussa un sourcil et secoua la tête.

– Mais non ! Au contraire, c'est lui qui n'était pas assez bien pour toi.

Je voulais y croire, mais c'était quand même dur.

Nous dansâmes jusqu'à ce que l'équipe en ait assez et nous mette dehors.

– Où veux-tu que je te conduise ? demanda Connor.

– Je ne sais pas. Je n'ai nulle part où aller. Je ne peux pas allez chez Jason. Ce n'est pas chez moi. Je n'ai personne, nulle part où aller et…

– Tu resteras chez moi ce soir, dit-il, apaisant mon effroi. Tu resteras avec moi.

CHAPITRE 15

CONNOR

J'installai Aaliyah dans une de mes chambres d'amis et lui prêtai des vêtements pour se changer. Elle me remercia d'une petite voix avant refermer la porte derrière elle.

Du repos, voilà tout ce qu'il lui fallait pour le moment.

Je me rendis dans mon bureau. J'étais épuisé, mais je me savais incapable de trouver le sommeil. Il ne me restait plus qu'à faire ce qui me réussissait le mieux : me noyer dans le travail.

Vers une heure du matin, mon téléphone sonna.

Jason : Salut. Tout s'est bien passé ?

Tout s'est bien passé ?

Il n'avait pas honte, ce salopard ? Je lui avais envoyé un million de messages depuis son départ. Je l'avais appelé mille fois en le suppliant continuellement sur son répondeur de me répondre. Ou au moins d'appeler Aaliyah. Je l'exhortais à se comporter comme un homme, à affronter l'énorme tempête qu'il avait soulevée et à faire face à ce cœur qu'il avait détruit. Seulement, zéro nouvelles de sa part depuis presque vingt heures. Et, en reprenant enfin le contact, c'était tout ce qu'il avait à me demander ?!

Tout s'est bien passé ?

Jason : Aaliyah va bien ?

Il plaisantait.

Ce n'était pas possible d'être débile au point d'envisager un scénario dans lequel Aaliyah irait bien.

Je voulais lui jeter un sort. Faire passer un sale quart d'heure à cette raclure. Comment pouvait-il s'imaginer qu'Aaliyah allait bien ? Évidemment qu'elle était dans tous ses états ! À cause de lui. Elle qui le trouvait digne de confiance. Elle qui était si gentille, si gracieuse, belle au-dedans comme au-dehors. Aaliyah avait un cœur pur que Jason avait voulu détruire.

Il avait disparu en ne laissant qu'un mot griffonné sur un papier et en m'imposant de rattraper ses erreurs. Fuir, c'était tout ce qu'il savait faire.

Je décidai ainsi de ne pas lui répondre. J'ignorai sa fausse inquiétude et priai secrètement pour que le karma vienne un jour frapper à sa porte.

En allant me coucher, j'entendis des sanglots dans la chambre d'amis. Elle était encore debout. Et elle pleurait. Sans y réfléchir à deux fois, je frappai à sa porte. Lorsqu'elle l'ouvrit, ce que je vis me fit un mal de chien. Aaliyah paraissait vidée. Détruite.

– Excuse-moi, je faisais trop bruit ? demanda-t-elle.

– Non, pas du tout ! Je voulais juste te dire que tu comptes énormément.

– Quoi ?

– Tu comptes énormément. Sache-le et n'écoute jamais quiconque voudrait te faire croire que ton existence ne vaut rien. Au contraire, ce monde est meilleur parce que, justement, tu en fais partie.

Elle laissa échapper un rire.

– Comment as-tu deviné que je me sens insignifiante ?

– Même si je n'ai passé que peu de temps avec toi, je sais que tu ressens intensément les choses.

Elle s'appuya contre l'encadrement de la porte.

– Je peux te dire un secret ?

– Oui.

– J'ai peur de ne pas réussir à trouver l'amour et à fonder une famille avant de mourir. J'ai peur de vivre seule jusqu'à la fin de mes jours.

– Impossible. Tu es de la trempe des femmes qui obtiennent le premier rôle.

– Et si je ne trouvais jamais le héros de l'histoire ?

– Ce n'est pas grave. Contrairement à ce que les gens pensent, tu peux vivre un conte de fées sans pour autant partager la vie de quelqu'un. Mais là, il faut que tu dormes.

– Je vais essayer.

– Dors, répétai-je en effaçant les quelques larmes qui coulaient sur ses joues.

– Oui, je vais dormir.

– Tu mens.

– C'est vrai.

– Tu veux que je reste avec toi ? Pour ne pas te sentir seule ?

Elle ouvrit la bouche, puis secoua la tête.

– Non, je ne peux pas te demander de faire ça. Je vais bien. Vraiment.

Cela suffit à me convaincre qu'elle avait besoin que je reste. La solitude la terrifiait. Je voyais bien combien cela la chamboulait. Je refusai donc de la laisser seule dans cet état.

Dans la chambre, je m'assis sur la chaise du bureau. Elle se remit au lit et me remercia d'une petite voix. C'était le moins que je pouvais faire. Je ne pouvais pas effacer sa souffrance. Je ne pouvais pas l'empêcher d'avoir des idées noires. Je n'étais même pas en mesure de comprendre ce qu'elle ressentait.

Alors, je fis la seule chose qui était en mon pouvoir pour aider cette fille qu'on avait lâchement abandonnée. La seule chose qui me paraissait juste. Je restai.

CHAPITRE 16

AALIYAH

La lumière du jour imprégnait la chambre à travers les rideaux. Quand les rayons du soleil réchauffèrent mes joues, je poussai un grognement. Il me fallait pourtant ouvrir les yeux. En plus de la nausée, je sentais un martèlement dans mon crâne. Ça tournait violemment, à m'en arracher la tête.

Je tendis le bras pour attraper mon téléphone. Je le laissais toujours branché la nuit, posé sur ma table de chevet. Mais ma main tomba dans le vide. Déconcertée, j'entrouvris les paupières et me redressai. Quelle ne fut pas ma surprise de découvrir que ce n'était pas mon lit. Mon angoisse grimpa en flèche, me hérissant les poils. Où étais-je ? À qui appartenait ce lit ?

Puis tout me revint d'un coup. Le mariage. La soirée. Connor.

Je portais son tee-shirt trop grand et son pantalon de sport gris, ce qui me fit paniquer de plus belle. Je me rappelai la veille – la fin brutale de mon couple, ma crise de nerfs et la présence de Connor.

Je jetai un coup d'œil de l'autre côté du lit. Sur la table de chevet, il y avait un verre d'eau et un mot.

Je saisis le bout de papier.

Tout ira bien, Petit Chaperon rouge.
Ton Captain America

Je commis l'erreur de me regarder dans le miroir. On voyait dans mon reflet les traces d'un chagrin d'amour, mais aussi celles de mon maquillage et de mes larmes. Un raton laveur avec l'eye-liner et le mascara étalé partout, en somme.

L'appartement sentait le bacon. Connor était donc debout. Lorsque je sortis de la chambre, je découvris un immense penthouse moderne et lumineux, avec de grandes baies vitrées s'élevant du sol au plafond.

– Salut, murmurai-je.

Connor, debout dans sa cuisine, me tournait le dos. Il faisait cuire quelque chose sur les plaques.

Après m'avoir jeté un coup d'œil par-dessus l'épaule sur laquelle reposait un torchon, il m'adressa un grand sourire.

– Bonjour, belle de jour.

N'importe quoi ! Il n'y avait rien de beau dans mon apparence.

Il se retourna vers ce qu'il faisait. Puis il éteignit le feu et se dirigea vers moi. Je m'étais installée sur un des sièges du bar, la tête baissée sur le comptoir, totalement abattue.

– Excuse-moi de ne pas avoir été là à ton réveil. Comme tu commençais à bouger, j'ai décidé de préparer le petit déjeuner.

– Tu es resté avec moi toute la nuit ?

– Oui, bien sûr.

Cela soulagea un peu ma tristesse.

– Merci, Connor. Je suis vraiment désolée pour tout. Je vais te laisser tranquille à présent. Bien vite, je ne serai plus un fardeau pour toi.

– Comment tu aimes le gruau ? demanda-t-il, comme s'il n'avait rien entendu de ce que j'avais dit.

– Quoi ?

– Le gruau, comment tu l'aimes ? J'ai fait du bacon aussi, et des œufs brouillés.

– Je ne sais pas ce que c'est.

L'air ahuri et peiné qu'il afficha me donna presque envie de rire. Mais j'étais encore trop accablée.

– Le gruau, c'est le meilleur petit déjeuner du monde. Une spécialité du Sud, super bonne. D'habitude, j'ajoute du fromage, mais je n'en ai plus. Tu peux aussi mettre un peu de sucre par-dessus. Et voilà, le tour est joué !

– Je n'ai pas vraiment faim.

J'avais encore l'estomac en vrac.

– Alors, justement, il faut que tu manges, dit-il en attrapant une assiette dans un placard.

Je secouai la tête.

– Non, Connor. J'ai juste besoin de rentrer chez moi. Je me sens…

Mal.

Triste.

Détruite.

Libre ?

Attends, non. Pas ça.

Il me regarda en faisant une grimace des plus tristes. Il avait du chagrin pour moi. Je ne pouvais pas lui en vouloir, car moi aussi.

– Tu es sûre que tu ne veux rien avaler ? Si tu veux, tu peux aller te doucher. Je t'ai sorti d'autres affaires de rechange. Après ça, tu voudras peut-être manger quelque chose ?

Je lui adressai un timide sourire.

– Oui, merci. Ensuite je partirai.

– Il n'y a pas d'urgence, Rouge. Vraiment.

Connor ne paraissait pas du tout gêné par mon apparence désordonnée. Il restait calme et droit, comme toujours.

– Ton téléphone est posé sur la commode de la chambre, la batterie pleine. Prends le temps qu'il faudra. Quand tu seras prête, mon chauffeur te déposera où tu voudras.

– Merci.

– Je t'en prie.

Avant de partir, je lançai un regard à Connor.

– Excuse-moi, mais… Je sais que je ne devrais pas te mêler à ça, mais je n'arrête pas d'y penser et tant que je ne te l'aurai pas demandé, ça continuera de me hanter…

Il se taisait, attendant que je poursuive.

– Jason fréquentait-il quelqu'un d'autre ?

La bouche tordue, il enfonça ses mains dans les poches de son pantalon de sport.

Son silence répondait à ma question.

– Tu la connais ?

– Ne fais pas ça, Aaliyah, chuchota-t-il.

– Quoi ?

– Rendre la situation plus douloureuse qu'elle ne l'est déjà.

Ses paroles me blessèrent, mais c'était de ma faute. Depuis le début, je savais qui était Jason. Mais je m'étais autorisée à tomber amoureuse de lui. J'avais foncé tête baissée dans son piège, alors que je savais que j'allais me faire dévorer.

– Je l'avais entendu dire. Dans les soirées, les gens sous-entendaient toujours que Jason était un coureur de jupons.

Ils avaient tous eu raison : je n'étais qu'une conquête de plus dans la vie de Jason. Or, je voulais tellement qu'ils se trompent et leur prouver qu'ils avaient tort. Me prouver à moi-même aussi que je lui suffisais. Désormais, ils devaient tous se moquer de moi dans leurs chaumières, en pensant : « Ce n'était pas faute de lui avoir dit. »

Je levai la tête vers Connor.

Lui, il ne se moquait pas.

Son regard et son attitude parlaient pour lui malgré son silence. Il avait les épaules voûtées, les lèvres qui bougeaient un peu, les bras croisés et la tête qui penchait légèrement à gauche. Ses yeux bleus affichaient le calme d'un océan à la tombée de la nuit.

Chez lui, rien ne semblait dire « je te l'avais dit ». Il ne me fustigeait pas d'avoir aimé Jason. Il ne me trouvait pas idiote.

Dans ses yeux, il n'y avait que de la tristesse.

De la compassion.

Je détournai le regard, car son inquiétude à mon égard m'attristait encore plus, puis je m'éclipsai pour prendre une longue douche chaude durant laquelle mes larmes se mêlèrent aux gouttelettes d'eau perlant sur mon corps. J'accueillis la souffrance sans lutter contre elle, sans l'éviter. Pas question de me raconter des histoires pour tout oublier. Non, j'autorisai la douleur à s'installer dans mon cœur. Je laissai place au brasier.

CHAPITRE 17

AALIYAH

Je pensais souvent à la première personne qui, dans l'histoire de l'humanité, était tombée amoureuse.

Avait-elle su immédiatement de quoi il s'agissait ? Avait-elle senti son cœur prendre feu ? S'était-elle sentie heureuse ou triste ? Cet amour allait-il dans les deux sens ? Combien de temps avait-il fallu pour en arriver là ? Combien de jours, de mois, d'années s'étaient écoulés avant que ne survienne l'amour ?

Avait-elle eu peur ?

Qui avait parlé en premier ?

Mes romans préférés commençaient tous par un coup de foudre. J'adorais qu'un personnage explique que l'amour était né rien qu'en croisant le regard de l'autre. Même si j'étais très fleur bleue, il m'était difficile de croire que cela puisse advenir dans la vraie vie. Toutefois, j'aimais me raccrocher à cette idée et y croire, même si ça ne concernait que des mondes illusoires. J'adorais le fait que l'amour n'en fasse qu'à sa tête. Qu'il impose son propre rythme, sans se prévaloir du temps, de l'espace ou des contraintes.

L'amour surgissait de nulle part. Parfois, il était le bienvenu, d'autres fois, non. Souvent, il se transformait et se craquelait. Il saignait, laissait des cicatrices qui ne guériraient jamais. Il ouvrait la voie à la méfiance, au doute et à la souffrance. Parfois, je me disais que la vie aurait été plus simple sans amour. Ainsi, les chagrins d'amour n'auraient pas existé.

Ces derniers temps, je pensais surtout à la première personne qui avait cessé d'aimer. L'avait-elle vu venir ? Était-ce arrivé lentement ? Ou bien, cette personne s'était-elle réveillée un jour en réalisant que l'amour n'était plus là ? En avait-elle fait son deuil ? Avait-elle facilement tourné la page ? Combien de jours, de mois, d'années avant que cet amour ne s'efface ?

Je me demandais si elle avait ressenti le même désarroi que moi.

Connor proposa de m'accompagner jusque chez moi, mais je n'acceptai pas. Je voulais être seule. Lorsque, dans Soho, la voiture s'arrêta au pied de notre immeuble, j'en eus des haut-le-cœur. D'un côté, je voulais me précipiter dans l'appartement pour ranger mes affaires et disparaître sans être vue. De l'autre, j'aurais souhaité que Jason m'y attende, prêt à m'avouer qu'il avait commis une grave erreur. Prêt à me dire qu'il avait juste eu besoin de réfléchir et que, sans délai, nous pourrions aller nous dire « oui » à la mairie.

C'était pathétique.

Si Jason avait de nouveau demandé ma main, j'aurais sans doute été partante.

– Merci, Luis, dis-je au chauffeur de Connor qui avait eu l'amabilité de me ramener à la maison.

La maison de Jason.

C'était loin d'être la mienne.

– Pas de problème. Si vous avez besoin de quoi que ce soit, je suis sûr que M. Roe ne verrait aucun inconvénient à ce que je vous conduise ailleurs.

Il était si gentil avec moi. Je lui en étais très reconnaissante. Toute gentillesse était bonne à prendre.

– Je crois que ça va aller, merci.

Je lui dis adieu, puis je pris une longue inspiration avant de pénétrer dans l'édifice. Passée la porte d'entrée, je sentis une boule se former dans ma gorge. Katherine, derrière le bureau de l'accueil, écarquilla les yeux en m'apercevant. Cela faisait vingt ans que cette femme d'âge mûr que j'appréciais travaillait à ce poste. C'était son visage qui m'accueillait et me saluait chaque fois que je passais.

– Bonjour, Madame Aaliyah, dit-elle en se levant brusquement, l'air penaud. Comment allez-vous ?

Je lui adressai un timide sourire.

– J'ai connu des jours meilleurs.

– J'imagine. Je suis désolée pour tout ce qui s'est passé. M. Rollsfield m'a demandé de vous dire de rester dans l'appartement autant de temps que vous le souhaitez.

Je me redressai un peu.

– Vous lui avez parlé ?

– Oui, Madame.

– Il est là ?

– Non, Madame. Il est passé hier récupérer quelques affaires. Il a dit qu'il partait en voyage.

– Où ?

Katherine fit la grimace.

– Je crois qu'il a parlé de la France.

– La destination de notre lune de miel.

– Écoutez, ma chère… je pensais vraiment que vous étiez la bonne. J'ai vu Jason au bras de tellement de femmes. Tellement, *tellement*…

– J'ai compris. Jason a eu une vie bien remplie, l'interrompis-je.

– Mais vous, vous étiez différente. Et il n'était pas le même avec vous.

Je ricanai, car ce qu'elle disait m'agaçait. Même s'il s'était montré sous un autre jour avec moi, cela ne l'avait pas empêché de me quitter. Je n'étais pas assez bien pour qu'il reste avec moi.

Jamais je n'étais assez bien pour qu'un homme reste.

– Je voulais être celle qui changerait sa vie, avouai-je.

J'avais encore du mal à accepter qu'il m'ait abandonnée. Dans mes autres relations, j'avais perçu des signes annonciateurs. Or, Jason paraissait vraiment m'aimer. Il m'avait aveuglée.

– Vous avez vraiment changé sa vie.

Je passai mes mains sur mes yeux fatigués.

– Non. Si j'avais changé Jason, je ne serais pas là en train de pleurer. Il m'aurait épousée. Au lieu de ça, il s'est enfui.

– Certes, mais vous avez quand même changé sa vie.

– Comment le savez-vous ?

– Parce que vous êtes une personne qui transforme les autres, Aaliyah.

Je souris et remerciai Katherine tout en cherchant ma clé dans mon sac.

– Aaliyah, fit une voix derrière moi.

Je me retournai brusquement. Je l'avais reconnue tout de suite. Rien qu'en l'entendant, mon cœur s'était brisé un peu plus.

– Marie… soufflai-je en croisant ce regard qui comptait tellement pour moi. Que fais-tu là ?

– Je cherchais mon fils, mais je viens d'apprendre qu'il est parti en vacances en France.

Elle fronça les sourcils, baissant les yeux sur ses mains, et se mit à caresser machinalement ses doigts. Quand elle leva de nouveau la tête, des larmes inondaient ses yeux.

– Aaliyah… Ça ne devait pas se passer comme ça.

Elle plaqua une main sur sa bouche et éclata en sanglots.

Sans réfléchir, je la pris dans mes bras. Ainsi, je me retrouvai à réconforter dans le hall de l'immeuble la mère de l'homme qui m'avait abandonnée le jour de mon mariage. C'était plus fort que moi. Face à quelqu'un qui n'allait pas bien, je me sentais obligée d'aider.

– Il t'aime, Aaliyah. Je sais qu'il t'aime, dit-elle en reculant un peu. Pourrait-on se parler en privé ?

J'hésitai un instant. Je n'étais pas sûre d'être prête à avoir une conversation avec la mère de Jason. Ni même de pouvoir affronter mon pauvre cœur meurtri.

Marie avait compris.

– Ce n'est pas grave. Excuse-moi, je te laisse respirer. Sache que tu mérites bien mieux que ce que mon fils t'a fait. Dès que je t'ai rencontrée, j'ai su que tu étais quelqu'un d'unique.

– Merci, Marie.

– C'est probablement insensé, mais tu crois que… (Elle tira un mouchoir pour s'essuyer les yeux.) Tu crois qu'on pourrait rester en contact ? Continuer à se retrouver autour d'un café ? C'est peut-être égoïste de ma part, mais tu fais partie de ma vie…

Je ressentais la même chose. Mais c'était trop dur de la revoir.

– Honnêtement, je crois que j'ai besoin de temps, Marie. Cette épreuve est très difficile à traverser pour moi.

– Je comprends, ma puce. Je ne vais pas te retenir plus longtemps. Je tenais à te dire que tu peux rester dans l'appartement de Jason aussi longtemps que tu le souhaites. Je le retiendrai éloigné d'ici afin que tu prennes ton temps pour déménager. C'est cruel, ce que mon fils t'a fait, sache-le. Et je te demande pardon pour toutes les souffrances qu'il t'a fait endurer.

Je laissai échapper un rire nerveux.

– Pas la peine de t'excuser, Marie. Ce n'est pas de ta faute.

À son tour de rire avec nervosité.

– On a beau dire, quand on est parents, on a du mal à croire que ce n'est pas de notre faute.

Elle me serra fort dans ses bras et je la laissai faire. Je n'avais pas réalisé à quel point j'avais besoin que quelqu'un me prenne dans ses bras.

– J'ai toujours rêvé d'avoir une fille comme toi, murmura-t-elle, ce qui me bouleversa davantage.

Elle tourna les talons mais, avant de sortir, elle s'arrêta pour me regarder de nouveau à travers la porte entrouverte.

– Que ce soit clair, Aaliyah. C'est toi qui ressors la tête haute. Mon fils ne t'a jamais méritée.

Elle esquissa un sourire et s'éloigna, me laissant seule avec une boule d'angoisse que je n'étais pas en mesure de pouvoir maîtriser.

Je pris l'ascenseur et quand j'en sortis, je sentis un grand vide en moi. Je ne vivais pas depuis longtemps entre ces murs, mais j'avais réussi à me persuader que j'y vivrais mon conte de fées. Les fins heureuses n'existent probablement que dans les livres.

Tout était intact, à la différence que tout ce que contenait l'appartement paraissait m'appartenir un peu moins. Dans la chambre, je remarquai que certains vêtements de Jason avaient disparu des placards. Il m'avait vraiment quittée. Il ne reviendrait pas.

Je ne savais pas quoi faire ni comment avancer dans la vie. Je n'avais rien à mon nom. Pas de mari, pas de travail, pas de maison. J'avais tout laissé tomber pour vivre avec un homme qui m'avait abandonnée le jour de notre mariage.

Je m'allongeai sur le lit. Je sentais tout, sauf de l'amour. Je ne supportais pas le malaise qui régnait dans cet intérieur. Je ne me sentais pas à ma place, et je détestais ça. Ma peau frissonnait à l'idée que Jason débarque à n'importe quel moment, me rappelant que je n'étais pas censée être là.

Alors je pris la décision de me rendre dans le seul endroit où je ne me sentais pas seule.

Tous les dimanches, j'avais rendez-vous avec les morts. Enfin pas tous, juste un. J'avais pris l'habitude d'aller sur la tombe de Grant et de lui parler de ma vie, de ses hauts et de ses bas. Je lui lisais des bandes dessinées et nous assistions ensemble au lever du soleil. Ce matin-là, j'avais raté l'aurore, mais je sentais quand même son réconfort.

Je m'assis devant sa pierre tombale, les jambes repliées. Je regardais l'endroit où reposait cette personne qui me donnait encore la sensation que quelqu'un m'aimait. Je ne dis rien, parce que je savais qu'il ne pouvait pas me répondre. Mais dans ma tête, j'imaginais qu'il me disait que tout irait bien.

Autour de sa tombe, des pièces éparpillées par terre. Chaque fois que je venais le voir, j'en laissais une pour honorer son souvenir. Quand pour la première fois j'avais rencontré Grant, il faisait toujours tournoyer une pièce dans ses doigts, par superstition, et cela m'était resté. « Monnaie fait tout » se plaisait-il à dire. J'avais toujours des pièces sur moi et j'aimais lui en offrir pour que cela lui porte bonne chance dans l'au-delà.

Alors que je m'apitoyais sur mon sort, assise là, un autre de ses dictons me revint.

« Après la pluie, le beau temps », m'aurait-il sans doute dit.

Je laissai couler les larmes sur mes joues. Le réconfort de ses paroles passées était puissant. J'étais contente que son silence parvienne encore à m'envelopper d'un amour protecteur.

CHAPITRE 18

AALIYAH

Le moment était venu pour moi de supplier.

La gorge nouée, j'entrai dans l'ascenseur qui allait me conduire jusqu'aux bureaux de *Passion Magazine.* Là, il me faudrait implorer mon ancienne patronne de me rendre mon poste de rédactrice junior. Puisque je n'avais plus de raisons d'aller à Los Angeles, autant retomber sur mes pieds. J'étais et je resterais une fille de New York. Que font les New-Yorkais en cas de coup dur ? Ils se retroussent les manches et déplacent les montagnes – certes, la gorge nouée.

J'étais un peu étonnée que Maiv accepte de me revoir. Je lui avais quand même envoyé un mail à quatre heures du matin sous l'influence de l'alcool, n'ayant pas réussi à dormir de la nuit.

Jason ne m'avait toujours pas contactée.

Je savais que c'était vain d'y penser, mais d'une certaine façon, cela me faisait du mal. Il n'aurait pas été de trop que ce mec qui avait gâché mon mariage ait la décence d'envoyer un message du genre « *LOL désolé, je ne me suis pas réveillé et j'ai raté notre grand jour* ».

L'absence de message de sa part m'empêchait de dormir. Je me demandais où il était, ce qu'il faisait… avec qui ?

Bien sûr qu'il te trompe, Aaliyah. La vie ne t'a donc rien appris ? C'est ce que font les hommes. Regarde-toi, un an de perdu avec un homme qui te laisse tomber comme une vieille chaussette. Mais le temps presse... Tic tac tic tac...

– La ferme ! murmurai-je tout haut à l'intention de mon cerveau, si peu bienveillant.

Ces pensées étaient harassantes. Elles m'incitaient à croire que tout était de ma faute. *Je ne suis pas assez bien. Je ne mérite pas une fin heureuse. Je suis incapable d'avoir une relation qui dure. Je n'arriverai jamais à trouver le véritable amour de ma vie.* Elles me contrôlaient. Or, je voulais reprendre le contrôle, même si, pour cela, il fallait que je leur parle à voix haute.

À l'accueil de *Passion Magazine,* j'aperçus le visage souriant de Greta, la secrétaire. C'était elle que je voyais en premier en arrivant au travail au cours des dernières années.

– Bonjour, ma beauté ! s'exclama-t-elle d'un air étonné en me voyant (Elle faisait partie des invités du mariage, donc elle devait être au courant.) Comment vas-tu ?

Je lui souris, même si je n'y croyais pas.

– Un peu mieux chaque jour.

– Je le déteste. J'espère qu'il aura une vie misérable.

Si seulement j'avais pu lui souhaiter la même chose… mais mon cœur n'était pas encore prêt. J'espérais encore qu'il m'appelle.

– De quelle humeur est Maiv aujourd'hui ? demandai-je pour changer de sujet.

– L'humeur de Miranda Priestly dans *Le diable s'habille en Prada,* comme tous les jours, lança Greta en fronçant les sourcils. Il paraît que tu as mis cinquante-quatre points d'exclamation dans ton mail pour la supplier de te reprendre ?

– Quoi ? Non ! Juste cinquante-deux !

Elle se mit à rire.

– Tu es courageuse.

– Je suis surtout désespérée. Mais c'est comme ça.

– Bon courage ! fit Greta en levant trois doigts comme le fait Katniss dans *Hunger Games* pour signifier son soutien. Que la chance soit avec toi.

Je remontai le long couloir qui menait au bureau de Maiv, peinant à avaler ma salive. Tous les employés m'observaient. Certains m'adressaient des regards de solidarité, d'autres paraissaient choqués, comme s'ils voulaient hurler : « Que fais-tu, malheureuse ?! Sauve-toi ! » Ne sachant qui écouter, je poursuivis mon chemin.

La porte du bureau de Maiv était ouverte, ce qui était inhabituel. Je frappai quand même quelques coups pour attirer son attention.

– Bonjour, Maiv. Puis-je vous parler…

Je me tus lorsqu'elle leva sur moi ses yeux verts retranchés derrière des lunettes vertes, avant de pincer les lèvres. Enfin, elle esquissa un sourire. C'était du jamais-vu !

– Bonjour, Aaliyah. Entrez et refermez la porte derrière vous.

J'obéis, ne sachant pas comment interpréter cela. J'avais travaillé pour cette femme pendant plusieurs années sans jamais la voir sourire.

Je m'assis en face d'elle, le cœur au bord des lèvres.

Maiv passa ses mains sur ses cheveux gris coiffés à la perfection en un chignon, puis elle s'adossa à sa chaise, le regard toujours braqué sur moi. Elle saisit un stylo qu'elle se mit à faire tournoyer entre ses doigts.

– Quel drôle de mariage, dit-elle.

– Vous êtes venue, murmurai-je.

– Évidemment. Je vous l'avais dit. Bravo, la décoration était réussie.

– Euh… merci.

Elle hocha la tête.

– Je suppose que vous êtes là pour que je vous rende votre poste ?

J'essayais de calmer mon cœur qui allait exploser dans ma poitrine.

L'heure avait sonné.

– Oui, Madame. Si jamais c'est fichu pour un poste de rédactrice, sachez que j'accepte tout ce que vous pourriez me proposer et je suis de nouveau prête à gravir les éch…

– Vous connaissez Connor Roe ?

Je me redressai d'un coup, déconcertée.

– Quoi ?

– J'ai remarqué Connor Roe à votre mariage. C'est lui qui nous a demandé de quitter les lieux.

– Euh… oui. Pardonnez-moi, mais quel est le rapport ?

– Pourquoi ne m'avez-vous jamais dit que vous le connaissiez ?

Que se passait-il ?

– Je ne pensais pas que c'était important. D'ailleurs, je ne le connais pas vraiment et…

– Mais il est venu à votre mariage ? Comment pouvez-vous ne pas connaître un invité ?

– Excusez-moi, Maiv, mais je ne comprends pas le rapport avec mon travail…

– Si, si, il y en a un. Je peux vous embaucher…

– Excellente nouvelle ! m'exclamai-je.

D'un geste du doigt, elle m'intima de me taire.

– … à condition que vous acceptiez de faire quelque chose pour moi.

– Tout ce que vous voudrez, Maiv.

– Bien. C'était la réponse que j'espérais.

Penchée sur son bureau, elle posa le stylo et claqua dans ses mains.

– Il me faut une interview exclusive de Connor Roe.

Je crus m'étouffer.

– Pardon ?

– Connor Roe est le célibataire le plus en vue de New York et, bientôt, l'homme le plus riche de la ville, si ce n'est peut-être même du monde. Il n'a encore jamais accordé d'interview. La presse se l'arrache, mais il refuse toutes les offres.

Dis donc ! Connor avait tant de succès que ça ? Jason ne m'en parlait jamais. Dans tous les cas, je ne voyais pas comment j'allais pouvoir aider Maiv.

– Puisqu'il ne veut pas donner d'interview…

– Rédactrice en chef.

– Quoi ?

– Si vous décrochez un entretien avec Connor Roe et qu'il accepte de poser pour la une du mois de septembre, je vous nomme rédactrice en chef.

C'était une plaisanterie ? Une rédactrice en chef obtient toujours les meilleurs projets. Elle peut voyager dans le monde entier. Il y a quelque temps de cela, Abby était partie deux mois en Irlande pour un article sur un explorateur. Je rêvais de rédiger des papiers prestigieux qui me permettraient de découvrir plein d'endroits différents, d'aller à la rencontre d'autres cultures et de croiser des destins plus grands que le mien.

– Vous dites ça sérieusement ? lâchai-je, en pensant rêver. Je pourrai voyager et écrire des articles de fond ?

– Si Connor accepte, vous pourrez écrire sur ce que bon vous semble, dit-elle en levant brusquement la main. Dans la limite du raisonnable, évidemment.

– Bien sûr.

– Donc, poursuivit-elle en plissant les yeux, vous êtes d'accord ?

Pourquoi Connor obsédait-il autant les gens ? C'était dingue que Maiv me supplie pour un article sur lui. Bon, elle ne se mettait pas à genoux, mais quand même !

J'acquiesçai.

– Pas de problème. Je ferai en sorte qu'il accepte dans les plus brefs délais.

– D'ici vendredi.

– Vendredi ? Mais… dis-je en déglutissant péniblement. Ce vendredi ?

– Oui.

– Dans à peine deux…

– Si vous n'y arrivez pas…

– Non ! Non ! Je vais y arriver. C'est presque comme si c'était fait. Connor Roe fera la une du magazine en septembre. Sûr et certain, parce qu'on est bons copains. *Friends. Amigos.* Comme Phoebe et Joey. C'est tout nous, ça ! Comme cul et chemise…

– Aaliyah ?

– Oui ?

– Vous pouvez quitter mon bureau à présent.

– D'accord. Merci, Maiv, pour cette opportunité. Obtenir le job de mes rêves après avoir démissionné, ce n'est peut-être pas mérité, mais je vous remercie du fond du cœur.

– C'est bien ça, votre rêve ?

– Absolument.

– Alors je vais vous confier une chose que j'ai apprise au bout de cinq divorces : ne jamais laisser tomber un rêve pour un homme. Les hommes meurent, les rêves jamais.

– Merci du conseil, dis-je, un peu perplexe. Attendez, vous voulez dire que tous vos maris sont morts ?

Elle haussa les épaules.

– Certains, je les considère comme morts. Pour les autres, sans doute des accidents.

– Sans doute ?

Elle sourit de nouveau, mais ce n'était pas le moment de lui faire un clin d'œil.

– Que faites-vous encore là ? demanda-t-elle.

– Pardon ! Au revoir !

J'avais l'impression de flotter sur un petit nuage. Après une semaine d'enfer, le soleil semblait briller de nouveau sur ma vie. Je me ruai dans le métro, en sifflotant, jusqu'à ce que je m'arrête net et prenne conscience de la réalité.

J'avais promis à Maiv d'obtenir un entretien exclusif avec Connor pour le magazine. Or, il était opposé aux interviews. C'était sa règle. Et puis, cet homme m'avait déjà tellement donné de son temps et de sa gentillesse, bien plus que je ne le méritais.

J'espérais ne plus jamais revoir quelqu'un de l'entourage de Jason, mais sans l'aide de Connor, j'allais me retrouver sans travail et probablement à la rue. Alors que, grâce à lui, je pouvais obtenir le poste de mes rêves.

Je n'avais pas le choix. De nouveau, il me fallait implorer.

CHAPITRE 19

CONNOR

– Je vous en prie, arrêtez de pleurer, suppliai-je Rose, assise devant mon bureau.

Je redoutais d'avoir cette conversation avec elle, mais je la savais inévitable.

– D'accord, répondit-elle sans toutefois rien changer.

Des larmes de crocodile.

C'était gênant. Je voulais qu'elle arrête de pleurer. Je n'aurais pas dû avoir de la peine pour elle, mais il suffisait qu'une femme sanglote devant moi pour que je veuille la réconforter. Même si Rose était en tort, elle était humaine et ses pleurs – quoique causés par son regret d'avoir été surprise chez moi – demeuraient une manifestation de sa souffrance.

Je lui tendis un mouchoir.

Elle se moucha bruyamment, puis renifla de plus belle.

– Je… je sais que vous allez me virer, et…

Encore plus de larmes. Elle craquait et j'avais pitié d'elle. C'était vraiment pathétique.

Je me tins plus droit sur mon siège tandis qu'elle baissait les épaules, son mouchoir à la main.

Soudain, je pensai à Aaliyah et à ce que Rose lui avait fait. Alors toute forme de culpabilité s'envola promptement.

– Oui, je vous licencie.

– Vous n'êtes pas sérieux ? s'exclama-t-elle, sous le choc. Je suis une des meilleures employées de la boîte ! C'est n'importe quoi !

Elle se fichait de moi ? À quoi rimait ce brusque changement de personnalité, digne de *Docteur Jekyll et Mr. Hyde* ? Je clignai des yeux. Ce n'était plus la même personne. Son attitude avait changé. La jeune fille timide et stressée que je connaissais avait fait place à une femme prétentieuse et mal lunée.

Punaise.

Damian avait raison.

– Ça n'a rien à voir avec votre travail…

– Vous ne pouvez pas faire ça ! s'écria-t-elle en me coupant la parole. D'ailleurs, c'est moi qui démissionne. Je suis bien trop parfaite pour cet endroit et je ne veux plus de votre stupide poste. Je suis sexy. Je peux obtenir du travail où je veux. Jason me l'a dit.

Parce qu'il voulait coucher avec toi.

– Ce n'est pas le propos. Ce qui s'est passé ce week-end est inexcusable. Vous vous êtes introduite chez moi !

– Je ne savais pas que c'était votre appartement ! Comme si ça arrangeait la situation !

– Saviez-vous que Jason allait se marier ? Ce détail vous aurait-il échappé ?

Elle regarda par terre, mal à l'aise.

– Il a dit qu'il ne l'aimait pas.

– Je me fiche de savoir ce qu'il vous a dit, Rose. Vous valez mieux que ça.

– Qu'importe. J'en ai assez.

Elle se leva et avança vers la porte.

– Rose ?

– Oui ? fit-elle en se tournant vers moi.

– Qu'est-ce que Jason vous a dit pour que vous puissiez croire que c'était une bonne idée ?

– Il trouve que j'ai du talent. Il est persuadé qu'un jour j'aurai du succès. Il croit en moi. Jamais quelqu'un de sa stature ne m'avait dit ça.

– Il n'a peut-être pas tort. Seulement, il l'a dit pour obtenir vos faveurs. Les hommes sont fourbes. Ne les laissez pas gâcher votre avenir en croyant leurs mensonges.

– Les femmes aussi peuvent être fourbes, M. Roe. Je suis assez grande pour savoir ce que je fais.

Quand elle sortit, Damian entra, exactement comme l'autre jour. Mais pour la première fois depuis qu'elle travaillait là, il lui adressa la parole.

– Au revoir, Rose, lança-t-il catégoriquement.

– Va te faire foutre, Damian, aboya-t-elle.

Puis il ferma la porte derrière elle.

– J'adore quand la poubelle se sort toute seule, observa-t-il sèchement en s'installant devant mon bureau. Bon ! ajouta-t-il en claquant dans ses mains. C'est le moment où je peux te dire : « Je te l'avais dit », hein ?

– Bien vu.

– Un jour, tu finiras par m'écouter, dit-il en ouvrant son porte-documents avant de glisser quelques feuilles devant moi. Comme je sais que tu étais déçu d'avoir raté le bien de Brooklyn, j'ai passé le week-end en quête de possibles endroits et j'ai trouvé une propriété à l'abandon dans le Queens. Ça devrait te plaire. Elle n'intéresse pas beaucoup de monde pour l'instant. J'ai passé quelques coups de fil pour en savoir plus. C'est parfait pour ton rêve.

Il parlait avec une telle nonchalance de tout ce qu'il avait fait pour dénicher un bien et me faire plaisir. On aurait dit que ce n'était pas vraiment important, alors que si, ça comptait énormément ! Damian ne témoignait jamais d'affection envers qui que ce soit, mais ce qu'il avait fait démontrait qu'il était attaché à moi.

J'esquissai un sourire en coin.

– Tu m'aimes, pas vrai ?

Il leva les yeux au ciel.

– Ne cherche pas à me mettre mal à l'aise.

– D'accord, mais… dis-je en souriant de plus belle, je ne me trompe pas, hein ?

Il se leva de sa chaise.

– Cette conversation est terminée.

– Moi aussi je t'aime, Damian, criai-je.

Même s'il me tournait le dos, je savais qu'il avait levé les yeux au ciel.

– Au fait, la fille qui s'est fait planter le jour de son mariage a appelé. Elle voudrait te voir demain. Je lui ai dit que tu n'aurais sans doute pas le temps de…

– Rouge ?

– Quoi ?

Je secouai la tête.

– Aaliyah ? Elle a appelé.

– Oui. Elle veut te parler, mais ton emploi du temps est plein et…

– Annule mon rendez-vous de neuf heures. Rappelle-la et dis-lui que je l'attends.

Il haussa un sourcil.

– Tu n'annules jamais de rendez-vous.

– Eh bien là, oui.

J'ignorais pourquoi, mais revoir Aaliyah me paraissait beaucoup plus important qu'une réunion quelconque. Depuis qu'elle était réapparue dans ma vie, je n'arrêtais pas de penser à elle.

CHAPITRE 20

AALIYAH

J'avais passé la nuit à faire des recherches sur Connor. Quelle ne fut pas ma surprise lorsque je découvris à quel point il était influent ! Non seulement, il s'était bâti un empire en partant de rien mais, en plus, il veillait à redistribuer sa fortune à différentes associations. Toutefois, ce n'était pas chose aisée de trouver des renseignements sur lui, étant donné qu'il n'avait encore jamais accordé d'interview.

D'après le peu d'informations disponibles, Connor était un homme droit qui respectait avec beaucoup de scrupules son code moral, ce qui concordait avec l'image que je m'étais faite de lui quelques années auparavant. Jason ne se montrait pas aussi magnanime que son associé avec ses richesses, sans doute parce qu'il avait grandi dans un environnement privilégié et qu'il n'avait pas eu à se battre un seul jour de sa vie pour avoir de l'argent. Il semblait bien que Connor ait dû se défendre bec et ongles pour chaque centime gagné.

Le lendemain matin, je me trouvai devant le siège de Roe Immobilier, stressée comme jamais et un bouquet dans les mains. Quoi offrir à une personne que l'on doit supplier de nous accorder une interview exclusive ? Des roses rouges et blanches, bien sûr. La boîte de chocolats sous mon bras, c'était ma solution de rechange, au cas où les fleurs ne soient pas son truc.

Lorsque j'avais appelé les bureaux de Connor pour demander un rendez-vous, j'avais été surprise qu'il accepte aussi rapidement de me voir. C'était pourtant un homme très occupé. Et, dernièrement, j'avais déjà suffisamment abusé de son temps.

Dans l'ascenseur, mes pensées fusaient. Quand j'en sortis, la réceptionniste écarquilla les yeux en voyant les fleurs et la boîte de chocolats, comme si j'étais folle.

– Bonjour, je peux vous aider ?

– J'ai rendez-vous avec Connor.

– Vous êtes Aaliyah ?

– Oui. J'attends ici ou…

Avant que je ne termine ma phrase, la porte conduisant vers les bureaux s'ouvrit. Un jeune homme maussade me fixait du regard. Son costume noir était assorti à la couleur de ses cheveux bouclés. Il était grand et bien bâti, les bras moulés par le tissu de sa chemise. Ce n'était pas un mec qu'on avait envie d'emmerder, au risque de mourir sous son regard noir, tout à fait l'opposé de Connor qui dégageait quelque chose de lumineux et d'accueillant.

Tandis qu'il me scrutait, je fus prise d'un frisson qui me fit lâcher la boîte de chocolats. Celle-ci tomba par terre.

– Aaliyah ? demanda-t-il, plongeant son regard sombre dans le mien.

– Euh… oui !

– Vous êtes là pour Connor ?

– Oui ? répétai-je, incertaine.

Il hocha la tête.

– Suivez-moi.

Je jetai un coup d'œil à la réceptionniste pour vérifier que cet homme n'allait pas me tuer, mais elle était déjà passée à autre chose. Alors je le suivis dans le couloir, le ventre noué. Je me sentais ridicule avec mon bouquet. Il n'y avait que moi pour avoir la bêtise d'offrir un bouquet à un homme.

Probablement par désespoir de cause.

Il s'arrêta devant la porte d'un bureau et frappa deux fois avant qu'on lui dise d'entrer.

– Aaliyah est là pour votre réunion, déclara-t-il en hochant la tête vers moi.

À l'intérieur, Connor se leva promptement de son fauteuil. Il portait une chemise bleu clair et un pantalon de costume bleu marine. S'il avait les mêmes goûts que Jason, sa ceinture devait coûter bien plus cher que toute ma garde-robe réunie.

– Merci, Damian. Tu peux fermer la porte derrière toi, dit Connor en faisant un signe à l'homme qui m'avait escortée. Aaliyah, viens t'asseoir.

Alors que j'avançai vers la chaise, il fit claquer sa main sur sa hanche.

– Attends, Damian ! J'ai failli oublier !

– Non, pas maintenant, je t'en supplie, lâcha Damian d'un ton sec.

– La blague du jour ! Tu ne pourras pas y couper, insista Connor.

Damian poussa un soupir.

Leur relation professionnelle était plutôt inhabituelle. Si je m'étais adressée à Maiv ainsi, c'était la mort assurée. Motif du décès : coup de talon dans les fesses.

Connor fit le tour de son bureau, s'assit au bord, puis il croisa les bras et esquissa un sourire malicieux.

– Pourquoi le hibou est-il heureux ?

Damian souffla avec exagération.

– Je ne sais pas, Connor.

Un rire enfantin secoua Connor avant qu'il n'annonce fièrement :

– Parce que sa femme est chouette !

Je ne pus m'empêcher de rire. C'était à la fois drôle et ringard, tout ce que j'aimais.

– Je vous en prie, Aaliyah, ne l'encouragez pas. Ça le pousse à trouver des blagues encore plus nulles, dit Damian d'une voix morne.

Connor fit un geste vers moi.

– Elle a le sens de l'humour, elle ! Reconnais qu'elle est bien bonne.

– Pas mal, dis-je, mais je suis déçue que tu recycles toujours les mêmes blagues.

Connor fronça les sourcils.

– Je t'ai déjà raconté cette blague ?

– Ouais, il y a deux ans.

– Zut… J'ai des progrès à faire. Mais c'est dingue que tu t'en souviennes !

– Que veux-tu ? Tu m'avais impressionnée.

– Vous vous connaissez ? demanda Damian, confus.

– On s'est rencontrés un soir d'Halloween, il y a deux ans, expliquai-je.

Je fus surprise de voir que Damian paraissait un peu intrigué. Je pensais qu'il ne savait se montrer que morose.

– C'est elle ton Petit Chaperon rouge ?

Connor avait l'air gêné. Moi, je souriais avec malice.

– Alors, comme ça, tu parles de moi ?

– Pas vraiment, déclara-t-il calmement.

– Tu te fiches de moi ? Tu n'arrêtais pas de parler de cette fille qui avait changé ta vie. Tu répétais qu'elle était parfaite, merveilleuse, impressionnante…

– Écoute, Damian, ce n'est pas le moment pour toi de devenir soudainement bavard. Retourne travailler, dit Connor en l'invitant prestement à quitter la pièce.

Puis il s'empressa de refermer la porte derrière lui. Quand il se retourna vers moi, il ressemblait à un enfant pris en flagrant délit.

– Je te jure ! D'habitude il ne parle pas. Mais aujourd'hui, il a décidé de vider son sac, dit-il en secouant la tête.

– Apparemment, moi aussi je t'ai impressionné.

Il sourit.

– Évidemment.

Son visage s'illumina de joie avant de s'assombrir. Je remarquai que son regard trahissait son inquiétude.

– J'étais étonné que tu veuilles me voir, dit-il, sourcils froncés. Comment vas-tu ?

Pourquoi cette question me donnait-elle autant le vertige ?

Je secouai la tête et haussai les épaules.

– Pas fort. Mais ce n'est pas pour ça que je suis là, dis-je en lui tendant mes présents. Tiens, c'est pour toi.

Il leva les sourcils, intrigué.

– Dis donc ! Merci.

– De rien. Je ne sais pas si les hommes aiment qu'on leur offre des fleurs, mais moi j'adore ça. J'ai choisi des roses parce que c'était le moins périlleux. En ce qui me concerne, je préfère les tournesols. Enfin, bref, voilà pour toi.

Il se pencha pour sentir les roses.

– J'avoue que c'est la première fois qu'on m'offre des fleurs. Je ne sais pas si j'ai un vase.

– Je n'y ai pas pensé ! J'aurais dû prendre un vase. Si tu veux, je peux aller…

Je me levai, mais il leva la main.

– Non, reste assise. Je demanderai à mon assistante d'en trouver un. Merci en tout cas, même si je ne comprends pas vraiment pourquoi tu m'apportes tout ça.

– C'est le moins que je puisse faire, tu m'as rendu grandement service samedi. Moi je t'ai fait perdre beaucoup de temps. Je sais que tu en as peu. Je fais toujours attention à ne pas gâcher mon temps ou celui des autres, mais il file tellement vite, et puis après c'est trop tard. Donc je pensais que…

– Aaliyah.

– Oui ?

– Tu parles à cent à l'heure.

– Je sais, désolée…

J'étais si anxieuse, comme en témoignaient mes mains moites.

– C'est le stress, poursuivis-je.

– Ne sois pas stressée. Pas de ça entre nous. Honnêtement, ce n'était pas la peine de m'apporter des cadeaux. Je n'ai absolument pas perdu mon temps avec toi.

Il se comportait beaucoup trop gentiment avec moi, alors que je m'étais montrée sous un jour si désastreux. Seulement, Connor n'était pas du genre à jeter la vérité en pleine figure. Je lui en étais si reconnaissante.

Nous restions immobiles à nous sourire, baignant en pleine guimauve. Mais j'essayais de toutes mes forces de prononcer les mots qui devaient sortir de ma bouche.

– Ce n'est pas la seule raison pour laquelle je t'ai fait ces cadeaux, avouai-je. Bon sang ! Il fait chaud ici.

Je me mis à secouer mon chemisier pour tenter de dissiper ma nervosité.

Connor haussa un sourcil.

– Il y a la clim, mais je peux demander à mon assistante de t'apporter un verre d'eau, dit-il en prenant son téléphone.

– Non, ça va merci. Je suis un peu nerveuse, c'est tout. En fait, j'ai un service à te demander.

– Ah oui ?

Je claquai mes mains avant de les poser sur mes cuisses.

– J'aurais souhaité t'interviewer.

Il hocha la tête d'un air interloqué.

– M'interviewer ?

– Oui. Je sais que ça paraît dingue, mais je travaille pour *Passion Magazine*. Enfin, j'y travaillais. J'ai démissionné avant le mariage puisqu'il était prévu que je parte en Californie avec Jason et donc, maintenant…

Ma voix s'enlisait car ce qui m'avait conduit dans cette situation me revenait en tête. À cause de ça, j'allais devoir implorer Connor de m'aider.

Je me raclai la gorge et clignai plusieurs fois des yeux avant de plaquer un sourire sur mon visage :

– Hier, j'ai essayé de récupérer mon poste chez *Passion*. Seulement, ma patronne t'a vu le jour du mariage parmi les invités. Je ne sais pas si tu es au courant, mais les médias se battent pour obtenir une interview de toi.

Plus je parlais, moins les yeux de Connor brillaient.

– Pour dire les choses sans détour : ma patronne accepte de me redonner du travail à condition que tu veuilles bien accorder un entretien exclusif à *Passion* d'ici vendredi.

Il faisait la grimace, assis sur son bureau, jambes étendues devant lui et chevilles croisées. Il glissa les mains dans ses poches et fronça encore plus les sourcils à mesure qu'il se rendait compte de ce que je lui proposais.

– Je suis désolé, Aaliyah, je n'accorde pas d'interview.

– Je comprends tout à fait. Mais sache que *Passion* ne fait pas des interviews comme les autres. Notre objectif consiste à montrer les personnes sous leur meilleur jour, à rédiger des textes inspirants, qui encouragent nos lecteurs à rêver en grand. J'ai passé la nuit à faire des recherches sur toi – du moins, sur ce qui est de notoriété publique. Ton parcours est remarquable. Ça pourrait être bénéfique à plein de gens de connaître toute ton histoire.

Il se gratta sa barbe bien entretenue.

– J'entends bien, mais désolé, c'est non. Je pense qu'il est important de garder un jardin privé. Dès qu'on invite les médias, dès qu'ils s'en mêlent, tout devient compliqué, mal interprété. Je ne veux plus de remue-ménage dans ma vie. Je veux juste agir avec bonté, même si cela reste secret.

Quel coup dur ! Je ne pensais pas pouvoir souffrir davantage. Mais j'étais dévastée.

Toutefois, impossible de tenir tête à Connor, car il avait raison. Une fois qu'on ouvre la porte aux médias, ils s'octroient le droit de s'immiscer dans la vie privée des gens quand bon leur semble. Il devient alors difficile d'exiger de l'intimité une fois qu'on a invité le monde entier dans sa vie.

J'entrouvris les lèvres pour dire quelque chose susceptible de le convaincre, mais rien ne me vint.

Il fit une moue navrée.

– Je suis vraiment désolé.

– Ce n'est pas grave. Je comprends. Merci d'avoir accepté de me voir. Et encore merci pour tout ce que tu as fait pour moi samedi. C'était au-delà de mes espérances.

Je pris une profonde inspiration et me levai. Mon esprit avait cédé à la panique lorsque je tournai le dos à Connor pour quitter son bureau.

– Aaliyah ?

Il s'était levé.

– Oui ?

– Je suis désolé pour ce que Jason t'a fait. Tu ne méritais pas ça. Mais… (Il fit quelques pas vers moi et baissa la voix.) Entre nous, je pense que c'est mieux ainsi.

– Si seulement j'arrivais à y croire !

– Va jusqu'au bout de tes peines. Un jour, tu iras mieux.

– C'est comme ça que ça marche ?

– Oui.

– Promis ?

– Je te le promets, Rouge.

Chaque fois qu'il m'appelait ainsi, je me sentais un peu moins seule.

Je voulais y croire, mais des larmes m'échappèrent. Je les essuyai rapidement, en secouant la tête et en marmonnant des excuses. J'étais encore en train de craquer devant lui. Il saisit rapidement un mouchoir pour moi.

– Je suis tellement gênée. D'habitude, je ne suis pas comme ça. Je ne pleure presque jamais. Sauf quand je regarde des vidéos de soldats qui rentrent chez eux à l'improviste pour faire une surprise à leur famille. Elles me font toujours pleurer comme une Madeleine. Celles des animaux qui ont vécu un drame et retrouvent une famille aimante, aussi. Ça me bouleverse. Mais là, j'ai déjà versé beaucoup trop de larmes. Tu es sans doute la personne qui m'a vue le plus pleurer dans ma vie.

– J'ai eu un accès VIP à tes émotions, plaisanta-t-il. Ne t'inquiète pas, tu es entre de bonnes mains.

– J'aimerais qu'on arrête de se voir dans ces conditions malgré tout, tant que j'ai le cœur brisé.

– Avec un peu de chance, la prochaine fois, tu seras en train de vivre ton conte de fées.

Je me forçai à sourire, mais il voyait bien qu'il n'était pas sincère. Il m'observait, l'air de vouloir dire quelque chose, sans toutefois trouver les mots. J'interprétai ça comme le signe qu'il était temps de quitter son bureau et de le laisser reprendre le cours de sa vie. J'avais suffisamment usé de son temps.

Il regarda par terre une seconde, puis croisa de nouveau mon regard.

– Aaliyah ?

– Oui ?

– Je peux te prendre dans mes bras ?

Je hochai lentement la tête.

– Oui.

Il s'approcha et passa ses bras autour de moi comme une couverture. Il me serra fort et je me blottis contre lui. Je n'avais pas réalisé à quel point j'avais besoin de son réconfort.

Je le humai, sentis son parfum contre mes vêtements, posai ma joue contre sa poitrine tandis qu'il déposait son menton sur ma tête. Je restai ainsi jusqu'à avoir l'impression de frôler son âme.

Tout à coup, je le lâchai.

– Je vais te laisser tranquille une bonne fois pour toutes. Merci de m'avoir reçue ce matin. Et, Connor ? Merci d'être… toi.

– Je te souhaite le meilleur, Aaliyah. Ça va aller.

On aurait dit que c'était vrai. Comme si tous ces malheurs ne devaient pas m'empêcher d'aller mieux.

– En l'espace de quelques jours, j'ai perdu mon fiancé, ma maison et le travail de mes rêves. J'ai du mal à croire que ça va puisse aller mieux, mais j'apprécie ta bienveillance. Oh ! Avant que j'oublie…

Je sortis un billet de deux dollars de mon sac à main et le plaçai sur son bureau.

Cela le fit rire.

– Tu honores notre pari ?

– Je suis une femme de parole.

Il m'adressa un sourire triste que je lui rendis avant de tourner les talons. Mais avant de partir, j'avais une dernière chose à lui dire :

– Mes recherches d'hier soir m'ont rendu vraiment fière de toi, de tout ce que tu as accompli dans ta vie. Tu as réalisé tes rêves et, en plus, tu acceptes de partager sans compter ta fortune. C'est tout à ton honneur. Mais je doute que ça ait de l'importance, venant de moi.

– Si. Justement, ça a de l'importance parce que ça vient de toi.

***

Plus tard dans la soirée, alors que je cherchais du travail sur Internet, je fus surprise d'entendre sonner mon téléphone. Nouveau mail de Connor.

De : connor.roe@roe-immobilier.com
À : aaliyahwinters@passion.com
Objet : Samedi

Rouge,
Tu m'as convaincu.
Si ça t'intéresse, demain j'organise une journée portes ouvertes pour la vente d'une grosse propriété. Il n'y

aura pas meilleur moment pour commencer l'interview et me voir à l'œuvre au travail. Retrouve-moi à l'angle de Smith et Hadley à 10 h. Je te laisse mon numéro, si jamais tu as des questions ou si tu te perds. Sache que tu peux me contacter à n'importe quelle heure du jour ou de la nuit.

Ton Captain
PS : Bientôt tu iras mieux.

CHAPITRE 21

CONNOR

Ma mère croyait à la magie de l'esprit. Selon elle, la vie nous laissait des indices quant au chemin qu'il nous fallait prendre. Elle aurait forcément interprété les événements de ces dernières semaines comme des signes de l'univers.

Ce serait mentir de ne pas reconnaître que je pensais la même chose.

Aaliyah faisant réapparition dans ma vie, ça devait nécessairement dire quelque chose, n'est-ce pas ? Du moins, je l'espérais. En tout cas, je n'étais pas près de la laisser tomber. D'un côté, j'exécrais l'idée d'accorder une interview exclusive, laissant les gens s'immiscer dans une partie de ma vie. Mais de l'autre, j'appréciais qu'Aaliyah puisse entrer un peu plus dans mon existence. Certes, je n'avais pas le temps d'avoir une vie en dehors du travail, mais cet entretien était lié au travail ! J'avais accepté une proposition professionnelle de plus, voilà tout.

C'est vain d'essayer de te convaincre que tu ne cherches pas à passer du temps avec Aaliyah, mec.

– Mon petit doigt me dit que je vais être émerveillée par cette propriété à vendre.

Aaliyah s'avançait vers moi sur le trottoir.

Elle était éblouissante, comme toujours. Réalisait-elle combien elle était belle ? Naturellement belle, sans avoir besoin d'en faire beaucoup. Elle avait coiffé ses cheveux en chignon, avait appliqué du rouge à lèvres et portait une robe blanche serrée à la taille, qui mettait en valeur sa morphologie. Les courbes de son corps étaient renversantes. Une femme qu'on n'oublie pas.

– Je crois que la plupart des gens seraient émerveillés par cette maison. Elle est immense.

– J'ai hâte !

– Moi aussi. Comment vas-tu ?

Elle esquissa un sourire.

– Bien.

– Dis-moi la vérité.

Son sourire s'effaça.

Sois honnête avec moi, Rouge.

– Ça dépend des jours. Là, ça va.

– Tant mieux.

– Merci d'avoir accepté l'interview. Sache que je vais tout donner pour ce projet, Connor. Je vais me démener pour que cette expérience te soit profitable, promis, dit-elle en se balançant nerveusement sur ses talons, la bouche crispée.

C'était une des rares personnes qui restaient belles en faisant la grimace. Elle poursuivit :

– Je ne veux surtout pas que tu penses que je me sers de toi. Je suis vraiment intéressée par ton histoire.

– Tu peux te servir de moi. Si quelqu'un doit se servir de moi, j'aime autant que ce soit toi.

Elle se mit à rougir légèrement.

– Comment se fait-il que tu sois aussi gentil qu'avant ? La ville ne t'a pas encore transformé en un être blasé ?

– Je rentre souvent chez moi dans le Sud. Mes racines me font garder les pieds sur terre.

Les épaules relâchées, elle me fixa. Ses yeux doux affichaient sa confusion.

– Pourquoi as-tu fini par accepter ? Tu paraissais certain de ne pas être intéressé.

Je n'avais pas de réponse claire à ça. Parce que je ne pouvais la quitter des yeux ? Parce que je ne cessais de penser à elle ? Parce que j'avais longtemps espéré la recroiser ? Parce que quand elle était triste, je voulais tout faire pour la rendre heureuse ?

Parce qu'elle méritait un peu de bonheur après tant de malheur ?

– Voici deux ans, dans la ruelle des vœux, j'avais demandé plus de nuits avec toi. Ce serait bête de tirer un trait sur un vœu qui vient de s'exaucer.

– C'est un sacré don que tu as.

– Quoi donc ?

– Tes étincelles d'amour. Elles aident les gens à oublier momentanément leur tristesse.

***

– C'est pas croyable !

Aaliyah visitait le penthouse, l'air ébahie. Je lui avais proposé d'arriver plus tôt pour lui montrer tous les petits détails de l'organisation avant l'arrivée des acheteurs.

Nous nous trouvions dans une propriété estimée à trente millions de dollars – loin d'être le bien le plus cher que je lui montrerais pour son article. Ce duplex bénéficiant d'une double hauteur sous plafond constituait de toute évidence un lieu de vie incroyable. Perché à trois cents mètres dans le ciel, il offrait une vue époustouflante sur New York. Le panorama comprenait la rivière Hudson, la statue de la Liberté et la silhouette des gratte-ciel de Manhattan. En tout, cinq cents mètres carrés d'opulence : quatre chambres, six salles de bains, une salle de cinéma et une cuisine sur-mesure, des appareils dernier cri, un garde-manger secret et, cerise sur le gâteau, une alcôve pour lire. Sans oublier, bien sûr, l'ascenseur privé, la salle de gym, la salle de yoga, le spa et la piscine.

Je me tenais prêt à recevoir des offres.

– C'est dingue, n'est-ce pas ? acquiesçai-je. Une équipe va bientôt arriver pour tout astiquer et faire un agencement adéquat. Il y aura aussi un service traiteur.

– Connor ! Mais c'est un truc de fou ! s'exclama-t-elle.

Je lui souris. Elle était sous le choc. Comment lui en vouloir ? Moi aussi, quand j'avais mis les pieds pour la première fois dans une maison comme celle-ci, j'en avais ensuite rêvé pendant des semaines.

– Des gens vivent vraiment comme ça ?

– Une très petite minorité.

– Il faut beaucoup, beaucoup d'argent, marmonna-t-elle en caressant les coussins du canapé.

Puis elle retira brusquement sa main, comme si elle avait été prise en flagrant délit.

– J'ai le droit de toucher ?

– Bien sûr, répondis-je en riant. Tu peux même t'asseoir, si tu l'oses.

– Oh, non. Je ne suis pas du genre à oser faire des choses.

– J'ai du mal à y croire. Ce n'est pas toi qui as accepté un jour de sillonner New York avec un super-héros ?

Elle m'adressa un grand sourire. Pourquoi je sentais toujours un pincement au cœur lorsqu'elle me souriait comme ça ?

– Connor, tout est prêt. Il y aura une cinquantaine de potentiels acheteurs triés sur le volet. Nombreux sont ceux qui envisagent de faire une offre aujourd'hui. On verra ce que ça donne, expliqua Damian en avançant vers moi.

– Très bien. Il nous reste un peu de temps avant le branle-bas de combat. Damian, voici Aaliyah que tu connais déjà. Elle va nous suivre pendant quelques semaines parce qu'elle prépare un article sur moi.

Il haussa les sourcils.

– Comment ça, un article ?

– Tu sais… pour *Passion Magazine.*

Damian cligna plusieurs fois des yeux.

– Tu as accepté une interview ?

– Oui.

– Toi ! Pour qui c'était hors de question ?

– Absolument.

– Toi qui as refusé des propositions à des centaines de milliers de dollars ?

– Hmm-hmm.

– Tu sais que la dernière offre s'élevait à un demi-million ? C'est donc celle-ci que tu as choisie ?

Je secouai la tête.

– Non.

– Vous le payez combien ? demanda sèchement Damian à Aaliyah.

Elle lui sourit.

– À peine dix mille dollars. Mais il a demandé que cette somme soit reversée à une association caritative.

Damian me fusilla du regard, l'air de dire « Qu'est-ce qui te prend ? » et je lui lançai à mon tour un regard qui disait « Tais-toi et laisse tomber », et j'en fis de même. Parfois, je préférais communiquer avec lui sans parler.

– Ma patronne est persuadée que Connor Roe est un sujet très en vogue, expliqua Aaliyah.

– Sans doute parce qu'elle n'a rien de mieux à se mettre sous la dent, répondit Damian.

Aaliyah se mit à rire en secouant la tête.

– C'est vrai. Avec Connor, elle gratte les fonds de tiroir.

Comme son rire était merveilleux ! Intense et contagieux, il avait le pouvoir de se répandre jusque dans l'esprit des gens et de les faire rire à leur tour.

– Pas étonnant qu'elle jette son dévolu sur lui, faute de mieux, dit Damian.

– Elle a contacté des tas de personnes. Seul Connor a accepté, ajouta Aaliyah en se pliant au jeu de Damian.

La plupart des gens ne comprenaient pas son humour caustique qui passait souvent pour de l'impolitesse et du dédain. Mais Aaliyah parvenait à plaisanter avec lui.

– Je vous conseille de continuer à chercher, dit Damian.

Aaliyah secoua la tête et croisa les bras.

– Je sais. Je n'arrête pas de le répéter à ma patronne. Mais, malheureusement, nous devrons nous contenter de lui.

Damian esquissa un semblant de sourire. *Punaise ! Comment arrivait-elle à le faire sourire ?* C'était une sorcière ou quoi ?

– Faut que je retourne travailler. Tu veux bien raconter ta blague à Aaliyah et m'épargner cette corvée ? dit Damian.

– Pourquoi pas, répondis-je avant d'ajouter : au fait, Damian, je te propose de gérer la vente.

Surpris, il haussa un sourcil.

– T'es sérieux ?

– Je crois que tu es prêt.

– Je n'ai jamais vendu un bien aussi important, signala-t-il.

– C'est pour ça que je veux que tu t'en charges. Tu vas y arriver. Je ne reste pas loin, au cas où.

– Merci.

– Moi aussi, je t'adore, plaisantai-je en tapotant son dos.

Il partit s'assurer que tout était prêt. Je devinais qu'il était content. Même s'il n'avait encore jamais géré la vente d'un bien de cette envergure, je le savais tout à fait capable. Certes, il pouvait se montrer froid et mal luné en privé, mais devant des clients, il excellait à revêtir l'habit de vendeur. La transformation était d'ailleurs incroyable. Il parvenait à dégainer des sourires un peu forcés, à parler avec élégance et à charmer les gens sans aucun problème. Mais dès que les clients repartaient, il redevenait Bourriquet. L'art de la publicité mensongère.

Je supposais qu'après ces interactions prolongées avec d'autres personnes, si épuisantes pour lui, il avait un grand besoin de déconnexion.

Aaliyah continuait de sourire.

– Damian est tellement gentil.

– Gentil ? ricanai-je. La plupart des gens le trouvent insupportable.

– Je le trouve drôle. Il a un humour caustique. Mais il ne sourit pas souvent, hein ?

– J'attends encore de découvrir son sourire. Si ça se produit un jour, je ne sais pas comment je vais réagir.

Aaliyah laissa échapper un petit rire qui me ramena au soir d'Halloween. Son rire était imprimé en moi.

– Allez viens, dis-je en lui tendant la main. Je te montre le reste avant que les acheteurs arrivent.

CHAPITRE 22

AALIYAH

Je savais que les gens riches existaient. J'étais loin d'être naïve à ce sujet. J'avais regardé suffisamment d'épisodes des *Kardashian* pour être au courant que certaines personnes avaient une vie tout à fait différente de la mienne. J'avais aussi vécu plusieurs semaines dans le penthouse de Jason. Pourtant, je n'avais encore jamais rien vu de tel que l'appartement dans lequel je me trouvais.

Je n'avais jamais approché autant de luxe, autant… d'argent. Je constatais bien que les acheteurs potentiels arrivés pour la visite faisaient partie de cette classe pouvant se permettre d'acquérir un bien immobilier de ce calibre. Leur comportement reflétait leur prospérité matérielle, leur richesse. Ils étaient tout à fait à l'aise entre ces murs. Je trouvais l'assurance qu'ils dégageaient inspirante.

Marie disait toujours que je devais me montrer plus confiante dans ces situations. Mais c'était dur pour moi. « Fais semblant, le reste suivra, ma chérie. »

Sa sagesse me manquait. Elle me manquait.

Connor avait passé la main à Damian pour la visite. Ce dernier était des plus avenants avec les clients. C'était la première fois que je le voyais sourire. Cela lui allait bien, il aurait dû le faire plus souvent.

Seulement, dès que les acheteurs s'éloignaient de lui, son sourire s'effaçait. Il redevenait sinistre. C'était drôle de voir combien Connor et lui étaient différents. Damian était l'ombre, Connor la lumière. Un équilibre idoine, semblait-il.

– Il est stressé, mais ça ne se voit pas, hein ? chuchota Connor.

Depuis l'autre bout de la pièce, nous observions Damian.

– Effectivement. Il s'exprime bien.

– Il peut renverser toute situation et charmer n'importe qui. C'est la première fois qu'il vend un bien aussi cher. Je suis sûr qu'il aura une offre d'ici la fin de la journée.

– Je trouve ça touchant de voir que tu lui fais confiance.

– C'est un bon gars qui n'a pas toujours eu une vie facile. Damian mérite une deuxième chance. Il ne rate pas un seul jour de travail. Tout ça prouve qu'il accomplira de grandes choses, dit Connor en caressant son nez du pouce. Changeons de sujet. Comment envisages-tu d'organiser l'interview ?

– J'étais justement en train de réfléchir aux prochaines étapes. J'ai choisi trois thèmes à explorer pour l'article. Pour ça, ce serait génial que tu me fasses découvrir trois endroits qui te rappellent ton passé, ton présent et ton avenir. Par exemple, là où on est aujourd'hui, c'est super pour comprendre ton présent. En fait, ce processus me permettra d'avoir une vision exhaustive de ton histoire et de ton destin.

– Début, milieu et fin.

– Comme un roman.

– Et si la fin était nulle ?

Je lui souris.

– La fin de l'histoire de Captain America ne peut pas être nulle.

– Ça me plaît que tu m'appelles encore Captain.

– J'aime bien quand tu m'appelles Rouge.

Il esquissa un sourire avant de tourner la tête. On aurait dit qu'il voulait ajouter quelque chose mais avait changé d'avis au dernier moment.

– Dois-tu m'informer d'autre chose ?

– J'ai des dates à te proposer pour les séances photo. Je sais que tu es un homme débordé, on pourra s'adapter. Je t'en propose cinq. Ensuite, il faudra choisir le photographe et le lieu.

– Je ne sais pas jouer au mannequin, avertit-il.

– Tu n'as pas besoin d'en faire beaucoup pour être sexy, crois-moi.

– Tu viens de dire que je suis sexy ?

Je me sentis rougir et détournai le regard. Je me mis à observer un couple ouvrant les placards de la cuisine.

– Ne joue pas les surpris. Tu le sais ! Tout le monde dit que tu es le célibataire le plus sexy de New York.

– C'est ce qu'on dit de moi ?

– Oui ! Ça ne m'étonnerait pas qu'ABC t'appelle pour faire l'émission *Le Bachelor*.

– Hors de question. Jax, mon meilleur ami, regarde parfois cette émission. Un jour, j'ai vu ça avec lui. C'est nul ! Jamais je ne pourrais participer à un truc pareil.

– Pourquoi donc ?

– Je refuse de me plier à ce défilé de filles. C'est comme essayer des voitures sans vraiment avoir envie de les acheter. Et tout ça sous le regard du monde entier.

– Parfois, il vaut mieux goûter différents fruits pour savoir ce qu'on préfère.

– Sauf que là, il s'agit de croquer dans une banane alors qu'on mastique encore une pêche.

Cela me fit rire.

– Tu as fait exprès de choisir des fruits aussi sexuellement connotés ?

– Pardon ? Pour la banane, je veux bien, mais qu'est-ce qu'il y a de sexuel dans une pêche ?

– T'es sérieux ?

– On ne peut plus sérieux.

– J'y crois pas une seconde.

– Et si je te dis que ton sourire est magnifique, tu y crois ?

Je sentis une vague de chaleur dans ma poitrine, mais je levai les yeux au ciel pour ne pas me trahir.

– Mon Dieu, Bachelor ! Ces phrases bateau, ça fonctionne vraiment avec les autres femmes ?

– Tu veux la vérité ?

– Oui.

– Ça fonctionne avec les autres.

Je lui donnai un coup de coude.

– Laisse-moi deviner : là, tu vas me dire je ne suis pas comme les autres, c'est ça ?

– Non, je n'ai jamais compris ce truc, dit-il en haussant les épaules. Qu'est-ce qu'il y a de si terrible à être comme les autres femmes ? Elles sont toutes incroyables. Les hommes se servent de cette phrase pour flatter une femme en dénigrant les autres. Complimenter quelqu'un en rabaissant les autres, quelle bêtise ! C'est digne d'un abruti.

– T'essaies de me baratiner ou quoi ?

– Non, juste de te tenir en haleine. Revenons à nos moutons. Enfin, à notre pêche.

– C'est quoi ton problème avec la pêche ?

– En quoi ça peut être sexuel ?

Je rougis de nouveau et il le remarqua, si bien que j'essayai de faire comme si de rien n'était.

– C'est l'émoji utilisé pour désigner les fesses. Des fesses… dodues, dis-je en accompagnant ma parole d'un geste mimant un derrière galbé, ce que je regrettai immédiatement, car Connor éclata de rire.

Il imita mon geste.

– Une pêche, donc.

– C’est ça.

– Les pêches ont du duvet, non ? Une prune ne serait pas plus adaptée ?

– Ce n’est pas moi qui fixe ces règles-là !

Il était tellement perplexe qu’il secouait la tête en signe de désapprobation.

– On devrait lancer une pétition pour l’utilisation de la prune à la place de la pêche.

– Si tu parviens à convaincre la génération Z, ça pourrait marcher. Il suffit de quelques TikTok avec des prunes pour que ça devienne viral.

– Tu es sur TikTok ? demanda-t-il.

– Seulement pour scroller. Je refuse de poster des vidéos, je n’aime pas qu’on me juge.

– Tu connais la solution pour arriver à ne pas se soucier du jugement des autres ? Il faut se mettre à nu, prendre des risques. C’est alors qu’on découvre que les opinions des autres ne comptent pas.

J’éclatai de rire.

– Je ne peux pas ! Ça me terrorise.

Il haussa les épaules.

– La vie est courte. Il faut en profiter pour être heureux.

S’il savait combien la vie pouvait devenir courte.

– Tu m’incites à prendre ce risque ? demandai-je.

– Oui ! Faut le faire souvent, dit-il avant d’esquisser une grimace. J’ai un aveu à te faire : je suis une célébrité sur TikTok.

– Mais non ! Je n'y crois pas, m'exclamai-je en riant.

Il posa ses mains sur son torse en plissant les yeux.

– Attends ! Pourquoi c'est si difficile à croire ? J'ai tout pour être célèbre sur TikTok, avec mes trois millions de followers.

– Quoi ? C'est dingue ! Mais qu'est-ce que tu y fais qui te rend célèbre ?

– Je donne des conseils en immobilier.

J'explosai de rire en renversant la tête vers l'arrière.

– C'est comme ça que tu essaies d'attirer notre génération sur TikTok ? En donnant des conseils en matière d'immobilier ?

– On n'est jamais trop jeune pour apprendre des choses dans ce domaine. Les gens se font souvent terriblement avoir lors d'un premier achat immobilier. Ils ont besoin d'être conseillés. De cette façon, je peux aider des gens dans le monde entier à trouver la maison de leurs rêves sans se ruiner.

– Je trouve ça admirable de ta part, mais il y a un truc qui cloche… Comment tu fais pour avoir autant de followers ?

Il se mordilla les lèvres.

– Qu'est-ce que tu caches ?

– Qu'est-ce qui te fait croire que je cache quelque chose ?

– Tu ne sais pas mentir. Je vois bien que tu ne me dis pas tout sur ton compte TikTok. Tu sais quoi ?

dis-je en prenant mon téléphone, je vais vérifier par moi-même…

– Attends ! dit-il en passant sa main sur mon écran. Bon, d'accord. Il n'y a pas que ça sur mon compte TikTok.

– Je t'écoute !

– Je donne ces conseils en dansant…

– Tu danses sur TikTok ?

– Mais je ne fais pas que ça dans la vie ! Arrête de me juger.

– Mais je ne te juge pas. C'est juste que je trouve ça hilarant que tu danses sur cette appli. Et tu fais ça torse nu ? demandai-je pour plaisanter.

À voir son expression, je fis un bond.

– C'est pas vrai ! Tu fais vraiment ça torse nu ?!

Je jetai un coup d'œil autour de nous pour être sûre que personne n'écoutait.

– Tu fais des selfies affriolants aussi ?

– Mais pas du tout, chuchota-t-il en se mordillant de nouveau les lèvres. Bon d'accord, j'en fais parfois, mais tu dois comprendre que… c'est l'offre et la demande qui régissent le monde.

– Donc tu offres tes conseils et on te demande des photos de tes abdos ?

Il esquissa un sourire malicieux.

– Tu penses que j'ai des abdos, Rouge ?

Je levai les yeux au ciel.

– Il suffit de regarder tes bras pour le deviner, Cap'.

– C'est ça qui t'a mis sur la piste ?

Souriant jusqu'aux oreilles, il fléchit son bras l'air de rien, à la manière de The Rock.

– Mon Dieu, arrête ! murmurai-je en rougissant. On nous regarde.

– Faut-il que je retire ma chemise pour montrer le reste ?

– Oui, mais en faisant une danse TikTok, dis-je en riant.

Même s'il était un peu gênant, par ses pitreries Connor me faisait rire comme jamais je n'avais ri depuis longtemps.

– J'adore t'entendre rigoler, dit-il en arrêtant de jouer l'idiot.

Et il suffit de ça pour que je passe du rire à l'évanouissement.

J'essayai d'ignorer le fait que j'étais extrêmement troublée, mais ça persistait.

– C'est fou comme c'est facile de plaisanter avec toi, avoua-t-il en glissant ses mains dans les poches de son jean. J'ai toujours eu beaucoup de facilités à interagir avec les gens – c'est dans mes gênes, je suis hyper-sociable –, mais avec toi, je ressens comme une évidence.

Il leva les yeux sur Damian qui lui adressa un signe de tête.

– Ces personnes avec qui Damian s'entretenait vont probablement faire une offre ce soir.

– Comment tu le sais ?

– Parce que Damian était à deux doigts de sourire. Le marché est conclu. On continue la visite ?

Alors que je lui emboîtai le pas, je me sentis soudain prise de vertiges. Je clignai plusieurs fois des yeux, mais ma vision était trouble. La pièce se mit à tourner de plus en plus vite, mon cœur battait à toute vitesse. J'essayai de m'appuyer contre mur le plus proche pour ne pas tomber.

Connor, pris de panique, s'approcha de moi.

– Aaliyah, qu'est-ce qui t'a…

Trou noir.

***

Syncope.

Nom féminin.

Définition : perte de connaissance temporaire due à une chute de la tension artérielle.

Terme médical pour désigner l'évanouissement.

Deux ans auparavant, je ne savais pas ce qu'était une syncope. D'ailleurs, je ne connaissais pas beaucoup de termes médicaux, je ne savais pas non plus à quoi ressemblait une chambre d'hôpital et j'ignorais qu'il pouvait s'écouler des heures avant d'être reçue aux urgences. Je regrettais ce temps-là.

Je m'étais retrouvée allongée sur un lit inconfortable. Je ne me souvenais pas de ce qui s'était passé. À mon réveil, j'avais vu Connor à mon chevet, le regard inquiet.

Le souvenir d'un choc à la tête m'était revenu. Après être tombée, j'avais placé mes mains sur la blessure, puis je les avais regardées. J'avais du rouge sur les doigts.

– Je saigne ? avais-je demandé.

– Tu t'es cognée à une table en tombant. Il faut qu'on aille aux urgences, avait dit Connor.

Je ne voulais pas aller à l'hôpital.

Connor n'était pas d'accord. Il craignait un traumatisme crânien.

Moi, j'avais peur pour mon cœur et peur de ce que les médecins diraient à ce sujet.

Je savais que ce n'était pas une raison valable pour refuser des soins. Seulement, chaque fois que je me rendais à l'hôpital, je ressortais avec une mauvaise nouvelle.

Je voulais juste être une fille normale, interviewer Connor, enquêter sur sa vie et devenir rédactrice en chef.

Mais Connor avait eu le dernier mot. J'étais épuisée ; ma tête me faisait trop mal pour argumenter.

Dans la chambre glacée, l'infirmière m'avait tendu des papiers à signer et mon ordonnance. On m'avait fait cinq points de suture sur le front et donné des médicaments pour m'aider à supporter la douleur.

Je savais que Connor se trouvait encore dans la salle d'attente. Cela me mettait terriblement mal à l'aise. Non seulement je m'étais évanouie devant lui mais, en plus, pendant qu'il travaillait. Je m'étais estropiée dans une maison de milliardaire et devant un tas de gens.

Certains jours, j'aurais tout donné pour ne pas être moi.

– Il faut que vous fassiez plus attention à vous, Mademoiselle. Quand vous ne vous sentez pas bien, asseyez-vous ou prenez appui contre un mur. Il faut bien s'alimenter pour ne pas avoir la tête qui tourne. Et surtout, n'avalez pas votre traitement pour le cœur le ventre vide. Par ailleurs, ce serait bien que vous preniez rendez-vous avec votre médecin traitant.

L'infirmière s'adressait à moi avec beaucoup d'empathie.

– Je le ferai, merci.

Elle m'adressa un sourire et me serra la main.

– Prenez soin de vous.

En deux ans, j'avais compris que les infirmières n'étaient pas suffisamment appréciées pour tout ce qu'elles faisaient pour leurs patients. Elles s'occupaient toujours de moi comme si je faisais partie de leur famille. Elles savaient comment me parler pour apprivoiser ma peur.

– Venez, dit-elle en souriant. Je vous raccompagne à l'accueil.

CHAPITRE 23

CONNOR

Je détestais les hôpitaux, en particulier les urgences, à cause des souvenirs de mon enfance. J'avais passé tellement de temps dans des hôpitaux, à attendre que ma mère s'en sorte. Elle ne me laissait jamais l'accompagner dans les salles d'examen tant que les docteurs n'avaient pas de meilleurs pronostics. Lors de son premier cancer, elle avait voulu à tout prix éviter de me faire peur.

Pour le deuxième, j'étais ado, donc en âge de comprendre. Mais elle ne m'autorisait toujours pas à l'accompagner. Elle me donnait suffisamment d'argent pour m'acheter de quoi grignoter dans les distributeurs des couloirs de l'hôpital. Dès lors, je m'étais promis d'avoir toujours du cash sur moi. C'était pratique, pendant que j'attendais qu'Aaliyah revienne dans la salle d'attente.

J'avais vidé le distributeur de tous ses paquets de Cheetos. On aurait dit que personne n'avait changé les produits depuis les années quatre-vingt, mais par chance, les chips étaient encore bonnes.

Lorsqu'Aaliyah revint, elle remercia abondamment l'infirmière, puis les dames de l'accueil. Elle était toujours si polie, même quand il n'y avait aucune raison de l'être.

Je me levai dès qu'elle m'aperçut. C'était si bon de voir qu'elle allait bien. Quand elle avait perdu connaissance, j'avais eu tellement peur qu'elle ne s'en remette pas. Elle avait heurté de la tête le coin d'une table basse.

– Avec le médicament que vous avez pris, vous serez légèrement dans les vapes, expliqua l'infirmière à Aaliyah avant de me jeter un coup d'œil. C'est vous qui la ramenez chez elle ce soir ?

– Oui.

– Très bien, rétorqua-t-elle avant de placer sa main sur le bras d'Aaliyah. Merci encore d'avoir prié avec moi pour mon fils. Ça me touche vraiment.

– Pas de problème, Janet. J'espère qu'il va réussir son audition, s'exclama Aaliyah. Contente de vous avoir rencontré, Randy ! fit-elle en saluant de la main une autre infirmière. Des Cheetos ? me demanda-t-elle.

Je venais d'engloutir les dernières chips du troisième paquet. Je le froissai, puis saisis le quatrième paquet et le lui tendis.

Elle froissa le nez et secoua la tête.

– Non, merci. Je déteste les Cheetos.

La femme parfaite révélait enfin son premier défaut.

– Cette critique n’est pas fondée, dis-je en secouant la tête, n’en croyant pas mes oreilles. Les Cheetos sont les meilleures chips du monde.

– Ce n’est absolument pas vrai. Elles ne sont même pas dans la liste des trois meilleures marques de chips.

– Première nouvelle ! Quelles sont les trois premières marques ?

Aaliyah fronça les sourcils et se mordilla la lèvre inférieure en réfléchissant.

– Alors en premier, il y a les Doritos, évidemment. Puis les Pringles, suivies de près par les Lays.

– Tu te fous de moi !

Elle haussa les épaules.

– Je refuse qu’un homme qui commande des nuggets à la place des wings me fasse la leçon.

– C’est délicieux.

– C’est abject ! Et les meilleures chips du marché, ce sont celles que j’ai citées.

– Tu me fais vraiment peur.

Elle se mit à rire.

– Alors dis-moi, quelles sont tes préférées ?

– C’est facile : les Cheetos, les Cheetos Puffs et les Cheetos Paws. Mais malheureusement ça fait des lustres que je n’ai pas trouvé ces pépites.

– Tu ne peux pas choisir que des Cheetos !

– Tu n’as clairement jamais goûté à ces variétés. Elles sont très différentes. Un jour, je t’initierai aux plaisirs de la meilleure chips du monde. Mais pour l’instant, je te ramène chez toi.

C'est alors que son téléphone sonna. En regardant l'écran, son sourire s'effaça.

– Tout va bien ? demandai-je.

– Non… c'est Jason. Il dit qu'il va passer chez moi ce soir, dit-elle avant de s'interrompre et de secouer la tête. Enfin, chez lui.

Elle avait le regard braqué sur l'écran. Je voyais bien que sa main tremblait.

– C'est le premier message qu'il m'envoie depuis qu'il est parti. Si tu savais le nombre de messages que je lui ai envoyés depuis le jour du mariage.

Elle leva l'écran vers moi et fit défiler la conversation. Des dizaines et des dizaines de messages où elle le suppliait de la contacter, de lui répondre et aucune réponse, jusqu'à ce soir-là.

Tout ce qu'il disait, c'était : « Salut. Je suis de retour. Je vais passer chez moi. »

Quel salaud !

Elle avait les larmes aux yeux. J'avais tellement envie de la prendre dans mes bras et de lui dire que tout irait bien.

– Je ne suis pas encore capable de le voir. Je ne peux pas retourner là-bas. Mon Dieu, je ne peux pas lui faire face, pas après ce qui s'est passé. Je ne suis pas prête !

– Tu resteras chez moi ce soir.

Je plaçai mes mains sur ses épaules, pour la calmer.

Ses intenses yeux noirs me dévisageaient avec inquiétude.

– Quoi ? Mais non ! J'ai déjà suffisamment usé de ton temps aujourd'hui, Connor. Je ne peux pas accepter que tu me recueilles comme un animal errant.

– Tu n'es pas un animal errant. Tu es une amie qui a passé une sale journée. En plus, à cause de ta blessure, tu ne peux pas rester seule.

Elle rit doucement, mais ce n'était pas par amusement. Plus par dépit.

– Cinq points de suture sur la tête.

– Il faut que quelqu'un veille sur toi cette nuit.

– Non, tout ce qu'il me faut, c'est prendre mes médicaments et me coucher.

– Écoute-moi, Miss Doritos, tu vas me laisser m'occuper de toi cette nuit.

– C'est un ordre ?

Je me mis à rire en terminant les Cheetos avant de jeter le sachet dans la poubelle.

– C'est un ordre officiel. Allez, viens, dis-je en lui tendant la main. Saute !

– Comment ça ?

– Saute dans mes bras. Je ne te laisserai pas marcher, tu es blessée.

L'étincelle dans ses yeux revenait peu à peu.

– Ne sois pas idiot, Connor. Je n'ai pas besoin que tu me portes dans tes bras. Ce n'est qu'une blessure à la tête.

– Si. Je vais te porter pour sortir d'ici, que tu le veuilles ou non.

– Eh bien, c'est non !

Elle n'aurait pas dû dire ça. En moins d'une seconde, je la soulevai dans mes bras tandis qu'elle hurlait de rire et me suppliait de la relâcher.

Elle riait, donc j'avais réussi mon coup.

Et puis, j'aimais sentir son corps contre le mien. C'était une telle évidence.

***

Arrivés chez moi, j'accompagnai Aaliyah dans la chambre d'ami.

– Repose-toi. Je vais aller récupérer les médicaments à la pharmacie.

– Tu n'es pas obligé de faire ça, Connor. Vraiment. Je peux m'en occuper.

– Je sais que tu peux le faire, mais c'est comme ça. Ne discute pas.

Elle hocha la tête et me tendit l'ordonnance. Pendant que je faisais la queue à la pharmacie, des tas de souvenirs que je voulais garder enfouis me revinrent. Faire la queue, attendre les médicaments pour ma mère. Chaque pas qui me rapprochait du comptoir me faisait mal au cœur. J'avais du mal à respirer. J'essayais de contrôler ma respiration.

Lorsque ce fut mon tour, la pharmacienne m'adressa un sourire.

– Bonjour. Vous avez une ordonnance ?

– Oui, pour Aaliyah Winters.

Elle se dirigea vers les bacs de médicaments.

J'avais les mains moites. Je luttais pour repousser ces souvenirs. Je m'étais forcé de les oublier, mais ils tentaient de refaire surface. C'était un combat. Je ne voulais pas céder à la souffrance que ces pensées faisaient renaître. Mais quand la pharmacienne me demanda si j'avais une mutuelle, une vague d'images déferla sur moi.

CHAPITRE 24

CONNOR

À 16 ans

– Voici vos médicaments. Il faudra prendre la pilule contre la nausée avant de vous coucher ce soir. Ça vous soulagera, explique l'infirmière à maman lorsqu'elles réapparaissent à travers les portes par lesquelles elle a disparu deux heures plus tôt.

J'ai attendu son retour dans la salle d'attente. J'attends des réponses. Elle va mieux ?

Dès que je l'aperçois, je me lève et cours vers elle.

– Ça va ? je demande d'une voix tremblante.

J'ai dévoré tout ce que contenait le distributeur automatique. Une mauvaise nouvelle m'aurait fait vomir sur-le-champ.

Ma mère m'adresse un petit sourire. Elle est un peu pâle et son sourire semble lui coûter.

– Ça va.

Elle sourit.

On dirait qu'elle ment.

Ma mère ment toujours pour ne pas m'inquiéter.

– De quoi as-tu besoin ?

– De rentrer à la maison et de me reposer, mon chéri. Je suis fatiguée.

Je me gratte l'arrière de la tête, sans parvenir à calmer mes nerfs.

– Tu as une ordonnance ? Je peux m'arrêter à la pharmacie.

– Non, ne t'inquiète pas. J'irai les chercher plus tard et...

– Maman ! je l'interromps en lui lançant un regard noir.

Elle laisse échapper un petit rire.

– Depuis quand c'est toi le chef de cette famille ?

– Ce n'est pas ça, dis-je en haussant les épaules et en la laissant me prendre par le bras. Je suis juste ton compagnon d'armes.

Elle s'appuie contre moi. Elle est si légère.

– Mon compagnon d'armes, murmure-t-elle pendant que je la conduis à sa voiture.

Je l'aide à s'asseoir sur le siège passager. Elle se met à l'aise et ferme les yeux, les bras posés sur ses cuisses, pendant que je l'attache.

– Je suis désolée, Connor, murmure-t-elle. Tu es trop jeune pour faire face à ça.

– Je suis l'homme de la maison – c'est à ça que je sers.

Elle penche la tête vers moi, les yeux remplis de culpabilité et de tristesse.

– Non, ce n'est pas juste.

Je fais mine de l'ignorer, car je sais que c'est vain de discuter. Je veux m'occuper d'elle tandis qu'elle souhaite que je vive comme un ado de mon âge.

– L'ordonnance a déjà été transmise à la pharmacie ?

– Oui. Les médicaments seront bientôt prêts.

J'acquiesce en bouclant ma ceinture de sécurité. Une fois garés devant la pharmacie, j'essaie de persuader ma mère de rester dans la voiture, mais elle sait que je vais avoir des problèmes de paiement à cause de la mutuelle. Alors elle vient avec moi.

Je recule un peu tandis qu'elle s'entretient avec la pharmacienne. J'ai la boule au ventre en entendant leur échange.

– Je suis désolée, Madame. Votre mutuelle ne couvre pas ces frais. Vous avez atteint le seuil maximum. Donc il vous reste cent cinquante dollars à régler.

Ma mère pousse un soupir, se prend la tête entre les mains.

– Je ne suis pas en mesure de payer pour le moment. La semaine prochaine, j'aurai reçu mon salaire. Mais j'ai besoin du traitement maintenant.

Elle étudie l'ordonnance et demande :

– De quels médicaments puis-je me passer pour l'instant ?

Avant qu'on lui réponde, je fais un pas vers elle en sortant mon portefeuille de ma poche. Je dépose sur le comptoir l'argent que j'ai gagné grâce à un petit boulot.

Ma mère se tourne vers moi, les yeux écarquillés.

– Connor, non !

– C'est bon, maman. Je m'en occupe.

– Non, non. Je peux m'arranger avec ma banque et...

– Maman !

Je lui adresse un sourire réconfortant et un poids quitte ses épaules.

– Je te rembourserai la semaine prochaine, promet-elle.

Elle tiendra parole.

J'accepte qu'elle me rembourse pour qu'elle ne se sente pas rabaissée, mais l'argent qu'elle me donne lui revient d'une façon ou d'une autre, en faisant les courses, en payant le cinéma, ou que sais-je encore.

De retour à la maison, je reste avec elle sur le canapé, devant un film. Je ne cesse de réfléchir. J'essaie de trouver une solution pour caser un autre petit boulot dans mon emploi du temps afin de pouvoir l'aider davantage.

CHAPITRE 25

CONNOR

Aujourd'hui

De retour chez moi, m'étant assuré qu'Aaliyah allait bien, je me plongeai dans le travail. Bien qu'absorbé par l'envoi de mails et la demande de renseignements à Damian sur l'immeuble du Queens, je ne pouvais m'empêcher de repenser à ce qui s'était passé plus tôt avec Aaliyah. À la panique qu'elle avait ressentie en découvrant les textos de Jason. Cela avait remué des émotions intenses en elle, c'était certain. Cloîtrée dans la chambre d'ami, elle était restée plutôt discrète depuis son retour chez moi.

Au bout de quelques heures, j'entendis frapper à la porte ouverte de mon bureau. C'était elle, un verre d'eau à la main. Elle souriait, mais ses yeux refusaient de faire pareil.

– Encore debout ? dit-elle en s'appuyant contre la porte.

Elle avait l'air épuisée.

– Toi aussi, remarquai-je en levant les yeux de mon ordinateur.

– Seriez-vous accro au travail, Mister Roe ?

– Ça dépend des jours et de la vitesse à laquelle tournent mes pensées.

Du fait d'avoir passé l'après-midi à l'hôpital, mon esprit était en ébullition.

Elle entra dans la pièce et s'assit par terre. Puis elle tapota le sol à côté d'elle. Une invitation que je ne pouvais refuser.

J'attrapai mon verre de whisky et m'assis à côté d'elle.

– Passé une certaine heure, tu devrais arrêter de travailler, dit-elle. Ton cerveau a droit à une pause.

– Parfois, le seul moyen de mettre mon cerveau en pause, c'est de travailler.

– Je comprends.

Elle observait mon bureau.

– Je crois que ma patronne me congédierait si elle apprenait que je passe encore la nuit chez mon client.

– Je n'étais pas encore ton client la première fois. Et je suis très doué pour garder un secret.

– Ah bon ?

– J'ai la chance d'avoir ce talent.

– C'est bon à savoir.

– Je prends les secrets très au sérieux. Ne t'inquiète pas, ta patronne ne saura jamais rien.

– Merci. Pourquoi tes pensées t'empêchent de dormir ?

J'esquissai un sourire en coin.

– Ça reste entre nous ?

– Parole de scout, dit-elle en hochant la tête.

– Tu étais scout, petite ?

Elle haussa les sourcils.

– Quoi ? Non ! Mais je suis journaliste.

– Eh bien, tu ne peux pas dire « parole de scout ». Seuls les scouts y ont droit.

– Bref, fit-elle en secouant la main, sache que tes secrets seront bien gardés avec moi aussi.

Je caressai le bord de mon verre avec un doigt.

– Parfois, je réfléchis trop. J'ai l'impression de vivre davantage dans le futur que dans le présent. Pour freiner la vitesse de mes pensées, je me concentre sur ce qu'il y a de plus urgent. Donc le travail.

– Pourquoi as-tu si peur du futur ?

– Qui a dit que j'avais peur ?

– Tes yeux, quand tu en parles.

– J'ai une impression de déjà-vu. Tu sais, quand on s'est rencontrés la première fois et que tu essayais de me décrypter.

– J'ai beaucoup pensé à toi après cette nuit d'Halloween, avoua-t-elle. Je t'ai eu dans la tête pendant des semaines… des mois.

– Pareil pour moi.

– Vraiment ?

– Oui, c'est vrai.

– Es-tu revenu dans ces endroits qu'on s'était juré de ne plus fréquenter ?

J'esquissai un petit un sourire.

– Une fois ou deux. On ne peut pas tout laisser entre les mains du destin. Je voulais te revoir. Désolé d'avoir rompu notre pacte.

– Pas grave. Moi non plus, je ne l'ai pas respecté. Surtout parce que j'ai adoré la boutique de bandes dessinées. La nerd que je suis se devait d'y retourner.

– Je comprends.

– Je reconnais que j'ai regardé souvent autour de moi dans l'espoir de te trouver.

– Le destin a voulu nous réunir à sa façon.

– Pourquoi tu es triste ce soir ? demanda-t-elle, ce qui me déconcerta.

Elle me regardait fixement, avec intensité, comme pour éplucher toutes les couches de mon histoire. Après tout, c'était précisément ça, son travail de journaliste, enquêter en profondeur sur mes racines, ne pas se contenter de la surface.

C'était la seule à m'étudier de cette façon et à percevoir ce qui se tramait au-delà de mon sourire. La plupart des gens croyaient à mes sourires. Aaliyah était différente. Je ne savais pas trop quoi en penser. Je n'étais pas franchement pour qu'elle révèle les cicatrices de mon passé, car elles me hantaient encore.

– Tu n'es pas obligé de répondre, ajouta-t-elle.

Elle avait dû sentir mon hésitation.

J'acceptai sa proposition. Je préférais me taire, n'étant pas prêt à évoquer ce qu'avait provoqué en moi la visite à l'hôpital. Tout ça m'avait replongé dans une période de ma vie que j'essayais d'oublier.

Heureusement, elle l'avait compris et me sourit. Puis elle détourna le regard pour boire son verre d'eau.

– Pendant longtemps, j'ai eu la sensation de ne vivre qu'en prévision du futur ou dans la nostalgie du passé. Quand on grandit sans famille, on pense beaucoup au passé. Qu'est-ce qui avait conduit mes parents à m'abandonner ? D'où est-ce que je venais ? Quelles étaient mes racines ? Et concernant l'avenir, c'était une tout autre panoplie de peurs : est-ce que j'arriverais à fonder ma propre famille ?

Elle baissa la tête, peinée. Puis elle ajouta :

– Pas avec Jason, du coup.

– C'est un salaud, ce type. Il ne te méritait pas. Ça ne t'empêchera pas d'avoir une famille un jour.

– Parfois, j'ai quand même l'impression que le temps presse.

Je lui tapotai la jambe.

– Tu es jeune, tu as toute la vie devant toi.

Elle se tut et me regarda droit dans les yeux. Pendant une courte seconde, elle entrouvrit les lèvres pour dire quelque chose, mais se ravisa.

– Évidemment, vivre l'instant présent, c'est ce qui compte le plus. On n'a que ça ! dit-elle en levant son verre. Buvons en l'honneur de ce moment.

– Santé ! dis-je en faisant tinter mon verre contre le sien.

Elle prit une gorgée d'eau :

– En revanche, le futur proche m'inquiète un peu. Je dois trouver un nouveau logement. Je ne peux pas continuer à vivre chez Jason. Ça ne va pas être facile. Je ne gagne pas assez bien ma vie pour louer un appart décent. En tout cas, pas tant que je n'aurai pas reçu d'augmentation chez *Passion.*

– Installe-toi chez moi.

Les mots avaient jailli de ma bouche sans l'ombre d'un doute. Une fois prononcés, je ne les regrettai absolument pas. J'étais d'avis qu'elle devait quitter l'appartement de Jason. Et je n'étais pas insensible à l'idée de la voir tous les jours. Plus je passais de temps avec Aaliyah, plus j'avais envie d'être avec elle.

Elle se mit à rire.

– Arrête ton char !

– Je te le propose sérieusement. Installe-toi chez moi. Il y a trois chambres, trois salles de bains. L'appart est immense ! Avec quatre cents mètres carrés, ce n'est pas la place qui manque. Comme ça, tu pourras mettre des sous de côté et tu n'auras pas à t'installer dans une cage à lapin.

Elle cessa de rire.

– Tu plaisantes, n'est-ce pas ?

– Tu as dit que tu adorais mon appartement !

– C'est ridicule. Tu ne peux pas être sérieux.

– Pourquoi pas ? Je trouve que c'est une très bonne idée. Mon appartement est tellement grand qu'on aura chacun suffisamment d'espace. Tu pourras ainsi prendre ton temps pour trouver le logement de tes rêves. Une solution temporaire, le temps de trouver autre chose et, surtout, de recevoir ton augmentation de rédactrice en chef.

– Ça, c'est à condition que je parvienne à écrire un article de qualité sur toi.

– Je n'en doute pas.

Elle poussa un soupir.

– C'est trop, Connor. Je ne veux pas empiéter sur ta vie. Merci pour ton aide, mais…

– Je ne t'ai même pas encore montré le meilleur endroit, l'interrompis-je en me levant.

Je lui tendis la main puis je l'entraînai dans ma chambre.

– En fait, j'adore les passages secrets. Quand j'ai visité cet appartement, j'ai su qu'il était fait pour moi.

J'ouvris mon immense dressing, parfaitement rangé. Aaliyah demeurait perplexe. Je lui souris et appuyai sur un bouton. Sur ce, une rangée d'étagères disparut dans la cloison, révélant une porte cachée.

– Ça va où ? demanda-t-elle, intriguée.

– Découvre-le par toi-même.

Je fis un pas de côté et la laissai ouvrir la porte. Un escalier apparut. Il menait au toit-terrasse du penthouse. Arrivée en haut, elle poussa un petit cri.

La terrasse était remplie de plantes et de fleurs. Il y avait un beau mobilier de jardin et une balançoire pour deux face à une vue incroyable sur la ville. On pouvait voir toutes les lumières qui scintillaient au loin. Aaliyah restait bouche bée.

– Les lueurs de la ville, murmura-t-elle en plaçant ses mains sur son cœur.

– Je sais combien tu aimes cette vue, dis-je en me dirigeant vers elle. Il n'y a rien de tel dans le monde que les lueurs de l'Est.

– C'est vrai.

Elle souriait, le regard plongé dans la nuit. En dépit du ciel endormi, la ville était pleine de vie.

– Petite, quand je n'allais pas bien, je fuguais du foyer et je me rendais au sommet d'un immeuble du Queens, en prenant l'escalier de secours. De là-haut, je pouvais voir les lueurs de la ville. J'observais la nuit pendant des heures. Ces lumières m'apportaient une forme de réconfort.

– Pourquoi ?

– C'est un peu bête, mais, enfant, je me suis toujours sentie seule. Je n'avais pas d'amis, pas de famille. Je pensais rester seule toute ma vie. Mais quand je voyais les lumières de la ville, c'était différent. Même si je me sentais délaissée, cela me rappelait que je ne l'étais pas vraiment. Chaque lumière, c'était une personne. Quelqu'un qui vivait, qui sentait de l'amour, de la souffrance. Ça me permettait de me souvenir que, malgré les difficultés de la vie, il y a de la lumière à chaque coin de rue.

Le regard braqué au loin, je restai silencieux. Je découvrais ce qu'elle avait vu. Sa façon de voir les choses m'émouvait.

– Je sais, c'est ridicule, chuchota-t-elle, visiblement anxieuse de m'avoir fait cette confidence.

– Non, pas du tout, dis-je en secouant la tête. J'essaie juste de comprendre comment Jason a pu être assez bête pour te laisser tomber.

Elle rougit, remuant timidement ses doigts.

– Il n'y a pas que Jason. Tous les autres avant lui m'ont laissée tomber. Peut-être que certaines filles sont vouées à n'être que des relations passagères.

– Peut-être, acquiesçai-je, mais je ne crois pas que ce soit ton cas.

– Rien n'est éternel. On aimerait juste que ça puisse l'être, ajouta-t-elle en soupirant. Quelle vue !

– Tu verras, en automne, c'est encore plus beau. Même en hiver et au printemps. Profite de cette vue, dès que tu en as besoin.

– C'est vrai, alors ? Tu me proposes vraiment de vivre avec toi ?

– Bien sûr. Tu n'es pas obligée d'accepter, mais j'aimerais t'aider. J'ai cette possibilité, donc je le fais.

– Un garçon du Sud au grand cœur.

Elle rit doucement.

– On a beau sortir un mec de sa campagne, on ne peut pas lui faire oublier sa campagne. Prends le temps d'y réfléchir. Il n'y a pas de pression – je veux que tu aies le choix.

Elle se mordilla les lèvres.

– Si on fait ça, il faudra des règles.

– Pas de problème. Qu'est-ce que tu voudrais mettre au clair ?

– Pour commencer, je veux que tu me dises si jamais ma présence te gêne.

– D'accord.

– Si tu veux ramener une fille à la maison, je peux passer la nuit ailleurs. Je ne veux pas t'empêcher de faire des galipettes.

J'esquissai un sourire malicieux.

– Tu as dit « galipettes » ?

– Oui ! Je dis ça sérieusement. Je suis sûre que tu as plein de femmes à tes pieds.

Je retins mon souffle en levant mes mains sur ma poitrine d'un air théâtral.

– Je rêve ou tu me traites de queutard ? Rouge, ça me blesse.

– Pas du tout ! Simplement, je ne veux pas être un poids dans ta vie.

– Ce sera loin d'être le cas.

– Je t'en prie, arrête, Connor.

– De faire quoi ?

– D'être beaucoup trop gentil avec moi.

– Alors, à mon tour d'être chiant. Moi aussi, j'ai des règles.

– Ok, je t'écoute.

– Pour commencer, il y aura toujours la chaîne de sport en sourdine au dîner.

Elle explosa de rire. C'était si réjouissant que je devenais accro à son rire.

– Je crois que je peux endurer ça.

– Ensuite, tu n'as pas le droit de t'énerver si je laisse traîner mes chaussettes dans l'appartement.

– Je pense que cette règle doit aller dans les deux sens. J'ajoute que tu n'as pas le droit de rire si mes chaussettes sont dépareillées. C'est toujours le cas.

– D'accord. Une dernière règle : tu dois me prévenir lorsque je parle avec Aaliyah la journaliste. Je ne souhaite pas que tu racontes dans ton article des choses que je pensais dire en privé à ma colocataire.

– Je suis d'accord avec toutes ces règles.

– Alors, marché conclu ?

Je tendis la main vers elle.

– Marché conclu, dit-elle en serrant ma main. En revanche, je tiens à payer un loyer. Ce n'est pas négociable. En échange, je te propose aussi de faire tout ce que tu me demanderas, ces prochains jours, prochaines semaines ou prochains mois.

– Bonne idée. Je m'en servirai en temps voulu. Bienvenue à la maison, chère coloc !

Je regardai les lumières de la ville en prenant une longue inspiration. Savoir que Aaliyah resterait avec moi m'apportait un sentiment de paix. On aurait dit qu'elle avait toujours eu sa place près de moi. Elle devait penser que c'était moi qui l'aidais, pourtant j'avais l'impression d'obtenir aussi quelque chose en retour. À ses côtés, je devenais une meilleure personne.

CHAPITRE 26

AALIYAH

J'allais emménager avec Connor Roe, mon super-héros préféré. Je n'arrivais même pas à me faire à l'idée. En tout cas, c'était réconfortant. En sa présence, je me sentais protégée. C'était bizarre. Cela faisait si peu de temps que nous nous connaissions. Pourtant, j'avais comme la sensation que nous étions liés depuis des années.

Avant de déménager, il me fallait encore régler certains problèmes dans ma vie. Depuis ce mariage qui n'avait pas eu lieu, j'avais reçu un grand nombre de messages de la part de la mère de Jason. Des messages vocaux, des sms, des courriels – elle essayait de me joindre par tous les moyens possibles.

Marie : Salut Aaliyah. Tu viens à la réunion du club de lecture cette semaine ? Les dames m'ont demandé.

Marie : On pourrait aller boire un café. Tu me manques, ma chérie.

Marie : As-tu des nouvelles de mon fils ?

Marie : Je sais que tu as besoin de temps, donc pas la peine de répondre à mes messages. Sache simplement que je suis là pour toi. Je te les envoie pour que tu saches qu'on t'aime. Tu nous manques, à Walter et à moi. Peut-être qu'on pourrait aller boire un verre toutes les deux ? Je m'inquiète pour toi.

Marie : Tu as rendez-vous chez le docteur cette semaine, n'est-ce pas ? Je l'avais marqué sur mon agenda. J'espère que tout va bien. Réponds-moi, Aaliyah. Je m'inquiète.

Je m'efforçais de mettre des limites à Marie, de lui faire comprendre que j'avais besoin de temps et d'espace pour me reconstruire, mais je me sentais coupable de la savoir si inquiète pour moi et ma santé. Alors, de temps en temps, je lui envoyais un message pour lui dire que j'allais bien.

Greta, une collègue du travail, me rappelait souvent que je ne devais rien à Marie, pas une seule seconde de mon temps ou de mon énergie. Elle trouvait qu'il y avait un ton passif-agressif dans les messages qu'elle m'envoyait. Peut-être était-ce le cas ? Mais la culpabilité me rongeait quand j'ignorais ses messages. Surtout à cause de tout ce qu'elle et

Walter avaient fait pour moi par le passé. Même si Jason ne m'avait pas traitée correctement, ce n'était pas le cas de ses parents. La fin de ma relation avec Jason, c'était une chose. Mais la fin de ma relation avec ses parents – surtout Marie – se révélait plus difficile. J'avais un lien plus fort avec elle qu'avec Jason. Je la considérais comme une amie.

Je savais pertinemment que la rupture entre Jason et moi affectait beaucoup trop Marie. Au fil du temps, elle se serait convaincue que j'étais responsable de l'échec de cette relation. Sans même s'en rendre compte. Elle aurait écouté son fils, l'enfant qu'elle avait élevé, et il l'aurait manipulée pour qu'elle se persuade que tout était de ma faute.

Évidemment, elle défendrait toujours sa famille. Ainsi fonctionnent les choses dans la vie.

Je savais qu'il fallait que je coupe le cordon avec Marie. Même si son amitié me manquait, il fallait que j'y mette fin avant que cela ne devienne toxique.

– Merci d'avoir accepté de me voir Aaliyah, dit Marie en s'installant dans le café où nous nous retrouvions régulièrement.

Ce matin-ci, le réconfort et la sérénité que j'avais toujours ressentis à ses côtés n'étaient plus là. J'avais surtout l'impression de ne plus être à ma place. Je n'étais plus la bienvenue.

– Pas de problème. Vu tous les messages que tu m'as envoyés, je me suis dit qu'il valait mieux en finir.

– En finir ? Que veux-tu dire ? demanda-t-elle, blessée.

– Ne souhaites-tu pas tourner la page ? C'est ce qu'il y a de mieux à faire, après tout ce qui s'est passé avec ton fils.

– Pas du tout. Je refuse de croire qu'on ne peut pas rester liées, toutes les deux. C'est si important que tu sois apparue dans ma vie, Aaliyah. Ça fait déjà quelques années que nous nous sommes rencontrées dans ce café. Tu comptes beaucoup pour moi, ma chérie. Je ne veux pas que mon fils altère notre relation. En plus… (elle hésita, peu sûre de vouloir dire ce qui allait suivre) il t'aime encore, ma chérie.

Je sursautai, stupéfaite.

– Je te demande pardon ?

Elle serra ma main sur la table.

– Il t'aime, Aaliyah. Je le sais. Il a juste pris peur.

– Ah oui ? Et comment tu expliques le fait qu'il n'ait pas cherché à me joindre ?

– Je crois que son amour pour toi lui fait peur. Il n'a jamais été aussi vulnérable avec une femme.

Je dégageai ma main de la sienne.

– Marie, il m'a trompée.

Elle écarquilla les yeux.

– Comment ? Impossible. Qui t'a dit ça ?

– J'ai mes sources. Écoute, je comprends que tout ça te fasse du mal. À moi aussi. Mais là, tu dépasses les bornes. Tu sais, je t'adore, mais Jason et moi, c'est fini.

– Ne dis pas ça. Tu n'as même pas cherché à lui donner une deuxième chance.

– Tu n'as pas entendu, ou quoi ? Il m'a trompée !

– Les jeunes hommes sont infidèles, parfois. C'est comme ça.

Je restai sans mots.

C'est comme ça ? Elle n'avait que ça à dire ?

– Je suis sûre que c'était un accident, poursuivit-elle.

– Tu crois vraiment que son sexe s'est introduit par accident dans le vagin d'une autre ? dis-je pour la provoquer.

Je vis ses joues devenir toutes rouges. Comment lui en vouloir ? Je n'avais jamais été aussi grossière avec elle, mais je n'avais pas le choix. Il avait couché avec une autre femme. Ce n'était pas un accident, c'était son choix.

– Je sais que mon fils n'est pas facile. Il a commis beaucoup d'erreurs dans sa vie, mais je vois en lui beaucoup de potentiel. Avec la bonne personne, il pourrait se montrer aussi stable que son père. Walter aussi était jeune et fou. C'est moi qui l'ai dompté.

– Le potentiel, ça ne suffit pas pour rester. Il y a toujours le risque que ça n'advienne jamais. Et puis ce n'est pas à moi de dompter un homme.

Elle poussa un profond soupir.

– Peut-être que si tu le voyais, que tu lui parlais en personne…

Elle insistait. C'était trop pour moi. Quand comprendrait-elle que ce que Jason et moi avions partagé n'était qu'une histoire montée de toutes pièces ? J'avais cru que ce que nous vivions était vrai, mais c'était pour me rassurer.

Il n'était pas le seul à être responsable de cet échec. Je m'étais forcée à croire en notre relation, pendant trop longtemps. J'étais pressée, je voulais fonder une famille avant que le temps ne me file entre les doigts. À force de souhaiter une famille à tout prix, j'étais tombée dans les bras d'un homme qui n'aurait jamais eu assez de force pour me retenir.

J'étais coupable des erreurs que j'avais commises. Vouloir créer un amour là où il n'aurait jamais pu s'épanouir. J'avouais mes défauts. Il me faudrait les affronter le moment venu. Mais une chose était claire : jamais je ne retournerais à Jason.

– S'il avait voulu me voir, Marie, il l'aurait fait. Mais ce n'est pas le cas. Je n'ai pas non plus envie de le revoir. Je suis passée à autre chose. Dimanche, je déménage. Je laisserai la clé à l'accueil. C'est fini.

– Tu ne peux pas dire ça, Aaliyah. Après tout ce qu'on a traversé… dit-elle en versant des larmes qu'elle essuya. Tu fais partie de la famille.

Je détestais la voir pleurer. Je m'en voulais d'être la cause de sa souffrance. Elle était apparue dans ma vie quand j'allais très mal. J'étais effrayée et seule, et elle m'avait apporté du réconfort. Marie et Walter avaient aussi payé mes frais médicaux, sans y réfléchir à deux fois. Ils étaient devenus ma famille. Mais si je décidais de rester parmi eux, je savais que ça deviendrait toxique. Je ne le souhaitais à personne.

– En plus, tu as des problèmes de santé, dit-elle en essayant de se calmer. Tu as besoin de moi.

– Qu'est-ce que tu veux dire par là ?

– Quand nous avons rencontré l'équipe de la greffe, tu m'as désignée comme personne référente. Si tu reçois une greffe, tu auras besoin de moi. Tu te souviens qu'ils nous avaient expliqué qu'il faudrait quelqu'un pour s'occuper de toi avant et après l'opération ? Je dois rester dans ta vie. Tu n'as personne d'autre, Aaliyah.

Je savais qu'elle ne cherchait pas à me faire du mal, mais c'était trop tard. J'avais l'impression d'avoir reçu un coup de poing dans l'âme.

Je n'ai personne.

Je m'éclaircis la voix et clignai des yeux pour repousser ces émotions qui grouillaient en moi.

– Si la situation se présente un jour, je me débrouillerai. Je changerai de référent dès que j'aurai trouvé quelqu'un d'autre.

– Mais…

– Je suis désolée, Marie. Je ne peux pas continuer comme ça. Tu as fait beaucoup pour moi au fil des années, c'est vrai. Mais maintenant que Jason et moi sommes séparés, je pense qu'il est temps de tourner la page, dis-je en saisissant mon café à emporter. Peut-être que les choses ne sont pas faites pour durer éternellement. Désolée, Marie. Je dois faire mes cartons.

– Tu t'installes où ?

– Je ne souhaite pas te le dire.

Elle glissa ses longs cheveux noirs derrière ses oreilles et secoua la tête.

– En décidant de tirer un trait sur ma famille, tu fais une grosse erreur, Aaliyah.

Voilà, c'était déjà à l'œuvre. Elle devenait accusatrice, comme si c'était moi qui avais causé tous les problèmes. Elle voulait me faire passer pour celle qui avait annulé le mariage et qui mettait un terme à nos relations. Ces accusations ne feraient que s'amplifier avec le temps. J'allais devenir la méchante de l'histoire. Partir maintenant, c'était la meilleure solution pour tout le monde.

– Je te souhaite le meilleur, Marie. Mais je t'en prie, pour le bien de nous tous… arrête de m'appeler.

***

Marie avait cessé de me contacter depuis que je lui avais exprimé mon besoin de couper les ponts. Ainsi, je me concentrais uniquement sur mon déménagement, histoire de sortir définitivement de la vie de Jason.

Connor m'aidait plus qu'il n'était nécessaire.

– Une bonne excuse pour préparer l'interview, expliqua-t-il.

J'acceptai. Plus vite les cartons seraient prêts, plus vite je pourrais quitter l'appartement de Jason.

– Tu es une collectionneuse, observa-t-il en rangeant ma collection de boules à neige.

Je quittai des yeux le carton de vaisselle qui se trouvait sur le comptoir de la cuisine.

– J'aime les souvenirs. Chaque boule à une histoire particulière.

Intrigué, il en souleva une.

– D'où vient celle-ci ?

Je rangeai une assiette, puis je pris la boule à neige dans sa main. Il s'agissait d'une femme assise à son bureau. J'esquissai un sourire lorsque le souvenir me revint brusquement.

– Je l'ai achetée le jour où j'ai décroché mon diplôme de journalisme.

Je plaçai la boule dans un carton.

– Et celle-ci ?

Dès que je la vis, mon sourire s'effaça. Je la pris des mains de Connor et la scrutai. Deux patineurs du Rockefeller Center devant un grand sapin de Noël. Je remuai l'objet et observai les flocons tomber sur le couple.

– C'est un cadeau de Noël de Jason, offert la première fois que j'ai fait du patin à glace avec sa famille, expliquai-je avant de la jeter à la poubelle. Je préfère ne pas la garder. En plus, c'est sa mère qui l'avait forcé à me l'acheter. Il ne l'a pas payée avec son argent.

Connor croisa les bras.

– Ça ne m'étonne pas. Contrairement à lui, ses parents sont adorables.

– Je pensais qu'avec le temps, il serait davantage comme eux, dis-je puis je lui demandai : Vous êtes proches, toi et Jason ?

Je me posais beaucoup de questions sur la nature de leur relation et sur ce qu'en pensait Connor.

Il se mit à rire.

– Proches ? Pas du tout. Nous n'avons pas la même vision du travail, ni même de la vie.

– Tout le monde disait qu'avant il faisait beaucoup la fête.

– C'est vrai.

– Je ne sais pas pourquoi j'ai cru qu'il changerait pour moi… Pourquoi avoir cru que je pouvais le dompter ? Au début, ça paraissait possible. Il était fou de moi, me donnait tout son temps, son attention.

– On appelle ça du « love bombing ». C'est sa spécialité, avec des nouvelles conquêtes. Il les comble d'attentions et leur dédie tout son temps. Elles ont alors l'impression de compter pour lui. Puis, progressivement, il les malmène, jusqu'à ce qu'elles ne se trouvent pas assez bien pour lui.

Je poussai un soupir.

– Je n'étais qu'une proie. Il a complètement changé de personnalité le jour où je me suis installée chez lui.

– Un imposteur ne parvient à cacher sa vraie nature qu'un temps. Le masque finit toujours par tomber.

Tout à coup, mon téléphone sonna. C'était Katherine.

– Allô ?

– Bonjour Aaliyah. Ici Katherine, de l'accueil, chuchota-t-elle.

– Oui, je sais, dis-je, amusée. Votre nom est apparu sur l'écran. Pourquoi vous chuchotez ?

– Pour que personne ne m'entende. Jason est dans l'ascenseur. Il arrive !

Je me redressai, paniquée.

– Quoi ?

– Je préférais vous prévenir, comme je sais que vous faites vos cartons et que… Oh ! Je dois vous laisser.

Elle raccrocha brusquement, me laissant pendue au téléphone.

– Qu'y a-t-il ? demanda Connor.

– Jason est… là. Il arrive, dis-je en le fixant, extrêmement paniquée. Il faut que tu partes.

– Quoi ? Mais où ?

– Je ne sais pas. Mais si tu restes, ce sera encore pire. Mon Dieu, c'est flippant ! Tu pourrais peut-être te cacher dans la chambre d'ami ? Déjà que je ne peux pas me résoudre à le voir, je ne veux pas qu'il me demande de lui expliquer ce que tu fais là. Ce serait vraiment trop.

Sans dire un mot, il déguerpit dans la chambre d'ami et ferma la porte derrière lui.

Une seconde plus tard, la porte d'entrée s'ouvrait et je me retrouvai face à l'homme qui m'avait abandonnée le jour le plus important de ma vie. Debout, le regard braqué sur moi, il avait piètre allure. Quelqu'un que je n'avais jamais vraiment connu.

– Salut, dit-il en croisant les bras. Quoi de neuf ?

Quoi de neuf ?

Voilà tout ce qu'il avait à me dire ? Mon sang ne fit qu'un tour. J'avais imaginé que je me serais effondrée en le voyant. Que j'aurais craqué, pleuré. Au lieu de ça, je sentis une énorme colère.

– Tu ne m'as pas prévenue de ton arrivée, dis-je.

– Je sais. Je voulais te faire la surprise. Ma mère m'a dit que tu déménageais aujourd'hui et… dit-il en passant sa main dans ses cheveux, tu penses vraiment que c'est une bonne idée ?

– Tu te fiches de moi ? Qu'est-ce qui te fait croire que je pourrais rester ?

– Je ne sais pas, Aaliyah. Ça semble un peu précipité comme décision.

À l'entendre, on aurait dit que c'était moi qui avais piétiné notre relation.

– Jason, de quoi tu parles, bon sang ? Tu m'as quittée le jour de notre mariage ! Il n'y a rien de précipité dans le fait de vouloir déménager. Franchement, j'aurais dû partir bien plus tôt.

– Ne hausse pas le ton.

– Je ne hausse pas le ton ! m'exclamai-je.

– Tu comprends pourquoi je ne t'ai pas contactée après être parti ? Je savais que tu réagirais comme ça, murmura-t-il.

– Je ne sais même pas pourquoi on est en train d'avoir cette conversation. J'ai tourné la page, toi aussi. Donc, si tu veux bien m'excuser, je dois continuer à faire mes cartons.

– Pourquoi tourner la page ?

– Quoi ?

J'en eus des soubresauts. Il se fichait de moi ? Il fit un pas vers moi.

– Aaliyah…

– Arrête, aboyai-je en tendant les bras devant moi. Ne t'approche pas.

– Pourquoi faut-il que tu en fasses toujours trop ?

– Pardon ?

– Tu pètes un plomb, sans raison. D'accord, j'ai merdé. Mais tu n'as pas le droit de me refuser une deuxième chance.

Avait-il bu ? Fumé ? Il pensait vraiment que je pouvais avoir envie de lui donner une deuxième chance ? Je voulais lui jeter un sort. Je voulais hurler, crier, mais je ne le fis pas. Je ne voulais plus rien lui donner de moi. Je voulais que tout soit terminé.

– Jason, je vais continuer à faire mes cartons. Et toi, tu vas tourner la page, comme moi.

– On s'est occupés de toi, dit-il, quand tu étais au plus bas, ma famille t'a aidée, sans parler des factures pour ton…

– J'ai pigé, d'accord ? Ta famille a beaucoup fait pour moi, et j'en suis reconnaissante – mais tu ne peux pas te servir de ça. Je n'ai jamais rien demandé. Si besoin, je vous rembourserai.

– Comme si tu avais le temps de nous rembourser. Ça te prendrait des années.

Il voulait m'atteindre, c'était réussi. Un rappel de plus du peu de temps qu'il me restait. Un autre coup de poing dans mon âme. J'avais perdu mon précieux temps sur terre en couchant avec quelqu'un comme lui.

– Toi et moi, c'est terminé, dis-je en dissimulant la détresse qu'il avait éveillée en moi.

Il me dévisagea pendant une seconde. Il attendait que je craque, mais je ne lui fis pas ce plaisir. Je ne lui donnai pas ce qu'il était venu chercher. Il prenait plaisir à me voir souffrir, alors je restai forte.

– Tant pis pour toi, dit-il froidement.

Comment avais-je pu vouloir vivre avec cet homme ? C'était un monstre. J'avais partagé le lit d'un scélérat parce que j'avais peur d'être seule.

– Je n'aurais jamais dû écouter ma mère. Je savais que c'était peine perdue, ajouta-t-il.

– Ta mère t'a dit de venir ici ?

Pourquoi aurait-elle fait ça ? J'avais exigé qu'on coupe les ponts. Était-ce une ultime tentative pour me faire changer d'avis ?

– Elle m'a mis la pression pour que je me remette avec toi et…

– Tu m'aimes, Jason ?

Il leva un sourcil.

– Pourquoi tu me demandes ça ?

– Parce qu'on dirait que tu essaies juste de faire plaisir à ta mère.

Il haussa les épaules.

– C'est surtout elle qui voulait qu'on soit ensemble. Elle te trouvait faite pour moi. C'est pour ça qu'elle a tant insisté et m'a proposé de…

Il ne termina pas sa phrase.

– Elle t'a proposé quoi ?

– Peu importe. Ça n'en valait pas la peine. C'est fini. Bonne chance pour la suite, s'il y en a une. Laisse la clé dans l'entrée.

Il tourna les talons et partit en claquant la porte. Ses paroles avaient été cinglantes.

Bonne chance pour la suite, s'il y a en a une.

Je regrettais d'avoir perdu plus d'un an de ma vie avec cet homme. Je n'arrivais pas à croire que j'étais tombée dans ses bras. La vérité, c'était que j'étais restée avec lui uniquement parce que j'adorais ses parents. J'adorais l'idée d'une famille. J'adorais avoir l'impression de faire partie de quelque chose de concret.

J'étais tombée amoureuse d'un mensonge. Je m'étais accrochée à l'idée que de faux rêves se réalisent.

– Ça va ? demanda Connor en débarquant dans le salon.

Je me tournai vers lui et hochai la tête.

– Je le déteste.

– Tant mieux, moi aussi.

CHAPITRE 27

CONNOR

– Je rêve ou bien… ? bredouilla Aaliyah, une fois de retour dans mon appartement.

Aaliyah était officiellement ma colocataire ! Les déménageurs commençaient à peine à déposer ses cartons. Elle se tourna vers moi, ébahie.

– Connor, tu veux bien m'expliquer ?

– Je préfère qu'on échange nos chambres. Celle-ci est plus grande.

J'avais retiré toutes mes affaires de celle que j'occupais parce qu'elle convenait mieux à Aaliyah. Elle pourrait profiter du lit king-size et mieux se reposer, ce qu'elle méritait amplement. En plus, la salle de bains était dotée d'une baignoire à remous. Des bains relaxants ne seraient pas de trop pour se délester du stress ambiant.

– Pas question ! C'est ta chambre !

– J'ai déjà installé mes affaires dans l'autre. Donc, à moins que tu veuilles que je recommence… Je t'en prie ! Ne m'oblige pas à recommencer.

– Pourquoi tu fais ça ? chuchota-t-elle en secouant la tête, n'en revenant pas.

– Je veux que tu puisses admirer le lever et le coucher du soleil.

Elle souriait. J'adorais ça. Puis elle se dirigea vers le grand panier posé sur le lit. Dedans, plein de sels de bain, des bougies, des paquets de Doritos et d'autres confiseries, pour qu'elle se régale. J'avais aussi ajouté des carnets et de jolis stylos. Qu'était un écrivain sans carnet et stylo ? J'avais aussi glissé la télécommande de la télé parce que… c'est le must de la vie dans une chambre.

Sur le panier, un mot disait « *Bienvenue, coloc !* ».

Aaliyah secouait la tête avec incrédulité. Elle découvrit ensuite le vase garni de tournesols sur la table de chevet.

– Mes fleurs préférées ! dit-elle, stupéfaite.

– Je m'en suis souvenu le jour où tu m'as offert des roses.

– Tu t'en es souvenu ?

Je n'osais pas lui dire que je me souvenais d'absolument tout ce qu'elle m'avait confié. De ses fleurs préférées aux vœux qu'elle avait faits dans la ruelle, deux ans auparavant… Aaliyah Winters, c'était quelqu'un dont je voulais me souvenir toute ma vie. Notre nuit d'Halloween était toujours l'un des meilleurs moments que j'avais vécus.

– Je dois être en train de délirer, non ? Tu es le fruit de mon imagination ?

J'éclatai de rire.

– Continue à délirer, si ça te fait plaisir. Je suis content d'être au cœur de ton imagination.

– Je suis contente de t'avoir dans ma vie.

Elle fit le tour de la chambre et entra dans la salle de bains.

– J'y crois pas !

Elle en sortit en courant.

– Tu as vu la baignoire ?

– Je la connais très bien.

– C'est une piscine, bon sang !

– N'en fais pas tout un plat. Un jacuzzi, rien de plus.

– Avec une télé accrochée au mur ! Qui peut se permettre d'avoir une télé dans une salle de bains ?

– Les gens qui existent dans l'imagination d'une femme qui délire.

– Ne me réveille pas de ce rêve, plaisanta-t-elle.

– Déballons les cartons. Ensuite on commandera quelque chose à manger. On pourrait même manger sur la terrasse pour assister au coucher du soleil.

Aaliyah me dévisageait, extrêmement émue. Ses belles lèvres charnues s'entrouvrirent :

– Je te remercie, mon ami.

– De quoi ?

– D'exister.

***

Une fois le ballet des déménageurs terminé, Aaliyah et moi étions sur la terrasse pour profiter d'un dîner en tête à tête. Je m'étais vite rendu compte qu'Aaliyah était particulièrement vigilante quant à son bien-être et à sa santé. Deux ans plus tôt, elle pouvait se goinfrer de *wings* de poulet à la sauce ranch comme dans un concours du plus gros mangeur. Désormais, elle ne buvait plus une goutte d'alcool et n'avalait plus d'aliments frits. Tandis que je dévorais un hamburger et des frites, elle mangeait une salade césar au chou kale assaisonnée d'une vinaigrette au citron.

– Pendant longtemps, j'ai cru que tu étais parfaite, mais ce soir, tu perds des points avec ta salade, dis-je en secouant la tête d'un air déçu.

Elle se mit à rire.

– Ce n'est pas mauvais. Encore meilleur quand on applique la vinaigrette sur les feuilles et qu'on laisse reposer un peu. Le poulet grillé est délicieux. Et la boisson détox…

– Reconnais simplement que tu as perdu le goût des bonnes choses, Rouge. Là, tu manges et tu bois de l'herbe.

– Écoute, tu sais combien il y a de gras et de mauvais produits pour la santé dans tes frites et ton hamburger ?

Je levai sévèrement la main.

– Je ne préfère pas savoir. Sinon, ça va être la guerre dans notre coloc.

– Sache que ce que notre corps absorbe a de grandes conséquences sur notre santé. Un peu de chou kale, ça ne te fera pas de mal, Cap'. Les légumes sont tes amis.

– Quelques frites, ça ne te fera pas de mal non plus, dis-je en en secouant une devant elle. La vie, c'est une question d'équilibre. Pour ta gouverne, il y a dans mon hamburger une tranche de tomate et un peu de salade. Qu'est-ce que tu dis de ça ? dis-je en soulevant le pain du dessus et en désignant les petits morceaux. Regarde, des oignons et des cornichons ! Je deviens presque l'homme le plus sain du monde.

Elle leva les mains en signe de défaite.

– D'accord, d'accord ! Je te le concède, je devrais être plus comme toi.

J'agitai une frite devant son visage et elle en prit un petit morceau. Puis elle roula des yeux parce que les frites assaisonnées de *Charley's Diner* sont les meilleures de toute l'histoire des pommes de terre.

J'esquissai un sourire en coin.

– Tu vois ? Que serait la vie sans un peu de plaisir ?

Elle me tendit un bout de chou kale.

– Ouvre la bouche.

Je pinçai mes lèvres et secouai la tête.

– Nan, dis-je la bouche fermée.

– Connor ! C'est donnant donnant.

Je gardai la bouche fermée.

– La vie est injuste, marmonnai-je.

– Tu dépasses les bornes !

– *Jesaismaisc'estcom'ça.*

Elle éclata de rire. J'étais tellement heureux qu'elle n'ait pas épousé cet enfoiré de Jason.

Ayant baissé les bras, elle mangea le morceau de kale. Victorieux, j'ouvris de nouveau la bouche.

– Un jour, j'arriverai à te faire manger cette salade, m'avertit-elle.

– C'est pas pour demain. Ma mère n'y est jamais arrivée. Ce n'est pas parce que tu es jolie que tu auras plus de chance.

– Arrête avec tes compliments.

– Arrête d'être aussi belle.

Les joues rouges, elle faisait la timide. Je lui lançai une frite.

– Comme si tu ne savais pas que tu es belle.

– Je ne sais pas accepter un compliment, dit-elle en me renvoyant la frite qui atterrit directement dans ma bouche.

– Parce que tu es trop humble. Cesse d'être aussi modeste. Tu es géniale, Aaliyah. Tu es rédactrice pour un des meilleurs magazines du monde, tu as fait des études, tu es une bonne personne et tu es super sexy…

– Ne dis pas ça, dit-elle en rougissant de plus belle.

Je plaçai mes mains sur ses épaules et la secouai.

– Aaliyah, *tu es* super sexy ! Le monde entier mérite de le savoir.

– Tais-toi ! chuchota-t-elle en recouvrant ma bouche de sa main. Tu en fais trop.

Elle n'avait pas tort.

– C'est juste que tu es géniale. Il faut que tu te comportes comme quelqu'un de génial.

– Mais je n'ai pas l'impression d'être si géniale que ça. Franchement, je me sens… nulle.

– Qu'importe ? Fais semblant, ça finira par payer.

Elle haussa les sourcils.

– Comment ça ?

– La vie est régie par des codes. La façon dont on demande aux autres de nous traiter reflète la façon dont on se traite soi-même. J'ai compris ça très jeune. Quand je me suis installé à New York, j'avais mille dollars en poche et aucune idée de ce que j'allais faire. Tout ce que je savais, c'était qu'il suffisait que je me comporte comme un homme riche pour pouvoir entrer dans le cercle de ceux qui l'étaient vraiment. J'ai fait semblant, jusqu'à ce que ça finisse par payer. Partout où j'allais, je faisais mine de faire partie de ce monde. Je buvais du whisky avec des milliardaires. Je participais à des galas et à des soirées de l'élite alors que je n'avais rien sur mon compte. Tu sais pourquoi on m'invitait ?

– Dis-moi.

– Parce que je faisais tout pour leur donner l'impression qu'en ne m'invitant pas, ils passeraient à côté de quelque chose. La confiance en soi, ça se travaille. Prétends avoir de l'assurance, jusqu'à ce que ça devienne une seconde peau.

Elle plissa les yeux, perplexe.

– Faire semblant, jusqu'à ce que ça paye.

– Sans se prendre trop au sérieux. La vie est courte !

– Tu devrais devenir mon coach de vie, dit-elle en riant. Enfin, on peut dire que c'était déjà un peu ton rôle le soir de notre rencontre, il y a quelques années.

– À ce sujet, il y a un truc qui m'échappe. Au cours de cette nuit d'Halloween, grâce notre échange, tu avais recommencé à t'aimer. Je pensais qu'on avait vraiment fait de grandes avancées à ce niveau-là. Mais deux ans plus tard, à ma grande surprise, j'apprends que tu es fiancée au fléau de mon existence. Comment c'est possible, Rouge ? Comment tu as pu passer de ce qu'on avait accompli ensemble à Jason Rollsfield ? Sache que ton coach de vie en a pris un coup !

Elle se mit à rire de bon cœur en secouant la tête.

– Que veux-tu ? J'ai manqué de temps à tes côtés pour parfaire mes connaissances. Tu étais une étincelle d'amour pour moi. À mon retour à la réalité, j'ai repris mes vieilles habitudes. En te côtoyant plus longtemps, je me serais peut-être mieux débrouillée, mais c'était dur de se raccrocher à quelque chose de si éphémère.

– Alors recommençons, dis-je en me frottant les mains.

– Quoi ?

– Reprenons l'entraînement. Ce sera plus facile, maintenant que tu es ma colocataire. Je peux t'aider. Cette fois, il ne s'agit pas de faire en sorte que tu tombes amoureuse de moi, mais que tu tombes amoureuse de toi-même.

– Tu es sérieux ?

– Aussi sérieux qu'une crise cardiaque.

Une lueur passa dans ses yeux. On aurait dit qu'elle allait pleurer. Avais-je dit quelque chose de mal ? Rapidement, cette expression fit place à un sourire.

– Pourquoi ça me semble à la fois être une bonne et une mauvaise idée ?

– Sans doute parce que c'est le cas, dis-je en me penchant vers elle. Tu dis oui ?

Elle se mordilla les lèvres, pensive et hésitante. Puis elle poussa un gros soupir et haussa les épaules.

– Je suis partante.

– Super ! Ça va être amusant. Commençons par quelques questions. Pour m'aider à mieux te cerner.

– Je t'en prie.

– Est-ce que tu accordes de l'importance à l'opinion que les autres se font de toi ?

– Oui, beaucoup.

– Est-ce que tu aimes faire plaisir aux autres ?

– Oui, c'est mon objectif.

– Est-ce qu'il t'arrive de dire non quand on te demande quelque chose ?

– Non. Je veux que les gens m'apprécient.

Je secouai la tête.

– Et si je te disais que les gens ne t'aiment pas pour qui tu es, mais pour ce que tu fais pour eux ?

J'aperçus une intense vulnérabilité dans son regard.

– Ça me rendrait très triste.

– Pourquoi ?

– Parce que j'aimerais qu'ils m'aiment pour qui je suis. Et que si je cessais de faire des choses pour eux, ils ne m'aimeraient plus. Donc je serais seule.

– Rouge… c'est ridicule. Tu es la personne la plus aimable de cette planète. Mais les gens en profitent, parce que tu es trop gentille. Je vais t'apprendre à poser des limites.

– Je ne suis pas à l'aise avec ça.

– C'est normal. C'est ça, grandir. Crois-moi, quand tu t'aimeras vraiment, les gens bien, ceux qui n'attendront rien de toi, viendront à toi.

– C'est promis ?

– Promis, dis-je en gobant quelques frites. Je crois qu'il serait pertinent de tenter en premier lieu de comprendre pourquoi tu t'es retrouvée avec quelqu'un comme Jason.

– C'est facile. J'adorais ses parents et j'étais si heureuse d'avoir trouvé une famille que je me suis voilé la face à son sujet.

– Pourquoi te mentir à toi-même ? Je ne comprends pas ça.

Elle pencha la tête, visiblement déconcertée par ma réaction.

– Parce que le mensonge était plus agréable que la vérité. Ne pas accepter ce mensonge, c'était me retrouver seule.

– Qu'est-ce qui te fait si peur dans la solitude ?

– Tout, avoua-t-elle. La solitude, c'est ce qu'il y a de plus terrifiant pour moi.

J'étais si triste pour elle parce que je savais ce que c'était de souffrir d'être seul. Je m'accommodais plutôt bien de la solitude. Parfois, des femmes entraient dans ma vie pour des aventures sans lendemain, mais je préférais de loin rester seul.

– Je préfère être seul que mal accompagné, lui dis-je.

Elle me sourit, mais son sourire était triste. Je serrai sa main dans la mienne.

– Rouge, bientôt tu seras plus forte que tu ne peux l'imaginer. Tu te réveilleras pleine de vie, sans avoir besoin de quelqu'un à tes côtés. Mais ça prendra du temps. Je serai là pour ça, tout près de toi. Tu deviendras sûre de toi et puissante. Personne ne pourra plus te tendre de piège. Tu vas rapidement apprendre qu'il vaut mieux affronter la vérité que de se noyer dans une mare de mensonges enjolivés.

CHAPITRE 28

AALIYAH

– Hors de question que j'enfile ça !

Cela ne faisait que vingt-quatre heures que Connor était devenu mon coach de vie, mais il était déjà en train de perdre la tête.

– Tu n'y couperas pas.

En plein milieu du salon, il était affublé d'un déguisement de banane, ce qui le faisait sourire de toutes ses dents comme un idiot. Dans ses mains, il tenait mon déguisement : celui d'une prune.

– Ça ne va pas dans ta tête ?

– Si, ça va très bien, acquiesça-t-il en me tendant le déguisement. Enfile-moi ça.

– Je refuse d'être une prune.

– Si tu préfères, j'ai un déguisement de pêche à te proposer.

Il affichait un sourire malicieux.

– Où as-tu trouvé ça ?

– Sur Amazon, avec livraison le jour même.

Merci, Jeff Bezos.

Il remua sa banane en s'approchant de moi.

– Allez, Rouge ! Ça ne te dérangeait pas de te promener déguisée dans New York, il y a deux ans.

– Parce que c'était Halloween ! Tout le monde était déguisé.

– Depuis quand ça compte, ce que pensent les autres ?

– Depuis toujours.

Il s'approcha de moi, m'effleurant avec l'extrémité de son déguisement de banane.

– C'est exactement pour cette raison qu'on va se déguiser. Pour sortir du moule et faire ce que personne n'ose accomplir. Peut-être qu'on passera pour des débiles, mais c'est en se forçant à faire des choses qu'on n'est pas à l'aise de faire qu'on gagne en assurance.

Je clignai plusieurs fois des yeux.

– Ce que tu viens de dire n'a aucun sens.

– En gros, on va s'amuser à jouer les extravagants. On va explorer la ville déguisés en fruits à connotation sexuelle parce qu'on se fiche de ce que les gens pensent de nous. La vie est trop courte !

– T'es tellement bizarre.

– Je sais, dit-il en me tendant le déguisement. Allez, habille-toi.

J'ouvris la bouche afin de le contredire, mais il plaça un doigt sur mes lèvres pour me faire taire.

– Je suis ton coach, laisse-moi faire.

À contrecœur, j'enfilai mon costume de prune. Je me sentais vraiment ridicule, toute violette et rebondie.

Connor éclata de rire en me voyant.

– C'est encore mieux que ce que j'imaginais !

– Il n'est pas question que je quitte la maison habillée comme ça.

– Si ! Allez, on y va.

Il prit un gros radiocassette posé sur la table du salon. Pourquoi donc ? Ce mec était tellement bizarre.

– On va où exactement ? Et pourquoi a-t-on besoin de ce truc ?

– On va faire un spectacle à Times Square, dit-il en prenant ses clés. C'est parti !

Quoi ?! Un spectacle ? C'était hors de question. Je n'avais pas donné mon accord pour des actes d'humiliation publique.

– Désolée, Connor, mais je refuse de faire un spectacle. Je n'ai pas la confiance qu'il faut pour ça.

– C'est justement pour cette raison qu'on va le faire.

– Non, on ne va pas le faire.

– Oh que si, Rouge, dit-il avec un grand sourire. Sûr et certain.

– Non, dis-je en tapant des pieds. Je refuse !

L'instant d'après, je me retrouvai au milieu de Times Squares, déguisée en prune, à côté d'une banane. Connor alluma le radiocassette. Où avait-il bien pu trouver une cassette ?

Les gens nous fixaient. C'étaient surtout des touristes, ce qui me rassurait. Je n'aurais probablement plus jamais à les recroiser. En revanche, quelque chose ne me rassurait pas du tout : les téléphones dans leurs mains qui nous filmaient.

– Connor, c'est trop pour moi.

– Tu n'es pas au bout de tes peines.

Sur ce, il appuya sur le bouton « play ». En l'espace d'une seconde, la chanson « What a feeling » de Irene Cara résonna hyper fort à travers les baffles. Sans déconner ? La chanson de *Flashdance* ? La banane se mit à danser comme une dératée, remuant les hanches, virevoltant, tournant dans tous les sens.

– Danse, Rouge ! s'écria-t-il en faisant un geste vers moi.

Je me sentis extrêmement gênée d'entendre les gens rire en le voyant se trémousser comme un fou.

– Je ne peux pas danser et faire comme si on ne me voyait pas, Connor.

– Il faut danser en acceptant qu'on te voie. Sans te soucier de ce que les gens pensent.

Il s'approcha de moi et me saisit les mains.

– Aaliyah.

– Oui ?

– Tu me fais confiance ?

Son regard était sincère. Rempli d'espoir, d'enthousiasme et d'assurance.

Merde.

Je lui faisais confiance.

Alors je le laissai m'attirer contre lui. La prune se mit à danser avec la banane, faisant quelques tours rapides. À mesure que je dansais avec lui, je me mis à rire. Plus je riais, plus j'oubliais les spectateurs. Plus il me faisait tourbillonner, plus je me sentais libre.

Les chansons défilèrent, toutes débordant de gaieté. Lorsque le dernier morceau se termina, je demandai à Connor de remettre la cassette au début.

Quelle chance j'avais que Connor soit revenu dans ma vie ! J'avais l'impression de ne pas le mériter. Parfois, je me demandais s'il existait vraiment ou si j'avais atterri dans un monde illusoire où les super-héros existaient vraiment pour égayer nos journées.

Parler avec Connor, c'était comme discuter avec un vieil ami que je n'avais pas vu depuis des années mais dont j'avais toujours été proche. C'était si naturel. La complicité qui était née deux ans auparavant était encore là, même dix fois plus puissante qu'avant. Il ne le savait pas, mais j'avais terriblement besoin de son amitié.

En revanche, ses exercices de coach de vie étaient parfois un peu envahissants. Il m'avait donné une liste de devoirs à faire tous les jours :

1. Danser dans ma chambre sur une chanson joyeuse.

2. Dire non à quelqu'un que j'aime.

3. Manger au moins un repas plus gras que les autres.

J'avais encore du chemin à faire avant d'avoir le courage d'accomplir les deux derniers devoirs, mais le premier était vraiment facile. D'autant plus que Connor m'avait laissé une liste de chansons joyeuses parmi lesquelles choisir :

« Firework » de Katy Perry

« Best Life » de Cardi B (feat. Chance the Rapper)

« All I Do is Win » de DJ Khaled

« Can't Stop the Feeling » de Justin Timberlake

« You Got It » de VEDO

Sa liste était un bon début. Au départ, je me sentis bête de danser dans ma chambre. Je ne comprenais pas en quoi ça pouvait m'aider à m'aimer, mais si j'avais réussi à danser au milieu de Times Square déguisée en prune, alors je pouvais facilement danser dans ma chambre. Je le faisais dès que je me levais, après avoir pris une douche. Enroulée dans une serviette, je bougeais mon corps sans me soucier de rien.

J'avais ajouté quelques chansons à la playlist.

« This is Me » de Keala Settle & The Greatest Showman Ensemble

« I Am » de Yung Baby Tate (feat. Flo Milli)

« Brown Skin Girl » de Beyoncé

Même les matins où mes doutes étaient plus forts que la musique, je dansais. Ces jours-là, je dansais même encore plus. Je me mettais devant le miroir, complètement nue. J'observais mon corps et tous les défauts que mon ex avait pointés du doigt. Mes vergetures. Ma poitrine trop petite. Mes grosses fesses. Mon reflet me dévisageait tandis que je remuais les hanches.

Parfois, je chantais sur les chansons, faisant en sorte qu'elles vibrent sur ma peau.

– Yeah ! Quelle fête là-dedans ! s'exclama Connor un matin en débarquant sans prévenir dans ma chambre.

– Mon Dieu ! criai-je en me tournant vers lui, complètement nue.

Je n'avais pour seul bout de tissu que la serviette enroulée autour de mes cheveux.

– Nichons ! hurla-t-il en faisant volte-face, les mains plaquées sur ses yeux. Putain, je suis désolé, Aaliyah ! J'ai entendu la chanson du film *The Greatest Showman* que j'adore et, franchement, je ne m'attendais pas à ce show ! déblatéra-t-il en me faisant rougir de plus belle, mais aussi rire de bon cœur en voyant combien il était gêné de m'avoir surprise ainsi.

Son visage était encore plus rouge que le mien.

– Et pardon d'avoir crié « nichons ». N'importe quoi ! On dirait un ado qui vient de voir sa première paire de seins. Ce n'est pas le cas, bien sûr. J'en ai déjà vu plein, des seins. Enfin, pas beaucoup. Si, quand même, un nombre tout à fait normal. Pas anormalement bas ou bizarrement élevé. Tu vois ce que je veux dire, quoi, tes seins ne sont pas les premiers que je vois. Donc je n'aurais pas dû crier « nichons », comme un psychopathe, même si tes seins valent la peine d'être acclamés. Enfin, merde, je crois qu'il est temps que je parte, débita-t-il d'une traite, remonté comme une pile.

Il décampa en courant, les yeux toujours recouverts par ses mains.

– Connor, fais attention à…

Boum ! Il avait foncé dans l'encadrement de la porte.

Il secoua une main.

– Ça va, rien de cassé. Je m'en vais. Salut !

Sur ce, il disparut, me laissant plantée là, hilare.

CHAPITRE 29

CONNOR

Nichons !

Putain. Ce n'était pas de simples nichons. Une grosse poitrine délicieusement galbée et bien ferme. Aaliyah Winters était une bombe. Je n'avais pas besoin de la voir nue pour m'en persuader, mais punaise, je ne regrettais pas le spectacle.

Bien sûr, j'aurais dû frapper à sa porte. C'était la règle de base de la colocation, mais je n'avais pas réfléchi. Lorsque j'avais entendu ce bon vieux Hugh Jackman et sa troupe chanter, mon corps s'était animé tout seul.

Bon sang, Rouge, pourquoi fallait-il que tu sois aussi belle ? Aussi parfaite ? Avec tes formes, ta peau douce. Tellement attirante.

J'avais des pensées, des envies que je n'aurais pas dû avoir pour ma colocataire. D'autant plus que j'étais désormais son coach de vie officiel. Ce que j'imaginais avec elle n'était pas tout à fait correct sur le plan déontologique. Mais, bon, je n'étais qu'un homme. Un homme dans son bureau, émoustillé d'avoir vu Aaliyah nue.

Le lendemain, lorsque j'entendis la musique dans sa chambre, je me demandai si elle dansait. Si elle était nue, exposant ses seins. Je m'inclinai contre mon siège de bureau et fermai les yeux. Mon esprit l'imaginait en train de se trémousser sur la chanson, ondulant des hanches. Son corps bougeait d'une façon des plus mystiques.

J'imaginais ses hanches, sa clavicule, ses tétons, ses lèvres. Je voulais bouger avec elle, danser contre sa peau. Or, je n'avais que ma main pour me donner un peu de plaisir. Je baissai mon pantalon de sport et je me mis à caresser mon sexe de haut en bas, en pensant à elle, à son corps, à ses courbes… à elle, quoi.

Hmm. Je voulais la savourer. J'étais sûre qu'elle était divine.

Je me mis plus à l'aise dans mon fauteuil, me penchant davantage vers l'arrière. Les caresses se firent plus intenses, plus fermes. J'imaginais que c'était la bouche d'Aaliyah qui s'occupait de moi tandis que je lui pinçais les tétons. Ensuite, je me voyais l'asseoir sur mon visage, pour la lécher sauvagement jusqu'à ce qu'elle jouisse et que…

– Connor, je pensais commander… Oh mon Dieu ! hurla Aaliyah, me forçant à ouvrir les yeux alors que j'étais à quelques secondes d'un orgasme et…

Oh, putain ! Impossible d'arrêter le train, il était déjà en marche.

– Putain !

Je me levai brusquement de ma chaise en tournant le dos à Aaliyah. Je me ruai dans un coin de mon bureau et déchargeai toutes mes pensées cochonnes dans la poubelle.

– Putain !

Je gémis. Oui, vous avez bien entendu. Je gémis en me soulageant dans la poubelle, parce que, malgré ma honte, un orgasme restait un orgasme et, bon sang, que c'était bon. Mais passé ce moment, ne demeurait que la honte.

J'avais l'impression d'être un enfant qu'on venait de surprendre avec un magazine *Playboy*. D'une certaine façon, Aaliyah incarnait à la fois le magazine *Playboy* et la personne qui m'avait épinglé.

Je me tournai vers elle. Je voulais lui montrer combien je me sentais humilié et souhaitais m'excuser de cette situation. Mais la porte était déjà refermée. Elle était sortie. Avec le recul, je me rendais compte que j'aurais dû fermer la porte avant de commencer à me donner du plaisir, mais c'était bien connu : idiot un jour, idiot toujours.

– Je suis désolée ! J'ai vu que la porte de ta chambre était ouverte et je voulais te demander si tu étais partant pour que je commande un petit déjeuner, s'exclama Aaliyah derrière la porte.

– D'accord. Pas de problème. Désolé pour ça.

Il y eut un long silence.

Je me sentais vraiment con.

Con et cochon.

Puis Aaliyah intervint de nouveau :

– Du coup… tu veux des œufs brouillés ? J'allais te proposer de la saucisse, mais je suppose que tu as eu ton compte.

Je ricanai, mon sentiment d'humiliation s'atténuant peu à peu. Elle aurait pu rendre cette situation tellement gênante et bizarre, mais elle avait plutôt choisi d'en rire.

Bon sang !

Cette fille me plaisait vraiment beaucoup.

CHAPITRE 30

AALIYAH

Les premières semaines de cohabitation avec Connor s'étaient avérées d'une grande simplicité – même dans les moments les plus gênants. En réalité, ces événements nous avaient permis d'être encore plus à l'aise l'un envers l'autre. Après m'avoir vu danser nue et après l'avoir vu… euh… le mât dressé, disons, le pire était fait. Nous n'avions plus rien à craindre.

Pour être honnête, je me demandais souvent ce qu'il s'imaginait en se caressant, le jour où je l'avais surpris. En plus, il faisait ça des deux mains. Captain America en avait une grosse ! Digne de Hulk. Ou de Iron Man. Ou de Thor. J'étais sûre qu'il aurait pu faire valser une femme hors de Asgard avec ce machin-là.

Suite à ces malencontreux incidents – enfin, malencontreux pour lui, car moi je n'étais pas contre ce que j'avais vu –, il devint impératif de fixer quelques règles : fermer sa porte lorsqu'on avait des moments… intimes ; interdiction de rentrer dans une chambre si la porte était fermée. Mais aussi : que tout sujet relatif à l'interview soit abordé en dehors de la maison, afin que Connor puisse continuer à trouver chez lui un espace de détente après ses longues journées de travail. Tandis que je mettais tout en place pour ne jamais parler travail avec lui à la maison, Connor ne se gênait pas pour rapporter son travail au sein de ce qui était censé être son havre de paix. Certains soirs, il ne rentrait qu'à vingt-deux heures, s'enfermait dans son bureau et se replongeait dans le travail jusqu'au petit matin.

Un dimanche où je m'étais levée tôt pour me rendre sur la tombe de Grant, je fus étonnée de le découvrir encore devant son ordinateur. Je frappai à la porte et il leva sur moi des yeux épuisés.

– Tu t'es levé tôt ou couché tard ? demandai-je.

Il regarda sa montre et poussa un grognement en passant ses mains sur son visage.

– Couché tard. Que fais-tu de bon matin ?

– Tous les dimanches, je rends visite à Grant. Je me lève tôt pour assister au lever du soleil avec lui, puis je lui lis des bandes dessinées.

Il se frotta les yeux pour se forcer à se réveiller et m'adressa un petit sourire.

– Super.

– C'est notre petite tradition à nous.

Il se leva et s'approcha de moi.

– Je peux venir avec toi ?

J'étais étonnée qu'il me demande ça. J'avais passé des mois à suggérer à Jason de m'accompagner, mais il n'aimait pas le fait de devoir se lever tôt et trouvait ça un peu bizarre.

Connor me l'avait proposé sans même que je lui soumette l'idée. En plus, il était clairement en manque de sommeil.

– Tu n'es pas trop fatigué ?

– On n'a qu'à préparer du café qu'on emportera. Je me souviens que tu m'as parlé de Grant le soir d'Halloween. Je sais qu'il compte pour toi. Je serais ravi de rencontrer une personne qui a eu autant d'importance dans ta vie.

La façon dont il avait dit « rencontrer » me toucha. On aurait dit que Grant était encore en vie.

– Je serai contente que tu viennes.

– Je prépare le café, puis on décolle.

Munis de couvertures et de bandes dessinées, nous nous rendîmes au cimetière. En arrivant, Connor étendit les couvertures au sol pour que nous puissions nous asseoir et il sourit en scrutant la tombe de Grant. Je m'assis. Il m'imita en se plaçant juste à côté de moi.

– Il y a beaucoup de pièces, observa-t-il.

– Oui, j'en laisse une chaque fois que je viens. Grant pensait que les pièces de vingt centimes portaient bonheur. Chaque fois que j'en trouve une, je pense à lui. C'est bête, je sais.

– Il n'y a rien de bête à penser à lui.

– Jason trouvait ça bête, précisai-je.

– Jason pense que l'Italie est un continent. Son avis ne sert à rien.

Je ricanai. Bien dit.

– Tu veux bien me raconter des choses sur Grant ? demanda Connor en pliant les jambes et en croisant ses bras autour de ses genoux.

– Tu veux vraiment que je te parle de lui ?

– Oui. De vous deux. Je veux savoir tout ce que tu auras envie de partager avec moi.

C'était tellement bizarre pour moi. Jason ne me demandait jamais rien. Mais Connor semblait s'intéresser à mon passé, à ce qui avait fait de moi la personne que j'étais. Parler de Grant, c'était un peu comme parler d'un père. Il comptait tellement pour moi. J'étais si heureuse de voir que Connor m'écoutait attentivement.

Ensuite, il nous lut les bandes dessinées, à Grant et à moi. Mon cœur battait la chamade pour lui. Il ne pouvait pas s'imaginer combien cela me faisait plaisir. C'était tellement magique d'avoir quelqu'un avec qui regarder le lever du soleil, devant la tombe de Grant.

Au moment de partir, Connor sortit une pièce de son portefeuille qu'il déposa par terre, pour Grant. Je me demandais si Connor se rendait compte qu'il était quelqu'un d'exceptionnel.

***

Chaque jour, j'aimais le fait qu'au réveil je n'étais pas seule dans la maison. C'était réconfortant de savoir que quelqu'un d'autre se trouvait dans le penthouse avec moi. J'appréciais qu'il y ait une personne pas loin, en cas de problème.

En revanche, je m'inquiétais pour Connor et pour sa façon de travailler.

Une nuit durant laquelle je m'étais levée vers trois heures du matin pour boire, je l'avais trouvé assis à son bureau, tapant à l'ordinateur. Les épaules voûtées, le visage épuisé. Je n'avais rien dit sur le moment, mais cette image était restée en moi pendant plusieurs jours, jusqu'à ce que je ressente le besoin d'intervenir. Peut-être que j'allais trop loin. Or, quand il rentra du travail ce soir-là, qu'il desserra sa cravate et s'assit en faisant la grimace, je compris qu'il avait besoin de faire un break. Et je savais qu'il ne se l'autoriserait pas.

À vingt-deux heures, la porte de son bureau était fermée. Je l'entendais soupirer profondément. Je frappai deux coups à sa porte. Il m'invita à entrer. J'avais caché quelque chose dans mon dos, un levier de négociation.

– Salut, Rouge. Qu'y a-t-il ?

Il souriait avec sincérité, mais je perçus beaucoup de fatigue dans ses yeux.

Je m'appuyai contre l'encadrement de la porte.

– Tu as besoin d'une PC.

Il haussa un sourcil.

– Une quoi ?

– Une « pause coloc ». Allez, viens. Il faut que tu fasses une pause.

– Ça me tente, mais je n'ai pas le temps.

– Il va falloir que tu le trouves. Sinon, tu vas mal finir.

– On dirait ma mère, marmonna-t-il avant de sursauter. Merde ! J'ai oublié de la rappeler. Elle va me harceler…

– Pas grave. Tu la rappelleras après avoir passé un peu de temps avec ta coloc et une bonne nuit de sommeil. Viens !

Il fronça les sourcils.

– Tu ne vas pas lâcher l'affaire, c'est ça ?

– Non. En plus, j'ai une surprise, si tu acceptes.

Je lui tendis la boîte que je cachais dans mon dos.

– C'est quoi ? demanda-t-il, étonné.

– Si tu veux savoir, il faut que tu te lèves, Captain.

Avec hésitation, il repoussa sa chaise et se dirigea vers moi. Lorsqu'il vit ce qu'elle contenait, il écarquilla les yeux.

– Ce sont bien des… ?

– Oui.

– Et c'est pour moi ?

– Je confirme.

Il plongea la main dans la boîte remplie de Cheetos Paws, mais je lui donnai une claque pour l'empêcher de prendre un paquet.

– Pas tant que tu n'auras pas fait ta PC.

– T'as trouvé ça où ?

– Un bon joueur ne divulgue jamais ses secrets. Alors, qu'est-ce que tu en dis ? Marché conclu ?

Il parvint à prendre un paquet, l'ouvrit et goba ses chips préférées.

– Marché conclu, dit-il, la bouche pleine, souriant comme un enfant le jour de Noël.

Nous nous rendîmes sur la terrasse pour discuter en mangeant des chips et d'autres friandises. Mon objectif, c'était de faire en sorte que Connor se détende un peu. Je voyais bien qu'il se mettait trop la pression pour conquérir le monde et faire le bien. Mais je voulais qu'il reprenne le contrôle sur sa vie et qu'il apprenne à ralentir.

Nous nous posions toutes sortes de questions. Comme toujours avec lui, la conversation était fluide. Au bout d'un moment, il sembla apaisé, vivant l'instant présent.

– Si tu pouvais avoir un animal de compagnie, lequel choisirais-tu ? demanda-t-il en terminant son troisième paquet de chips.

– Facile. Un chien.

– J'étais sûr que tu étais dans le camp des chiens.

J'acquiesçai en hochant la tête.

– J'ai été bénévole pour une association de défense des chiens maltraités. C'est hallucinant de voir les tortures que certains humains peuvent leur faire endurer. Certains chiens sont tellement abîmés par la vie. Ils souffrent de traumatismes, d'anxiété et de dépression à leur arrivée au refuge. Peu à peu, ils acceptent généralement qu'on s'approche d'eux. Certes, ça prend du temps avant qu'ils reprennent confiance, mais une fois qu'elle est là, ces chiens nous donnent tout. Aucun animal sur terre ne peut aimer aussi inconditionnellement qu'un chien. Malheureusement, les chiens sont capables de continuer à aimer leurs bourreaux. Notre monde n'est pas à la hauteur de ces animaux.

– Je suis d'accord avec toi. Si j'avais le temps d'avoir un chien, j'en aurais un, c'est sûr.

– Parfois, il faut se forcer à s'accorder plus de temps dans la vie.

Il sourit.

– Je crois que je vais d'abord commencer par prendre du temps avec ma coloc avant d'adopter un chien.

– Promets-moi d'adopter un chien abandonné. Ne l'achète pas. Il y a tellement de petites boules de poils en refuge qui pourraient rendre ta vie plus belle.

– Oui. J'en suis sûr, dit-il en me cherchant du regard.

Je ne pus m'empêcher de détourner la tête car chaque fois qu'il me fixait trop longtemps, j'avais des papillons dans le ventre. Pour me distraire, je me rongeai les ongles.

– Je déteste qu'on dise du mal des chiens. Je déteste qu'on dise « les hommes sont des chiens ». Pourquoi leur manquer de respect ? Les chiens sont loyaux, même quand on est de mauvaise humeur. On a beau leur crier dessus, ils nous aiment quand même. Évidemment, parfois ils font des bêtises, ils mangent une chaussure. Mais on le voit dans leurs yeux qu'ils se sentent coupables. Et ils apprennent vite. Les chiens sont loyaux et apprennent des choses ! Les hommes sont juste… des hommes. Voilà la pire chose qu'on puisse dire sur eux. Les hommes ne sont pas des porcs, des rats ou des serpents. Les hommes sont des hommes, dis-je en posant mes yeux sur lui. Enfin, sans vouloir te vexer.

– Pas le moins du monde. Tu peux m'inclure dans ce groupe.

– Non, toi, tu ne traites pas mal les femmes. Tu préfères d'ailleurs ne pas avoir d'histoires d'amour et ne pas leur faire perdre leur temps. C'est différent. Jason, lui, m'a menée en bateau. Il m'a dit ce qu'il fallait au début, jusqu'à me savoir prisonnière. Une fois que je me suis installée chez lui, il m'a montré son vrai visage. Ça n'a toujours été qu'un jeu pour lui. Toi, tu ne joues pas. Tu ne montes pas sur le ring parce que tu ne veux pas faire perdre de temps aux femmes. C'est noble de ta part.

Il secoua la main.

– Je ne sais pas si c'est noble. C'est peut-être tout simplement de la peur.

– De quoi aurais-tu peur ?

Il sourit.

– De beaucoup de choses, Rouge.

Bon sang, ses fossettes étaient dangereuses. Connor Roe était l'homme parfait. Beau, charismatique, charmeur. La seule ombre au tableau : son incapacité à s'engager en amour.

– Je me mens en permanence.

– À propos des relations amoureuses ?

– Oui. Je travaille beaucoup, j'ai un problème de dépendance au travail, mais si je le voulais, si je le voulais vraiment, je pourrais être en couple.

– Alors pourquoi tu es célibataire ? Tu as les femmes à tes pieds. Tu es loin d'être un salaud. Tu es charmant et généreux. Et en plus, tu es célèbre sur TikTok. Tu pourrais faire exploser le nombre de tes followers en filmant ta compagne sur TikTok et en la rendant célèbre à son tour. Donc c'est quoi le problème ?

– Tu veux l'excuse toute faite ou la vérité ?

– Je crois que, toi et moi, on est plus doués pour la vérité.

– Je n'ai pas encore trouvé l'amour parce que je ne l'ai pas cherché. L'amour, c'est beau. C'est pour ça que j'aime créer des étincelles d'amour dans ma vie. Mais l'amour qui se veut éternel me terrifie parce que je sais combien ça fait mal quand ça dégénère. Ma mère a failli mourir deux fois. Ça n'est pas arrivé du jour au lendemain. Elle a dû se battre à deux reprises contre le cancer et, à chaque fois, je l'ai regardée souffrir. Très jeune, j'ai dû me faire à l'idée que je pouvais perdre ma mère. Ça a failli me tuer. Je ne veux plus jamais revivre le fait de pouvoir perdre quelqu'un. C'est trop dur pour moi. Du coup, je ne m'autorise pas à aimer. J'ai peur de l'amour parce qu'il entraîne la possibilité de la perte. Rien ne dure éternellement.

Nous avions déjà partagé beaucoup de choses intimes au fil de nos discussions, mais j'avais la sensation que Connor venait de me confier quelque chose d'extrêmement personnel, qu'il n'avait partagé avec personne d'autre.

– C'est drôle, répondis-je en passant mes doigts dans mes cheveux, je crois que je suis tout à fait l'opposé de toi. Je cours après l'amour parce que je n'en ai jamais reçu petite. J'aurais tout donné pour avoir une mère, même s'il avait fallu la perdre un jour. Aimer sans que ça dure, c'est d'après moi beaucoup mieux que de ne jamais pouvoir aimer. En revanche, mon problème à moi, c'est que j'accepte d'aimer des personnes comme Jason ou comme Mario, mon ex avant lui. Je me donne tout entière à des hommes qui ne me méritent pas.

– Wouah, lâcha-t-il en secouant la tête et en applaudissant lentement.

– Quoi ?

– Ça fait plaisir de voir que tu te rends enfin compte de ce que j'ai perçu lorsque je t'ai vue pour la première fois : tu es une fille en or.

Je haussai les épaules en riant.

– Il m'aura juste fallu deux hommes infidèles, un mariage raté et un faux coach de vie pour y arriver.

– Peu importe ce qu'il t'a fallu traverser. Ce qui compte, c'est le résultat. À moi de te poser une question profonde.

– Vas-y.

– Tu as déjà essayé de retrouver tes parents ?

– Oui, mais ça n'a jamais rien donné. J'ai laissé tomber il y a quelques années. À quoi bon consacrer des recherches à des gens qui n'ont pas essayé de me trouver ?

– C'est vraiment dommage qu'ils n'aient pas la chance de te connaître.

J'entrouvris les lèvres, mes yeux plongés dans les siens. Mon cœur abîmé battait pour lui, c'était une évidence. Je lui adressai un petit sourire timide avant de secouer la tête.

– Ne fais pas ça, Connor.

– Quoi donc ?

– Tu me donnes l'impression d'être importante.

Ses fossettes s'accentuèrent.

Bon sang, je n'aurais pas dû les aimer autant, mais comment faire autrement ?

– Hé, Rouge ?

– Oui, Captain ?

– Tu veux bien filmer une danse TikTok avec moi ?

CHAPITRE 31

AALIYAH

Qu'est-ce qui rendait la cohabitation difficile avec Connor ? Qu'il soit aussi séduisant et gentil. Ç'aurait dû être interdit – les autres hommes faisaient pâle figure à côté. Un de ses passe-temps préférés consistait à se promener torse nu. Certains jours, il débarquait dans le salon dégoulinant de sueur. J'en avais des palpitations, comme si je n'avais pas vu un homme sans tee-shirt depuis dix ans.

Il n'y avait pas que son corps mince et musclé qui m'attirait. J'adorais aussi ce ton professionnel qu'il prenait au téléphone pour le travail. Il montrait que c'était lui qui était aux manettes. Il était rigoureux dans ses conversations et s'exprimait avec autorité. Sa détermination était hyper sexy.

À côté de ça, sa propension à raconter des blagues de mauvais goût me faisait encore plus craquer pour lui. Rien qu'avec les mouvements qu'il effectuait avec sa bouche en parlant, avec sa façon de se mordiller le coin des lèvres en essayant de se remémorer une chute, il était torride.

Et lorsqu'il cuisinait ? Seigneur ! Il était tellement sexy. J'étais dans tous mes états quand il cuisait des œufs ou grillait du pain.

Son rire, ses grimaces, ses sourires en coin… tout m'attirait chez lui. Je me demandais si j'allais être capable de tourner la page, le moment venu. Plus il prenait de la place dans ma vie, plus je souhaitais qu'il y reste. J'espérais qu'il puisse voir en moi un peu plus qu'une colocataire, un peu plus qu'une amie.

– Tu es sûre que ça me va bien ? demanda Connor.

Nous étions en pleine séance photo dans un entrepôt abandonné. Il portait un costume en velours couleur vert forêt qui lui allait à merveille et avait les cheveux coiffés vers l'arrière avec du gel. Une équipe de maquilleurs professionnels mettaient en beauté son visage tandis que je l'observais, debout près de lui.

Autour de nous, l'équipe photo mettait tout en place pour le shooting sous la direction d'une des plus grandes photographes du milieu : Jean Paxon. C'était elle qui avait réalisé un temps les portraits de la famille royale. Aussi avoir pu la recruter pour cette séance était une véritable aubaine.

– Tu es sensationnel, dis-je à Connor, son café et mon thé dans les mains. Tu verras, il y aura des changements de tenues et tout un tas d'autres trucs. Te voici entre les meilleures mains de la profession. N'oublie pas que tu es déjà un pro de ces choses-là, grâce à ton TikTok.

– Oui, mais là, c'est quand même plus sérieux que les réseaux sociaux. J'ai compté au moins cinquante spots de lumière ! Le magazine sera en vente chez les marchands de journaux. Je ne souhaite pas être moche sur les photos à cause de ma sale tête.

Je levai les yeux au ciel.

– Tu n'as pas une sale tête, Connor.

– Tu me trouves beau, Rouge ? demanda-t-il d'une voix geignarde.

– Non, tu es hideux avec ton nez tordu, tes lèvres toutes fines et tes yeux trop écartés, mais on pourra tout corriger sur l'ordinateur. Il me faut juste une photo décente de toi pour ne pas perdre mon travail. Allez, bois ton café et arrête de chouiner.

Il esquissa un sourire en coin.

– Moi aussi, je te trouve belle.

Quel culot !

– J'aime ton rouge à lèvres. Rouge sur rouge. Cette couleur te va bien.

Je piquai un fard.

Je n'aimais pas le fait d'adorer secrètement qu'il me fasse des compliments. Ça me donnait encore plus envie de lui.

Connor ne semblait pas du tout stressé par la séance photo ou alors, il ne laissait rien paraître. Il obéissait avec application aux consignes de Jean, se montrant dans le même temps sexy et parfaitement professionnel, ce qui était impressionnant. Sur les photos, il avait l'air doux et abordable. J'adorais les clichés où on le voyait rire parce qu'elles capturaient sa véritable personnalité.

Quand le moment des photos torse nu arriva – Jean avait lourdement insisté pour les faire –, j'étais dans tous mes états.

– Pas mal du tout, murmura une fille de l'équipe à côté de moi en découvrant le corps musclé de Connor. Je me demande ce qui se cache dans ce pantalon.

Le marteau de Thor, Mademoiselle.

Le marteau de Thor se cachait dans ce pantalon et possédait un super-pouvoir.

Savez-vous que dans une des définitions du dictionnaire *Urban Dictionary* (dictionnaire du parler jeune) Connor veut dire énorme pénis ? Ce n'est pas moi qui l'ai inventé. D'après ce que j'avais pu observer, Connor portait bien son nom.

Parfois, mes recherches sur Internet m'apportaient de drôles d'informations.

– Il voit quelqu'un ? demanda-t-elle. J'aimerais tenter quelque chose.

Je sentis mes poils se hérisser.

– Il est déjà pris, mentis-je.

Oui, j'avais menti !

Parce que rien qu'à l'idée qu'une femme tente sa chance avec mon mec – euh… non, mon coloc –, j'avais envie de hurler. Pour qui se prenait-elle ? Elle n'avait pas honte de baver sur un homme qui essayait juste de faire son travail ?

Connor n'est pas un morceau de viande ! C'est un être humain ! Un peu de respect, tout de même.

N'avait-elle pas remarqué mon petit numéro ? J'avais pourtant suffisamment semé d'indices. Je portais un rouge à lèvres rouge vif, espérant secrètement que Connor s'en rende compte – victoire ! Ma blouse n'était pas boutonnée jusqu'en haut. *Eh oui !* J'avais sciemment laissé deux boutons ouverts. J'avais aussi dévoilé mes mollets, mis en valeur par des sandales à talons très hauts, ce que je regretterais plus tard en ayant mal aux pieds.

Quand même ! N'avait-elle pas remarqué que j'étais à deux doigts de me jeter sur lui en plein set ? De lui lancer mon soutien-gorge à la figure ? Rouge, par-dessus le marché ! Ne sentait-elle donc pas toutes ces *vibes* autour de moi ? Comment cela avait-il pu lui échapper ?

J'étais écœurée par son manque de respect. M. Roe était interdit d'accès.

Je penchai la tête sans quitter des yeux les abdos de Connor.

– Il y en a une qui a de la chance. Je donnerais tout pour passer ne serait-ce qu'un jour avec lui.

– Sans blague.

– Quelles lèvres ! Je parie qu'il fait des trucs incroyables avec sa bouche. Cette nuit, c'est de lui que je vais rêver.

N'y pense même pas !

Je m'en voulais de lui avoir menti, mais était-ce vraiment un mensonge ? Elle avait demandé s'il voyait quelqu'un. Eh bien oui, moi ! Il me voyait dans son salon, dans sa cuisine et sur sa terrasse.

Il me voyait faire du yoga certains matins et à table le soir. C'était en phase de devenir sérieux.

Mon Dieu. Je perdais les pédales. Il fallait de toute urgence que Connor enfile un tee-shirt.

La dernière photo de la journée devait se faire à Central Park. Connor portait un pantalon de costume gris et une chemise blanche aux manches retroussées. Il était parfait, si naturel. Je ne pouvais pas m'empêcher de remarquer que les gens – des hommes comme des femmes – se retournaient souvent sur lui. S'il n'avait pas travaillé dans l'immobilier, il aurait facilement pu être mannequin.

– Rouge, viens par ici, dit-il, m'extirpant de mes pensées, pourtant dirigées sur lui. Je voudrais faire quelques photos avec toi.

– Quoi ? Non ! Je préfère rester derrière l'objectif.

– J'insiste ! Je veux une photo avec la journaliste qui m'a fait céder pour une interview. C'est une étape décisive, alors ramène-toi !

– Bonne idée, confirma Jean. Une photo pour les archives. Même si elle n'est pas publiée, ce sera un bon souvenir. Vous voulez bien venir ?

Je baissai les yeux sur mon décolleté plongeant, puis j'entendis Connor lancer :

– Arrête. Tu es ravissante, comme toujours.

J'étais très hésitante, mais je ne voulais pas retarder l'équipe. La fin de la journée approchait, il fallait tout ranger. Si je ne voulais pas me faire tuer par Maiv, je devais minutieusement respecter le temps qui m'était alloué et ne pas faire un trou dans le budget.

Je m'approchai de Connor qui m'expliqua alors rapidement quelle pose prendre.

– Fais comme si nous étions un de ces couples influents – Harry et Meghan ou Beyoncé et Jay-Z –, chuchota-t-il. Adosse-toi contre mon dos.

J'obéis à son ordre.

Dos à dos, puis côte à côte. Enfin, sans prévenir, il me souleva dans ses bras avant me faire virevolter dans les airs, ce qui me fit éclater de rire.

– Arrête Connor ! criai-je, mais il continua à me faire tournoyer de plus belle.

Quand il me redéposa au sol, j'avais le tournis. Comme je chancelais un peu, il me serra dans ses bras, posant sa tête sur la mienne. Je me figeai sur place. On aurait dit que Connor avait arrêté le temps.

– Excuse-moi, j'allais trop vite ?

– Oui, trop vite.

– La prochaine fois, j'irai plus lentement.

Je ris.

– Il n'y aura pas de prochaine fois.

– Si, tu peux me croire, Rouge, dit-il en approchant ses lèvres des miennes.

Que se passait-il ? Était-ce une distance normale entre colocataires ? Était-il sur le point de… ?

Oh là là.

Quel homme.

Le temps d'un instant, j'oubliai que nous étions au milieu de Central Park, en pleine séance photo.

Je ne ressentais plus que la fougue de cet instant. Je voulais m'abandonner dans ses bras, goûter ses lèvres et le ramener à la maison pour continuer.

– C'est dans la boîte, lança Jean, brisant mon fantasme.

Je m'éloignai de Connor. L'équipe nous dévisageait. On aurait dit qu'on venait d'être surpris dans un moment très intime. Je me sentis tout de suite gênée, mais je m'efforçai de rester calme.

Je claquai des mains et m'éclaircis la voix.

– Merci tout le monde. La séance est terminée.

***

De retour à la maison, je m'autorisai à absorber un repas plus calorique que d'habitude et ce, pour la première fois depuis plusieurs mois. J'avais choisi de commander du chinois, ma cuisine préférée.

– Tu serais partante pour aller dans le Kentucky avec moi ? demanda Connor en sortant du sac de notre commande de quoi nourrir un bataillon.

Quand je lui avais annoncé que j'étais d'accord pour faire un écart à mon régime, il avait jeté son dévolu sur presque toute la carte du restaurant, histoire de fêter cette occasion.

– Dans le Kentucky ? Tu veux dire, chez toi ?

– Oui. On pourrait y passer un week-end, pour visiter. Ce serait bien pour l'article. Ça te permettrait de découvrir mes racines. Là où tout a commencé.

Je lui souris.

– Très bonne idée. Maiv adore qu'on explore un sujet en profondeur. D'après tout ce que tu m'as raconté, ta mère est très importante dans ta vie.

– C'est la plus importante.

– Depuis combien temps a-t-elle vaincu son cancer ?

– Ça va faire dix ans. C'est génial qu'elle ait passé le cap de la dixième année, dit-il en souriant de plus belle.

– Je suis tellement heureuse pour elle.

– Elle en a bavé. J'ai encore peur que ça revienne un jour, mais pour l'instant, ça va.

– Garde le moral. Dix ans, c'est énorme.

– Je sais. Parfois, je ne peux pas m'empêcher d'être inquiet, mais je suis tellement heureux qu'elle aille bien, poursuivit-il. En tout cas, je sais que je te propose ça un peu au dernier moment, mais je prévois d'y aller dans deux semaines.

Je lui souris.

– Tu as de la chance, c'est le calme plat dans ma vie. J'ai hâte de découvrir ton passé. Je ne suis jamais allée dans le Kentucky.

Il se mit à rire.

– C'est différent de New York. Comme tu dois l'imaginer, les gens de là-bas aiment bien s'occuper des affaires des autres. Ils ont parfois l'esprit un peu fermé, mais ils sont drôles et gentils. En gros, tout le monde se connaît.

Je frottai mes mains l'une contre l'autre.

– J'ai hâte.

– Sans vouloir paraître prétentieux, il faut que je te prévienne d'une chose : je suis une star là-bas – la célébrité de la ville, quoi. C'est un peu dingue, mais tout de même flatteur. L'année dernière, on a donné mon nom à une rue et organisé une grande fête pour l'occasion. C'était fou ! De l'argent un peu jeté par les fenêtres. Mais ils m'adorent.

– Ce n'est pas étonnant !

Il se tourna vers moi et me sourit avant de prendre une assiette.

– Je réserverai demain nos billets d'avion, si c'est d'accord ?

– Parfait. J'enverrai un mail à Maiv ce soir pour la tenir au courant.

– Alors, nous avons du poulet au caramel, du *fu yung hai*, du riz frit à la crevette et des pinces de crabe. Qu'est-ce qui te fait plaisir ?

– Tout.

– Bonne réponse !

Il se mit à préparer mon assiette. J'aurais pu le faire moi-même, mais c'était tellement adorable qu'il veuille me servir en premier. Ensuite, il s'assit à côté de moi sur le canapé et, comme moi, il dévora son plat.

– Je te préviens, si tu viens chez moi dans le Kentucky, les gens vont penser que nous sommes en couple. Je n'ai encore jamais ramené une fille là-bas.

J'éclatai de rire.

– Il va falloir insister pour qu'ils comprennent que c'est faux.

Pourtant, l'idée que nous formions un couple me mettait du baume au cœur. Connor n'était que mon colocataire et mon ami, rien de plus. Mais parfois, comme lors de la séance photo, il lui suffisait d'effleurer ma peau pour que je sente un tas d'émotions déferler en moi. Toute sa personne me couvrait d'étincelles d'amour.

Le seul qui soit capable d'une telle profusion d'affection.

Connor continuait à parler de tout et de rien, puis il s'interrompit et me dévisagea.

– Qu'y a-t-il ? demandai-je.

– Rien. J'étais juste en train de me dire que… ma mère va t'adorer.

Il avait suffi de ces quelques étincelles d'amour pour que mon cœur batte très fort.

CHAPITRE 32

CONNOR

Aaliyah Winters occupait en permanence mes pensées.

Cette fille avait tout pour elle. Pas un jour ne passait sans qu'elle ne me donne le sourire. J'étais attentif à ses petites excentricités, qui m'attendrissaient chaque jour un peu plus. Par exemple, quand elle tapait à l'ordinateur et qu'elle ne se souvenait plus de l'orthographe d'un mot, elle se mettait à claquer des doigts dans les airs jusqu'à ce que ça lui revienne ; avant de manger, elle effectuait une petite danse de joie ; lorsqu'on croisait un chien dans la rue, elle suppliait le propriétaire de l'autoriser à le caresser.

J'aimais bien quand elle essayait de me raconter une blague, mais qu'elle oubliait la chute. J'adorais ce petit gémissement qu'elle poussait chaque fois qu'elle mangeait un truc délicieux. Ensuite, elle me demandait généralement de goûter aussi, pour que je l'imite.

J'adorais ses fesses – je sais, ça paraît superficiel –, mais quel incroyable derrière ! C'était un pur régal de le voir se trémousser dans ses robes, dans ses jupes, dans ses jeans. Punaise, ses fesses dans un jean ! J'étais tout excité rien qu'en la regardant se dandiner dans cette matière. Sans doute parce que je venais du Sud.

Parfois, quand on quittait un restaurant après avoir échangé pour l'interview, je la laissais passer devant, juste pour pouvoir la regarder marcher. Pour voir ses fesses remuer d'un côté, puis de l'autre. Ça me donnait envie de les caresser.

– Tu fais quoi ? m'avait-elle demandé une fois où je m'attardais un peu derrière elle. Tout va bien ?

– Oui, très bien, avais-je répondu avec un sourire en coin. J'ai juste une envie insatiable de prunes.

Je savais qu'elle rougirait, mais j'adorais ça, la voir rougir en ma présence. J'en venais à penser que l'attirance était mutuelle.

Une attirance mutuelle.

Comment mon cœur allait-il gérer ça ?

***

– Tu m'as l'air en pleine forme, dit ma mère au téléphone pendant ma pause déjeuner au bureau.

Impossible de me souvenir depuis quand elle ne m'avait pas dit ça. Je savais que c'était uniquement grâce à Aaliyah qui insistait tant pour que je ralentisse. Ses Pauses Coloc m'avaient conquis.

– Je dors bien en ce moment.

– Oh, mon chéri ! Je suis tellement contente de l'entendre. C'est bien que tu prennes du temps pour toi. En parlant de ça, où en est la promesse que tu m'avais faite ? Tu as trouvé une activité en dehors du travail ?

– Tu vas être heureuse d'apprendre que c'est en bonne voie.

– Sérieusement ? s'exclama-t-elle.

Je sentais combien cela lui faisait plaisir.

– Qu'est-ce que tu fais de beau ?

Je me redressai un peu sur ma chaise en sentant une bouffée de fierté.

– Je suis devenu coach de vie.

Silence à l'autre bout de fil. Un silence blessant qui me fit hausser un sourcil.

– Allô, maman ? Tu es là ?

– Excuse-moi, j'essaie de comprendre, mon chéri. Tu as bien dit coach de vie ?

– Oui, c'est bien ça.

– Ah… Écoute, chéri, je vais tenter d'être le plus diplomate possible, mais, euh… comment peux-tu devenir coach de la vie des autres alors que tu n'as pas de vie ?

– Tu rigoles ?! Bien sûr que j'ai une vie.

– Non, mon biquet. Et c'est avec beaucoup d'affection que je te le dis. Tu ne fais que travailler, travailler, travailler. Tu ne t'amuses jamais.

– Je te signale que je me suis beaucoup amusé dernièrement grâce à ma colocataire qui me force à faire des pauses.

– Comment ça ? Tu as une colocataire ? Je ne suis pas du tout au courant !

Cela faisait longtemps que je n'avais pas parlé à ma mère. J'avais été très occupé par le travail. Je me sentais coupable de ça.

– Une de mes amies a eu quelques ennuis. Pour l'aider, je lui ai proposé de s'installer chez moi…

– *Une amie ?!* s'écria ma mère. Mon Dieu, tu vis avec une femme ?! Dis-moi tout sur elle. Est-elle jolie ? Gentille ? C'est ta copine ? Depuis combien de temps la connais-tu ? Ça fait longtemps que vous êtes en couple ? Oh là là, mon bébé a une copine. C'est super… proféra-t-elle à toute vitesse, clairement atteinte de folie.

– Maman, du calme ! Aaliyah n'est qu'une amie. Rien de plus.

– Il faut que je la rencontre. Viens me voir, ça fait si longtemps tu n'es pas venu. Oh, je pourrais lui préparer une tarte ! Tu sais, tout le monde adore ma tarte aux pommes.

– C'est d'ailleurs pour ça que je t'appelle. Aaliyah est journaliste et elle doit rédiger un article sur moi. J'ai accepté d'accorder une interview exclusive au magazine pour lequel elle travaille. Je voulais lui montrer ma ville d'origine, lui faire découvrir l'endroit où j'ai grandi. Je me suis dit que ce serait…

– Incroyable ! Tu vas nous ramener une fille ! Il faut que je raconte ça à Danny !

Danny ? Il était encore là, lui ?

– Maman, écoute-moi bien : nous sommes de simples amis. C'est tout..

– D'accord. J'ai compris. Je m'assurerai que tout soit parfait pour son arrivée. Mon Dieu, tu me présentes enfin une fille !

Ma mère était officiellement en train de perdre la tête. Elle avait sans doute déjà prévu une cérémonie de mariage. Je priais pour qu'elle ne fasse pas trop de vagues lors de notre séjour dans le Kentucky.

– Peut-on changer de sujet ?

– Vraiment ? Je suis tellement contente d'apprendre ça. Mais j'entends bien que tu es agacé, alors changeons de sujet. Dis-m'en plus sur cette histoire de coach de vie. Qui coaches-tu ?

Comme par hasard, notre conversation revenait sur la fille dont je voulais éviter de parler.

– Aaliyah, justement. Elle a eu pas mal de problèmes avec les hommes. Je l'aide à s'aimer de nouveau. C'est vraiment une fille incroyable, il faut qu'elle le sache.

J'entendais ma mère renifler discrètement à l'autre bout du fil.

– Arrête de pleurer, maman.

– Excuse-moi, c'est tellement touchant de ta part. Tu es un chouette type, Connor Ethan. Je suis fière de toi.

Je levai les yeux au ciel, mais je me sentais tout de même ému. Quand une maman exprime sa fierté, ça fait toujours tout drôle.

– Merci, Mam'.

– Mon petit doigt me dit qu'Aaliyah aussi te coache, d'une certaine façon. Tu as dit qu'elle t'incite à faire des pauses ?

– Oui, c'est vrai.

– Peut-être qu'au bout du compte, tu as autant besoin d'elle qu'elle a besoin de toi.

Cette pensée me fit sourire.

Peut-être bien que oui.

– Mon Connor ! J'aime cette fille, rien qu'à t'entendre en parler. Elle a l'air merveilleuse.

Je savais qu'elle adorerait Aaliyah. C'était tout bonnement impossible de ne pas tomber sous son charme.

Tout à coup, quelqu'un frappa à ma porte. C'était Marie, un panier à la main. Souriant amplement, elle demanda :

– Je peux te voir ?

J'étais tout à fait déconcerté.

– Maman, je dois te laisser. On se rappelle plus tard.

– D'accord, mon chou. Je t'aime.

– Je t'aime, moi aussi.

– Dis à Aaliyah que je lui passe le bonjour ! ajouta-t-elle avant de raccrocher.

Posant mon téléphone, j'adressai un sourire à Marie. Je ne l'avais pas revue depuis que le mariage avait été annulé. Tout ce que je savais, c'était qu'Aaliyah lui avait demandé de la laisser tranquille. J'étais lucide quant à la situation. Lorsqu'un couple se sépare, il n'y a pas uniquement deux personnes qui sont concernées par la rupture, mais tous ceux qui les aiment. De toute évidence, Marie adorait Aaliyah. Elle la traitait comme sa propre fille, donc c'était dur pour elle de la perdre.

– Bonjour Connor, dit-elle en entrant dans mon bureau. J'étais dans le quartier pour passer voir Walter au bureau et j'ai eu envie de te rendre visite. Il se trouve qu'hier j'ai eu une envie frénétique de cuisiner et j'ai fait trop de biscuits.

Elle déposa une boîte pleine devant moi, puis elle recula de quelques pas.

– Ce n'était pas la peine, mais ça me fait très plaisir, dis-je.

C'étaient mes cookies préférés, ceux à l'avoine et au chocolat. J'aurais pu tous les avaler d'un coup, mais je ne voulais pas passer pour un sagouin devant Marie.

– Je sais que ce sont tes préférés. Je ne voudrais pas t'embêter, mais aurais-tu des nouvelles de Jason dernièrement ?

– On a échangé par mail quelquefois pour finaliser des contrats. Je l'ai appelé la semaine dernière, mais c'est tout.

– D'accord. Ça ne m'étonne pas. Vous ne pensez qu'au travail, tous les deux. Comme Walter. Je suis entourée d'hommes accros au travail, dit-elle en plaisantant, avant de dodeliner sur ses talons hauts et d'ajouter : Je ne veux pas te retenir, mais aurais-tu une minute pour qu'on discute ?

Je penchai la tête, étonné. Puis je fis un geste pour l'inviter à s'asseoir sur la chaise vide devant moi.

Elle s'y installa et croisa les jambes. Avec ses lèvres rose fuchsia et ses faux cils qu'elle faisait battre en me regardant, Marie était sur son trente-et-un, comme d'habitude. On aurait dit qu'elle se rendait tous les jours à un défilé de mode.

Elle pinça les lèvres, puis pianota des doigts sur ses cuisses.

– C'est tellement dommage, n'est-ce pas ? Ce qui s'est passé avec le mariage.

– Je suppose qu'on peut dire ça.

Ou que c'est la plus grosse aubaine du siècle.

– Je suis vraiment désolée pour eux. Je sais que mon pauvre Jason a juste été pris de panique, il a eu la frousse. Je ne cherche pas à l'excuser, loin de là. Mais il n'a pas l'habitude de partager sa vie avec quelqu'un d'aussi bon qu'Aaliyah. Toutes les filles avant elle n'étaient que des… fillettes, voilà tout. Elles étaient immatures, Jason se retrouvait toujours mêlé à des problèmes. Tandis qu'Aaliyah… (Elle s'interrompit, le regard ému, puis elle haussa les épaules.) Aalilyah est une sainte. Elle est mature, la tête sur les épaules.

J'étais tout à fait d'accord avec elle sur ce point, mais je ne comprenais pas pourquoi Marie me parlait de tout ça.

– Excuse-moi, Marie. Je suis d'accord, ce qui s'est passé est terrible, mais je ne vois pas trop ce que tout ça aurait à voir avec…

– J'ai eu vent d'une rumeur. C'est vrai que tu accordes une interview à *Passion* ?

Je me redressai un peu.

– Oui, je confirme.

– Aaliyah se charge de t'interviewer ?

Pourquoi avais-je le sentiment que cette conversation ne présageait rien de bon ?

– Oui… Après le mariage, elle a eu de sérieux problèmes puisqu'elle avait déjà démissionné de son travail. Sa patronne lui a proposé de la reprendre et de lui accorder une augmentation à condition qu'elle parvienne à obtenir un entretien exclusif avec moi. J'ai eu envie de l'aider.

– C'est tout à fait normal. Je t'en suis reconnaissante. Je sais que Jason ne l'a pas laissée dans une très bonne situation. Tu es un chic type, Connor. Tu l'as toujours été.

Je clignai plusieurs fois des yeux, sans trop savoir quoi dire.

Elle aussi cligna des yeux tout en m'adressant un sourire embarrassant.

Je me mis à remuer des papiers sur mon bureau.

– Bon, j'ai beaucoup de travail qui m'attend…

– Pourrais-tu glisser un mot en sa faveur ? dit-elle de but en blanc.

– Pardon ?

– Un mot en faveur de Jason. Pourrais-tu dire à Aaliyah qu'il a commis une erreur et qu'il veut qu'elle revienne. C'est ce qu'il souhaite.

Ce n'était pourtant pas vraiment ce qu'il avait exprimé à Aaliyah le jour de son déménagement.

– Je ne crois pas que ce soit une bonne idée. Je n'aime pas me mêler des problèmes des autres.

– Bien sûr, je comprends. Mais pourrais-tu juste lui faire comprendre que si elle se remet avec Jason, tout s'arrangera ? Tu es quelqu'un de fiable, Connor. Les gens tiennent compte de ton opinion.

– Je ne suis pas vraiment à l'aise avec ça. Désolé, Marie.

Une lueur d'agacement brilla dans ses yeux avant qu'elle ne plaque un sourire sur son visage. Un sourire factice qui ne faisait que contenir sa colère. Je savais qu'elle était affectée par leur rupture, mais elle paraissait prendre son rôle de mère poule un peu trop au sérieux.

Elle se leva, puis elle fit quelques pas vers moi pour poser sa main sur la mienne.

– Penses-y, veux-tu ? Je suis sûre que tu finiras par te rendre compte que défendre Jason est la bonne chose à faire.

Et si je disais non ?

J'esquissai un sourire. Elle devait bien s'apercevoir qu'il n'était pas sincère, mais je m'en fichais.

– Bonne journée, Marie. Et encore merci pour les biscuits.

– De rien, mon chou. Prends soin de toi, dit-elle en glissant son sac sur son épaule.

Elle s'éloigna, mais soudain, elle se tourna de nouveau vers moi :

– J'ai appris que tu as trouvé un immeuble pour développer le projet qui te tient à cœur avec Walter.

Je te félicite de ne jamais baisser les bras pour réaliser ton rêve. J'espère que ça va marcher cette fois. Ce serait vraiment dommage que cette vente n'aboutisse pas, comme les autres…

Sur ce, elle quitta la pièce, laissant planer un malaise. Venait-elle de… me menacer avec un grand sourire aux lèvres ? Non. Marie ne ferait jamais ça. Elle était douce comme un agneau. Seulement, l'air avec lequel elle avait évoqué mon projet, m'avait fait… froid dans le dos.

Je décidai de ne plus y penser. Après tout, c'était juste la tentative désespérée d'une mère qui n'arrivait pas à faire le deuil d'une belle-fille géniale. Moi aussi, ça me rendrait dingue de perdre Aaliyah.

– Salut, lança Damian en s'asseyant sur le siège en face de moi. Aaliyah va avec toi dans le Kentucky ?

– Comment tu le sais ?

– Ta mère vient de m'envoyer un texto hyper-enthousiaste.

Damian et ma mère s'entendaient à merveille. Damian détestait le monde entier, sauf ma mère et moi. D'ailleurs, tous les deux communiquaient même plus entre eux que moi avec chacun d'eux.

– C'est une bonne opportunité pour l'article. Il faut qu'elle sache d'où je viens.

Il cligna des yeux plusieurs fois avant d'ajouter :

– D'accord.

Je haussai un sourcil.

– Qu'est-ce qu'il y a ?

– J'ai juste dit d'accord.

– Oui, mais tu l'as dit d'une drôle de façon.

– Je trouve ça bizarre que tu prétendes l'emmener là-bas pour le travail alors qu'à mon avis, tu veux simplement passer du temps avec elle dans ta ville d'origine.

Je ricanai.

– Pardon ?

– Laisse tomber. Je trouve ça super.

Je levai un sourcil.

– Vraiment ?

– Oui.

– C'est tout ce que tu avais à me dire ?

– Qu'est-ce que tu voudrais que je te dise de plus ?

– C'est toi le spécialiste de la vie secrète des gens. Tu trouves toujours des saloperies sur n'importe qui. Puisque tu as rencontré Aaliyah plusieurs fois, j'aimerais savoir ce que tu penses d'elle.

– Pourquoi ? Ce n'est pas moi qui me fais interviewer par elle.

– Parce que tu es mon ami.

– Arrête ton char, Connor.

– Damian, tes opinions comptent vraiment pour moi. J'aurais dû t'écouter au sujet de Rose et d'autres personnes que j'ai embauchées par le passé. Donc, s'il y a quelque chose sur Aaliyah que je dois…

– Tu l'aimes.

– Quoi ?

– Tu as des sentiments pour elle. Depuis le début, c'est évident. Mais tu as trop peur de le reconnaître. L'engagement te terrifie. D'ailleurs, tu fais tout pour avoir cette fille dans ta vie. Tu détestes l'idée qu'elle n'en fasse pas partie. Preuve numéro un : tu as accepté une interview avec elle. Preuve numéro deux : tu lui as demandé de vivre avec toi. Preuve numéro trois : tu vas l'emmener dans ta ville pour rencontrer ta mère.

– Elle y rencontrera d'autres personnes, m'exclamai-je.

Damian leva les yeux au ciel.

– En gros, vous êtes en couple, sans toutefois coucher ensemble.

– Quoi ? Mais non. On est amis ! Potes. Colocs. C'est tout.

Ah, comme c'est facile de se raconter des balivernes !

– Comme tu voudras, mon grand. Tu pourrais tout de même reconnaître tes sentiments pour elle et voir jusqu'où ils te mènent. Hélas, tu es trop trouillard. Et moi qui pensais que j'étais le seul à subir des traumatismes. J'imagine que même les millionnaires ont besoin d'un psy.

Je le dévisageai en silence, clignant rapidement des yeux.

– Il me semble t'avoir demandé des informations sur elle, pas sur moi.

– Ça fait plusieurs semaines que j'ai fait des recherches sur elle, dit-il en haussant les épaules. Je l'apprécie. C'est quelqu'un de bien.

La seule personne qui avait droit à ce qualificatif, c'était ma mère. Et il faut savoir que, tous les mois, elle lui envoyait un colis plein de bonnes choses.

– Enfin bref, il faut que je me remette au travail. Au fait, tu as vu le mail de Walter ? demanda Damian en se levant. Il a envoyé une réponse au sujet de l'immeuble dans le Queens. C'est presque dans la poche. Il suffit d'établir les contrats et de signer. Félicitations, Connor. Il est bientôt à toi.

Yes !

J'avais réussi.

Cette bonne nouvelle calma mon esprit. Ça faisait des années que j'œuvrais pour que ce projet se concrétise. C'était inespéré que la vente ne tombe pas à l'eau comme les autres. J'étais ému. Et je savais à qui je voulais l'annoncer en premier.

***

– Les yeux bandés, c'est vraiment nécessaire ? dit Aaliyah en riant. C'est un peu flippant, sans doute parce que j'ai vu trop de films d'horreur. Mais si tu dois me tuer, je préfère que tu me préviennes.

Je ricanai.

– N'en fais pas tout un plat. Si je voulais te tuer, je l'aurais fait le soir d'Halloween.

– C'est rassurant.

– On y est presque. Luis se gare.

Je sortis de la voiture, puis j'aidai Aaliyah à se lever. Tout du long, elle rit, ce qui me faisait rire aussi.

– Ça va ? demandai-je.

– Oui, ça va, dit-elle une fois sur le trottoir. Maintenant je peux l'enlever ou… ?

– Attends encore un peu. En fait, je voudrais te montrer quelque chose qui sera utile pour l'article. Tu te souviens, tu m'avais dit que tu voulais présenter mon passé, mon présent et mon avenir ?

– Oui.

– Pour l'instant, il n'a été question que du présent, au sein de mon travail. Mais là, je veux te montrer le prochain chapitre de ma vie. L'avenir de Roe Immobilier !

Je me plaçai derrière elle et dénouai son foulard. Aaliyah scruta le bâtiment en ruine qui s'élevait devant elle. Elle écarquilla les yeux, puis tourna la tête vers moi.

– C'est l'immeuble qui accueillera des appartements de luxe pour les gens défavorisés ?

J'acquiesçai.

Prise d'une bouffée d'enthousiasme, elle se mit à sautiller et me prit dans ses bras, me forçant à l'imiter.

– Ça y est, Connor ! Tu as réussi ! C'est *dingue !* cria-t-elle, euphorique.

Sa propension à célébrer mon rêve m'émouvait. D'habitude, la seule à me soutenir autant pour ce projet, c'était ma mère.

– Arrête, Rouge, tu vas me faire pleurer, dis-je sans vraiment plaisanter.

Lorsque je levai les yeux sur elle, mon cœur faillit exploser. Des larmes coulaient sur ses joues.

Elle les essuya en rougissant.

– Désolée, Connor. C'est parce que tu as réussi.

Elle cessa de s'agiter et se résolut à observer les fenêtres cassées et les murs couverts de graffitis. Même si cet immeuble était en train de tomber en ruine, elle était capable de voir son potentiel.

Elle se tourna vers moi avec un sourire tellement chaleureux.

– Tu l'as fait, Connor. Je suis si fière de toi.

Mes larmes montaient. Je me pinçai l'arête du nez et m'éclaircis la voix. Je sentais qu'elles menaçaient de couler. Le fait qu'elle affirme être fière de moi chatouillait une corde que je pensais hors d'atteinte.

– Merci, Rouge. Ça compte beaucoup pour moi. Le vendeur a accepté de me laisser les clés. Nous avons trois heures devant nous.

Elle me tendit sa main.

– Dépêchons-nous ! Je veux tout voir.

Le ciel s'était assombri, signe qu'un orage allait bientôt éclater. J'aurais pourtant juré voir le soleil sur Aaliyah.

Je lui fis visiter les sept étages qui comportaient chacun dix appartements. J'allais donc pouvoir héberger soixante-dix familles en tout. Pour Aaliyah, il fallut marquer des pauses régulièrement. Mais, même à bout de souffle, elle ne cessait de sourire. Sa joie était contagieuse.

– Tu vois, Captain, fit-elle alors que nous avions atteint le septième étage, à cet endroit, il y aura un salon pour la famille. Là, la chambre du petit Timmy, et ici, celle de Sara. La chambre parentale possédera une baignoire de luxe et un loquet à la porte pour que la maman puisse profiter d'un moment pour elle. Ils construiront de beaux souvenirs dans ce lieu, dit-elle en dansant sur la pointe des pieds jusqu'à la salle à manger avant de faire semblant de s'asseoir à une table. Ils pourront rire autour des repas et discuter de la vie. Les enfants feront leurs devoirs. La famille s'aimera. Tout ça grâce à toi.

– Tu es trop bonne pour ce monde, Rouge.

Elle était même trop bien pour moi. Or, de jour en jour, je succombais un peu plus pour elle. Je n'avais pas tiré au clair mes sentiments à son égard, mais je sentais que notre lien ne cessait de croître.

– On continue la visite ?

Je la guidai jusque sur le toit-terrasse. Les nuages étaient plus sombres encore qu'à notre arrivée. Le tonnerre grondait dans le ciel. L'orage était imminent.

Aaliyah arpenta la terrasse, les bras écartés.

– C'est là que seront les jardins partagés ?

– Oui ! Il y aura des barbecues et des bancs un peu partout. Les familles pourront ramasser des légumes frais quand elles le souhaiteront, sous la supervision d'un jardinier salarié.

Je sentis une première goutte de pluie sur mon visage. Aaliyah aussi avait dû en sentir une. Elle regarda le ciel.

– Ton rêve va se réaliser.

– C'est incroyable, dis-je en saisissant ses mains. Tu veux bien m'accorder une danse ?

Elle n'hésita pas un seul instant. Je la pris dans mes bras pour la faire valser, en faisant mine qu'il y avait de la musique. La pluie tombait de plus en plus. Je lui proposai de courir nous abriter, mais elle refusa.

– Encore un peu, murmura-t-elle, la tête contre mon torse, tandis que nous bougions au ralenti sous la pluie. J'entends les battements de ton cœur, ajouta-t-elle.

– Il bat pour toi, avouai-je.

Au départ, je n'étais pas sûr de l'avoir vraiment dit tout haut mais, découvrant son regard, je sus qu'elle m'avait entendu.

J'étais terrifié à l'idée de dévoiler mes sentiments pour elle, car il me serait impossible de revenir en arrière. Seulement, Damian avait raison. L'idée qu'elle ne soit plus dans ma vie me rendait fou. Comment imaginer ne jamais connaître la saveur de ses lèvres ?

Ses magnifiques lèvres.

Je voulais les embrasser. Me les approprier.

J'ouvris la bouche pour parler, pour dépasser mes peurs et lui confier mes secrets, mais soudain, ce fut le déluge. Un éclair zébra le ciel. La pluie battante nous éloigna un instant, mais je restai là, car tout ce que je voulais, c'était l'embrasser.

Et elle, le voulait-elle aussi ?

CHAPITRE 33

AALIYAH

Il allait m'embrasser.

C'était certain. Ou peut-être que j'avais imaginé qu'il s'était penché vers moi ? Peut-être que ce n'était qu'un rêve, le souhait que ses lèvres rencontrent les miennes et que sa langue s'engouffre dans ma bouche.

Ma peau tremblait sous la pluie. Nous nous scrutions en silence. Il aurait fallu se mettre à l'abri, mais nous restions là, immobiles. Trempés jusqu'à la moelle. Les yeux dans les yeux, l'âme exposée.

Je crevais d'envie qu'il m'embrasse. Qu'il me dise la vérité, qu'il avoue avoir des sentiments pour moi, lui aussi. Je voulais prendre sa bouche et m'offrir tout entière.

Il regarda par terre un instant. Lorsqu'il leva de nouveau les yeux sur moi, il paraissait au bord de l'explosion.

– Tu me fais peur, Aaliyah.

– Comment ça ?

– J'ai peur parce que, chaque jour, je me réveille en pensant à toi. Toutes les nuits, tu es dans mes pensées… Je suis en train de tomber…

Il se racla la gorge. Je savais combien c'était difficile pour lui de se confier. Je savais combien les relations lui faisaient peur. Mais il poursuivit :

– J'en pince pour toi, Rouge. Et ça me fait peur.

Mon cœur faillit s'arrêter. Peut-être qu'il s'était vraiment arrêté. Peut-être que ses paroles l'avaient guéri. En réalité, tout ce que je savais, c'était que toutes les parcelles de mon cœur brisé lui appartenaient.

Je le fixai, totalement déconcertée par ce qu'il venait de dire. Était-ce le fruit de mon imagination ? J'avais tant rêvé qu'il me dise ça. Je ne savais pas quoi dire parce que j'avais peur qu'il ne s'agisse que d'un rêve. J'avais peur qu'au petit matin, il se rétracte et recommence à craindre l'amour.

Alors, comme s'il avait perçu mes inquiétudes, il parla de nouveau :

– J'ai peur parce que je n'ai encore jamais ressenti ça. J'ai peur parce que tu arrives à me détourner de mon travail. Tu me donnes envie de faire autre chose que de me soucier de ma carrière. Tu me redonnes goût à la vie parce que tout est si magique chez toi.

– Connor…

– Ne dis rien, Rouge. Je sais que tu viens à peine de terminer une relation. Je sais que tu es encore sur le chemin de la guérison, mais… c'est toi que je veux. Je te veux plus que tout au monde. Prends le temps qu'il faudra avant d'être prête. Je t'attendrai, parce que… c'est ça que…

– C'est toi que je veux, murmurai-je en prenant ses mains.

Je baissai les yeux sur nos doigts entrelacés et le regardai de nouveau.

– J'en pince pour toi, aussi. J'avais tellement envie de te le dire, m'exclamai-je. Je pensais être la seule à le ressentir.

– Non ! Ça fait un moment que je le ressens, mais je ne voulais pas t'en parler. Ça m'effrayait. J'ai si peur, Aaliyah… mais j'ai encore plus peur de ne pas nous donner une chance.

– Connor ?

– Oui ?

– Embrasse-moi.

Sans hésiter, il prit ma bouche.

Il avait le goût de mes contes de fées préférés. La pluie continuait de tomber. Il m'embrassa comme s'il essayait de me prouver ses sentiments, de me montrer qu'ils étaient vrais. Véridiques et puissants. Une force qu'aucun des deux n'imaginions possible.

Enfin, peut-être que si. Peut-être que nous le savions depuis le début, depuis cette nuit d'Halloween où j'avais décidé de tomber amoureuse d'un inconnu.

Deux ans plus tard, j'étais vraiment amoureuse.

Je lui rendis son baiser avec la même fougue, en gémissant dans sa bouche. Il me serra dans ses bras, caressant doucement de sa main le tissu de ma robe sur ma cuisse. Nos vêtements étaient trempés, épousant toutes les courbes, tous les muscles sur notre peau.

J'aimais la façon dont ses mains se promenaient sur moi. J'aimais sentir sa langue danser avec la mienne. J'aimais son toucher. Ses baisers.

– Si jamais tu ne veux pas, il suffit que tu me dises stop, Rouge… Enfin, sache que j'ai tellement envie de toi… De toi tout entière. En revanche, si c'est non, c'est non. Mais si c'est oui, alors là…

Il appuya son front contre le mien et ferma les yeux.

– Je t'en supplie, dis-moi oui !

Je plaquai mes mains sur son torse. Je sentais tous ses muscles sous la chemise grise qui collait à sa peau. Mes lèvres s'entrouvrirent contre les siennes et je chuchotai un « oui ».

En moins d'une seconde, il arracha mes vêtements. Je fis de même. Nous nous étions jetés l'un sur l'autre, comme si c'était le seul moyen d'élucider le mystère de notre destinée. Puis il m'allongea doucement par terre en écartant mes jambes. Tout d'un coup, il plaça mes jambes sur ses épaules et se pencha entre mes cuisses. Ses doigts caressaient ma peau et sa bouche suivait le tracé de ses doigts, déposant des baisers et de doux suçons tout le long. Il léchait sur ma peau nue les gouttes de pluie qui continuaient de s'abattre sur nous. J'étais parcourue de frissons de plus en plus forts à mesure qu'il s'approchait de mon entrejambe.

Il était si près à présent que son souffle réchauffait le haut de mes cuisses. Sa bouche se fixa à cet endroit. Il lécha ma peau sensible, l'aspirant entre ses lèvres charnues. Cela fit décoller une fusée de désir et de plaisir.

– Je t'en prie, dis-je en gémissant.

Je savais exactement où je voulais sa bouche.

Putain…

Je haletais, car il avait atteint mon clitoris et s'en occupait à merveille, dans le seul but de me faire grimper au septième ciel. Sa langue glissait sur mon bourgeon, ses doigts cherchaient à entrer en moi. Il me léchait avec intensité malgré la pluie qui tombait. Je geignais, les hanches traversées de secousses, le suppliant d'aller plus en profondeur. Je voulais tout lui donner, tout recevoir.

Je mourais d'envie qu'il me pénètre. Qu'il pousse son sexe dur en moi en restant au-dessus de moi, m'observant d'en haut en me faisant l'amour avec véhémence.

– Dans mon sac, dis-je hors d'haleine, en faisant un geste sur le côté. Capote, ajoutai-je dans un murmure, incapable de faire une phrase.

Heureusement, il avait compris. Il se précipita vers mon sac, plongea sa main dedans et en sortit un préservatif. Puis il s'étendit sur moi, révélant sa grosse verge qui pulsait. Son énorme érection m'appâtait. Il lévitait au-dessus de moi, attendant que je lui donne le feu vert.

Je lui adressai un hochement de tête, étant incapable de prononcer quelque mot que ce fût.

Il prit ma bouche, m'embrassant avec fougue. Je retins mon souffle lorsqu'il s'introduisit en moi, m'offrant tout ce qu'il avait. Mes doigts s'agrippèrent à son dos, mes ongles s'enfoncèrent dans sa peau. Je ne savais pas que ça pouvait être aussi bon que ça. Je ne savais pas que faire l'amour pouvait être comme réunir la vie et la mort, les prières et les péchés, le paradis et l'enfer. Son attitude taquine avait disparu. Quand je croisai son regard, je vis ses pupilles dilatées par le désir, la passion, l'amour.

– Oh, Connor… je t'en prie… continue… dis-je, le souffle court, épuisée, mais dans une extase la plus totale.

J'en voulais plus. Je voulais tout de lui.

– Putain, t'es délicieuse, murmura-t-il contre ma bouche avant de m'embrasser encore plus fort et me pénétrer encore plus profondément.

Impossible de me retenir plus longtemps.

– Connor… je vais…

– Viens ! Jouis pour moi, chuchota-t-il en m'excitant encore plus.

Tandis que mon corps était pris de soubresauts, Connor continua son va-et-vient jusqu'à l'explosion. J'eus un orgasme ravageur contre lui. Il me pénétrait fort, les mains posées sur mes épaules.

– Putain, tu vas me faire jouir aussi.

– Vas-y, le suppliai-je en ouvrant les yeux.

Son regard bleu était plongé dans le mien.

– S'il te plaît, jouis en moi. Je te veux tout entier, Connor…

À ces paroles, il perdit pied, dressé sur ses bras. Il ne s'arrêtait plus, ne cessait d'aller et venir en moi. Et dans un râle, il se soulagea en me donnant tout ce qu'il avait. Puis il s'écroula sur le dos à côté de moi.

Le souffle court, nous restâmes ainsi quelques instants, la pluie tombant sur notre peau.

– Bordel de…

– Merde, complétai-je.

– C'était si…

– Incroyable.

Il y eut un silence de plusieurs secondes. Nous tentions de retrouver une respiration normale. Puis, roulant sur le côté pour me faire face, il arbora un sourire maladroit, celui que j'adorais tant. Et, du bout des doigts, il caressa mon corps.

– Tu es parfaite, murmura-t-il en m'embrassant. Parfaite…

Je poussai un soupir, gagnée par un sentiment de plénitude, et j'ajoutai :

– Nous sommes parfaits.

CHAPITRE 34

AALIYAH

Les jours qui suivirent, au réveil, Connor et moi commencions toujours par faire l'amour. Et nous ne terminions pas nos journées sans faire de même. Nous passions du lit de l'un au lit de l'autre. Quelquefois, nous le faisions sur le comptoir de la cuisine, sur le canapé du salon ou sur la terrasse.

J'adorais faire l'amour sur la terrasse. Le vent soufflait sur ma peau tiède et la lune brillait intensément pendant qu'il me faisait perdre pied. J'adorais la façon dont nos corps s'enchevêtraient, j'adorais ses élans, à la fois tendres et brutaux – il était doux et rugueux, gentil et dangereux. Il aspirait tout mon être au point que j'avais parfois l'impression de disparaître, à bout de forces. Qu'importe. C'était si bon de le sentir à l'intérieur de moi.

Connor me prenait toujours comme si c'était la première et la dernière fois – le meilleur sexe que je n'avais jamais connu. Tant que je n'avais pas pris mon pied plusieurs fois, il ne s'arrêtait pas. Sans doute son côté mec du Sud, galant, qui voulait toujours que je jouisse en premier.

Je le lui rendais bien.

Je n'imaginais pas qu'il était possible que deux êtres se donnent autant de plaisir. J'avais l'impression de vivre dans un rêve. Malheureusement, tous les rêves ont une fin.

Un matin, alors que Connor était en téléconférence, je me réveillai seule. Je souffrais d'atroces douleurs. Ce n'était pas arrivé sans prévenir. Au cours des semaines précédentes, les symptômes du passé avaient refait surface : je me sentais plus fatiguée que d'habitude ; marcher sur de courtes distances m'épuisait ; mes chevilles étaient de nouveau gonflées. Connor l'avait remarqué, mais je prétendais que c'était à cause des chaussures à talons que je portais au travail. Alors il me massait les chevilles et quand il s'endormait, je pleurais en silence, étranglée par la culpabilité.

Je voulais plus de temps.

Le rendez-vous chez mon médecin étant prévu au retour de notre séjour dans le Kentucky, j'avais tout fait pour continuer à aller de l'avant, appréciant les moments de bonheur partagés avec Connor. Mon mantra : vivre et faire encore semblant que ma vie était normale.

Mais là, je ne pouvais plus continuer à me voiler la face.

Mon corps me faisait mal. Je n'avais plus les idées claires. Je frissonnais, pouvais à peine m'asseoir sur le lit. Chaque mouvement était un supplice.

– Non… me dis-je, incapable d'ouvrir les yeux sans avoir le tournis.

Donnez-moi juste un peu plus de temps.

Connor et moi devions bientôt partir pour le Kentucky. Je ne voulais surtout pas annuler ce voyage qui comptait beaucoup pour mon article, mais aussi pour moi. J'avais hâte de le voir sur ses terres, je voulais connaître les gens avec qui il avait grandi et parcourir les rues de son enfance. Comment rater ça ?

Agrippée au bord du lit, je me relevai en position assise. Puis, posant les pieds par terre, je poussai un grognement. Tout me faisait mal. Le degré de douleur que je ressentais était inconcevable pour la plupart des gens. M'asseoir, c'était déjà un supplice. Je peinais à respirer. J'aurais voulu me rouler en boule et éclater en sanglots.

– Ça va aller, me répétai-je.

Ces dernières semaines, Connor n'avait cessé de me le dire aussi, pour m'aider. Mais la douleur était trop forte.

Je tentai de me mettre debout, en vain. Je me sentais faible, tellement fatiguée. Des larmes inondèrent mes joues.

– Ça va aller.

J'avais envie de vomir à force d'avoir la tête qui tourne. Je toussai dans ma main pour que l'air puisse circuler dans mes poumons.

Quelle plaie ! Je haïssais mon cœur. Je ne supportais pas le fait qu'il me laisse tomber. Après m'être sentie si bien pendant si longtemps, en l'espace de deux ans, ma vie avait été bouleversée. C'était tellement dur de voir à quel point les bonnes journées transformaient, par contraste, les mauvaises en enfer.

De mauvaises journées se profilaient à l'horizon et je ne l'acceptais pas.

Il me fallait plus de temps.

J'avais la nausée. Plus que quelques minutes avant de me retrouver au-dessus de la cuvette des toilettes. Le tourbillon dans ma tête rendait ça atrocement clair. Mais je ne voulais surtout pas perdre les pédales alors que Connor avait une réunion dans son bureau.

Connor…

Nous avons besoin de plus de temps.

À ma grande surprise, il débarqua dans ma chambre, un grand sourire aux lèvres. Dans une main, il tenait une boîte, dans l'autre, une boisson verte.

– Bonjour, mon cœur. La réunion s'est terminée plus tôt que prévu, alors je suis sorti acheter le petit déjeuner. Comme tu aimes manger plus sainement que moi, je t'ai pris un jus et une omelette.

L'idée d'avaler quelque chose me souleva l'estomac.

Il s'aperçut que je n'allais pas bien.

– Aaliyah, qu'y a-t-il ? demanda-t-il, visiblement inquiet.

Je devais faire peur à voir.

– Salut, toi, dis-je en voulant me déplacer vers lui, mais les vertiges étaient trop forts.

Connor posa brusquement la boîte et le verre sur la table de nuit et se rua vers moi pour m'aider.

– Désolée, murmurai-je.

– Ne t'en fais pas.

Il me fit asseoir sur le lit. Puis il s'agenouilla devant moi. Il était beau comme un cœur. Moi, je me sentais extrêmement mal à l'aise. Si mon apparence reflétait ma souffrance, alors il devait penser que j'étais à deux doigts de la mort.

Peut-être que c'était le cas ?

– Que s'est-il passé ? Que puis-je faire pour toi ?

– Rien, rien. Ça va. Je me suis juste sentie un peu patraque en me réveillant. C'est tout.

Je ne voulais pas lui révéler ce qui se passait réellement. C'était trop lourd. Je ne souhaitais pas qu'il s'inquiète pour moi.

Il se retroussa les manches et se dirigea dans la salle de bains. Subitement, il ressortit avec une serviette humide qu'il plaça sur mon front.

Cela me soulagea, bien plus je ne l'imaginais. Je gardai les yeux fermés.

– Merci, dis-je en me forçant à ne pas pleurer. Ça doit être une grippe.

– Zut alors ! Nous sommes restés longtemps sous la pluie, l'autre jour. J'aurais dû insister pour que nous nous abritions. C'est de ma faute.

– Non, ce n'est pas de ta faute. Crois-moi.

– En tout cas, je pense qu'il vaut mieux que tu te reposes à la maison aujourd'hui. Quand j'ai une grippe, ça me met totalement K.-O. Du coup, j'adopte le « mode guérison » en me coupant du reste du monde jusqu'à ce que mon état s'améliore.

Si seulement c'était aussi facile pour moi.

– Je vais me reposer aujourd'hui. Ça ira mieux demain, dis-je en essayant de trouver une meilleure position.

Au lieu de ça, ma vision devint trouble. Le martèlement dans ma tête était trop intense. Je fus contrainte de me précipiter dans la salle de bains pour vomir. Non seulement je perdais pied mais, en plus, je le faisais devant Connor. Ça ne pouvait pas être pire.

Mais contre toute attente, il resta à mes côtés dans la salle de bains, retenant mes tresses.

– Peut-être qu'il s'agit d'une intoxication alimentaire ? Quelque chose de mauvais dans la salade que tu as mangée hier ? Enfin, si c'est une grosse grippe, il vaut mieux qu'on change nos billets d'avion…

– Non ! m'exclamai-je en secouant la tête. Ça va aller, je te le jure, Connor. D'ici demain, j'irai mieux.

– Je peux rester avec toi à la maison aujourd'hui.

Je me redressai un peu en affichant un sourire forcé.

– Non, honnêtement, ça va. Je sais que tu as beaucoup de travail. Ne t'inquiète pas, Connor.

Hésitant d'abord, il finit par accepter. Il m'aida à retrouver mon lit, puis il me borda.

– Au moindre souci, tu m’appelles – même si c’est juste pour discuter.

– Merci.

Il déposa un baiser sur mon front.

– Repose-toi bien, Rouge.

– Promis.

Dès qu’il partit, j’appelai mon docteur.

***

– Je suis sûre que ce n’est qu’une grippe, expliquai-je au docteur Erickson, dans son bureau. J’ai commis l’erreur de rester longtemps sous la pluie il y a quelques jours. Je suis persuadée que mon corps est juste en train de lutter contre le virus.

C’était le mensonge que je me racontais déjà depuis quelques jours.

Je voyais qu’il semblait très inquiet en prenant connaissance des résultats de mes examens. Je pris alors conscience que, même si j’avais à tout prix cherché à les négliger, mes craintes me rattrapaient. Le médicament ne suffisait plus pour vivre normalement. Mon corps était défaillant.

– Malheureusement, il ne s’agit pas juste d’une grippe, Aaliyah.

Il s’assit sur la chaise à côté de moi et, tout en retirant ses lunettes, m’adressa un sourire triste.

– Le traitement que nous avons mis en place ne marche plus. Il faut passer à la vitesse supérieure.

– Faire une chirurgie ?

– Dans votre état, c'est trop risqué. Nous devons envisager une greffe. C'est la seule solution pérenne. Sans ça…

Il s'interrompit et esquissa de nouveau un sourire forcé.

– Vous allez passer en priorité sur la liste des demandeurs d'organes. La greffe pourrait arriver d'un jour à l'autre.

– Quand ? Dans une semaine ? Un mois ? Un an ? m'exclamai-je.

Cela faisait plus de trois cents jours que je figurais sur cette liste. Il ne s'était rien passé.

– Vous savez qu'on ne peut pas le prévoir, Aaliyah. Mais ce jour approche. En attendant, nous devons nous assurer que votre état reste stable. Il faut de nouveaux médicaments pour aider votre système. Nous devrons sans doute vous hospitaliser en attendant la greffe, parce que…

– Attendez. Ce n'est pas possible.

Il leva un sourcil, déconcerté de me voir faire non de la tête.

– Dans quelques jours, je pars dans le Kentucky.

Le docteur Erickson me dévisagea comme si j'étais folle.

– Il est hors de question que vous voyagiez en ce moment. D'une part, vous risquez de développer un caillot – rester assise dans un avion n'est pas du tout recommandé. D'autre part, vous n'êtes pas à l'abri de contracter une infection. C'est dangereux de vous retrouver parmi plein de passagers. Mais, avant toute chose, il faut que vous restiez dans le secteur car vous êtes prioritaire sur la liste des greffes et on peut vous appeler à tout moment. Je suis désolé, mais vous ne pouvez pas partir dans le Kentucky.

Mon cœur abîmé se brisa davantage.

– Quoi ?!

– Je suis désolé. Ce n'est pas possible.

Il continuait à parler, mais mon esprit était déjà ailleurs.

En l'espace de quelques semaines, j'avais appris à m'aimer de nouveau, j'étais tombée amoureuse de Connor et j'avais oublié mes problèmes de santé. Connor m'avait offert l'échappatoire dont je rêvais. Chaque jour, je retrouvais un peu plus d'espoir. Me rendre dans le Kentucky avec lui ne faisait qu'accroître mon enthousiasme. Or, rêves et espoirs furent anéantis par l'annonce du docteur Erickson devant ma situation désespérée.

Mon temps s'amenuisait et il y avait de fortes possibilités pour que mon cœur cesse de battre pour de bon.

Cette réalité était trop dure à accepter. J'avais tout fait pour ne pas y penser, mais je devais désormais affronter la vérité. Je n'avais plus beaucoup de temps et, à moins qu'une greffe ne survienne, c'était trop tard.

J'étais en train de mourir.

***

Je retournai à la maison et restai sur le canapé tout le reste de la journée. Maiv m'avait proposé de travailler depuis chez moi, mais je n'étais absolument pas en mesure de me concentrer. Les nouveaux médicaments me faisaient somnoler. Je ne pouvais que me reposer et espérer que la situation s'améliore.

À son retour, Connor accourut vers moi lorsqu'il me vit allongée sur le canapé.

– Tu te sens toujours aussi mal ?

– Oui.

Inquiet, il m'adressa un demi-sourire qui ressemblait plus à une grimace.

– Je n'aurais jamais dû te laisser sous la pluie, l'autre jour. C'était une très mauvaise idée.

– Ce n'est pas de ta faute.

– Je sais. C'est juste que…

Il marqua une pause, regarda par terre, puis plongea ses yeux bleus dans mes yeux noirs. Ils affichaient un tel désarroi que j'en eus mal au cœur. Enfin, il ouvrit la bouche :

– Si quelque chose devait t'arriver, je ne m'en remettrais pas.

J'aimais tellement cet homme. Ce n'était pas le genre d'amour que j'avais connu par le passé. Cette fois, c'était un amour authentique. À la fois excitant et effrayant. Puissant et apaisant. Si je devais mourir en cet instant, je savais que j'avais de la chance d'avoir eu Connor dans ma vie. Je n'aurais pas pu imaginer quelqu'un de mieux à aimer.

– Connor…

Très émue, je voulais lui avouer ce que je ressentais pour lui. Lui confier que, grâce à lui, je me sentais en sécurité dans ce monde imprévisible. Qu'il guérissait les blessures de mon âme, piétinée par d'autres. Que si quelque chose devait lui arriver, je ne m'en remettrais pas non plus.

Au lieu de ça, j'esquissai un sourire et rejetai ces émotions intenses.

– Merci de t'inquiéter pour moi, dis-je en me penchant vers lui.

Je me sentais atrocement affaiblie, mais je ne voulais pas qu'il le sache. Parce que dans notre rêve, je n'étais pas malade. Mon corps ne me faisait pas mal, ma poitrine ne me brûlait pas.

– Je serai toujours inquiet pour toi, rétorqua-t-il. Tu as besoin de quelque chose ? D'une soupe ? De crackers et d'un soda ?

Je secouai la tête, ne pouvant rien avaler.

– Non, ça va.

– Tu veux te reposer sur le canapé ?

– Oui. Je n'ai pas beaucoup bougé de cette position.

– Tu veux que je reste avec toi ?

À ces mots, je sentis une bouffée de bonheur. Si seulement il avait suffi qu'il soit aux petits soins avec moi pour que mon cœur guérisse… j'aurais ainsi pu vivre éternellement.

Je hochai la tête. Immédiatement, il s'allongea contre moi et me serra dans ses bras. Avec ses grands bras enroulés autour de mon corps, il faisait office d'oreiller et de couverture pour moi. Le rêve !

– C'est ce soir que passe *Le Bachelor* à la télé ? demanda-t-il en regardant sa montre.

– Oui, mais je sais que tu n'aimes pas cette émission. Alors je l'enregistre pour la regarder plus tard.

Sans rien dire, il prit la télécommande, alluma le téléviseur et sélectionna la chaîne du *Bachelor*.

– Comment s'est passée ta journée au travail ? demandai-je en tentant de ne pas écouter mon corps endolori.

Je subissais d'affreuses douleurs. Rien que garder les yeux ouverts me coûtait.

– Impossible de me concentrer. J'étais trop inquiet pour toi.

– Je t'en supplie, je ne veux pas que tu t'inquiètes pour moi, Connor.

– Trop tard, Rouge. C'est déjà fait.

Je me blottis contre lui. Dix minutes d'émission suffirent à ce que je m'endorme dans ses bras. Lorsque je m'éveillai au milieu de la nuit pour me rendre dans la salle de bains, à ma grande surprise, il était encore là. Il était resté.

***

Depuis que ma maladie avait refait surface, Connor gardait un œil sur moi en permanence. Il avait annulé notre séjour dans le Kentucky, car il considérait que ce n'était pas une bonne idée de voyager dans mon état. Tant mieux, car je ne voulais pas lui avouer la vérité.

J'essayais encore de faire passer ce mal pour une grippe, mais la gravité de la situation pesait lourd sur mon cœur. Je savais que, tôt ou tard, il me faudrait prendre d'importantes décisions. Redescendre sur terre et affronter mon avenir, ou plutôt mon absence d'avenir. Au lieu de ça, je développai encore plus de sentiments pour Connor. J'étais sous le charme de son allégresse et du refuge qu'il avait créé pour moi. Je préférais prétendre que je n'avais rien. De fait, c'était très facile quand j'étais dans ses bras.

Un soir, alors que nous étions enlacés l'un contre l'autre, Connor regarda son téléphone et son regard s'assombrit.

– Qu'y a-t-il ? demandai-je, décelant une contrariété.

– C'est le travail. Apparemment, il y a des soucis dans nos bureaux de la côte Ouest.

– La branche que dirige Jason ?

Il acquiesça.

– Des contrats sont tombés à l'eau et plusieurs documents importants ont disparu. Je vais devoir m'y rendre pour arranger la situation. Tu ne m'en veux pas si, demain, je pars en Californie ? Je veux simplement m'assurer que Jason ne nuit pas trop à l'entreprise.

– Pas de problème ! Pourquoi veux-tu mon approbation ?

– Je ne suis pas serein à l'idée de te laisser seule, vu que tu ne te sens pas bien.

Je fis mine de rire.

– Connor, je suis une grande fille. Je sais prendre soin de moi.

Sur ce, je me mis à tousser. Alors il fronça les sourcils.

– On dirait que ta toux est grave…

– Ça va aller.

– J'espère. Sinon, tu auras affaire à moi !

Il me serra fort contre lui. Dans ses bras, j'avais la sensation que notre couple était une évidence.

– J'espère que Jason n'aura pas causé trop d'ennuis, dis-je pour changer de sujet.

– Ça devrait aller. Je réparerai toutes ses erreurs. Assez parlé de lui ! Je veux vivre à fond cet instant avec toi.

L'instant présent.

Je me blottis contre lui, engourdie par la douleur, mais profitant de chaque seconde de cet instant. J'étais dans les bras d'un homme que j'aimais. C'était la seule chose qui devait compter.

CHAPITRE 35

CONNOR

Au lieu de profiter d'Aaliyah, je dus partir pour gérer les manquements de Jason. J'en étais révolté. J'aurais tant voulu révéler à Walter que son fils était un moins-que-rien. Malheureusement, je savais que cela n'arrangerait en rien la situation. J'allais devoir faire ce qui était couru d'avance : débarrasser Jason des problèmes qu'il avait lui-même créés.

Arrivé à Los Angeles, je déposai mes affaires à l'hôtel, puis je me rendis directement dans les bureaux pour rencontrer Jason. Je ne voulais pas perdre de temps. Ce qui m'importait le plus, c'était de revenir le plus vite possible au chevet d'Aaliyah, de la serrer contre moi et de vivre heureux avec elle.

À l'accueil, je fus étonné de découvrir un visage familier.

– Rose ? Que faites-vous ici ?

La dernière fois que je l'avais vue, c'était quand je l'avais licenciée et qu'elle m'avait montré un tout autre visage.

Elle m'adressa un sourire en coin en exhibant son décolleté.

– J'ai choisi d'aller là où mon travail serait reconnu à sa juste valeur.

– Vous vous foutez de moi ?

Elle mâchouillait un chewing-gum tout en enroulant ses cheveux autour d'un doigt. Son sourire était digne d'une sorcière de conte de fées. Ursula, c'est toi ?

– Il se trouve que détenir des informations compromettantes sur quelqu'un, ça peut ouvrir des portes.

– De qui parlez-vous ?

– De vous.

Que pouvait-elle avoir sur moi ?

– Vous pensez vraiment que Damian est le seul à dénicher des détails scabreux sur les gens ? dit-elle en ricanant.

Elle était vraiment insupportable. Comment avais-je pu croire à son numéro de sainte-nitouche ?

Bravo, Rose.

– Qu'est-ce que vous avez sur moi ?

– Je vous ai vu danser avec l'ex de Jason sur TikTok. C'est sûr que vous couchez ensemble. Quand on se regarde comme vous le faites, il y a forcément du sexe. On vous a aussi pris en photo dans Central Park presque en train de vous emballer. Quand je pense que vous m'avez virée parce que j'ai couché avec Jason, alors que vous, vous vous tapez son ex. C'est du foutage de gueule !

– Je ne suis pas certain que vous soyez sur la bonne piste. D'ailleurs, tout ça ne vous regarde pas.

– Si, ça me regarde, puisque vous m'avez foutue à la porte.

– Je n'ai pas le temps pour ces balivernes, dis-je, fatigué de parler avec une enfant.

Je me ruai dans le bureau de Jason.

– Connor ! Je ne m'attendais pas à ce que tu débarques avant le déjeuner, s'exclama-t-il lorsque je fis irruption.

Sur son bureau s'entassaient des piles de documents. Derrière elles, Jason affichait un sourire narquois. Pour quelqu'un qui ratait sa vie, il avait un sacré toupet.

– Assieds-toi, ordonna-t-il en désignant la chaise devant son bureau.

J'obéis, les mains crispées.

– Il paraît que des documents ont disparu et que des contrats sont tombés à l'eau ?

Il secoua les mains.

– Pas du tout. J'ai inventé ça pour te faire venir. Côté boulot, tout va bien.

– Tu te fous de moi, Jason ? Pourquoi je suis là ?

La colère bouillait en moi. Pas étonnant. Côtoyer ce type avait le chic pour me mettre hors de moi.

Il s'appuya contre le dossier de sa chaise en plaquant ses mains sur sa nuque.

– Tu pensais que ça ne me reviendrait pas aux oreilles, toi et Aaliyah ? Rose m'a tout raconté, tout montré.

– C'est pour ça que tu m'as fait traverser le pays ? Pour des vidéos et des photos de nous qui t'ont mis en colère ?

– Tu dis « nous », comme s'il y avait vraiment un truc entre toi et Aaliyah. Mais ce serait ridicule.

Je restai silencieux, parce que je n'avais pas besoin de dire ou de lui prouver quoi que ce soit.

Il leva un sourcil et se pencha en avant.

– J'y crois pas ! Tu es vraiment avec elle ?

– Ma vie privée ne te regarde pas.

– Si, puisque tu es avec mon Aaliyah.

– Elle n'est pas à toi, tu sais. Tu l'as laissée tomber le jour de votre mariage. C'était la fin de ta relation avec elle.

– Alors tu t'es dit : pourquoi pas ramasser les miettes ?

Je pris une profonde inspiration et secouai la tête en me levant de la chaise.

– Je n'ai pas le temps pour ça. Je n'arrive pas à croire que tu m'aies fait venir de New York parce que tu es contrarié qu'Aaliyah ait tourné la page.

– C'est impardonnable qu'elle l'ait fait avec toi.

Je levai les yeux au ciel.

– Arrêtons ce cinéma, Jason. On sait bien, toi et moi, qu'il n'y a pas d'amitié entre nous.

– Où est passé ton sens de la loyauté ?

– On est adultes, on travaille ensemble, mais on n'est pas amis. Pas de loyauté qui tienne.

– Tu es un connard.

– Sur ces belles paroles, je me tire.

Je tournai les talons, mais m'arrêtai net lorsqu'il l'ouvrit de nouveau :

– Amuse-toi bien à l'hôpital.

– Quoi ?

– À cause de sa maladie, elle a toujours des soucis de santé. C'est infernal. Je ne voulais pas passer tous les week-ends aux urgences, mais il a bien fallu faire un petit effort pour obtenir tout ça, dit-il en désignant son bureau du doigt.

Qu'est-ce qu'il racontait, bordel ?

– De quoi tu parles ?

– Tu ne savais pas… ? Oh, merde ! Elle ne t'a rien dit. Mon pote, il faut que tu saches qu'Aaliyah…

Il affichait une mine de dégoût. Quel enfoiré !

– Quoi ?

– Elle est en train de mourir.

– Qu'est-ce que tu racontes ? Pas du tout !

– Mais si, bien sûr que si. C'est vraiment bizarre que tu n'aies rien remarqué. Moi, je l'avais vu dès le départ. Ses chevilles toutes gonflées, sa difficulté à respirer. Je savais qu'il y avait un truc louche, mais c'est ma mère qui m'a avoué la vérité.

– Quelle vérité ?

– Elle souffre d'une insuffisance cardiaque. Le diagnostic est tombé il y a deux ans. Il ne lui reste plus que quelques années à vivre. C'est pour ça que, quand mes parents m'ont fait comprendre que j'obtiendrais ce poste à condition de me marier avec elle, j'ai sauté sur l'occasion. Quelques années de vie avec une fille malade, c'était rien à côté de la possibilité de diriger une entreprise. Mais en fin de compte, je n'ai pas pu me résoudre à l'épouser. Entre-temps, tous les contrats avaient été signés, donc j'avais eu ce que je voulais. J'ai remporté la bataille, sans avoir à me coltiner la pauvrette.

Il n'arrêtait pas de l'insulter, ce qui me donnait envie de le frapper. Elle n'était pas malade. Elle avait juste une grippe. Rien de plus…

Je me mis à réfléchir à toute vitesse, établissant un lien entre tous les signes qui étaient devant moi depuis le début. J'avais décidé de les ignorer, car mes sentiments pour Aaliyah grandissaient de jour en jour.

Elle était très fatiguée.

Souvent essoufflée.

Non… ce n'était pas possible… elle me l'aurait dit…

– Bref, ce n'est pas grave, mec. Je te cède mes miettes, tant qu'elle est là. Le temps est compté pour Aaliyah. Ne t'étonne pas de bientôt devoir te rendre à son enterrement. Dieu merci, je n'aurai pas à débourser un seul centime pour les funérailles, vu que je n'ai pas épousé cette conne.

– Va te faire foutre ! hurlai-je en me jetant sur lui, l'empoignant par le col.

Me regardant droit dans les yeux, il se mit à ricaner. Il semblait prendre un malin plaisir à voir que je n'étais au courant de rien. J'apprenais que la première fille pour qui j'avais des sentiments ne vivrait pas beaucoup plus longtemps.

– Lâche-moi avant que j'appelle la sécurité, me menaça-t-il.

Il lissa sa chemise avec sa main et s'éclaircit la voix.

– Rentre à New York auprès de ton trophée tout pourri. Je voulais simplement te dire en face que tu t'étais trompé en mettant le grappin sur elle. C'est toi qui as perdu, finalement.

***

De retour à l'hôtel, je m'installai devant mon ordinateur. Mon cœur battait à cent à l'heure depuis ma conversation avec Jason. Je fis des recherches sur l'insuffisance cardiaque. Je me renseignai sur tous les symptômes, les causes, les traitements. Je regardai des vidéos YouTube sur des malades, des vidéos sur des gens qui avaient perdu des proches à cause de ça. Découvrant tout un tas de détails sur la gravité de cette maladie, je me sentis accablé par la panique et par l'inquiétude.

Puis je voulus connaître l'espérance de vie des personnes atteintes. Quel était le taux de survie ?

Mon cœur éclata en mille morceaux.

Pas plus de cinq ans.

Le diagnostic datait de deux ans.

Combien de temps lui restait-il ?

Comment était-ce possible ? Pourquoi ne m'avoir rien dit ? Comment se faisait-il que je n'avais rien vu ? Je le savais, bordel ! D'un côté, j'étais conscient de ça, mais j'ignorais les signes parce que je ne voulais pas que ce soit vrai. Je ne voulais pas que les souffrances de mon passé refassent surface. Pourtant, voilà que je reproduisais les erreurs de mon enfance. Je cherchais des réponses. Je cherchais la lumière. Je cherchais un moyen de guérir l'inguérissable.

Dans ma chambre d'hôtel sombre, je m'effondrai sous la lumière blafarde de mon ordinateur, prenant conscience que la femme que j'aimais allait mourir.

Et que je ne pouvais rien faire pour l'en empêcher.

CHAPITRE 36

CONNOR

À 10 ans

Ma mère s'était efforcée de ne pas pleurer le jour où elle m'avait annoncé son cancer.

Je ne savais pas de quoi il s'agissait, mais je comprenais que c'était sérieux puisqu'elle me l'avait caché. Je savais qu'elle était malade, mais j'ignorais le degré de gravité. Je pensais qu'elle avait juste une mauvaise grippe ou une maladie qui la faisait beaucoup tousser.

– Tu comprends, Connor ? Tu comprends ce que je te dis ? demanda-t-elle en versant quelques larmes qu'elle essuya à la hâte.

Elle préférait faire comme si de rien n'était, mais je les avais vues.

– Tu vas mourir ? demandai-je en sentant mon ventre se nouer.

J'avais une boule au ventre depuis que ma mère avait prononcé ce mot. Cancer. Il lui faisait du mal. Il lui donnait envie de pleurer, mais elle ravalait ses larmes car elle ne voulait pas que je pleure à mon tour. Pourtant, j'en avais envie.

Je vais craquer !

Mais je me l'interdisais car ma mère avait déjà suffisamment pleuré lorsque mon père nous avait quittés. Quand je pleurais, cela la faisait pleurer aussi. Je ne voulais pas l'accabler davantage. Il fallait que je sois fort pour elle.

– Non, mon chéri, dit-elle en posant ses mains sur mes joues, je ne vais pas mourir. Nous allons nous battre et gagner, d'accord ?

Je reniflai et hochai la tête, voulant être fort, mais je n'étais qu'un gamin et parfois les enfants souffrent. Je la pris dans mes bras et la serrai fort.

– Je peux aller me coucher ?

– Tu es déjà fatigué ? Il est encore tôt.

– Oui, je voudrais dormir.

Elle fronça les sourcils, mais acquiesça.

Dans ma chambre, je m'allongeai sur mon lit et plaçai un oreiller sur mon visage pour que ma mère ne m'entende pas pleurer. Tout mon corps était secoué de sanglots alors que je pensais à la maladie. Elle ne pouvait pas être malade. C'était ma meilleure amie. Je ne pouvais pas supporter que quelque chose n'aille pas chez elle. Je détestais le fait que je ne puisse pas la guérir. J'aurai dû pouvoir arranger les choses, la soigner, être l'homme de la maison.

Je ne pouvais pas m'empêcher de pleurer comme un idiot. Je savais qu'il fallait que je me ressaisisse parce que ma mère avait besoin que je sois fort, mais j'étais effrayé et je ne savais pas quoi faire si elle allait mal. Il fallait qu'elle reste en vie. À tout prix...

– Connor Ethan, dit-elle en entrant dans ma chambre.

Je gardai l'oreiller sur mon visage parce que je ne voulais pas qu'elle sache. Je devais être fort pour elle. Pour nous. Parce que mon père était parti et qu'il n'y avait personne d'autre.

– Regarde-moi, mon chéri, dit ma mère en s'asseyant au bord de mon lit.

Elle tira l'oreiller, mais je le retins.

– Non !

– Connor, je t'en prie. Ce n'est pas grave.

– Si, si c'est grave ! C'est grave ! C'est grave que tu n'ailles pas bien ! criai-je en pleurant, mes larmes mouillant la taie d'oreiller.

On aurait dit un gros bébé, mais je ne savais pas quoi faire d'autre. Ma mère était malade. C'était grave et ça m'effrayait.

Elle parvint à retirer l'oreiller et à le poser sur le côté. Je me redressai, pliant mes genoux contre ma poitrine et passant mes bras autour.

– Regarde-moi, Connor.

Je n'y arrivais pas. Ça ne ferait que me rappeler qu'elle était malade.

Mais elle plaça ses mains sur mes joues et me força à la regarder dans les yeux. Puis elle prit mes mains et les posa sur son visage.

– Je vais bien, tu vois ? Tu sens mon visage ? Ma peau ? Je suis là et je vais bien. Tu comprends ? Toi aussi, tu vas bien. Ça va bien se passer.

J'acquiesçai en sanglotant encore.

– Tu veux que je dorme avec toi ce soir ?

– Non, je suis grand.

Pourtant, je voulais qu'elle reste. Je ne voulais pas être seul. Je voulais voir au réveil qu'elle allait bien.

Elle me sourit et répéta sa question.

– Ça pourrait te faire du bien ? demandai-je en haussant les épaules.

– Absolument. Je crois que j'ai besoin de toi ce soir, dit-elle.

– D'accord, mais on va plutôt dans ton lit parce qu'il est plus grand.

– Ça me va.

Elle essuya mes larmes et m'embrassa sur le front. Nous nous rendîmes dans sa chambre et, bientôt, elle s'endormit. C'est alors que je sortis du lit et pris son ordinateur. Je m'installai dans son dressing, en fermant la porte pour que la lumière de l'écran ne la réveille pas.

Sur le moteur de recherche, je tapai d'un seul doigt, le cœur battant :

C'est quoi le cancer ?

Que se passera-t-il si ma mère meurt ?

Combien de temps peut vivre ma mère avec un cancer ?

Ma mère est-elle en train de mourir ?

Chaque mot que je tapais me nouait un peu plus le ventre. Si ma mère devait mourir un jour, qui s'occuperait de moi ? Où irais-je ? Comment pourrais-je vivre sans elle ?

Je n'y arriverais pas.

Impossible de vivre sans elle.

Après avoir tapé trop de mots, me sentant encore plus triste qu'avant, je me remis au lit et serrai ma mère dans mes bras. Je posai ma tête sur sa poitrine pour m'assurer que son cœur battait toujours. Et qu'elle respirait.

– Maman, murmurai-je allongé près d'elle, sachant qu'elle ne m'entendait pas, des larmes coulant sur mes joues. Je t'en prie, ne meurs pas.

CHAPITRE 37

AALIYAH

Aujourd'hui

Je n'avais pas reçu de nouvelles de Connor depuis son dernier message m'annonçant qu'il était bien arrivé en Californie. Ce n'était pas faute de l'avoir contacté à maintes reprises. Sentant que je m'inquiétais, il avait fini par m'envoyer une réponse vague et courte.

Connor : Je suis occupé.
On se voit à mon retour.

En le lisant, j'avais eu un mauvais pressentiment.

Ne réfléchis pas trop, Aaliyah.

Pour son retour, j'avais préparé un dîner spécial à base des recettes qu'il préférait. Il y avait même un plateau de tous les types de Cheetos que j'avais pu trouver. Mais il arriva avec deux heures de retard, paraissant totalement détruit, la cravate desserrée et le regard lourd. Il sentait le whisky. Je ne comprenais pas ce qui se passait. Jason avait-il mis le feu au bâtiment en Californie ? Qu'est-ce qui l'accablait comme ça ?

– Salut, dis-je en m'approchant de lui.

Il esquissa un sourire forcé.

– Salut.

Il passa devant moi sans même m'embrasser ni me prendre dans ses bras, aucune marque d'affection ! Prise de panique, je m'efforçai tout de même de ne rien montrer.

– Je me suis dit que tu aurais sans doute faim après ton voyage, je t'ai préparé tes plats préférés. Et…

– Tu vas bientôt mourir ? lâcha-t-il de but en blanc en me regardant pour la première fois depuis qu'il était arrivé.

Ses paroles eurent l'effet d'un coup de tonnerre.

Mes lèvres s'entrouvrirent pour parler, mais aucune parole n'en sortit. Puis je chuchotai :

– Quoi ?

Il fit quelques pas vers moi, baissa la tête, avant de lever des yeux inconsolables sur moi.

– Es-tu mourante, Rouge ?

– Comment tu sais…

– Jason. Il a appris que toi et moi, nous sommes… ensemble. C'est pour cette raison qu'il m'a convoqué en Californie – pour me jeter en pleine figure que je lui avais piqué ses miettes. Il m'a aussi annoncé que tu souffres d'insuffisance cardiaque. Donc je suis revenu pour que tu me confirmes que ce n'est pas vrai. S'il te plaît… dis-moi que ce n'est pas vrai, m'implora-t-il, la voix tremblante.

J'ouvris la bouche, mais je n'arrivais pas à calmer mes pensées ni à dire quelque chose de sensé.

– Je suis désolée, je…

Aucun mot ne me venait.

Il avait l'air au bord de la crise de nerfs.

C'était de ma faute.

Je l'avais blessé.

Je fis un pas vers lui, mais il leva les mains. Puis il fixa le sol, les mains dans les poches.

– Je suis… désolée, hésitai-je, ne sachant que dire.

C'était tout ce qui m'était venu à l'esprit. Lorsqu'il leva les yeux vers moi, son regard était trouble, comme si mes excuses suffisaient à prouver que j'étais bien malade… Que j'allais mourir. À ce moment précis, je vis une lueur s'éteindre. Je vis qu'il s'éloignait de moi.

– Écoute, je crois qu'on s'est un peu précipités, dit-il.

Non…

Ne fais pas ça.

– C'est sans doute mieux si on reste amis et qu'on ne va pas plus loin. Pour être honnête, j'ai pris du retard avec mon travail. Il faut vraiment que je me concentre sur mes projets en cours. Je n'ai pas vraiment de temps pour…

– Moi, murmurai-je d'une voix tremblante. Tu n'as plus de temps pour moi.

Il fit une grimace en caressant sa nuque.

– Il vaut mieux mettre un terme à tout ça maintenant, avant que les sentiments ne soient trop forts. On pourrait rester amis. C'est allé trop vite… J'ai besoin de faire le point.

Comment pouvait-il dire ça ? Comment pouvait-il agir ainsi, comme s'il n'y avait pas de sentiments entre nous, après tout ce que nous avions vécu ?

– Je retourne travailler, dit-il.

C'était tout. La conversation était terminée. Il entra dans son bureau et ferma la porte derrière lui. Je ne le vis plus de la soirée.

Je n'arrivais pas à dormir. Mes pensées tournoyaient dans tous les sens. Tout ce que je voulais, c'était traverser le couloir et frapper à sa porte. Essayer de tout lui expliquer, lui dire combien j'étais désolée de lui avoir caché la gravité de ma maladie.

Alors je me lançai. Je frappai à la porte de son bureau. N'obtenant pas de réponse, je tournai la poignée pour entrer. Il n'était pas là. Je vérifiai dans sa chambre. Personne. Je ne le trouvai nulle part.

Il était parti.

***

Plusieurs jours passèrent, et Connor n'était toujours pas rentré à la maison. Au bout de quatre jours de silence, je me rendis à son travail pour lui parler. Je savais que la conversation que nous avions eue avant son départ ne s'était pas bien passée, mais je n'étais pas prête à baisser les bras. J'avais besoin qu'il comprenne que je n'avais pas voulu lui mentir. Il me fallait simplement le lui expliquer.

– Jason ?

Découvrant mon ex-fiancé dans le hall de Roe Immobilier, je restai figée. Lorsqu'il m'aperçut, au début, il parut étonné, puis il afficha son mépris.

– Que fais-tu là ? m'exclamai-je.

Je ne l'avais pas revu depuis mon déménagement. J'espérais ne plus jamais croiser son chemin, parfaitement disposée à ce qu'il ne demeure qu'un lointain cauchemar pour moi.

D'un air suffisant, il touchait machinalement les boutons de manchette de son costume haute couture.

– Je détiens la moitié des parts de cette entreprise, donc c'est plutôt à moi de te poser cette question. J'ai une conversation à terminer avec Connor, dit-il en fronçant les sourcils d'un air inquisiteur. Que fais-tu là ?

Je me remémorai la raison pour laquelle j'étais venue dans les bureaux de Connor. Pour lui parler. Pour voir comment il allait. Pour voir comment nous pourrions faire marcher notre relation. Mais je ne pouvais pas le dire à Jason.

Un sourire narquois se devinait sur son visage.

– Alors, comme ça, les rumeurs sont vraies ?

– De quoi parles-tu ?

– Tu couches avec mon associé ? Les nouvelles vont vite. Je ne t'imaginais pas capable de ça.

– Ce n'est pas ce que tu crois, Jason.

– Oh, c'est exactement ce que je crois. Je crois même qu'en bonne salope, tu as voulu te venger de moi. Tout ça parce que tu étais vexée.

– Qu'est-ce que tu racontes ?

– C'est ça, ta vengeance ? T'envoyer en l'air avec mon associé en pensant que j'en aurais quelque chose à foutre ?

– Quoi ? Non… je…

– Écoute-moi bien, Aaliyah, dit-il en se rapprochant pour m'intimider. Je me fiche totalement de savoir avec qui tu t'envoies en l'air parce que je n'en ai rien à carrer. Tu n'as jamais été rien d'autre qu'un faire-valoir pour moi. Tu es une jolie fille, tu baises bien, mais tu n'es pas le genre de femme qu'un mec veut pour la vie.

– Tu as failli m'épouser, lâchai-je, les larmes aux yeux.

– Ouais. Mais, heureusement, je me suis rendu compte que c'était une grave erreur. Soyons honnêtes, tu vas claquer du jour au lendemain, vu ton teint blafard. Je ne voulais pas avoir à sortir le carnet de chèques pour ça. Tu m'as seulement permis d'obtenir ce poste : en acceptant de t'épouser, j'ai remporté la succursale Roe Immobilier de la côte Ouest. Voilà tout. Je ne voulais pas de toi. Je suis certain que Connor est du même avis.

– Tu te trompes, Connor n'est pas comme ça.

Il se mit à rire avec malveillance.

– Tu penses vraiment que tu comptes pour Roe ? Je connais ce mec. Je travaille avec lui depuis des années. En clair, si tu ne lui rapportes rien, tu n'es pas digne de son temps – surtout pas quelqu'un comme toi. Connor est un entrepreneur, il ne fait pas de mauvaises affaires. Sincèrement, tu es un boulet. Il n'y a pas de place pour toi dans l'empire qu'il bâtit.

Jason se rapprocha de moi et caressa la ligne de ma mâchoire.

– Tu ne comprends pas, Aaliyah ? Jamais personne ne voudra de toi pour toujours. Tu n'es qu'un remède provisoire. En plus, après tout ce que Connor a traversé lorsque sa mère était malade, ça l'a vraiment détruit d'être replongé dans un drame à cause de toi. Tu t'immisces dans sa vie alors que tu vas bientôt crever. Vraiment classe !

Je repoussai sa main de mon visage et fis un grand pas en arrière. Mes pensées défilaient à toute allure. Ma vision se troublait à mesure que les émotions se ravivaient en moi. Je tournai les talons et me ruai dans les rues de Manhattan.

Je haïssais Jason. Je détestais tout ce qu'il représentait. Je ne pouvais pas supporter la façon dont il m'avait abandonnée le jour de mon mariage. Ses mensonges. Ses trahisons. Le fait qu'il avait terni ma confiance envers les autres. Je le haïssais tout entier.

Mais ce que je détestais le plus, c'était qu'il avait raison. Je voyais bien pourquoi personne ne voudrait partager ma vie, moi à qui il restait si peu de temps.

Je ne supportais pas l'idée que ses paroles concordent avec les peurs de Connor.

Je ne supportais pas le fait qu'il ait raison.

CHAPITRE 38

CONNOR

– Non mais pour qui tu te prends ? aboya Marie en déboulant dans mon bureau.

Cela faisait plusieurs jours que je travaillais d'arrache-pied, évitant de me confronter à la réalité avec Aaliyah. Voir Marie débarquer dans mon bureau me laissa pantois. Elle n'avait même pas averti Damian qui se trouvait assis face à moi.

Je levai un sourcil.

– Pardon, j'ai dû louper…

– C'est vrai que vous êtes ensemble, Aaliyah et toi ?

Jason avait dû mettre sa mère dans la boucle. Mais c'était la dernière des choses dont je souhaitais m'occuper. Je ne voulais pas affronter le fait qu'Aaliyah était malade et mourante. Je ne voulais pas affronter le fait qu'un jour elle ne serait plus là. Alors, pas question que la mère de Jason Rollsfield vienne m'emmerder.

– Écoute, Marie, ce n'est vraiment pas le moment.

– Si, c'est le moment. Je t'ordonne d'arrêter ça, compris ? Ce qui se passe entre toi et Aaliyah doit se terminer.

C'était déjà le cas, mais cela ne la regardait pas. Tout ce que je voulais, c'était que Marie quitte mon bureau.

– Ce qui se passe entre elle et moi ne te concerne pas, Marie…

– Mais si ! cracha-t-elle en faisant les cent pas dans mon bureau, comme si elle avait perdu la tête. Elle était avec Jason. Ils étaient faits l'un pour l'autre ! Je n'ai pas fait tout ça pour qu'elle finisse avec toi !

– Qu'est-ce que tu veux dire par « fait tout ça » ?

– Laisse-la tranquille, Connor ! Elle n'est pas pour toi. Je me suis battue pour ça, battue pour elle et je ne te pardonnerai jamais de détruire ma famille ! hurla-t-elle, les larmes aux yeux. Mets fin à cette relation. Tout de suite !

Sur ce, elle enfila son sac sur son épaule et quitta mon bureau.

Damian regardait dans sa direction, l'air ahuri, mais il ne dit rien. Puis il se tourna vers moi, confus.

– C'était quoi, ça ?

– Aucune idée.

– En tout cas, tu as mauvaise mine, dit-il.

Je le savais. Je n'avais pas dormi depuis des jours. Il m'était impossible de me concentrer, tant j'étais accablé par mes pensées et tourmenté à l'idée qu'Aaliyah allait mourir.

– Qu'est-ce qui t'arrive ?

– Rien, ça va.

– Je n'y crois pas une seule seconde. Qu'est-ce qui se passe ?

– C'est le travail, voilà tout.

– Non. Je sais à quoi tu ressembles quand c'est le travail qui te tracasse. Là, c'est autre chose.

– Tu veux bien laisser tomber, Damian ? Je ne veux pas en parler, grondai-je.

Je me sentis immédiatement coupable de m'en être pris à lui.

– Excuse-moi. Je n'ai pas beaucoup dormi hier.

– Je vois ça ! Je te l'ai dit, tu as mauvaise mine. C'est à cause d'Aaliyah ?

– Je préfère ne pas en parler.

– D'accord, alors on va en parler. Qu'est-ce qui s'est passé ?

Je pinçai l'arête de mon nez entre mes doigts et haussai les épaules.

– Rien. J'ai mis fin à notre relation. Je me suis dit qu'il valait mieux que je me concentre sur le boulot plutôt que de me disperser.

Il se mit à rire. Je rêve ! Damian qui rigole ?

– Tu as eu peur, c'est ça ?

– Tu ne peux pas comprendre.

– Je ne suis pas idiot. C'est parce que tu as appris qu'elle est malade ?

Je levai brusquement les yeux sur lui, assommé par ses paroles.

– Quoi ? Tu savais ?

– Ouais.

– Comment ça se fait ?

– Je te l'ai dit, j'ai fait des recherches sur elle. Quand j'ai compris qu'elle te plaisait, j'ai vérifié si elle avait des choses à cacher.

– Et tu as su pour sa maladie ?

– Oui.

Sa désinvolture me rendait furieux.

– Putain, mais tu ne m'as rien dit ?

– Parce que je savais que tu la rejetterais. Exactement comme tu es en train de le faire.

Je passai mes mains dans mes cheveux, bouillonnant de colère. Damian m'annonçait tout ça avec calme, comme s'il ne s'agissait pas de renseignements cruciaux que j'aurais dû connaître. Si j'avais su qu'Aaliyah était malade, je ne me serais pas autorisé à avoir des sentiments pour elle. Je n'aurais jamais ouvert mon cœur.

Je n'étais pas stupide.

Au contraire, j'étais lucide.

– Tu aurais dû me le dire, dis-je.

– Je suis content de ne pas l'avoir fait.

– Qu'est-ce que tu insinues par là, bon sang ? Tu voulais que j'en chie, comme ça, aboyai-je, enragé.

– Non, je voulais juste que tu tombes amoureux. Je sais que je n'ai pas de cœur, que je ne ressens rien pour personne. Je n'ai pas été élevé de cette façon. Mais toi, tu es différent. Tu es fait pour aimer. Seulement, tu te fais avoir par la peur de perdre l'autre. Je savais que si tu découvrais qu'Aaliyah était malade, tu la laisserais tomber.

J'esquissai une grimace.

– Ce n'est pas pour ça que j'ai mis un terme à ma relation avec elle. Mais parce qu'elle m'a menti.

– Non, elle n'a pas menti.

– Omettre de dire la vérité, c'est mentir.

– Je ne te raconte pas absolument tout ce que je fais dans ma journée. Pour autant, je ne te mens pas !

– Je suis sérieux, Damian.

– Moi aussi. Arrête de faire comme si c'était impardonnable qu'elle ne t'en ait pas parlé. Tu te comportes comme un connard.

– Va te faire foutre, Damian.

– Ça ira, merci. Mais allons jusqu'au bout de l'analyse.

– Il n'y a rien à analyser.

– Là, tu mens. Y'a de quoi analyser.

– Qu'est-ce que tu veux que je te dise ?

– Tu as rejeté Aaliyah parce que l'éventualité de sa mort te terrifie.

Je commençai à trier des documents sur mon bureau.

– Je n'ai vraiment pas le temps pour ça, Damian. Donc, si tu n'as rien d'autre à me dire concernant le travail…

– Non, rien.

– Alors tu peux partir. Mais, si tu veux tout savoir, je suis très déçu que tu ne m'aies rien dit sur sa maladie. C'est vraiment un coup bas de ta part.

– Que veux-tu ? J'ai l'habitude de décevoir les gens. Tu peux être en colère contre moi, je m'en fiche. Déverse ta rage sur moi, si ça peut te rendre heureux. Mais un jour, tu finiras par te rendre compte que c'est uniquement par crainte que tu as rejeté quelqu'un de bien.

– Qu'est-ce que tu veux que je fasse, hein ? Elle est en train de mourir, Damian, et…

– On est tous en train de mourir ! s'exclama-t-il en levant brusquement les mains en l'air, pris de colère. Dès qu'on commence à respirer, on se met à pourrir. La seule certitude dans la vie, c'est qu'on va tous y passer un jour ou l'autre. Le temps est compté pour tout le monde, mec. La vie peut s'éteindre en une fraction de seconde. Il suffit de marcher dans la rue et de se faire écraser par un camion. Mais Aaliyah et toi, vous avez la chance de vivre et de vous aimer. Plein d'idiots sont vivants sans pour autant vivre intensément leur vie, sans faire le choix de saisir le bonheur à bras-le-corps. Avec Aaliyah, même si le temps imparti est court, le bonheur reste possible.

– Tu ne comprends pas…

– Bien sûr que si. Avant de te rencontrer, je ne vivais pas. Je ne faisais qu'exister, mais quand tu es entré dans ma vie, ça m'a donné de l'élan. Tu m'as aussi offert une famille. Donc, ne dis pas que je ne comprends pas. Tu peux être en colère autant que tu le voudras, je m'en fiche. Mais ne gâche pas ton bonheur en t'obstinant à avoir peur. La plupart des gens n'ont pas la chance de connaître l'amour, le vrai, avant de mourir. Ne sois pas comme eux. Arrête de faire le con et parle avec Aaliyah !

Je baissai la tête et poussai un long soupir. Il avait raison, mais je ne savais pas quoi faire.

– Hé, Damian ?

– Oui ?

– Tu veux bien faire quelques recherches sur Marie Rollsfield ?

Ma requête sembla l'étonner. Depuis toujours, je lui avais fait promettre de ne pas enquêter sur le passé des gens que je connaissais déjà avant de le rencontrer. Mais il y avait quelque chose de louche chez Marie et au sujet de Jason, mais je n'arrivais pas à mettre le doigt dessus.

Sans hésiter, Damian acquiesça.

– Je m'en occupe.

***

Je savais qu'il fallait que je parle à Aaliyah. Damian avait raison. Il ne se trompait que très rarement. Seulement, il me fallait rassembler beaucoup de courage pour rentrer chez moi et avoir une vraie conversation avec elle.

Mais tous les plans que j'avais forgés dans ma tête s'écroulèrent lorsque j'arrivai dans sa chambre. Aaliyah était en train de faire des cartons.

– Salut, dis-je.

Elle s'immobilisa.

– Qu’est-ce que tu fais ? demandai-je.

Elle cligna plusieurs fois des yeux, étonnée et probablement choquée de me voir après des jours d’absence.

– Je rassemble mes affaires.

– Pourquoi ?

– J’ai trouvé un nouvel appartement. Je déménage ce week-end.

Je sentis ma gorge se nouer. Merde. Cette situation était difficile pour moi, mais je ne souhaitais pas qu’elle parte. Je voulais tellement qu’elle reste. Seulement, j’avais été un tel salopard ces derniers jours.

– Tu n’es pas obligée de partir.

Elle haussa les épaules sans me regarder.

– Non, c’est bon. Ma patronne m’a accordé une augmentation en avance et j’ai pu mettre suffisamment d’argent de côté pour louer un logement décent. De toute façon, cet arrangement entre nous était temporaire, n’est-ce pas ? C’est le moment de passer à autre chose.

Je voulais lui dire de rester. Me ressaisir, arrêter de faire le con et lui dire que j’avais juste eu peur. Lui dire que je ne savais pas comment gérer le fait qu’elle puisse partir un jour. Que je ne savais pas ce que je faisais, incapable que j’étais de faire face à mes émotions.

Mais au lieu de tout ça, je me contentai de demander :

– Et l’interview ?

Je le regrettai immédiatement parce qu'elle eut l'air accablée.

– Quoi ?

– On n'a pas fini cette interview. Tu étais censée m'accompagner dans le Kentucky pour découvrir mon passé.

– Ça ne va pas être possible. Mon docteur me déconseille de voyager dans mon état.

Dans son état.

Ces paroles me rappelèrent qu'elle était malade. Qu'elle allait mourir. Que son temps était compté. *Je t'en prie, ne meurs pas.*

J'étais au bord de l'effondrement, mais je ne parvenais pas à lui confier ce que je ressentais. Alors, comme un idiot, je me tus.

– De toute façon, j'ai tout ce qu'il faut pour rédiger l'article, expliqua-t-elle.

Je savais ce que je voulais lui dire, mais je n'avais pas le courage de faire sortir les mots. J'aurais dû lui dire de rester. J'aurais dû lui dire que je serais là pour elle, quoi qu'il arrive. J'aurais dû la prendre dans mes bras et la réconforter parce qu'elle devait avoir peur. Elle devait être terrifiée par tout ce qui lui arrivait.

J'aurais dû la supplier de rester, mais au lieu de ça, en bon idiot que j'étais, je la laissai partir.

CHAPITRE 39

CONNOR

Je quittai New York pour le Kentucky, la queue entre les jambes. J'étais conscient que j'avais commis une grave erreur en mettant un terme à ma relation avec Aaliyah, mais je ne savais pas comment trouver une solution pour réparer les choses. L'idée de la perdre était insoutenable. Depuis que j'avais découvert la vérité, je ne cessais de faire des recherches sur l'insuffisance cardiaque pour savoir si des traitements existaient ; j'avais aussi appelé des spécialistes. Ça me faisait péter un plomb. Je maudissais l'univers d'avoir guidé Aaliyah dans ma vie pour me la reprendre aussitôt.

Quelle injustice.

Après avoir atterri dans le Kentucky, je retrouvai ma mère qui patientait dans le hall d'arrivée. Elle se rua sur moi, passant ses bras autour de mon corps pour me serrer fort. J'étais ému par le réconfort que m'apportait son étreinte. C'est toujours quand on est au bord du naufrage qu'on réalise enfin que notre mère nous a beaucoup manqué.

– Mon chéri ! Je suis tellement contente de te voir !

Elle balaya du regard l'espace autour de nous, pleine d'espoir.

Je sentis un pincement au cœur lorsque je compris qu'elle cherchait Aaliyah.

– Elle n'est pas là, maman.

– Ah bon ? Je croyais que tu venais avec elle pour lui montrer ta ville et…

– Elle est mourante, fulminai-je, butant sur les mots, les larmes aux yeux.

Je ne pouvais plus garder ça pour moi.

***

Une fois chez ma mère, je me sentis encore plus déprimé de penser à Aaliyah. J'éprouvais de la haine à mon égard parce que je m'étais comporté comme une merde. Je ne supportais pas d'avoir peur de la perdre et de l'avoir abandonnée.

– Elle souffre d'insuffisance cardiaque ? Mais elle est si jeune, dit ma mère en préparant du thé. C'est tellement dur à encaisser.

– Oui.

Voilà tout ce que je parvins à dire.

Soudain, la porte d'entrée s'ouvrit et un homme entra dans la maison. On aurait dit qu'il se croyait chez lui.

– Chérie, je suis là ! fit-il d'une voix chantante.

Dès qu'il m'aperçut, il claqua dans ses mains.

– Connor ! Quel plaisir !

Il saisit ma main et la secoua brusquement. Ce devait être Danny, le mec dont ma mère n'arrêtait pas de parler. *Génial.*

Clairement, il ne se rendait pas compte de l'ambiance qui régnait dans la pièce, vu comment il souriait et semblait ne pas tenir en place, vêtu d'une chemise hawaïenne aux fleurs roses et jaunes, d'un pantalon vert, et coiffé un bob tie-dye sur la tête. Alors qu'il devait avoir une soixantaine d'années, il était habillé comme un enfant.

Vraiment, maman ? T'as choisi ce mec-là ?

– Content de te rencontrer, Dan.

– Moi, c'est Danny, corrigea-t-il. Où est celle dont j'ai tant entendu parler ?

Je savais qu'il n'y était pour rien, mais cette question m'irrita au plus haut point.

Ma mère s'approcha de lui et passa ses mains autour de sa taille.

– J'aurais aimé que Connor nous apporte de meilleures nouvelles, mais il se trouve qu'Aaliyah a de graves problèmes de santé. Elle n'a pas pu venir.

– Ça va s'arranger ? demanda Danny.

– Non. Elle est en train de mourir, bordel ! Et je ne peux pas la sauver. Je l'ai quittée parce que je ne peux pas me résoudre à la regarder mourir sans pouvoir rien faire.

Ma mère était stupéfaite.

– Tu l'as quittée ? Vous étiez en couple ?

– Oui. Eh oui. Au moment même où je vous parle, elle est en train de déménager de mon appartement. C'est terminé.

– Non, Connor… Qu'as-tu fait ? Je sais que c'est dur, mais tu ne peux pas l'abandonner… Tu as peur, mais…

– Je n'ai pas peur, maman. Je suis terrifié. Terrorisé, putain ! Mais je ne veux pas recommencer. Rester planté là et voir quelqu'un de si important pour moi perdre son combat pour la vie. Je ne peux plus traverser ça. Je t'ai déjà regardée deux fois te battre et je ne peux pas recommencer.

Ma mère avait les larmes aux yeux. Elle posa sa main sur sa bouche, pour s'empêcher d'éclater en sanglots. Je ne voulais pas la faire pleurer, seulement, je me devais d'être sincère. Je ne pouvais pas revivre cette torture. Je ne pouvais pas passer toutes mes nuits à vérifier qu'Aaliyah respire encore. Il m'était impossible de rester en permanence sur la brèche, toujours à me demander quand arriverait le jour des adieux définitifs. Je ne pouvais pas me résoudre à la voir mourir.

Danny fit un pas en avant et adressa un sourire à ma mère. Il paraissait plus maussade qu'au début, ayant fini par contrôler son enthousiasme.

– Puis-je lui parler une seconde, ma chérie ?

Ma mère hocha la tête et quitta la pièce. J'étais mal à l'aise à l'idée de discuter avec Danny. Je ne le connaissais même pas, ce type !

Il s'assit à la table avec moi, puis poussa un soupir.

– La vie est sacrément décevante, pas vrai ?

– Excuse-moi, Dan, mais je…

– Danny.

– Ah oui. Excuse-moi, Danny, mais je n'ai pas du tout envie de parler de ça avec toi. D'autant que tu es un parfait inconnu à mes yeux.

– Je comprends. Mais sache que je sais ce que tu vis.

– Non, tu ne peux pas savoir.

– Si, Connor. Bien plus que tu ne l'imagines.

– Non ! Tu n'as pas idée de ce que c'est que de traverser ce que j'ai vécu. Tu n'as pas idée de ce que c'est que de voir quelqu'un que tu aimes lutter deux fois contre un cancer. Tu n'as pas idée de ce que ça fait dans la tête. Quand on n'a pas vécu ça, on ne peut pas comprendre ce que c'est que de tomber amoureux d'une personne qui réveille ces peurs. Putain, tu ne sais pas ce que c'est !

Il baissa la tête et s'appuya contre le dossier de la chaise. Puis il se força à esquisser un grand sourire qui n'affichait pourtant pas une once de joie.

– C'est ce que tu crois. Pourtant, j'ai vécu exactement la même chose, jeune homme. Avant de rencontrer ta mère, j'étais marié. Elle s'appelait Julie et c'était une femme extraordinaire. Pendant ses deux cancers, j'ai lutté à ses côtés. Mais le deuxième l'a emportée.

Visiblement affecté, il remuait ses doigts sur sa cuisse.

J'avais la gorge nouée en écoutant Danny raconter ce qu'il avait vécu. Je me sentais nul. Je ne pouvais pas savoir ce qu'il avait traversé.

– Personne ne souffre autant que les victimes de cette terrible maladie, ou de toute autre maladie, d'ailleurs. Personne ne peut savoir ce que ces gens endurent. Je me souviens d'avoir prié pour que Dieu inverse la situation. Pour que je souffre à sa place.

Je me taisais, mais j'étais tout ouïe.

J'avais fait cette prière bien des fois, moi aussi.

– Mais ceux qui souffrent le plus, après les malades, ce sont ceux qui les aiment. Je ne lui ai jamais montré ma tristesse, car je ne voulais pas lui infliger un fardeau supplémentaire. Je savais que le degré de peine et de peur qu'elle ressentait était bien supérieur au mien. Elle souffrait beaucoup plus que les mots ne pouvaient l'exprimer. Ç'aurait été vil de ma part de lui dire que moi aussi j'avais mal. Au lieu de ça, je pleurais dans ma voiture, avant d'aller au travail, après le travail, pendant ma pause déjeuner… Chaque fois que j'en avais l'occasion, je m'écroulais dans mon coin. J'étais au bout du rouleau, parce que la femme que j'aimais tant, que je chérissais de tout mon cœur, m'échappait et que je ne pouvais rien y faire.

Il prit une longue inspiration.

– Je t'en prie, crois-moi quand je te dis que je sais ce que tu ressens avec Aaliyah. Quand j'ai rencontré ta mère et que j'ai découvert son passé, ses cancers, j'ai hésité, comme toi. Je me disais, et si ça recommençait ? Et si elle me quittait plus tôt que prévu ? Et si je devais revivre cette époque où je me forçais à pleurer dans ma voiture ? C'est terrible de devoir se poser toutes ces questions, parce qu'on ne peut jamais savoir.

– Comment as-tu fait pour aller de l'avant ?

– Grâce à son sourire, grâce à son cœur, dit-il sans hésiter, comme si aimer ma mère relevait de l'évidence. Quand on rencontre une femme comme ta mère, on ne passe pas à côté de l'occasion d'être heureux sous prétexte d'avoir peur de la perdre. Au contraire, on garde les pieds sur terre et on la serre bien fort dans ses bras, en étant convaincu que son amour est inestimable. J'ai compris que je ne pouvais pas continuer à vivre en doutant, qu'il fallait que je fasse ce grand saut dans le vide. En plus, ajouta-t-il en souriant, quelle chance j'ai d'être tombé amoureux de deux femmes aussi extraordinaires qu'elles ! La solution à tout, dans la vie, c'est l'amour.

Mon Dieu !

Même si j'en avais eu envie, comment détester cet homme ?

– J'ai déjà tout gâché avec Aaliyah, dis-je, maussade.

Qu'est-ce qu'elle me manquait ! Tellement que je ne savais pas comment survivre à ça. Comment mon cœur pourrait-il surmonter cette peine ? Je n'avais pas conscience qu'il pouvait me faire chaque jour un peu plus mal. C'était de ma faute si je l'avais repoussée. En raison de mes problèmes, de mes peurs, de mon passé.

– Tu l'aimes ? demanda Danny.

– Oui, je l'aime.

C'était la première fois que je l'avouais. La première fois que je le disais tout haut alors que j'avais ces mots sur le bout de la langue depuis des semaines.

– Ça te fait peur ?

– Ça me terrifie.

– Tant mieux. Parfois la peur nous aide à identifier ce qui compte vraiment.

– Elle est partie. Je ne peux pas lui en vouloir, je l'ai rejetée comme un connard alors qu'elle traverse d'énormes difficultés.

– Tu penses qu'elle t'aime aussi ?

– Oui, je crois. Je l'espère.

– Alors ce n'est pas fini. Deux personnes qui s'aiment peuvent déplacer des montagnes. Se battre, l'un pour l'autre. Ne baisse pas les bras. Prouve-lui que, quoi qu'il arrive, tu ne t'échapperas plus. Je sais qu'Aaliyah a connu l'abandon dans sa vie. Prouve-lui que toi, tu vas rester.

***

Le lendemain, au réveil, je me sentis encore plus fatigué que la veille. Sans doute que descendre la moitié d'une bouteille de whisky avec mon nouvel ami Danny n'avait pas été très malin. Au moins, je n'avais pas bu seul.

– Connor ! Tu as de la visite, cria ma mère à travers la maison.

Je poussai un grognement.

J'avais un terrible mal de crâne. Mais une fois dans le salon, j'esquissai un petit sourire en découvrant un visage familier.

– Salut, mec ! lança Jax, les mains plongées dans les poches de son jean maculé de taches d'huile. Il paraît que tu es dans les parages.

– Ma mère t'a appelé ?

– Oui. Elle m'a dit que tu traverses une mauvaise passe.

– C'est vrai.

– Comme tu le sais, je ne suis pas très doué pour parler sentiments… donc je te propose de le faire à l'ancienne : tu veux bien m'assister sur un chantier de plomberie, ce matin ?

– Comme au bon vieux temps ?

– Ouais. Allez, viens ! Je t'ai préparé une boisson protéinée.

Je fis la grimace.

– On pourrait pas plutôt acheter des donuts ?

– Tu rêves ! Va vite t'habiller. On est en retard.

Je me préparai en vitesse et, au bout de quinze minutes, je me retrouvais à côté de Jax, dans sa voiture, transporté dans le passé : à l'époque de mes dix-sept ans, où je faisais tous les jours le même trajet avec lui. J'aurais presque voulu revenir à ce temps-là pour échapper aux tourments du présent.

– Comment vont Kennedy et Elizabeth ? demandai-je, histoire de prendre des nouvelles de sa femme et de sa fille.

– Très bien. Elizabeth fait de la gymnastique. Je peux te dire que ce n'est pas donné ! Mais je ne peux pas lui refuser cette activité, même si c'est une préado démoniaque, maintenant. Kennedy est de nouveau enceinte. On le sait depuis la semaine dernière. Je ne suis pas censé le dire, mais avec toi ce n'est pas pareil. Toi, c'est toi.

– Ton *best friend forever* !

Il leva les yeux au ciel tandis que je souriais d'un air narquois.

Certaines choses ne changent jamais.

L'intervention avait lieu chez le vieux Mike, dont la maison avait toujours été absolument infecte, vu qu'il était un accumulateur compulsif. Il possédait aussi treize chats qui se promenaient partout à l'intérieur. Tous les gens du coin savaient que mettre les pieds dans son antre, c'était comme atterrir en enfer. Quand il préparait des tartes pour la fête de la ville, on acceptait une part en souriant avant de la jeter à la poubelle.

Jax et moi devions réparer ses toilettes. On aurait dit qu'elles n'avaient pas été débouchées depuis des années. La couleur de l'eau et l'odeur me donnaient envie de vomir.

– Ce boulot ne me manque pas, observai-je en couvrant ma bouche avec mon tee-shirt.

Jax semblait indifférent.

– En général, je fais surtout de l'entretien de jardins, mais de temps en temps, j'accepte de travailler comme plombier. Ça me permet de garder un lien avec mes origines, expliqua-t-il. Le problème avec les tuyaux de Mike, c'est qu'ils sont très anciens. Il a laissé les soucis s'accumuler pendant trop longtemps. Il a préféré ignorer la situation, ne pas s'en inquiéter pendant des années. Résultat, tout s'est amoncelé et, maintenant, ça déborde.

Il poussa un juron en enfonçant un tuyau dans la canalisation. Puis il poursuivit :

– Mais il n'est jamais trop tard pour régler ces problèmes-là… (Sur ce, les toilettes se vidèrent, signalant la percée.) Les situations inextricables s'arrangent toujours, avec le temps, le pardon et l'empathie.

Je plissai les yeux.

– Tu n'essaierais pas de faire une analogie entre moi et ces toilettes, par hasard ?

– Je suis qu'un petit gars de la campagne. Je ne vois pas de quoi tu parles, dit-il en plaisantant.

– Si ! Tu sous-entends que mon âme est bouchée et qu'il faut que je me débarrasse du traumatisme lié à ma mère pour pouvoir m'occuper d'Aaliyah.

Il s'essuya les mains à l'aide d'un torchon.

– C'est ce que tu as retenu ?

– Oui. Je suis bouché, quoi.

– Mais c'est vrai ! Kennedy, c'est ma meilleure amie. Si je découvrais qu'il ne lui restait plus qu'un seul jour à vivre, je ferais tout pour passer chaque seconde avec elle. Donc, oui, Connor. Débouche-toi les tuyaux !

– Pourquoi tous les vieux briscards de cette ville sont aussi philosophes ?

Il se leva et me tapota le dos.

– Traite-moi encore de vieux briscard et je t'éclate la tronche.

– Comme tu voudras, dis-je avant de marquer une pause. Tu me touches avec ta main sale, là ?

– Je confirme.

– Décidément, ce travail ne me manque vraiment pas. Par contre, toi oui.

– Arrête ton char, mec.

– Moi aussi je t'aime, Jax !

À ce moment-là, mon téléphone sonna. C'était un message de Damian. Quand j'en pris connaissance, je faillis défaillir.

– Qu'est-ce qui se passe ? demanda Jax, ayant remarqué mon état de choc.

– C'est Aaliyah. Il faut que je rentre à New York.

CHAPITRE 40

AALIYAH

La fatigue, ce n'était pas un mot suffisamment fort pour décrire ces maux qui m'accablaient ces derniers temps. Chaque matin, je me sentais encore moins bien que la veille. Tout ce que je voulais, c'était rester au lit et dormir profondément, mais j'avais un travail à terminer. J'essayais hardiment de vivre une vie normale, mais ça devenait de plus en plus dur.

Je venais de remettre à Maiv mon article sur Connor pour qu'elle le révise quand, tout à coup, il fit irruption dans mon bureau. Greta m'avait envoyé un message dès qu'il était entré dans l'immeuble. Mais, le découvrant devant moi, je fus à deux doigts de m'évanouir. Quel choc !

– Salut, souffla-t-il.

Quelques jours auparavant, il s'était rendu dans le Kentucky. Pour moi, son départ avait signé la fin de notre relation. Il n'y avait pas d'autre issue possible. Je ne pouvais pas lui offrir quoi que ce soit. Je n'étais pas assez saine pour notre relation.

– Tu ne devrais pas être là, dis-je en essayant de dissimuler mon émoi.

Hors de question qu'il se rende compte que je mourais d'envie de me jeter dans ses bras. Il ne fallait pas que je lui montre qu'il me manquait. Que je voulais qu'il revienne. Que j'avais tant besoin de lui…

– Aaliyah, je suis désolé. Je t'ai fait du mal. J'ai paniqué et je suis parti.

– J'ai tourné la page.

Il me dévisageait, sourcils froncés. Ma froideur à son égard dut le déstabiliser, mais je ne pouvais pas faire autrement. Je me devais d'être forte.

– Donne-moi une autre chance, Rouge. S'il te plaît !

J'avais envie de pleurer, mais je me retins.

– C'est trop tard.

– Je t'aime, dit-il d'une voix crispée et triste.

Je l'observai. J'étais certaine que mes yeux trahissaient mon tourment. Puis je chuchotai :

– Moi aussi, je t'aimais.

– Au passé ?

– Oui, au passé.

C'était un mensonge, mais je n'avais pas le choix.

– Aaliyah…

– Va-t'en, je t'en prie, dis-je sèchement.

– Je sais que je t'ai fait du mal, ajouta-t-il, bouleversé par ce qui était en train de se jouer.

Je hochai la tête.

– C'est vrai.

– Laisse-moi recommencer à zéro.

– Non.

– Pourquoi tu refuses ?

– Parce que, jusque-là, c'est toi qui m'as fait du mal. Mais si je te laisse revenir, ce sera moi qui me ferai du mal.

– Aaliyah…

– Je n'ai pas le temps pour ça, Connor. Je n'ai plus de temps à perdre. C'est fini, tous ces va-et-vient avec toi.

Il m'adressa un petit hochement de tête avant d'entrouvrir les lèvres. Mais il ne fallait pas que je le laisse parler. Cela ne ferait que me briser le cœur. Quand je l'écoutais, j'avais envie de retomber dans ses bras et de tout lui pardonner. Sa voix me faisait perdre la raison.

Je ne pouvais pas me le permettre.

Mais pourtant, sa voix…

Cette façon qu'il avait de me parler…

J'aurais tant souhaité un peu plus de temps avec lui.

– Je sais que tu es en colère contre moi, à juste raison. Mais j'ai besoin de te dire quelque chose, Aaliyah. Quelque chose de très important, insista-t-il.

– Ne peux-tu pas t'en aller !

Je ne voulais pas qu'il le fasse, mais c'était nécessaire.

– Je partirai, mais pas avant de t'avoir dit que…

– Connor, je suis sérieuse, je veux que tu t'en…

– C'est ta mère ! s'exclama-t-il.

Je me raidis.

– Pardon ?

Il fit un pas vers moi et je reculai en levant la main.

– Arrête-toi. De quoi tu parles ? Qui est ma mère ?

– Marie est ta mère !

Il s'éclaircit la voix et passa sa main sur sa nuque avant de reprendre :

– Damian s'est permis de faire quelques recherches sur elle, suite à sa visite impromptue dans mes bureaux. Ce jour-là, on aurait dit une cinglée. Elle répétait qu'elle ne pouvait pas avoir fait tous ces sacrifices pour que tu termines avec quelqu'un d'autre que Jason. C'était franchement bizarre. Jusqu'à ce que Damian me montre les preuves.

– Des preuves ?

Je secouai la tête, incrédule. Pourquoi faisait-il ça ? Pourquoi dire cela ? C'était impossible que Marie soit ma mère. Je l'aurais su si j'étais sa fille !

N'importe quoi !

J'avais la tête qui tournait en essayant de me remémorer tous mes échanges avec elle. Je l'avais rencontrée en étant serveuse. Elle s'était toujours montrée si gentille avec moi. Elle m'avait présenté Jason. Elle disait souvent qu'elle rêvait d'avoir une fille comme moi. Chaque fois que je lui disais qu'elle était une bonne mère, elle pleurait.

Non.

Impossible.

– Il faut que tu partes.

J'étais au bord de la crise de nerfs. Tout ça, c'était trop pour moi. J'étais déjà submergée de problèmes, je n'avais pas la force de faire face à un obstacle de plus.

– Aaliyah…

– Je t'en prie, le suppliai-je, fermant les yeux pour calmer mon étourdissement.

Lorsque je les rouvris, ses yeux bleus étaient braqués sur moi.

– Va-t'en, Connor !

Il avala péniblement sa salive et hocha lentement la tête.

– Je suis désolé pour tout Aaliyah. Je sais que c'est une épreuve de plus pour toi, mais il faut que tu le saches. Je t'aime, pour toujours, et j'espère que tu le sais.

Il me regarda encore fixement pendant quelques secondes avant de glisser ses mains dans ses poches. Et il ajouta :

– Je ne baisserai jamais les bras en ce qui te concerne. Je vais te le prouver. Je t'aime Aaliyah. Je refuse de tirer un trait sur nous.

Sur ce, il tourna les talons et disparut.

Sans l'intervention de ma conscience, je l'aurais supplié de rester. Ce n'était pas parce que je le haïssais que je le laissais partir. Mais parce que je l'aimais. Je savais qu'il s'en voulait et que, si je l'avais laissé faire, il serait resté. Seulement, je ne souhaitais pas cela pour lui. Je ne voulais pas qu'il souffre parce que ma vie devait se terminer.

Je connaissais ses traumatismes de l'enfance et il m'était impossible de lui faire revivre ça. Ainsi, je lui mentis pour lui permettre de partir. Il ne le savait pas, mais il venait d'emporter une partie de mon cœur avec lui.

Je m'effondrai sur ma chaise tout en m'efforçant de ravaler ma peine. Immédiatement, je pensai à Marie. J'avais du mal à respirer. Avant que j'aie eu le temps de démêler ce qui s'était passé, Maiv se posta dans l'entrebâillement de ma porte, une expression sévère sur le visage. Celle qu'elle affichait en permanence.

– Aaliyah, j'ai lu l'article, dit-elle en fronçant les sourcils.

– Ah ! Faut-il que je change quelque chose ?

– Félicitations pour ta promotion. Tu seras une excellente rédactrice en chef.

Mon cœur ne savait plus quoi faire. Il était tétanisé d'avoir perdu Connor, mais fier de cet accomplissement. J'étais persuadée que j'avais écrit un bon article, parce que je l'avais écrit avec mon cœur, même s'il était en mille morceaux. J'avais saigné ces mots sur la page, mettant Connor en valeur, comme j'étais la seule à pouvoir le faire.

C'était facile d'écrire au sujet de quelqu'un d'aussi génial que lui.

– J'ai trouvé le titre : « Un gentleman des temps modernes ». Sache que c'est l'un des meilleurs articles que le magazine ait publiés depuis sa création. Tu peux être fière de toi, tu as travaillé dur. Je sais que tu vas réussir.

– Vous avez ma parole.

Quand Maiv quitta mon bureau, je me mis à réfléchir au titre. « Un gentleman des temps modernes », ça décrivait parfaitement Connor Roe.

Une fois ma journée de travail terminée, je pris un taxi pour me rendre chez Marie et Walter. Je savais qu'il me serait impossible d'avancer tant que je n'aurais pas posé cette question qui me brûlait les lèvres, en la regardant droit dans les yeux.

Marie était absente à mon arrivée. Alors je l'attendis sur le porche.

Plusieurs heures s'écoulèrent, la nuit finit par tomber. Lorsque sa voiture s'arrêta devant la maison et qu'elle en sortit, elle parut stupéfaite de m'apercevoir devant chez elle. Elle se rua vers moi, le visage inquiet.

– Aaliyah, ma chérie, tu vas bien ?

Elle avait sans doute remarqué que ma peau était plus pâle que d'habitude, que mes paupières étaient lourdes.

Je me levai et la regardai droit dans les yeux. Mon corps se mit à trembler.

– Es-tu ma mère ?

L'hésitation et la culpabilité qu'affichait son regard furent plus efficaces que des mots.

Mon Dieu, j'étais bouleversée.

– Tu n'es pas sérieuse ! hurlai-je, la voix cassée, les mains posées sur ma tête.

Mon cœur battait la chamade, j'étais au bord d'une crise d'angoisse.

Marie avait les larmes aux yeux. Elle fit quelques pas vers moi.

– Ma chérie…

– Je t'interdis de m'appeler ainsi, l'interrompis-je en levant ma main devant elle.

– Je ne sais pas comment tu as découvert ça, mais…

Elle déglutit péniblement, les mains tremblantes, puis elle les posa l'une sur l'autre en signe de prière. Enfin, elle secoua la tête.

– Tu n'étais pas censée l'apprendre. J'avais tout orchestré pour que tu ne le découvres jamais. Nous allions former une famille ! En épousant Jason, tu allais enfin faire partie de ma famille. Je sais que ça peut paraître dingue, mais il n'y avait aucun autre moyen de te faire revenir dans ma vie sans subir une immense culpabilité et accroître le traumatisme lié au fait que je t'ai…

– Abandonnée ! Tu m'as abandonnée à la naissance.

Des larmes coulaient sur ses joues, mais je refusais de fléchir.

– Ce n'est pas si simple.

– Ce n'est pas une question de simplicité. Dis-moi juste la vérité.

– J'ai grandi comme toi… orpheline. En rencontrant Walter, j'avais enfin le sentiment d'avoir un rôle à jouer dans ce monde. Quelqu'un voulait bien de moi ! C'était magique, au début. Puis Walter s'est mis à travailler tard le soir. Obsédé par sa réussite, il faisait tout – et n'épargnait personne – pour gravir les échelons. Le jour où j'ai appris qu'il avait une liaison, mon monde s'est écroulé et je me suis sentie trahie. Dégoûtée par lui, par moi. Alors je me suis dit qu'il fallait que je devienne une meilleure épouse. Une meilleure femme pour lui. J'ai essayé de tomber enceinte, en vain. Comme il n'arrêtait pas de me tromper, j'ai voulu me donner à un autre homme. Puisqu'il était infidèle, alors moi aussi je devais le tromper.

J'attendais qu'elle continue. J'avais besoin de connaître toutes les pièces de ce puzzle que j'avais cherché à constituer toute ma vie. Peu importe si ça me détruisait.

– J'ai rencontré un homme dans un bar. Il s'appelait Cole Simms. Il était doux et drôle, comme personne dans mon entourage. Musicien de jazz, il jouait au *Ralph's* dans le Queens tous les week-ends. Pendant des semaines, je suis allée l'écouter jouer. Puis je me suis retrouvée dans son lit et je suis tombée enceinte de toi. J'ai tout raconté à Walter. Il refusait de rester avec moi si je ne faisais pas adopter l'enfant. Il m'a menacée de me quitter, de ne rien me laisser et de détruire ma vie. Je sais que ça paraît complètement fou, mais je n'avais rien, Aaliyah. J'avais perdu la tête, je n'avais pas prévu d'être enceinte. Tout ce que je voulais, c'était faire du mal à Walter en le trompant, comme lui l'avait fait.

– Alors tu m'as abandonnée pour rester avec l'homme qui t'avait trahie ?

– C'est beaucoup plus compliqué que ça…

Je savais que c'était faux.

– Non, ce n'est pas plus compliqué que ça. Tu m'as abandonnée, tu m'as laissée orpheline, puis tu as adopté un petit garçon pour avoir un fils.

Elle baissa la tête.

– Je sais qu'on dirait que…

– On dirait que tu es le diable incarné, criai-je, à bout de souffle.

Je n'arrive pas à respirer…

– C'était une forme de punition de la part de Walter. Après mon accouchement et ton abandon, il a voulu à tout prix un enfant. Un garçon. Il promettait que s'il avait un fils, il accepterait de faire une thérapie avec moi. Alors nous avons adopté Jason… à cinq ans parce que Walter ne voulait pas s'occuper de couches, des premières années d'un bébé.

– Tu as préféré Jason à moi.

– Tu dois comprendre…

– Il… n'y… a… rien… rien à com… comprendre, bafouillai-je en sentant une douleur dans ma poitrine.

Je fis un pas en arrière et Marie avança vers moi.

– Aaliyah, tu devrais t'asseoir. Tu es toute pâle.

– Qu'est-ce qui… qui… est… arri… arrivé à mon père ?

J'allais m'évanouir.

Syncope.

Nom féminin.

Définition : perte de connaissance temporaire due à une chute de la tension artérielle.

Terme médical pour désigner l'évanouissement.

Je le sentais venir. Ma vision devenait trouble.

– Aaliyah, s'il te plaît.

– Dis-moi !

Elle esquissa une grimace, les joues assaillies de larmes.

– Je suis retournée dans le bar, quand Walter et moi traversions une période difficile. Je voulais savoir si Cole jouait encore du jazz. J'ai découvert qu'il était mort.

– Comment ?

Elle avala péniblement sa salive.

– D'une crise cardiaque. C'est héréditaire, sanglota-t-elle en secouant la tête, la main plaquée sur sa bouche. Je suis désolée, Aaliyah, tellement désolée ! Dès que j'ai su qu'il avait cette maladie, j'ai voulu te retrouver. J'ai appris où tu travaillais. Quand je t'ai rencontrée, je n'ai pas pu continuer ma vie sans toi.

Tellement de pensées fusaient dans ma tête. Tellement de sentiments, d'émotions, de douleur.

La douleur.

J'éprouvais une telle souffrance.

Je basculai vers l'avant en me rattrapant de justesse mais en heurtant les marches du porche.

Je me baissai et plaçai une main sur ma poitrine. Chaque cycle respiratoire était une épreuve.

– Marie !

– Oui ?

– Appelle les secours.

CHAPITRE 41

AALIYAH

Ma tension artérielle avait subitement chuté chez Marie. Je fus conduite d'urgence à l'hôpital, sous oxygène, peinant à respirer. Dès que le docteur Erickson apprit ce qui m'était arrivé, il accourut à mon chevet. La pâleur de son visage me prouva que ma situation était grave. Une fois de plus, inutile qu'il me dise ce que je savais déjà. Cela faisait si longtemps que mon cœur fatigué tentait de m'alerter.

J'étais en train de mourir.

Marie voulait me voir, mais je refusais qu'on la laisse passer. Je n'étais pas prête à lui faire face. Ma priorité, c'était d'accepter que ma vie devrait s'arrêter.

Jamais je ne quitterais cet hôpital, c'était certain. Pas dans mon état. Pendant une journée entière, je restai sous surveillance permanente. Dans ma chambre, si froide, docteurs et infirmières allaient et venaient. On me piquait avec des seringues, on surveillait que les résultats des moniteurs restent stables.

Je me sentais constamment épuisée.

Je voulais dormir. Fermer les yeux et annuler la douleur.

À ma grande surprise, deux jours après mon admission, je reçus la visite d'une personne que je ne m'attendais pas du tout à voir.

– Damian ! Qu'est-ce que tu fais là ?

Il était aussi maussade que d'habitude.

– Comment as-tu su où me trouver ?

– J'ai un certain talent pour obtenir des renseignements. Je peux entrer ?

– Bien sûr, mais… je ne comprends pas ce qui t'amène ?

Ce n'était pas un secret, Damian et moi n'étions pas proches. Nous nous étions à peine croisés quelquefois.

– Je suis là pour Connor.

– Je ne comprends pas.

– Il t'aime. Tu ne l'acceptes probablement pas parce qu'il t'a fait du mal. Mais je suis venu parce qu'il est fou de toi et qu'il ne veut pas que tu sois seule. Donc je vais rester assis ici.

– C'est n'importe quoi, bredouillai-je, éreintée.

– Peut-être, mais l'amour, ça amène souvent à faire des trucs dingues. Accorde-lui une deuxième chance.

– Damian…

– Écoute, je ne suis pas venu pour te tourmenter. Clairement, tu es dans un état grave. Mais je souhaitais que tu le saches. Je te comprends, tu sais. Moi aussi, j'ai grandi orphelin. Je suis très méfiant, je ne sais pas faire confiance et j'ai peur qu'on m'abandonne. Mais Connor n'est pas un sale type, Aaliyah. C'est le reste du monde qui est gangrené.

– Je ne sais pas quoi dire…

– Je te comprends. Tu es blessée. Eh bien, sois-le. Mais donne-lui une autre chance.

– Ce n'est pas si facile, Damian.

– Si, ça peut l'être. C'est vraiment important pour moi.

– Pourquoi ?

– Parce que tu m'as sauvé la vie.

– Quoi ?

– Il y a trois ans, j'avais touché le fond. Je pensais à mettre fin à mes jours. J'étais paumé, terriblement seul. Personne ne s'intéressait à moi et, bien sûr, je ne faisais pas en sorte que ça se produise. Je me disais « à quoi bon » ? Puis, contre toute attente, ce type bizarre qui racontait des blagues nulles a fait irruption dans ma vie. Il a insisté sans relâche pour que je lui parle. Il ne lâchait pas le morceau, dépensant toute son énergie pour que je cède. Un jour, je lui ai demandé pourquoi c'était si important pour lui. Alors il m'a raconté qu'il avait rencontré le Petit Chaperon rouge et que cette fille avait changé sa vie. Il voulait rendre la pareille à quelqu'un. Si tu n'avais pas existé… si tu n'avais pas changé la vie de Connor, il n'aurait pas changé la mienne. Sans toi, je ne serais plus là aujourd'hui. Mais j'ai croisé le chemin d'un mec qui trouvait que mon existence avait de la valeur. Un mec qui m'a permis de faire quelque chose de ma vie alors que le reste du monde m'ignorait. Donc, crois-moi quand je te dis que c'est vraiment important pour moi.

J'étais sensible à ses paroles. C'était fou tout ce que Damian acceptait de me confier. Je n'avais pas de mal à le croire parce qu'ainsi était Connor : il aidait les gens. Toutefois, j'étais encore réticente à lui refaire une place dans ma vie.

– Tu as déjà aimé quelqu'un, Damian ?

– Non. Mais le jour où l'amour frappera à ma porte, je ne le laisserai pas filer. Les gens comme nous, qui n'ont pas eu de beaux départs dans la vie, peuvent quand même avoir une fin heureuse.

Ce n'était pas anodin que Damian soit venu me parler. Il ne se confiait à personne. Chaque fois que je l'avais croisé, il m'avait à peine adressé des semblants de sourire avant de se réfugier dans ses pensées.

– Aaliyah… ne fais pas ça.

Alors qu'en règle générale, il paraissait dur, froid et inaccessible, en cet instant, son regard était plein d'empathie. Damian exprimait un élan de bienveillance que je ne lui connaissais pas.

– Ne fais pas quoi ?

– Fuir l'amour par peur de l'abandon. Connor n'est pas du genre à disparaître du jour au lendemain.

Certes, il a merdé, il a douté, mais bon sang, c'est humain ! Toute son enfance, il a cru que sa mère allait mourir. En découvrant que tu étais malade, il a replongé dans une situation qui l'a traumatisé durant des années. Il a peur, Aaliyah. Il est terrifié à l'idée de te perdre, mais il ne va pas partir. Il a juste perdu pied.

– Je sais combien c'est dur pour lui, Damian. Vraiment, je le comprends. C'est justement pour cette raison que je ne peux pas lui infliger ça.

– Quoi ?

Il avait l'air stupéfait.

– Je suis en train de mourir. Je sais que je n'en ai plus pour longtemps et je ne veux pas lui faire du mal. Je refuse qu'il me voie souffrir. Ça lui briserait le cœur, je le sais.

– Tu t'inquiètes pour son cœur alors que le tien est littéralement en train de tomber en panne. Si ça, ce n'est pas de l'amour ! Connor devrait être là.

– Je refuse de lui faire ça. Désolée, Damian.

Il fronça les sourcils et pencha la tête. Puis il s'assit sur une chaise.

– Qu'est-ce que tu fais ?

– Je m'installe ici.

– Pourquoi ?

– Pour que tu ne restes pas seule.

– Damian…

– J'ai pigé ! Tu ne veux pas qu'il souffre, alors tu le protèges. C'est respectable. Pour moi, c'est stupide, mais je le respecte. En revanche, ça ne veut pas dire que tu dois rester seule. Tu es mourante. Ça fait peur et c'est injuste. Je pourrais nommer un million de personnes qui mériteraient de mourir à ta place. Le monde est chaotique ; les gens bien en prennent plein la tronche. Je suis désolé que tu doives endurer ça, Aaliyah. Mais tu ne vas pas traverser cette épreuve toute seule, d'accord ? Je vais rester là et… (il fouilla dans son sac et sortit un album) je vais te lire des bandes dessinées parce que c'est ce que Connor aurait fait.

– Damian, tu n'es pas obligé de rester. Ça va.

– Non, ça ne va pas. Et ce n'est pas grave. Tu n'es pas obligée d'aller bien pour moi. Je veux juste que tu me laisses te lire cette bande dessinée et que tu ne restes pas seule.

– Écoute…

– Aaliyah ! gronda-t-il. Contente-toi d'écouter.

Je poussai un soupir et obtempérai.

Avant qu'il ne commence, un visage familier se présenta dans la chambre. C'était Marie. Elle paraissait rongée par l'inquiétude.

– Seigneur ! Aaliyah. Tu vas bien ?

– Que fais-tu là ? demandai-je en me raidissant.

Dès qu'elle pénétra dans la chambre, j'eus la nausée.

– Après le départ de l'ambulance, j'ai préparé mes affaires, puis j'ai eu un mal fou à ce qu'ils me laissent passer pour que je te voie. Pourtant, je suis la personne référente en cas de problème…

– Quel culot, Madame ! s'exclama Damian en lui lançant un regard assassin.

– Que faites-vous là ? Ceci ne vous concerne pas, rétorqua Marie.

– Non, c'est toi que ça ne concerne pas, renchéris-je.

Marie braqua son regard sur moi. Ses yeux noirs étaient pleins de tristesse. Je n'aimais pas les voir parce qu'ils me rappelaient beaucoup trop les miens.

Comment avais-je pu ne pas m'en apercevoir plus tôt ?

– Aaliyah, je comprends que tu sois en colère contre moi, mais ce sont les règles que le coordinateur des greffes nous a imposées. Il faut que quelqu'un s'occupe de toi après l'opération. Sans moi, tu ne pourras pas recevoir de greffe, si jamais une place se libère. Tu as besoin de moi.

– Non, je… n'ai pas… besoin de toi, dis-je en respirant difficilement.

– Si, ma puce.

– Et si vous arrêtiez de lui donner des petits noms affectueux. Quel mépris ! aboya Damian comme un pitbull de protection.

– Et si vous vous occupiez de ce qui vous regarde ? répliqua Marie en ricanant.

– Mon frère est amoureux de cette femme. Donc ça me concerne, affirma-t-il sans que sa voix tremble le moins du monde. Clairement, elle ne veut pas de vous ici. Et elle ne veut pas que vous soyez la personne référente en cas de problème. Vous pouvez partir.

– Elle n'a personne d'autre.

– Ce n'est pas vrai. Je suis là pour elle. Si elle le veut bien, évidemment.

Damian se tourna vers moi pour que je confirme. J'acquiesçai, en me mordillant les lèvres.

Alors il regarda Marie.

– Vous voyez, on n'a plus besoin de vous.

À ce stade, Marie était rouge pivoine. Elle fixait Damian.

– Je ne sais pas pour qui vous vous prenez, jeune homme, mais c'est moi qui l'aide depuis plus de deux ans à affronter ses problèmes de santé. Jour et nuit, je me suis m'occupée d'elle. Je l'ai accompagnée à toutes les visites chez le docteur. Quand elle avait besoin de pleurer, je lui offrais mon épaule. Vous n'avez pas idée de tout ce que représente cette responsabilité.

– Vingt-quatre ans, dit-il sèchement.

Marie haussa les sourcils.

– Quoi ?

– Ça fait vingt-quatre ans que vous auriez dû être là pour elle. Pas juste deux ans.

Cette remarque ébranla Marie. Elle recula de quelques pas, abasourdie. J'avais moi aussi reçu de plein fouet les paroles de Damian, mais je demeurai silencieuse.

Que restait-il à ajouter ?

– Écoutez, Madame, je ne suis pas là pour vous écouter sangloter sous prétexte que votre vie n'a pas pris la tournure souhaitée. Je suis là pour Aaliyah et Connor. Je vous propose d'arrêter de lui infliger du stress supplémentaire. Si elle compte vraiment pour vous, allons ensemble changer le nom de la personne référente. Maintenant, c'est moi. Ensuite, vous la laisserez tranquille.

Marie me regarda, les yeux pleins de larmes.

– C'est ce que tu veux, Aaliyah ?

J'acquiesçai.

– Oui.

Totalement abattue, elle remonta son sac sur son épaule et se tourna vers Damian.

– Il y a beaucoup de papiers à remplir, dit-elle en fronçant les sourcils.

– Ne vous inquiétez pas, je sais faire une signature.

Damian affichait une grimace.

Sur ce, ils quittèrent la chambre.

Vingt-cinq jours.

Damian vint me voir vingt-cinq jours d'affilée, pour me faire la lecture et ne pas me laisser seule. Il s'était renseigné sur ses devoirs en tant que personne référente et avait prévu de rester à mes côtés, quoi qu'il arrive. Parfois, je voulais lui demander comment allait Connor, mais je n'avais pas le courage de poser la question. Il me manquait beaucoup trop pour que je me l'autorise.

CHAPITRE 42

CONNOR

Vingt-cinq jours passés dans la salle d'attente de l'hôpital depuis que Damian m'avait annoncé l'hospitalisation d'Aaliyah. Puisqu'elle ne voulait rien savoir de moi, c'était lui qui se rendait à son chevet tous les jours, pour passer un moment avec elle. Elle ignorait que je me trouvais derrière la porte de sa chambre. Il fallait à tout prix que je sois près d'elle, même sans qu'elle le sache. C'était le seul endroit où je me sentais à ma place.

Tout ce que je souhaitais, c'était qu'elle aille bien. Je voulais qu'elle guérisse et me revienne en bonne santé.

Tous les soirs, Damian me renseignait sur son état et moi, je lui donnais une nouvelle bande dessinée pour qu'il la lise à Aaliyah le lendemain. D'après lui, c'était une battante, en dépit de tout ce qu'elle endurait. Elle ne perdait pas espoir.

Il me rapportait avoir senti que je lui manquais. Elle ne le disait pas expressément, mais il le percevait.

Je pensais que ce n'était pas vrai, qu'il me le racontait pour me faire plaisir. Mais au fond, je voulais quand même y croire.

Un jour, je reçus un mail de Maiv Khang.

À : ConnorXRoe@roeenterprises.com
De : maivkhang@passion.com
Objet : Demande d'approbation
de l'article

Bonjour Connor,
J'espère que vous allez bien. Vous trouverez ci-joint l'article rédigé par Aaliyah Winters. Pourriez-vous y jeter un coup d'œil et nous adresser votre approbation en vue d'une publication dans le prochain numéro ?
Je vous remercie d'avoir donné de votre temps à *Passion*. Toute mon équipe salue votre gentillesse et a apprécié votre coopération.
Si vous avez le moindre doute, n'hésitez pas à m'en faire part. Vu ce que j'ai lu, je ne pense pas que cet article puisse faire l'objet d'une quelconque plainte.
Maiv
PS : Je vous envoie aussi quelques photos du shooting. Ma préférée, c'est celle où Aaliyah vous regarde. Merci de nous avoir prouvé, à elle comme à moi, que certains hommes en valent la chandelle.

J'ouvris les photos jointes au mail. Quel choc de nous voir ensemble, enlacés, souriants, pris de fous rires. La plénitude d'un instant figée dans ces clichés. Je rêvais de vivre encore plus de moments comme ceux-là. J'avais besoin de plus de temps avec elle. Plus de temps pour nous.

Après avoir longtemps observé les photos, j'ouvris l'article, prévoyant de me laisser totalement absorber par les mots qu'Aaliyah avait choisis pour moi.

***

Un gentleman des temps modernes
Ma semaine avec Connor Roe, par Aaliyah Winters

Connor me sourit en prenant une gorgée de son café.

C'est la troisième fois que nous nous rencontrons depuis qu'il a accepté de m'accorder un entretien. On voit bien qu'il ne se rend pas bien compte de sa puissance, adossé à sa chaise, la jambe droite croisée sur la gauche. Il se sent à l'aise, comme l'atteste le relâchement de ses larges épaules.

Connor Roe aime boire son café arrosé de lait de coco et avec trois sucres. Ni plus ni moins.

Il se montre tout à fait accessible. Son calme détonne dans une ville où l'on vit à la vitesse de la lumière, en quête perpétuelle de la prochaine tendance. Lui n'est pas pressé. Il va à son rythme, sans jamais regarder sa montre, comme s'il n'y avait rien de plus précieux que l'instant présent.

Si je devais retenir une chose de ma semaine avec lui, c'est son aptitude à vivre dans le présent. Chaque moment passé en sa compagnie est un rêve auquel se raccrocher pour toujours. Lorsque la serveuse nous apporte notre petit déjeuner, elle trébuche et le bol de porridge se renverse. Particulièrement alerte, Connor le rattrape d'un geste habile, sans en renverser une goutte ni se brûler les mains. La serveuse rougit de honte, mais Connor la réconforte par son incroyable sourire et susurre un « Pas d'inquiétude » qui a pour effet de la faire rougir davantage – conséquence des plus habituelles en présence de cet homme.

« Pas d'inquiétude » – slogan qui revient incessamment dans la bouche notre gentleman.

Connor croit à la magie de la générosité. Il donne plus qu'il ne prend. Il se bat pour les autres plus que pour lui-même. Chaque jour, il s'efforce d'offrir une vie meilleure à ceux qui sont nés sans richesses ni privilèges. Il rêve d'un monde où les plus âgés seraient traités dignement, où les personnes défavorisées n'auraient jamais à s'inquiéter de leur loyer et où les orphelins ne se sentiraient jamais seuls. Un monde où aucun enfant n'aurait faim, aucune mère célibataire ne resterait longtemps sans électricité et aucune personne âgée ne serait isolée ou maltraitée.

À travers son engagement auprès de nombreuses associations caritatives (telles que Adopte un grand-parent, Summer Food Truck – un programme qui offre des repas gratuits aux enfants l'été – et ASEA, Agis, Soigne, Enseigne et Aime) qui s'attaquent aux défis d'aujourd'hui, Connor Roe tente de construire un avenir meilleur. Aucun jour ne se passe sans qu'il ne mène une juste bataille. Il est l'essence même de l'homme bon. En plus d'être un gentleman des temps modernes au charme du Sud si appréciable, il incarne le super-héros de toute une génération – un bienfaiteur, un porteur d'espérance. Un prodige de l'humanité, en somme.

Vous devez sans doute trouver que j'exagère. J'étais du même avis, au début. C'est trop beau pour être vrai ! Il doit forcément y avoir une faille en lui. Que nenni ! Absolument rien de suspect à déclarer.

Connor Roe puise sa force dans l'amour. Toutes ses actions sont assurément généreuses et empathiques. Même quand il a peur, c'est par excès d'amour. Ce n'est pas une faille, mais bien un super-pouvoir qu'on pourrait donc résumer en un mot : aimer.

Si vous avez un jour la chance de croiser son chemin, vous recevrez indubitablement de l'amour. Ne serait-ce que quelques étincelles. Il vous tiendra la porte ; il proposera au client après lui dans la file de payer son café ; il vous racontera de mauvaises blagues pour vous faire rire ; il écoutera attentivement toutes les histoires que vous lui confierez – même quand elles n'ont pas de sens. Il vous prendra dans ses bras quand vous en aurez besoin – et même si vous n'en avez pas besoin. Il vous regardera comme il observe, émerveillé, le lever et le coucher du soleil.

Il deviendra votre ami, quand vous n'aurez plus personne à qui parler. Il vous apportera un soutien sans failles. Il sera celui qui parvient toujours à vous décrocher un sourire.

En sa présence, sourire est inévitable.

Tel est le super-pouvoir qu'il offre au monde. Créer des millions de sourires dans une société dominée par la peur et les problèmes. Connor a de l'affection à revendre, pour tous. Il est impossible de ne pas avoir le coup de foudre pour lui.

Quand est arrivée la fin de notre rencontre, j'ai succombé à son pouvoir. Je me suis éprise, si facilement, avec toute la confiance de monde, car je sais que, quoi qu'il arrive, il sera là pour moi.

Avec lui, je me sens en sécurité.

Je me sens aimée.

Je l'aime.

Je suis follement amoureuse de mon super-héros.

Connor Roe collectionne les facettes : entrepreneur tout-puissant, self-made-man passé de la misère à la prospérité, acteur influent du monde de l'immobilier. Mais ce qu'il réussit le mieux, c'est propager de l'amour.

Connor est amour.

Tous ceux qui auront l'opportunité de le connaître se verront transformés à jamais. C'est mon cas.

En souriant, il prend une autre gorgée de café.

Je ne peux résister à l'envie de lui sourire en retour tout en prenant une gorgée du mien.

A.W, rédactrice en chef

***

Elle m'aime !

L'article avait été remis après ma disparition, et pourtant, elle m'aimait.

Je décidai de rendre visite à quelqu'un d'incontournable. Je refusais de rentrer chez moi et de me glisser dans mon lit tant qu'Aaliyah n'y serait pas. Je devais demander de l'aide à cette personne.

– Salut, dis-je en m'accroupissant devant la tombe de Grant. On s'est déjà vus, quoique brièvement, et je sais combien tu comptes pour Aaliyah. Alors il faut que je te parle. Elle… ne va pas très bien Grant, expliquai-je en sanglotant – le dire tout haut rendait tellement plus réelles ses souffrances. Notre Aaliyah n'est pas en forme. Moi, je suis terrifié. Seulement, elle ne veut plus me voir. Je ne peux pas lui en vouloir, je savais combien ça lui fait du mal qu'on l'abandonne. Je suis devenu lâche quand la situation s'est aggravée. J'ai eu la trouille. Je ne peux pas effacer mon comportement, mais tu dois me croire, Grant, je suis vraiment désolé de ce que j'ai fait.

Je baissai la tête.

– Je sais que tu ne me dois rien. Et je te donne le droit de me détester autant qu'elle me déteste. Mais je suis là parce que… j'ai besoin de ton aide. Tu es une sorte de père pour elle. Je suis venu te demander quelque chose de très important. Tu sais, une fois que ce sera terminé, une fois qu'Aaliyah ira mieux, je vais la demander en mariage. Pour moi, il est évident qu'elle est la femme de ma vie. C'est avec elle que je veux passer le restant de mes jours. Peu importe si ça prend du temps. Ce dont j'ai besoin, c'est qu'elle s'en sorte, Grant. Même si elle me déteste encore, je ne la laisserai plus jamais tomber. Même si j'ai peur, je vais rester ! Tu m'entends ? Donc aide-moi. Elle doit sans doute te manquer aussi, mais il faut que tu attendes encore un peu, d'accord ? Je te demande sa main. Je veux l'épouser, Grant, alors je t'en supplie…

Je pris une profonde inspiration et posai mes mains sur la pierre tombale tandis que le vent me caressait la peau et que des larmes coulaient sur mes joues. Tout mon corps tremblait de peur.

– Je t'en supplie, Grant… Ne me la reprends pas tout de suite…

Je me dirigeai ensuite vers ma voiture. Luis m'attendait pour me ramener à la maison.

– Ça va, Connor ? demanda-t-il.

– Non.

Tant qu'Aaliyah n'irait pas mieux, impossible pour moi d'aller bien.

Tout à coup, mon téléphone sonna. C'était Damian. Je décrochai immédiatement.

– Quoi de neuf ?

– Il faut que tu reviennes vite à l'hôpital, Connor.

Luis conduisit à toute vitesse, du mieux qu'il pouvait. J'étais dans un état de panique totale. Damian avait l'air stressé au téléphone. Son état avait-il empiré ? Était-elle inconsciente ? Étais-je en train de la perdre ?

Je t'en prie, ne me l'enlève pas, Grant. Pas comme ça. Pas maintenant.

Je sortis en trombe de la voiture et me ruai vers les portes de l'hôpital, sans même avoir refermé la portière. Je voulais impérativement savoir ce qui lui arrivait.

Damian m'attendait dans le hall. Il se leva et marcha vers moi.

– Qu'est-ce qui se passe ? Elle va bien ? Elle…

Je déglutis péniblement, les larmes aux yeux et tentai de nouveau :

– Elle est… ?

Morte ? Putain, je ne pouvais pas respirer. Si c'était le cas…

– Calme-toi, Connor.

Damian posa sa main sur mon épaule et me regarda droit dans les yeux. Puis sa bouche esquissa un sourire.

– Ils l'ont trouvé.

– Quoi ?

– Le cœur pour Aaliyah.

CHAPITRE 43

AALIYAH

Un cœur pour moi !

J'étais en compagnie de Damian lorsque le docteur Erickson m'annonça la nouvelle. Quel soulagement de pouvoir prendre quelqu'un par la main à ce moment-là ! Damian n'hésita pas une seconde à accepter ma poignée de main.

J'avais toujours imaginé que cette nouvelle m'apporterait une joie immense. Or, je ressentais une indescriptible culpabilité. Quelqu'un avait dû perdre la vie pour que la mienne continue. Il devait y avoir des gens en deuil, pleurant la perte d'un être cher. La source de leur désespoir signait ma survie.

J'en étais mortifiée. Comme si je trichais avec la mort. Cela ne paraissait pas juste.

– C'est le cycle de la vie, dit Damian en serrant ma main.

On aurait dit qu'il avait lu dans mes pensées.

– Tout a un début et une fin, poursuivit-il. Et toute fin appelle un recommencement. C'est une bonne chose, Aaliyah.

Je hochai la tête à mesure que le docteur Erickson m'expliquait le déroulement de la greffe. La famille était en train d'adresser ses adieux à la personne décédée. Une fois le respirateur artificiel débranché, son équipe allait devoir agir très vite pour me préparer à la chirurgie. Dans quelques heures, j'allais recevoir un nouveau cœur.

Tout ça me paraissait irréel. J'avais l'impression de flotter dans un rêve, celui d'un avenir qui m'avait semblé tellement inaccessible.

Damian quitta la pièce un instant. Le docteur continua à m'expliquer les différentes étapes. Quand il eut terminé, je restai seule un long moment. Je réfléchissais à tout ce qui était en train de se passer. À ce que ça voulait dire pour moi d'obtenir ce cœur. Je pensais à la famille qui était en train de le perdre. La vie était si compliquée.

Quelqu'un frappa à ma porte. C'était Damian accompagné de Connor.

Stupéfaite, je me redressai, les yeux écarquillés.

– Que fais-tu ici ? demandai-je à Connor avant de regarder Damian. Tu lui as dit ?

– Je n'avais pas le choix, avoua ce dernier. C'est mon frère, dit-il en tapotant Connor dans le dos. Je vous laisse.

Damian s'éloigna et Connor entra dans la chambre.

– Salut, murmura-t-il.

– Salut, répondis-je.

Ça m'énervait de sentir combien j'étais soulagée de le voir. J'aurais dû le détester. J'aurais dû lui dire de partir, le repousser. À la place, je me taisais, attendant qu'il parle. Attendant de voir ce qu'il avait à me dire.

Il s'éclaircit la voix.

– Tu vas avoir un nouveau cœur.

– Oui.

– C'est super.

Silence de ma part.

Il s'approcha un peu.

Le signal sonore des machines accéléra, l'incitant à reculer.

– Écoute, je ne veux pas te faire subir plus de stress, Aaliyah. J'ai compris : tu me détestes. Mais je ne t'en veux pas. Ces dernières semaines, moi aussi je me suis détesté, comme jamais auparavant. Seulement, je t'en prie… laisse-moi rester ce soir. Tu vas bientôt te faire opérer et je ne veux plus te quitter. On n'est pas obligés de se parler ou de se regarder. Si tu veux, je peux fixer ce mur toute la nuit. Mais je refuse de te laisser seule, d'accord ? Je reste à tes côtés, juste au cas où. Si jamais l'opération se passe mal, si jamais, Dieu m'en garde, c'est toi qui me quittes… Tu acceptes que je reste ? Parce que rien que l'idée de m'éloigner de toi me tord les boyaux. Je t'en prie, Rouge…

Il ferma les yeux pendant un moment puis, quand il les rouvrit, des larmes se mirent à couler sur ses joues. Il tremblait de tout son être.

– Laisse-moi rester, s'il te plaît.

Détruit, il étalait ses blessures, ses écorchures. Je voyais sa peur, sa panique intérieure mais surtout, son amour. L'amour ne se présente pas uniquement à nous par temps radieux. Parfois – même souvent –, l'amour arrive comme une tempête en pleine guerre.

L'amour est familier des ténèbres. Il s'engouffre dans la souffrance, mène des combats et inflige des millions de cicatrices. Il n'offre pas que des arcs-en-ciel. Souvent, il brille à travers les éclairs d'un orage. L'amour de Connor s'abattait sur moi comme le tonnerre. Il était brut. Déchaîné. Vrai.

Je fixais mes mains.

J'y avais pensé, moi aussi. Et si je ne sortais pas indemne de l'opération ? Et si la greffe ne marchait pas ? Et si j'étais arrivée au bout du sablier de ma vie ? Que je ne le revoyais plus jamais ? Est-ce que je souhaitais vraiment que notre dernier échange soit celui où je lui avais demandé de partir ?

Tout ce que je voulais, c'était qu'il reste.

– Tu veux bien me lire une bande dessinée ? dis-je doucement en levant mes yeux sur lui.

Il jeta un coup d'œil à la pile d'albums apportés par Damian.

– Oui, répondit-il sans hésiter. Je peux approcher une chaise de toi ?

– Bien sûr.

Je voulais qu'il soit près de moi.

J'en avais tant besoin.

Il me manquait.

Connor prit une bande dessinée et s'assit près de moi. Je m'endormis en l'écoutant lire. Lorsque je me réveillai dans la nuit, je le découvris endormi, la tête appuyée contre le bord du lit. Dans sa main posée sur sa cuisse, il tenait quelque chose. Je tendis le bras pour écarter ses doigts. Au creux de sa paume, je vis une pièce de vingt centimes. J'étais tellement émue !

Je retrouvai rapidement le sommeil avant d'être réveillée de nouveau, cette fois par une infirmière. Connor n'était plus là. Mais il avait posé la pièce sur ma cuisse. Je regardai autour de moi. Tous les murs étaient recouverts de Post-it. Même la télévision. C'était stupéfiant.

En en saisissant un, je reconnus immédiatement l'écriture de Connor.

Je souhaite plus de temps avec Aaliyah.

J'en lus d'autres.

Plus de temps avec Rouge.

Je veux me marier avec elle.

Je veux l'embrasser.

Une minute de plus avec elle.

Qu'elle guérisse.

Autour de moi, des centaines de vœux parsemés dans toute la pièce. Des centaines de mots qui m'allèrent droit au cœur.

– Bonjour, fit une infirmière en entrant dans ma chambre. Je vois que vous avez pris connaissance des mots d'amour qui vous attendaient. Cet homme, qui venait tous les jours, vous aime à la folie.

Je secouai la tête.

– Non, Damian n'est qu'un ami.

– Pas lui ! Je vous parle de Connor, le jeune homme qui patientait tous les jours dans le hall. L'équipe médicale l'a surnommé le *Roméo des temps modernes*. Il disait que vous ne vouliez pas le voir, mais il venait quand même. Quand vous dormiez, il s'asseyait en silence à côté de vous. C'était trop mignon !

J'étais abasourdie. Il était venu tous les jours ? Cela faisait plus de vingt-cinq jours que j'étais hospitalisée. Comment avait-il pu attendre aussi longtemps sans recevoir aucun signe présageant que je lui donnerais une deuxième chance ?

Lorsque le moment de l'opération arriva, les infirmières m'annoncèrent qu'on m'attendait dans le couloir pour me dire au revoir. Je tournai la tête pour faire un signe à Damian, quand tout à coup, mon cœur abîmé se mit à battre plus fort. Je venais d'apercevoir son regard bleu. Il était resté.

Seul l'amour pouvait encore faire battre mon cœur de cette façon.

– Je t'aime, murmurai-je en le regardant droit dans les yeux.

Il fallait que je le dise. Il fallait qu'il sache que, quoi qu'il arrive, je l'aimais. Parce que, malgré tout ce qui s'était passé, je savais qu'il était l'homme de ma vie. Il était ces lueurs de l'Est qui avaient illuminé mon monde avec une telle force, me rappelant que je n'étais pas seule. Rien que pour ça, il devait être adoubé d'un amour éternel.

J'avais fait une prière avant l'opération. Je ne savais pas trop à qui je l'avais adressée. À Dieu, à l'univers, aux aliens ? Tout ce que je voulais, c'était plus de temps avec Connor. Du temps pour croquer la vie à pleines dents avec lui. Du temps pour voir notre amour devenir encore plus fort qu'il ne l'était déjà.

Je fus bouleversée d'entendre Connor murmurer à son tour :

– Je t'aime. Pour toujours.

CHAPITRE 44

AALIYAH

Poum, poum

Poum, poum.

Poum, poum

Je sentais les battements du cœur dans ma poitrine ! Des battements qui m'appartenaient, quoique pas tout à fait.

C'était du temps emprunté. La promesse d'un lendemain. Une bénédiction que je n'étais pas sûre de mériter mais que je ne prendrais jamais pour acquise. C'était certain.

Merci, William.

La greffe avait marché. J'étais étonnée de sentir si peu de douleur après une telle opération.

J'étais restée hospitalisée quelques semaines de plus avant de regagner mon appartement. Damian m'avait accompagnée tous les jours, s'occupant de mes médicaments et m'aidant au quotidien. Ma guérison était en marche, mais, même si j'avais un nouveau cœur et qu'il battait, cela n'enlevait en rien la tristesse que je portais en moi. Il y avait encore tant d'aspects traumatisants de ma vie que je me devais d'affronter – Marie par exemple.

Connor me manquait. Seulement, ce n'était pas encore le moment pour moi de le contacter. J'avais besoin d'être entièrement remise avant de revenir vers lui.

Quelle ne fut pas ma surprise lorsqu'il se présenta sur le palier de ma porte, un bouquet à la main !

– Salut, dis-je en croisant les bras.

L'air frais de l'automne me fit frissonner.

– Salut, répondit-il d'une voix grave. Tu n'as sans doute pas envie de me voir, ce que je comprends, Aaliyah. Mais moi j'en ai besoin. Je voulais m'assurer que tu vas bien, que tu guéris… Je suis désolé, je n'ai pas pu m'en empêcher.

– Ce n'est pas grave.

Il fronça les sourcils.

– Si, justement. Ce qui s'est passé entre nous, c'est grave. J'ai commis tellement d'erreurs. Avant de te rencontrer, je ne savais rien de l'amour, rien d'un chagrin d'amour. Vraiment rien, Aaliyah ! Or, tu mérites d'être heureuse. Je ne veux plus jamais te rendre triste.

– Connor…

– Je promets de te laisser tranquille après ça. Laisse-moi te dire la vérité.

Je regardai le sol un instant avant de poser de nouveau mes yeux sur lui. Puis je hochai la tête, lui accordant la permission de continuer.

– Tu m'as transformé. Tu as réveillé des choses en moi dont j'ignorais l'existence. J'ai compris que ce n'est pas l'amour ou l'engagement qui me font peur. C'est la mort. J'ai peur de perdre les gens qui comptent pour moi. J'ai été paranoïaque toute mon enfance. J'étais terrifié à l'idée de trouver ma mère morte au réveil. Depuis, j'ai beaucoup de mal à accepter la maladie d'un proche. J'ai tellement peur de la perdre, tellement peur de te perdre. Peur de revivre ce moment où j'étais spectateur de la douleur de ma mère sans pouvoir rien faire pour la soulager. Je suis terrorisé, Aaliyah…

– Je te comprends. Mais sache que, malgré la greffe, il y a des risques que mon corps rejette ce cœur. Il y a tellement de paramètres inconnus dans ma vie. Je ne peux pas effacer tes peurs, Connor.

– Ce n'est pas ce que je te demande. Je voudrais simplement que tu m'autorises à avoir peur. Ne pas t'avoir dans ma vie, c'est encore plus effrayant que ces milliards de questions qui restent sans réponses. Est-ce que je veux vieillir avec toi ? Oui ! Est-ce que j'ai envie de compter tes cheveux gris le jour où tu commenceras à en avoir, pour plaisanter ? Absolument ! Est-ce que j'ai envie de tomber amoureux de tes rides ? Sans aucun doute. Rien que vivre l'instant présent, c'est déjà énorme. Rouge, je veux juste que nous soyons ensemble. Je veux vivre chaque moment qu'il nous sera possible de partager. Donc je t'en supplie : donne-moi une autre chance. Je ne serai jamais parfait, mais je ne partirai plus jamais en courant. Je resterai jusqu'au bout, même si j'ai peur, même si je sens que mon monde s'effondre. Si je devais vivre pour toujours, ce serait avec toi. Et s'il ne me restait plus qu'un seul jour à vivre, j'aimerais m'installer avec toi sur la terrasse d'un immeuble pour que nous admirions les lueurs de l'Est. Qu'importe combien de jours, de semaines ou d'années il nous reste, tu peux compter sur moi. Que ce soit pour un jour ou pour la vie, c'est toi que je veux.

Secouée par ses paroles, je me mordillai les lèvres.

– Tu veux voir mon nouvel appartement ?

Il parut étonné, mais ne déclina pas l'invitation. Lorsque j'ouvris la porte, son regard s'illumina en découvrant l'intérieur. Des centaines de Post-it que j'avais remplis dans l'attente de ce moment recouvraient les murs de mon appartement. J'avais fait le vœu qu'il me revienne un jour.

J'en saisis un.

Je souhaite que Connor me revienne.

– Tu vois ? chuchotai-je en m'approchant de lui.

Je fermai les yeux lorsqu'il me prit dans ses bras et posa sa tête sur la mienne.

– Moi aussi, j'ai fait le vœu d'être avec toi.

La vie ne garantissait pas l'éternité. Elle ne nous promettait que l'instant présent. Ainsi, je mis un point d'honneur à ne vivre que l'instant présent, parce qu'il n'y a rien d'autre qui compte. Pas d'hier, pas de demain – juste maintenant. Je voulais prendre soin de chaque heure, chaque minute, chaque seconde. Je nous souhaitais de recevoir toujours plus d'étincelles d'amour.

CHAPITRE 45

CONNOR

Depuis qu'Aaliyah m'avait de nouveau accepté dans sa vie, je passais chaque instant auprès d'elle, dans son appartement. Je m'étais promis et lui avais promis de ne plus jamais prendre notre amour pour acquis. De rester, jour et nuit, en dépit de la peur. Pour être honnête, j'étais encore terrifié. Mais j'apprenais que ce n'était pas grave, tant que je me montrais suffisamment courageux pour affronter mes craintes.

Chaque jour, Aaliyah me rappelait pourquoi j'avais choisi le courage : pour son sourire, son rire, son amour. Si j'étais capable de l'aimer, alors rien ne ferait plus jamais peur.

– C'est l'heure pour toi d'aller au travail, déclara Aaliyah en souriant.

Puis elle pressa ses lèvres sur mon front. J'avais doucement posé ma tête sur sa poitrine, évitant ses cicatrices. Chaque matin, j'aimais écouter les battements de cœur et, tous les soirs, je faisais de même.

– Je préférerais rester ici, murmurai-je en me blottissant contre elle.

– Ça fait déjà cinq fois que Damian t'appelle, renchérit-elle en s'asseyant.

Elle esquissa une petite grimace, ce qui m'alerta. Elle avait encore un peu mal à cause de l'opération, mais elle était tellement courageuse. J'avais tendance à m'inquiéter plus qu'elle. Je ne pensais pas changer un jour. Peut-être que c'était ça, l'amour : éprouver de l'inquiétude pour la personne qui compte le plus au monde.

Je poussai un grognement, ce qui la fit rire.

– Connor, il va falloir revenir à la réalité, un jour ou l'autre. Tu ne peux pas rester cloîtré ici en permanence.

– Qui l'a décidé ?

– Moi. Je te rappelle que tu as un rêve à réaliser.

– Je l'ai déjà réalisé, dis-je en la serrant contre moi.

– Arrête l'esbroufe, ricana-t-elle en m'embrassant sur le menton. Je suis sérieuse. Tu as une entreprise à diriger. Prends une douche et rends-toi au travail. Je t'attendrai à la maison.

Notre maison.

C'est-à-dire, partout où Aaliyah serait.

J'écoutai son sermon à contrecœur. Puis je finis par me préparer pour aller au travail. Damian s'empressa de me faire des remarques sur mon absence, mais au fond, il comprenait.

– Écoute, je sais que tu es très heureux depuis quelque temps. D'ailleurs, je te félicite. Je suis content que vous ayez enfin sauté le pas. Seulement, j'ai un truc à te dire. Je ne peux pas garder ça pour moi plus longtemps, affirma-t-il en déposant un dossier sur mon bureau.

J'avais un mauvais pressentiment. La dernière fois qu'il avait fait ça, c'était pour m'annoncer que Marie était la mère de Aaliyah qui, bien évidemment, n'avait pas encore digéré ce cataclysme.

– Qu'est-ce que c'est ?

– L'arrêt de mort de Walter Rollsfield. Je sais que tu ne voulais pas que je fasse des recherches à son sujet, mais après tout ce que j'avais trouvé sur sa femme, je n'avais pas le choix. Je suis d'ailleurs furieux de ne pas l'avoir fait plus tôt. On aurait pu éviter ce désastre.

Je parcourus le dossier. Je n'en croyais pas mes yeux ! Damian avait rassemblé des mails échangés entre Walter et des clients à nous au sujet de certains de contrats. Walter avait acheté ces biens pour lui sous un autre nom d'entreprise.

Des biens qui m'étaient destinés !

En fait, il avait acquis tous les immeubles que je voulais acheter pour mon projet caritatif, prévoyant en cachette de les transformer en locations de luxe.

– C'était lui l'enfoiré qui faisait capoter toutes les ventes. Tout ça pour se faire du profit. Il t'a trahi ! Je parie que ça va être pareil pour l'immeuble du Queens. Tôt ou tard, ça finira par capoter.

Pourquoi me faire ça ? Dès le début, j'avais vu en Walter un père. Il m'avait appris toutes les ficelles du métier. Il avait investi en moi, en mes rêves. Pourquoi vouloir voler mon rêve ? Pour mentir et tricher ? Pour s'approprier quelque chose que j'adorais et en quoi je croyais vraiment ?

C'était fou, le nombre de fois où il s'était montré sidéré et furibond en apprenant que les contrats ne cessaient de tomber à l'eau ! C'était une supercherie ? J'étais donc juste un pion dans ce jeu malsain ?

Je lui avais fait tellement confiance. Bien plus qu'à toute autre personne du milieu. Tout ce temps, j'étais stupéfait qu'il puisse avoir un fils aussi monstrueux, alors qu'en réalité, Jason n'était que le reflet de son père.

Je décidai de me rendre sur-le-champ dans les bureaux de Walter. Sans surprise, sa secrétaire m'annonça qu'il était en réunion, mais je n'en avais rien à faire. J'entrai en trombe dans la salle, sans me soucier de ce que j'étais en train d'interrompre. Dix hommes se tournèrent vers moi. En bout de table, Walter présidait. Il plissa les yeux, déconcerté.

– Connor, que fais-tu là ?

– C'est donc vrai ? hurlai-je, à bout de souffle.

Je le fixais, lui à qui j'avais fait confiance depuis tant d'années.

Walter se mit à rire nerveusement en secouant la tête.

– Je suis en pleine réunion. Pourrait-on en discuter plus tard, fiston ?

– Ne m'appelle plus jamais comme ça, dis-je sèchement. C'est vrai que tu as acheté tous les immeubles qui m'intéressaient ?

Walter fit une grimace. Puis il regarda les hommes autour de lui avec un sourire factice.

– Messieurs, si vous voulez bien m'excuser, dit-il en se levant. Je reviens tout de suite.

Il se dirigea vers son bureau et je lui emboîtai le pas. Dès qu'il claqua la porte derrière lui, il se tourna vers moi, hors de lui.

– Ça ne va pas la tête ? Tu sais combien cette réunion est importante pour moi ?

– Et toi, tu sais combien ces immeubles comptaient pour moi ? m'écriai-je.

Plus je regardais ce salopard, plus j'enrageais.

Il s'approcha de son bar en poussant un long soupir, puis il se servit un verre de whisky.

– Honnêtement, Connor, je ne comprends pas d'où te viennent ces aberrations. Après tout ce que j'ai fait pour toi.

– Moi aussi, j'ai fait beaucoup pour toi, Walter. J'ai accepté de prendre Jason, par exemple.

– Tu te trompes, tu n'as rien fait pour moi. C'est moi qui t'ai fait, petit morveux. Sans mes investissements, Roe Immobilier n'existerait pas. Un conseil : ne mords pas la main qui te nourrit.

Il fit le tour de son bureau et s'installa dans son fauteuil. Il était parfaitement calme, comme quelqu'un qui n'aurait pas détruit mes rêves.

– Tu m'as escroqué !

– Entre nous, je n’arrive pas à croire que tu aies mis autant de temps à t’en rendre compte. Toutes les preuves étaient là. Mais tu sais ce que dit le dicton : on ne saurait faire boire un âne s’il n’a pas soif.

– Pourquoi as-tu fait ça ?

– N’est-ce pas évident ? Parce que j’adore l’argent. Il va sans dire que les biens que tu as dénichés sont exceptionnels. Ils vont faire le bonheur de gens riches, ce qui, en retour, me rendra très riche. Une situation où tout le monde ressort gagnant, en somme, dit-il avant de prendre une gorgée de whisky. Sauf dans ton cas. Toi, tu y perds. Mais, bon sang, ce que je suis content !

– Quel enfoiré ! m’exclamai-je. Tu m’as menti sur toute la ligne.

Son dédain me rendait fou. J’avais envie de lui en coller une.

– Bienvenue dans le monde réel, Connor. Les gens mentent pour obtenir ce qu’ils veulent. Tu pensais vraiment que j’étais allé aussi loin dans la vie en étant foncièrement honnête ? Il est vrai que tu m’as beaucoup aidé. Je te ferai un chèque de remerciement le jour où mes profits auront grimpé en flèche.

– Je ne veux plus rien de toi. C’est fini. Tu m’entends, Walter ? Fini !

– Si seulement ça pouvait être aussi facile ! Vois-tu, il existe quelque chose qu’on appelle les contrats et qui empêchent de faire marche arrière. En signant notre collaboration, tu m’as accordé quarante pour cent des parts de Roe Immobilier. Donc, même si tu es colère, on reste associés.

– C'est moi l'actionnaire majoritaire. Je vais tout faire pour me débarrasser de toi.

– Eh non, fit-il en secouant la tête, l'air déçu. Je parie que tu n'as pas lu ce qui était écrit en tout petit sur les contrats que t'a fait signer Jason ? Ah, ces jeunes, si naïfs, qui oublient toujours de lire les petites lettres. En mettant Jason à la tête de la succursale de la côte Ouest, tu lui as cédé vingt pour cent de tes parts. Il ne t'en reste donc plus que quarante. Donc Roe Immobilier appartient en majorité aux Rollsfield. Pas de chance, mon p'tit. Vraiment pas de chance !

– Il y a une clause dans le contrat : il faut que Jason honore une année de travail, rétorquai-je.

– Ce qu'il fera, car un gros chèque l'attend. Ensuite, il me transférera ses parts, pour que je devienne actionnaire majoritaire. Jason compte bien rester en poste un an, vu que tu te tapes son ex. Il sait être mesquin, toucher là où ça fait mal. Il suffit donc que tu restes dans le droit chemin. Je ne voudrais pas avoir à te licencier, fiston, mais crois-moi, j'en suis capable.

– Tu avais tout manigancé depuis le début, pas vrai ? Reprendre mon affaire, m'utiliser…

– À la fin, tu te réveilles. Tu ne pensais tout de même pas que je croyais à tes petits rêves à la con ? Tu es charmant, je savais que les gens t'adoreraient. Une simple marionnette ! Je te remercie d'avoir rendu la chose aussi facile. Enfin, Connor, tu n'imaginais quand même pas que des appartements de luxe pour les pauvres, ça pouvait marcher, si ? Quelle blague. Ça n'intéresse personne.

– Je t'admirais. Tu étais comme un père pour moi, avouai-je en me sentant idiot.

– Voilà pourquoi c'était si facile ! Quand tu m'as dit que tu avais été abandonné par ton père, j'ai tout de suite su que c'était une aubaine pour moi. Dommage que tu aies pris ça trop à cœur, gamin. C'était juste du business.

J'étais effaré.

Tout ce qu'il avait fait pour moi, c'était pour s'en mettre plein les poches. J'avais été utilisé par quelqu'un qui ne voyait aucun mal à détruire ma vie.

Ce que j'avais construit et ce que j'espérais construire s'écroulait. Et je ne pouvais rien y faire, car j'avais vendu mon âme à un diable qui s'était fait passer pour mon ange gardien.

***

– Il n'a pas le droit ! C'est forcément illégal, s'écria Aaliyah alors que nous étions assis sur son canapé.

Je m'étais rendu directement chez elle après ma conversation avec Walter. Je me sentais tellement idiot. Comment avais-je pu être aussi aveugle ? J'étais vraiment persuadé que Walter était un saint, quelqu'un qui voulait croire en un jeune et en ses rêves stupides. Or, il n'avait vu en moi qu'un moyen de faire du profit.

– Même si ce n'est pas légal, il aura ce qu'il veut. Arriver à ses fins quoi qu'il en coûte, c'est sa spécialité. Je ne suis probablement pas le premier à me faire pigeonner. Et sans doute pas le dernier.

– Je le déteste.

Elle poussa un soupir en se blottissant contre moi, la tête calée dans le creux de mon épaule.

– Moi aussi, ajoutai-je. Je n'arrive pas à croire qu'il m'ait berné tout ce temps. Si seulement j'avais demandé à Damian de vérifier cela plus tôt…

– Ce n'est pas de ta faute si Walter Rollsfield est un manipulateur. Tu ne pouvais pas le savoir. Je ne savais rien sur Marie, moi non plus. Ils se présentent sous un jour qui ne correspond pas à la réalité, juste pour obtenir ce qu'ils veulent. Leur relation n'est basée que sur des mensonges. Comment pourraient-ils être honnêtes avec les autres ? En fait, leur vie est tellement triste. Heureusement que nous avons découvert le pot aux roses. Je suis sûre que plein de gens ont de l'estime pour ces salopards.

Je poussai un soupir, posant ma tête sur la sienne.

– Qu'est-ce que je vais faire, maintenant ? Maintenant que je sais tout, je ne peux pas continuer à travailler avec lui. Il faut que je lui cède Roe Immobilier.

Elle entrelaça nos doigts et me serra contre elle.

– S'il faut recommencer, on le fera ensemble. Tu n'es pas seul, Connor. Tu t'es fait un nom, en partant de rien. On recommencera. Quoi qu'il arrive, je suis là pour t'aider.

– Merci, Rouge, chuchotai-je en effleurant ses lèvres.

– Toujours à votre service, Cap'.

Plus tard, dans la chambre, elle s'endormit devant moi. J'avais posé mes mains sur son torse, pour écouter les battements de son cœur. Ma berceuse préférée. Je n'avais pas la certitude que tout irait bien, mais tant que son cœur continuerait de battre, je savais que nous trouverions toujours une solution pour affronter la vie ensemble.

CHAPITRE 46

AALIYAH

– Aaliyah, que fais-tu là ? demanda Marie en me découvrant sur le pas de sa porte. Tout va bien ? Ton cœur… ?

Je ne l'avais pas revue depuis son passage à l'hôpital. Je n'avais pas encore totalement digéré la nouvelle selon laquelle elle était ma mère biologique. Mais je n'étais pas là pour moi. J'étais venue pour Connor.

– Ça va, dis-je froidement. Je peux entrer ?

– Bien sûr.

Elle fit un pas sur le côté pour m'inviter à rentrer. Ces dernières années, j'avais passé beaucoup de temps dans cette maison. J'avais tellement désiré toutes ces réunions de famille partagées dans ce logis, toutes ces vacances que nous avions vécues ensemble. Parfois, il valait mieux que les rêves ne deviennent pas réalité.

Si j'avais épousé Jason, ma vie aurait pris la tournure d'une tragédie.

– Je peux t'offrir quelque chose à boire ? De l'eau ? Un thé ?

Elle avait les mains qui tremblaient. Je me sentis brièvement coupable, mais ce n'était pas de ma faute si elle était mal à l'aise. Ce que j'allais lui demander exigeait de toute façon qu'elle le soit.

– Non, ça va.

Elle esquissa un sourire en remuant machinalement les doigts.

– Je ne savais pas si j'allais avoir l'occasion de te reparler, après ce qui s'est passé. Damian a pris ma place, je n'étais plus autorisée à te voir.

– C'est normal. Seuls la famille et les amis avaient cette autorisation.

Cela fut cinglant pour elle.

– Pourquoi es-tu venue ? Tu veux qu'on poursuive la conversation ?

– Non, pas maintenant. Je suis là pour Connor.

– Connor ? Qu'est-ce qu'il a à voir avec ça ?

– Tout. Walter le menace de lui voler Roe Immobilier. J'ai besoin que tu l'en empêches.

– Quoi ?

– Ne fais pas l'ignorante, Marie. On sait tout. Walter a avoué à Connor son complot pour récupérer toutes les parts de l'entreprise et éclipser Connor. Il faut que tu lui dises de ne pas le faire.

– Je suis désolée, Aaliyah, je n'avais aucune idée de…

– Je ne t'ai jamais rien demandé ! insistai-je. Jamais ! Toi, tu m'as utilisée pour obtenir ce que tu voulais. Donc tu me dois une fière chandelle. J'ai besoin que tu le fasses pour moi, Marie.

– Attends, mais comment Walter pourrait-il subtiliser l'entreprise de Connor ? Ça n'a pas de sens.

Elle paraissait complètement ébahie par la situation. Je n'arrivais pas à déterminer si elle faisait semblant. C'est ça, le problème des gens qui mentent : on met toujours leur parole en doute.

– Walter est là ? demandai-je.

– Oui, dans son bureau. Je n'arrive pas à croire qu'il ait fait ça à Connor. Malgré tout ce qui s'est passé, c'est impossible.

– Penses-tu vraiment connaître ton mari ?

Elle afficha une lueur d'hésitation dans ses yeux, ouvrit la bouche pour parler, mais s'interrompit. Puis elle s'éclaircit la voix et cria :

– Walter ! Tu veux bien venir dans le salon ?

– Tu sais bien que je n'aime pas que tu cries à travers la maison. Qu'est-ce qui se passe ? grommela Walter en arrivant dans le salon.

Dès qu'il m'aperçut, il fit la grimace.

– Aaliyah, que fais-tu là ?

– J'essaie de trouver un accord, expliquai-je.

Marie se tourna vers lui, le regard insistant.

– C'est vrai que tu essaies de t'accaparer l'entreprise de Connor ?

Walter fronça les sourcils.

– Tu me convoques pour ces balivernes ? Je n'ai pas de temps à perdre avec ça, Marie.

Elle resta bouche bée.

– Pourquoi tu veux prendre ce que ce jeune homme a créé ?

– C'est moi qui ai fait ce gamin, qui lui ai mis le pied à l'étrier. Et ce qu'il possède, c'est grâce à moi. Donc j'ai le droit de le prendre.

– Tu ne l'as pas fabriqué, m'écriai-je. Connor a tout fait lui-même. Tu as profité de son talent.

– Certes, il est doué, mais je le suis encore plus, ma p'tite. Et franchement, je ne vois pas ce que tu fais là. Tout ça n'a rien à voir avec toi.

– Si, bien sûr que si. Je l'aime. Et je ne vais pas me laisser faire.

Walter leva les yeux au ciel.

– Tu l'aimes, pour l'instant. Attends que lui prenne tout ce qu'il possède. Tu crois que je ne connais pas le genre de fille que tu es ? Une fille en quête d'un mec riche pour avoir une vie meilleure.

– Ce n'est pas vrai, Walter. Tu sais qu'Aaliyah est une jeune femme respectable, dit Marie pour me soutenir.

– C'est ce que je pensais. Avant qu'elle ne se retrouve si rapidement dans le lit d'un autre, après mon fils, cracha-t-il.

– Il m'a fait faux bond le jour de notre mariage ! Après m'avoir trompée je ne sais combien de fois. Mais c'est moi la méchante ? Parce que je suis tombée amoureuse d'un homme qui me traite correctement ?

– Ça m'étonnerait. Il n'a bien voulu de toi que depuis que tu as un nouveau cœur, dit-il froidement.

– Walter ! s'exclama Marie.

Je refusai de le laisser m'atteindre. Je savais qu'il était cruel.

Walter eut un geste de dédain envers Marie.

– Oh, cesse ton hystérie, Marie. Et ne joue pas l'étonnée. Tu savais parfaitement qui j'étais quand tu m'as épousé. C'est pour ça que tu as voulu me cacher qu'Aaliyah était ta fille.

Tout à coup, Marie parut s'étrangler. Elle vacilla en faisant un pas en arrière.

– Tu savais ?

– Tu me prends vraiment pour un imbécile ! Tu croyais que je ne serais pas capable de faire le lien ? Je t'ai laissée faire parce que je pensais que ce mariage permettrait de redorer le blason de notre crétin de fils. Après tout, c'était une bonne chose pour mes affaires.

– Tu es un homme ignoble, dis-je.

Ma haine à son égard augmentait.

– En tout cas, moi je n'ai pas abandonné ma fille dans une caserne de pompiers pour rester riche, dit-il en se retroussant les manches. C'est tout ?

Des larmes coulaient sur le visage horrifié de Marie. J'avais presque envie de la réconforter. Mais, une fois de plus, elle savait dans quoi elle s'était embarquée en épousant Walter. Elle savait auprès de qui elle s'endormait toutes les nuits. À présent, elle pouvait décider de continuer dans cette voie ou de se prendre en main toute seule.

– Ce n'est pas fini.

Je sortis mon téléphone de ma poche pour passer un coup de fil. Quand on décrocha à l'autre bout de la ligne, je déclarai :

– Allô ? Ça n'a pas marché, donc tu peux venir.

En à peine quelques secondes, Damian débarquait dans la maison sans frapper, une pile de documents dans les mains.

– Qu'est-ce que c'est que ce cirque ? demanda Walter, ébahi.

Il faisait moins le malin devant Damian qui, contrairement à Connor et son excès de gentillesse, aurait pu tuer d'un seul regard.

– On a opté pour la stratégie du gentil et du méchant, expliquai-je. Dommage, c'était moi la gentille. Si tu avais été plus coopérant…

– Aaliyah n'aurait pas fait appel au méchant, compléta Damian en posant la pile sur la table.

– Vous pensez vraiment que vous m'intimidez avec votre petit numéro ? Il n'y a rien que vous puissiez faire…

Walter saisit quelques documents, puis il écarquilla les yeux.

– Où est-ce que vous avez trouvé ça ?

– Je suis un excellent dénicheur de bévues, déclara calmement Damian.

– Rendez à Connor toutes les parts de l'entreprise. Rendez-lui les pleins pouvoirs, et n'essayez pas de l'entourlouper à nouveau dis-je.

– Sinon, je suis sûr que le FBI sera très intéressé par vos opérations de blanchiment d'argent, ajouta Damian.

– Du blanchiment ? s'exclama Marie.

Il semblait de plus en plus évident qu'elle n'était au courant de rien.

Walter parut dévasté par les révélations de Damian. Elles pouvaient aisément l'envoyer en prison. Il avait de la chance, on ne cherchait pas à le détruire. Tout ce qu'on voulait, c'était que Connor récupère son dû.

Walter rouspéta en parcourant les documents. Puis il se tourna vers moi.

– Je vais demander à mon équipe d'établir les contrats pour que tous les pouvoirs reviennent à Connor.

– Sans oublier l'immeuble du Queens, dis-je, sachant que Connor méritait de récupérer ce bien qui lui tenait tant à cœur.

– D'accord, grommela Walter, agacé.

– Et cent millions de dollars en plus pour qu'il puisse investir dans ce lieu, ajouta Damian.

Je m'efforçai de ne pas réagir en entendant cette requête folle. Walter fit les gros yeux.

– C'est ridicule ! cria-t-il.

– Je vous invite à jeter un coup d'œil à la page cinq. Vous souhaitez vraiment qu'on révèle cela, mon cher Walt ? demanda sèchement Damian.

Walter regarda la page en question. Paniqué, il referma le dossier.

– Marché conclu.

Damian esquissa un grand sourire.

– C'était génial de faire affaire avec vous, Rollsfield. Je vous souhaite une vie de merde. Partons, Aaliyah.

Je lançai un regard à Marie. J'aperçus de la tristesse dans ses yeux. J'eus un pincement au cœur, mais je n'étais pas encore prête. Les blessures étaient encore trop vives.

Une fois dehors, je dévisageai Damian, un peu stupéfaite.

– Qu'est-ce qu'il y avait à la page cinq ?

– Disons que ça concernait son jardinier des Hamptons. Et un hot-dog en plastique.

Je ne voulais pas plus de détails.

CHAPITRE 47

CONNOR

– C'est dingue !

J'avais le regard braqué sur l'écran de mon ordinateur. Aaliyah, assise à côté de moi sur le canapé, avait aussi son ordinateur sur les cuisses. En ce dimanche, nous avions décidé de rester en pyjama et de décompresser, mais aussi de rattraper un peu le retard que nous avions chacun accumulé au travail.

Un mystérieux mail était arrivé dans ma boîte de réception. J'avais l'impression d'être entré dans une dimension parallèle.

– Qu'y a-t-il ?

– Walter Rollsfield me restitue toutes les parts de l'entreprise. Jason quitte la direction des bureaux de la côte Ouest. La branche va être remise à mon nom.

– Incroyable ! s'exclama Aaliyah en fermant son ordinateur portable avant de s'approcher de moi. C'est tout ce qu'il dit ?

– Il annonce aussi qu'il laisse tomber le bien du Queens et m'offre cent millions de dollars pour investir dedans.

– Wouah ! C'est dingue, s'écria-t-elle avec un poil trop d'enthousiasme.

J'étais suspicieux.

– Qu'as-tu fait ?

– Moi ?

– Oui, toi. Pourquoi j'ai l'impression que tu me caches quelque chose ? Crache le morceau !

– Damian et moi avons pris les devants. On a un peu secoué Walter.

– Secoué ? Mais vous êtes de la mafia ou quoi ?

– Non, idiot. Je jouais la gentille et Damian, le méchant. Il nous a suffi d'échauffer un peu les esprits pour obtenir ce qu'on voulait. Ce que tu méritais.

J'étais sidéré d'apprendre ce qu'elle et Damian avaient fait pour moi. Après avoir posé mon ordinateur portable, je l'attrapai par la taille pour l'attirer contre moi. J'adorais que son corps s'emboîte parfaitement au mien, comme s'il avait toujours eu sa place à mes côtés.

– Tu es trop gentille, chuchotai-je en appuyant mon front contre le sien.

– J'ai fait ce qu'il fallait. Pas grand-chose.

– Tu rigoles ? Tu as sauvé ma carrière. Plus que ça encore, tu m'as sauvé de la solitude.

– Je t'aime.

– Je t'aime encore plus.

Je l'embrassai langoureusement, effleurant ses lèvres avec mes dents. Puis j'ajoutai :

– Mais je suis un peu déçu de ne pas avoir pu jouer les justiciers avec vous.

– J'avais même pris des menottes au cas où Walter tente de s'enfuir. Si tu veux, on peut jouer avec ce soir ?

– T'es sérieuse ?

– On ne peut plus sérieuse.

Elle pointa sur moi ses doigts en forme de pistolet et cria :

– Haut les mains !

Je collai mon entrejambe contre elle et l'observai rougir.

– J'ai dit haut les mains ! Pas autre chose.

– Tu ne m'en veux pas ? Ça me manque de te faire l'amour, murmurai-je.

Je savais combien il était important qu'Aaliyah guérisse avant de pouvoir reprendre ces activités-là. On avait donc mis en pause notre vie sexuelle. Mais sa peau me manquait. J'avais tellement envie de la prendre et de l'entendre gémir mon prénom.

Elle se mordilla les lèvres en ondulant contre mon érection.

– Ça te manque de me faire l'amour ?

Je grognai de plaisir. Oh, ce que c'était bon !

– Tellement.

Elle se pencha sur moi et prit tendrement ma bouche

Merde alors...

– Tu ne peux plus attendre ?

– Non, je n'en peux plus !

– Tu feras attention à moi ? Tu veilleras à ce que je ne m'épuise pas trop ?

– Chérie, tu peux me faire confiance. Je m'occupe de tout. Laisse-moi faire.

Elle souleva son tee-shirt, révélant une sublime poitrine qui me narguait, me rendant encore plus dur. J'observai la magnifique cicatrice sur sa peau. Celle-ci était si importante pour moi. Elle annonçait encore plus de moments comme celui-ci. Encore plus de temps pour s'aimer. Pour rire. Pour créer de beaux souvenirs.

Plus de temps, voilà ce qu'on avait gagné.

Le temps est un concept tellement étrange et insaisissable. Les secondes, les minutes finissent toujours par s'évaporer. Si j'avais pu avoir un pouvoir magique, j'aurais souhaité être capable de le figer pour profiter davantage de mes moments préférés.

Mais il fallait se résoudre à ce que le temps continue sa course. J'avais appris que ce n'était pas une fatalité. Chaque instant vécu était une bénédiction, car beaucoup n'avaient même plus la chance de les vivre. J'étais reconnaissant d'avoir eu droit à plus de temps avec Aaliyah. Chaque seconde comptait. Je ne voulais n'en gâcher aucune.

Je la conduisis dans la chambre et l'allongeai sur le lit. Puis je la déshabillai en lui caressant les seins, avant d'embrasser chaque centimètre de sa peau, sans me presser, mû par une grande douceur.

Ainsi fis-je l'amour à ma meilleure amie, sans craindre de prendre mon temps.

***

Le lendemain, nous nous étions réveillés avant l'aube pour honorer notre coutume dominicale : préparer un pique-nique et rendre visite à Grant. Depuis que nous étions de nouveau ensemble, Aaliyah et moi passions chaque dimanche en sa compagnie. Assis sur sa tombe, nous lui lisions des bandes dessinées tandis que le soleil nous réchauffait la peau.

J'adorais assister au lever du jour avec Aaliyah. Je n'aimais rien de plus au monde. Enfin si. J'aimais aussi tout particulièrement voir des couchers de soleil en la tenant dans mes bras.

Je me sentais redevable à Grant de ne pas m'avoir repris Aaliyah. Je le remercierais toute ma vie pour ça.

Je lisais à haute voix une bande dessinée *Captain America*. Aaliyah était totalement absorbée par l'histoire.

– Et c'est à ce moment-là que, grâce à l'arrivée du Petit Chaperon rouge dans sa vie, Captain America eut une révélation.

– Laquelle ?

Je continuai à lire.

– Il comprit que le secret de la vie n'était pas les super-pouvoirs, mais l'amour. Trouver l'amour, c'est la plus belle chose qui puisse exister. Alors, Captain mit un genou à terre, dis-je en refermant l'album, un grand sourire aux lèvres, puis je glissai ma main dans ma poche pour en sortir une bague.

– Connor, murmura Aaliyah.

Elle était stupéfaite de découvrir un diamant.

– Tu es ce qui est arrivé de mieux dans ma vie, Aaliyah Winters. Si tu deviens ma femme, je serai le plus comblé des hommes. Les étincelles d'amour, ça ne me suffit plus. J'ai besoin de tout ton amour. Alors, veux-tu bien m'épouser, Rouge ?

Murmurant un « oui », elle posa immédiatement ses lèvres sur les miennes.

Grâce à ce mot, ma vie allait devenir encore plus belle.

C'était le bonheur absolu.

CHAPITRE 48

AALIYAH

Au mois de décembre, je trouvai enfin le courage de contacter Marie.

Dans les rues de l'Upper East Side, les flocons de neige qui se déposaient au sol fondaient aussitôt. J'avais consacré les mois précédents à ma guérison et à ma relation avec Connor. J'étais aussi parvenue à m'aimer davantage. Si je devais retenir une chose parmi tout ce que j'avais appris au cours de l'année écoulée, c'était que s'aimer était le plus bel acte de rébellion qui soit.

Je n'étais pas parfaite. J'avais encore des failles. Parfois, je jugeais les autres ; parfois, j'étais trop dure envers moi-même, envers mes cicatrices ou les kilos affichés par la balance. Mais arriver à s'aimer vraiment, c'est découvrir avec joie qu'il n'y a aucune obligation à être parfaite pour pouvoir être aimée ni pour être respectée et évoluer chaque jour.

La forme la plus authentique d'amour commence lorsqu'on parvient à s'accepter en se regardant dans un miroir, lorsqu'on y voit un être humain qui mérite tout le bonheur du monde.

Je savais qu'il était important que je fasse un travail sur moi avant de pouvoir affronter mon passé. Il était crucial que je devienne capable de fixer des limites aux autres pour les empêcher de me faire souffrir.

Marie et moi avions prévu une rencontre dans notre café préféré.

– Tu es sûre que tu ne veux pas que je t'accompagne ? demanda Connor alors que nous étions sur la banquette arrière de sa voiture.

Je lui adressai un sourire en coin.

– Je dois faire ça seule. Mais tu veux bien m'attendre ? Je ne sais pas quelle tournure prendra la conversation. Ça pourrait être bref, mais…

– Je t'attendrai ici. Même si ça prend du temps.

Son baiser me donna une bonne dose de courage. L'amour de Connor me rendait plus forte chaque jour.

Je descendis de la voiture. La neige me glaçait les joues. Je serrai la ceinture de mon manteau en laine. Marie était déjà installée à une table, le regard plongé sur la tasse de café qu'elle tenait dans ses mains.

Je poussai les portes du café, ce qui fit tinter une cloche au-dessus de ma tête. Marie leva immédiatement les yeux sur moi. Elle avait le regard triste.

Comment avais-je pu ne pas remarquer combien ses yeux ressemblaient aux miens ?

Les yeux, mais aussi le nez et la petite fossette au menton.

J'étais très troublée, mais je ne m'enfuis pas. Je m'autorisai simplement à ressentir de l'inconfort. C'était tout à fait justifié.

– Bonjour, dit-elle d'un souffle en se levant.

– Reste assise, ça va, dis-je en m'installant en face d'elle.

Elle se rassit et posa de nouveau ses mains autour de la tasse.

– Je voulais commander quelque chose pour toi, mais je ne savais pas si tu viendrais.

– C'est bon, je ne veux rien.

– Je ne m'attendais pas à recevoir ton message.

– Désolée d'avoir mis autant de temps. Mais j'en avais besoin.

– Je comprends, Aaliyah. Je suis contente que tu m'aies contactée. Je sais que tu as une très mauvaise image de moi. Et je suis consciente que mon raisonnement semble insensé, mais…

– Tu es toujours avec lui ?

Son regard affichait une lueur de culpabilité. J'avais ma réponse.

– Je sais que ça paraît pathétique…

– C'est un monstre.

– Je comprends que tu puisses penser ça, mais…

Elle prit une longue inspiration, puis expira lentement.

– Je n'ai connu que lui.

– Il n'est jamais trop tard pour recommencer.

– Ce n'est pas si facile.

– Je n'ai pas dit que c'était facile, mais ça vaut la peine.

Au cours des semaines passées, j'avais réfléchi aux questions que je lui poserais. À la souffrance qu'elle pourrait faire disparaître par ses réponses. Il y avait encore trop de trous dans mon histoire qu'elle pouvait combler. Mais dès que je fus face à elle, je compris que la conversation ne tournerait pas autour de moi, mais autour d'elle.

Je savais désormais comment m'aimer. Or, Marie ne savait même pas par où commencer. À partir d'un certain âge, il devient difficile de développer son amour-propre. Certaines personnes ne seront jamais capables de se regarder dans le miroir en ayant la conviction d'être aimées.

Rien que d'y penser, je me sentais triste. J'avais failli devenir comme elle. Je n'étais pas mieux que les autres.

– Je te pardonne, murmurai-je. Je pardonne tes choix. Ton abandon. Ton stratagème pour me faire réapparaître dans ta vie. Tes mensonges, tes scandales. Je pardonne tout.

Son regard se teintait d'espoir. Elle posa sa main sur la mienne.

– Je suis tellement contente, Aaliyah. Enfin un nouveau départ pour toi et moi. On pourrait…

– Non, dis-je en retirant ma main. Tu n'as bien pas compris. Je te pardonne, mais cela ne veut pas dire que je te veux dans ma vie.

Pardonner, ce n'est pas forcément réinviter quelqu'un dans sa vie. Parfois, ça signale juste une forme d'acceptation de la situation. Pardonner, c'est comme couper le dernier fil qui nous relie à quelqu'un.

– J'espère que tu trouveras le bonheur, Marie. J'espère que tu apprendras à t'aimer. Et surtout, que tu parviendras un jour à le quitter. Ce n'est pas parce que tu m'as fait du mal que tu es obligée de t'en faire aussi. Si tu le laisses faire, Walter te fera souffrir jusqu'à ta mort.

– Peut-être que je le mérite.

Elle baissa la tête et fixa ses mains.

Alors, je les pris dans les miennes.

– Personne ne mérite ça.

Elle me dévisagea, les larmes aux yeux.

– J'ai fait tellement d'erreurs dans ma vie.

– Ce n'est pas grave. Il est encore temps de recommencer à zéro. Puis-je te demander pourquoi tu restes avec un homme comme lui ?

– À une époque, j'étais folle de lui. J'attendais qu'il me revienne. Qu'il redevienne l'homme que j'avais cru qu'il était. Je suis consciente que j'attends quelque chose qui a toujours été un mensonge.

– Affronte la vérité, dis-je en repensant à une conversation que j'avais eue avec Connor. Il vaut mieux affronter la vérité que de se noyer dans une mare de mensonges enjolivés.

Elle m'adressa un petit sourire et essuya ses larmes.

– Je suis désolée pour tout, Aaliyah. Désolée de t'avoir fait du mal, de t'avoir abandonnée. J'ai commis tellement d'erreurs.

Je lui souris.

– Merci, dis-je en jetant un coup d'œil vers la voiture de Connor. Il faut que j'y aille…

– Il t'a demandée en mariage, observa-t-elle en fixant ma bague.

– Oui, il y a déjà quelques mois.

– Félicitations. C'est un mec bien.

– C'est vrai, répondis-je en me levant. Je te souhaite le meilleur pour la suite, Marie.

– Moi aussi.

Alors que je m'éloignais, Marie m'appela. Elle se tenait debout, les mains tremblantes.

– Cole était un mec bien, lui aussi. Un musicien talentueux qui aimait écrire. Il avait un sourire radieux et il savait aimer. Il riait toujours aux éclats comme toi, en renversant la tête vers l'arrière. Tu as son nez et ses lèvres. Il adorait la nouveauté. Je sais pertinemment que s'il avait su que tu existais, il ne t'aurait jamais abandonnée, dit-elle en laissant couler ses larmes sur ses joues. « At Your Best, You Are Loved » ajouta-t-elle, ce qui me déconcerta. C'était la chanson que Cole jouait quand je suis entrée dans le bar le premier soir. Il interprétait la version des Isley Brothers, mais je connaissais surtout celle de…

– Aaliyah, murmurai-je.

Un flot d'émotions déferla en moi.

J'avais écouté cette chanson des millions de fois en me demandant si elle avait été écrite pour moi.

Marie avala péniblement sa salive et hocha la tête.

– Comme le dit cette chanson, sache que tu es aimée.

Je pouvais désormais compter sur plusieurs doigts de la main les choses que je savais sur ma mère. Elle portait du Chanel numéro 5, aimait le café serré et adorait lire. Son sourire dévoilait toutes ses dents. J'avais hérité de ses yeux et de ses oreilles. Elle m'avait donné le nom d'une musicienne partie trop tôt, que j'avais écoutée toute mon adolescence. Elle m'avait dédié la chanson « At Your Best, You Are Loved ».

En plus de tout ça, ma mère adorait bruncher. Comme moi, elle détestait les petits pois et pleurait devant les pubs. À chaque repas, elle mangeait une salade. Côté relations, elle était de celles qui donnent leur affection à ceux qui ne la méritent pas. Comme tous les êtres humains, elle était imparfaite.

Elle avait des cheveux noirs et crépus, un rire contagieux, du genre à faire sourire rien qu'en entendant la gaieté de son timbre. Elle dansait – pas très bien, comme moi, mais elle savait remuer son corps. Et elle était triste. Sans doute plus triste que la moyenne. Et plus seule aussi.

Je la pris dans mes bras et la serrai fort. Me serrant à son tour, elle se mit à pleurer sur mon épaule. Alors, je resserrai mon étreinte. Je savais que je ne la reverrais sans doute plus jamais. J'allais avancer dans ma vie, et avec un peu de chance, elle allait commencer à découvrir la sienne.

Je la retins un peu plus longtemps contre moi, car je n'étais pas encore tout à fait prête à partir.

– Merci, Aaliyah, chuchota-t-elle.

– Ta vie compte énormément, dis-je doucement. Sache-le, Marie.

Je lui dis ce que j'aurais tant souhaité qu'on me dise quand j'étais petite et esseulée. Je lui offris ce qu'elle ne fut jamais capable de me donner. Puis je la laissai partir.

Arrivée à la voiture, Connor sortit pour me tenir la porte. Il me regardait avec inquiétude. Ses petites attentions à mon égard aidaient à guérir mon cœur.

Sans dire un mot, il me prit dans ses bras pour me cajoler sous la neige. Il savait que j'avais besoin de réconfort. De retour à la maison, je me sentais un peu mieux.

Je n'avais rien dit à Connor de ma conversation avec Marie. Je n'avais pas spécialement envie d'en partager les détails. Du moins, pas pour l'instant. Il fallait que j'y réfléchisse un peu toute seule.

Je lançai la chanson « At Your Best, You Are Loved » dans le salon. La musique qui sortait des enceintes résonnait dans tout le penthouse. Je me levai du canapé, fermai les yeux et me mis à danser seule.

Des larmes coulaient sur mes joues. Les émotions de la journée me submergeaient. Avant que la douleur dans ma poitrine ne soit trop forte pour pouvoir la maîtriser, Connor m'attira contre lui et se mit à danser lentement avec moi. Il ne posa pas de questions. Nous nous contentions simplement de tanguer corps contre corps, sur une chanson dont il ne connaissait même pas l'histoire. Je posai ma tête sur son épaule.

– Laisse-toi aller, Aaliyah. Tu es en sécurité avec moi, dit-il en me serrant fort.

La chanson passait en boucle. Nous n'arrêtions pas de danser.

Puis ses lèvres se posèrent sur mon front et il chuchota :

– Sache que tu es aimée.

Il me guérissait rien que par sa présence.

Il était l'homme de ma vie.

Mon amant.

Mon ami.

Ma famille.

Et lui aussi, il était aimé.

ÉPILOGUE

CONNOR

Un an plus tard

Aaliyah était stressée. Normal, c'était un grand jour pour elle. Et moi ? J'étais tout aussi nerveux, si bien que je la comprenais.

Installés dans une salle de réunion de Roe Immobilier, nous attentions du monde.

– Tu trouves que c'est une bonne idée ? me demanda Aaliyah. Je me sens bête !

Elle tenait dans ses bras un gros ours en peluche.

– C'est parfait, répétai-je pour la millième fois.

Elle essuya ses mains moites sur mon pantalon. Cela ne me dérangeait pas le moins du monde.

– Ils sont là ! lança Damian en passant la tête par la porte.

C'est alors que treize personnes firent leur entrée dans la salle. Une épouse, six adultes et six petits-enfants.

Pendant longtemps, Aaliyah avait hésité à rencontrer la famille de son donneur. Elle avait peur qu'ils lui en veuillent d'être en vie alors qu'eux avaient perdu un être cher. Mais après des mois de correspondance, comme le prévoyait le programme des greffes protégeant la vie privée des individus, Aaliyah et la famille du donneur avaient accepté de se rencontrer.

Il s'appelait William Brick et il était très aimé de son entourage.

Le coup de foudre entre Aaliyah et la famille fut immédiat.

Addie, la femme de William, s'était mise à pleurer dès qu'elle avait pris Aaliyah dans ses bras. Cette dernière avait alors versé des larmes et, moi aussi, je sentais qu'elles montaient. Nous étions tous très émus.

– Tu es si jeune ! s'exclama Addie en posant ses mains sur les joues d'Aaliyah. Je suis contente.

Aaliyah, souriante, riait nerveusement.

– J'avais peur de vous rencontrer.

– C'est normal. Nous sommes très heureux que tu aies accepté. C'est merveilleux que quelqu'un puisse vivre grâce à notre cher William.

– Je vous en prie, asseyez-vous, dis-je en désignant les chaises autour de la table.

Tout le monde s'assit. Aaliyah raconta son histoire. Elle expliqua pourquoi elle avait eu besoin d'une greffe. Puis Addie et sa famille décrivirent la vie de William.

– Il savait imiter Jim Carrey à la perfection, confia joyeusement Becca, sa fille, qui tenait son fils sur ses genoux. Quand j'étais gosse, chaque fois que je m'énervais contre lui, il faisait Ace Ventura pour me faire rire.

– Notre Grant tout craché, acquiesça Addie. Rien que par sa présence, il illuminait une pièce.

– Pardon, vous avez dit Grant ? demanda Aaliyah en se redressant sur sa chaise.

– C'était le deuxième prénom de William. La plupart des gens l'appelaient Will, mais pour la famille, c'était Grant. Je l'ai toujours appelé ainsi depuis notre rencontre.

Aaliyah me lança un regard, les larmes aux yeux. Moi aussi, j'étais bouleversé. C'était un signe puissant d'amour que Grant nous envoyait. Sous la table, je serrai affectueusement sa main.

– Je ne veux pas vous retenir plus longtemps, dit Aaliyah. Mais j'ai un cadeau pour vous. Enfin, j'en ai treize, pour être exacte – dans une autre pièce. En voici un.

Aaliyah se dirigea vers Addie en lui tendant l'ours en peluche.

Addie la regarda d'un air perplexe.

– Merci, ma jolie, dit-elle, un peu déconcertée.

– Appuyez sur son ventre, expliqua Aaliyah en désignant l'ours en peluche.

Addie obtempéra. De la peluche s'élevaient les battements du cœur de William. Derechef, ils se mirent tous à pleurer.

– C'est… ?

Addie s'interrompit, la voix tremblante.

– Oui ! J'avais envie que vous le puissiez le garder avec vous.

Mais enfin ? Qui passait son temps à couper des oignons ?

À la fin de la rencontre, tout le monde était encore en larmes. Mais il s'agissait de larmes d'amour, de gratitude, de paix. Après le départ de la famille, je restai dans mon bureau, satisfait de la tournure des événements.

Aaliyah vint se blottir dans mes bras.

– Il s'appelait Grant, dit-elle, rayonnant de joie.

– Évidemment, dis-je en riant.

Puis, jetant un coup d'œil à ma montre, je me levai d'un bond.

– Zut, il faut qu'on file ! Il est déjà midi. Pas question qu'on soit en retard le jour de notre mariage.

Nous n'avions pas démarré la journée comme la plupart des couples qui se marient et cela ne nous dérangeait pas du tout. Nous n'étions pas comme les autres. Notre histoire, notre aventure, notre conte de fées, tout ça était unique.

Nous devions à présent nous rendre là où tout avait commencé : à l'*Oscar's Bar*. Quelques années plus tôt, une fille vêtue de rouge cherchait à s'y changer les idées. Moi, super-héros d'une nuit, j'étais venu pour la trouver.

Le bar avait été décoré pour l'occasion, grâce au concours de ma mère et de mes amis du Kentucky venus à New York pour célébrer notre mariage. Dès notre arrivée, Jax et Damian me conduisirent dans le vestiaire des hommes pour que je me prépare tandis que ma mère et Kennedy s'occupaient d'Aaliyah dans le vestiaire des femmes.

– Tu es en retard. Ça ne se fait pas, lança Jax en me tendant mon déguisement.

– Le spectacle n'allait tout de même pas commencer sans moi, rétorquai-je en retirant mon pantalon. Avant toute chose, que dites-vous d'une petite blague ?

Jax et Damian maugréèrent en même temps.

Deux grincheux qui se piqueraient forcément d'amitié. J'étais content !

– Un super-héros entre dans un bar, je repris. Il épouse une femme habillée en rouge. Et ils vécurent heureux pour toujours.

Jax écarquilla les yeux.

– T'es si fleur bleue que ça ?

– Absolument. Je suis fou d'elle, Jax.

– T'as intérêt ! Le billet d'avion m'a coûté un bras.

Cela me fit éclater de rire.

– Je pourrais te proposer un remboursement, mais je ne le ferai pas.

– Comme par hasard, dit-il en levant les yeux au ciel. Tu vas vraiment porter ça ?

– Je confirme, dit sèchement Damian en me regardant enfiler ma tenue de Captain America.

Qui m'allait encore comme un gant. Enfin, un gant très, très moulant.

– Eh bien quoi ? Ça me va bien. Je vous rappelle que c'est Halloween.

– Je vois la forme de tes testicules, dit Damian, sans rire.

– Ce ne serait pas la première fois, plaisantai-je en lui donnant un coup de coude.

Jax se tourna brusquement vers Damian.

– Je n'ai jamais vu ses testicules, rectifia Damian.

– Ce mec est tellement bizarre, ajouta Jax.

– Mais bizarrement, vous m'adorez.

J'affichais un sourire en coin.

– Parce que tu nous fais de la peine, dit Jax en me tapotant le dos.

Je pris une longue inspiration. La nervosité me gagnait. J'allais donc vraiment épouser ma meilleure amie ?

– Des conseils pour le marié stressé ? demandai-je à Jax. Ça fait des années que tu es avec Kennedy, maintenant. Quels seraient tes conseils pour mon mariage ?

– Retiens que tu auras toujours tort, répondit-il du tac au tac. Quelle que soit la situation, même si tu as raison, tu auras tort !

Sur ce, Kennedy passa la tête par l'entrebâillement de la porte.

– Jax, je cherche les couches. Elles ne sont pas là où tu as dit.

– Tu as vérifié derrière le bar, comme je te l'ai dit ?

Elle poussa un soupir.

– Tu n’as pas dit derrière le bar.

– Si, j’ai dit…

Jax s’interrompit en me regardant d’un air complice. Puis il se tourna vers sa femme en affichant un sourire exagéré.

– Tu as raison. Je ne l’ai pas dit. C’est moi qui ai tort.

Elle hocha la tête.

– Bien sûr, j’ai toujours raison. Viens m’aider ! La couche de Trevor fuit.

Jax m’adressa un sourire en coin et haussa les épaules.

– Tu vois, souviens-toi juste de ça et tout ira bien. Je reviens tout de suite.

Il sortit de la salle de bains, me laissant seul avec Damian qui avait l’air d’avoir la tête ailleurs. Il tenait un document dans sa main.

– Qu’est-ce qui se passe, mec ? demandai-je en m’approchant de lui.

Il esquissa une grimace, plia la feuille et la glissa dans sa poche.

– Rien.

– Ne mens pas à ton frère le jour de son mariage.

– Je ne veux pas gâcher l’ambiance.

– Qu’est-ce qui se passe ?

Il poussa un soupir et me tendit une lettre.

– Des nouvelles de mon père. Il vivait en Californie. Il a toujours su où j’étais. Mais il est mort récemment. Avant de mourir, il m’a écrit ce mot. Les obsèques ont lieu la semaine prochaine.

– Merde.

Je lus la lettre, ébahi. Son père s'appelait Kevin Michaels. Il invitait Damian à se rendre en Californie pour répondre aux questions qu'il se posait depuis longtemps. Lever le voile sur les pièces manquantes de son histoire.

– Tu vas y aller ? demandais-je.

– Je n'ai pas le choix, je crois. Mais je ne sais pas combien de temps je devrai y rester pour pouvoir obtenir toutes les réponses que je mérite.

– Je comprends.

– Je ne sais pas comment faire avec le travail. Je ne peux pas me contenter d'aller là-bas et de perdre mon temps et mon argent pour recoller les morceaux de ma vie.

– À moins que tu acceptes de diriger une agence immobilière.

Il se tourna vers moi, les sourcils froncés.

– Quoi ?

– Notre branche de la côte Ouest n'est plus opérationnelle depuis que Jason et Walter ont quitté l'entreprise. J'aimerais la remettre en route avec la bonne personne. Quel idiot de ne pas y avoir pensé plus tôt ! C'est toi qu'il me faut.

Damian fit une grimace.

– Tu ne me dois rien, Connor.

– Si. C'est à ça que ça sert, une famille. Prendre soin les uns des autres. Alors, pars en Californie et trouve des réponses à tes questions, Damian. Tu mérites de connaître ton histoire.

Il avait les larmes aux yeux. C'était la première fois que je le voyais dans cet état. Cela me fit sourire.

– Merci, Connor. Tu veilles sur moi depuis qu'on s'est rencontrés. Je crois que tu ne te rends pas bien compte à quel point tu me fais du bien. Tu es le frère dont j'ai toujours rêvé.

À mon tour d'être au bord des larmes. Alors il leva les yeux au ciel :

– N'exagère pas, tout de même.

– Je vais pleurer.

– Tu pleures déjà.

– Damian, tu ne peux pas me dire des trucs comme ça et t'attendre à ce que je ne pleure pas. Ça alors ! Je peux te prendre dans mes bras ?

– Non.

– Je peux te dire que je t'aime, sans pour autant te mettre mal à l'aise ?

– Je ne crois pas.

– Bon, d'accord. Alors je te déteste.

Damian esquissa un sourire en coin.

– Moi aussi, je te déteste.

Je me grattai la barbe.

– Il faudra quand même qu'on prenne le temps de travailler ton sens de l'humour.

– Je préfère laisser le monopole des blagues au bouffon.

Je pouffai de rire.

– Tu vois ? Ça c'est drôle.

Je lui souris et lui tapotai le dos. Il se redressa, effaçant toute trace d'émotivité, et ajouta :

– Bon, assez parlé de moi. En avant pour ton mariage, mon vieux.

Je pointai mon doigt vers lui d'un air sévère.

– Ne me traite pas de vieux ! Jax est vieux. Pas moi !

– Comme tu voudras, vieux.

Sur la terrasse de l'*Oscar's Bar*, des rangées de chaises attendaient nos invités, parmi les tournesols – ses fleurs préférées – et dans le sachet de friandises distribué aux convives, il y avait des Cheetos, mes chips préférées.

Je me tenais devant l'autel en compagnie de mes meilleurs amis. Le soleil entamait son déclin derrière moi. C'était le moment pour Aaliyah de faire son entrée.

Vêtue de la superbe robe rouge qui m'avait fait tomber amoureux d'elle, quelques années plus tôt, et un bouquet de tournesols à la main, elle remontait l'allée saupoudrée de pièces de vingt centimes. Chaque centimètre de sa peau, de son être, brillait sous les rayons du soleil.

Arrivée à ma hauteur, elle passa le bouquet à ma mère. Puis elle se tourna vers moi.

Je pris ses mains, car je ne pouvais pas m'empêcher de la toucher.

– Tu es prêt ?

– Oui.

Elle me sourit. Moi aussi. Je sentais la chaleur de son amour irradier de son corps.

Ce soir-là, Aaliyah devint ma femme. Toute la nuit, nous fîmes la fête, entourés des gens que nous aimions. Ce fut une célébration de la vie. Le début de quelque chose de magique, qui durerait pour toujours.

À la fin, Aaliyah et moi avions décidé d'assister ensemble au lever du soleil. Cette fois, je ne la quitterais pas. Cette fois, je resterais aussi longtemps que possible. Peu importe s'il nous restait une heure, un mois ou des années. J'étais fou d'elle, comblé par notre histoire et impatient de découvrir toutes les aventures que nous réservait l'avenir.

J'appartenais totalement à mon Petit Chaperon rouge. Et elle m'appartenait tout entière.

Ensemble, pour la vie.

FIN

REMERCIEMENTS

J'ai pris un grand plaisir à écrire *Lueurs de l'Est* tout en traversant beaucoup de hauts et de bas. Ce roman relate l'histoire d'une quête personnelle : celle de l'apprentissage de l'amour de soi et de l'acceptation de l'amour des autres – quête qui a été la mienne au cours de cette dernière année. Je suis consciente que je n'aurais pas pu traverser ces épreuves sans être accompagnée par mes rocs.

À ma famille qui me rend de plus en plus fière de mon métier, un grand merci ! Je vous suis reconnaissante de votre soutien inébranlable et j'espère que vous savez que je vous admire. Jour après jour, vous m'émerveillez.

À mes parents. Merci de m'avoir aimée alors que je ne savais pas encore comment m'aimer moi-même. Votre amour a su apaiser mon âme tourmentée.

À mes sœurs. Sans votre présence, mon cœur ne saurait être unifié. Merci de le faire battre, de m'apprendre à avoir confiance en ma force.

Vous êtes les meilleures sœurs dont je pouvais rêver. Le pouvoir de notre trio nous libérera. Toujours.

À mes frères qui font preuve d'un amour extraordinaire, à la fois discret et profond. C'est grâce à vous que je crois aux hommes bons.

À mes nièces et mes neveux. J'ai tellement de chance de vous avoir dans ma vie. Le monde continue à tourner grâce à vos battements de cœurs.

À Jen, ma coach. Merci de me pousser toujours plus loin dans l'exploration personnelle et dans la prise de conscience de ma force. Au cours de cette dernière année, tu m'as encouragée tout le long du chemin. Je suis ravie de te connaître, toi qui es si forte et si belle.

À ma très chère amie Bryanna. Merci de m'avoir accompagnée au cours de cette année si difficile. Tu as su célébrer avec moi chaque bonne nouvelle et me réconforter à chaque coup dur. Je suis comblée par ton amitié et c'est un honneur de te connaître.

À Danielle, mon âme sœur. Merci de toujours me faire rire et de me rappeler que la vraie force réside à l'intérieur de nous. Merci pour tes paroles. Tu m'inspires tous les jours.

À Samantha, ma voisine préférée. Le monde a besoin de plus de voisins comme toi et je suis si heureuse de t'avoir.

Je remercie l'incroyable équipe éditoriale qui m'offre un soutien sans faille. Caitlin, Ellie, Jenny et Virginia : vous êtes des femmes inspirantes. Je suis impressionnée par vos talents et honorée de vous connaître toutes.

Je remercie ma lectrice, Kim Anderson Bias, qui m'a soutenue quand j'en avais le plus besoin. Merci pour ton implication et ta vision claire, secourant la mienne qui était brouillée. Je t'apprécie au-delà des mots.

Je dédie aussi ce livre à mes agents, Flavia et Meire. Votre assiduité me donne la force de continuer. Merci pour votre accompagnement lors de toutes les étapes du projet.

Merci à tous les lecteurs et à tous les blogueurs qui continuent de m'apporter leur soutien : vous m'émerveillez, vous m'inspirez. J'en suis honorée. Votre gentillesse, votre compréhension et votre persévérance me poussent à aller toujours plus loin. J'écris pour mon âme et je saigne sur les pages. Parfois, j'ai des doutes sur ce que je crée. Et pourtant, vous êtes toujours au rendez-vous. Merci d'être là pour moi.

Je vous promets plein de surprises à venir.

Plein de rêves à poursuivre.

À la prochaine,

B. C. Cherry

Composition et mise en pages
Nord Compo à Villeneuve-d'Ascq